La Plantation

Calixthe Beyala

La Plantation

ROMAN

Albin Michel

IL A ÉTÉ TIRÉ DE CET OUVRAGE
VINGT EXEMPLAIRES
SUR VÉLIN BOUFFANT DES PAPETERIES SALZER
DONT DIX EXEMPLAIRES NUMÉROTÉS DE 1 À 10
ET DIX HORS COMMERCE NUMÉROTÉS DE I À X

À Michel

1

À soixante-trois ans, Thomas Cornu en avait passé plus de quarante à exécuter le même rituel : il se plantait devant sa glace, contemplait son visage cuivré, passait les mains dans ses cheveux plantés en V au sommet de son crâne, écarquillait ses yeux bleus, proférait des choses incompréhensibles comme les bruits vagues du ciel lorsqu'il s'apprête à pleuvoir. Catherine s'agitait dans son sommeil :

– Ton café est dans le Thermos, chéri.

– Je sais, je sais. Mais dors, mon amour. C'est tous les jours dimanche pour toi, profites-en !

Il n'avait pas achevé sa phrase que déjà Catherine se retournait vers le mur, les jambes repliées, et ronflait. Il quittait la salle de bain, descendait l'escalier en marbre donnant vers le salon, qu'il traversait en s'attardant devant ses collections : maquettes d'avions hors de prix, tableaux de peintres célèbres, bracelets rares et précieux. Comme tant de célibataires, il avait par le passé comblé son manque d'amour par l'acquisition d'objets merveilleux, nécessaires à son équilibre. Il se glissait dans la cuisine, avalait plusieurs tasses de café en soupirant d'aise : « J'en mourrais, si je n'avais pas tout ça. » De la fenêtre, il voyait l'aube naître et le vert des arbres batailler contre un léger vent. Ses bottes d'équitation martelaient le sol et réveillaient les gardiens endormis sous la véranda :

– Bonjour, patron ! hurlaient-ils en sursautant, la bouche sèche, inquiets, rétractés déjà par un instinct de survie.

– Ça va, John ? disait-il, à l'un ou l'autre des domestiques, sans s'arrêter. As-tu bien dormi, Martin ?

Ils hochaient la tête, lui emboîtaient le pas en direction de l'écurie, en disant des choses simples qui ajoutaient à son enthousiasme : que la sécheresse allait s'achever, que la pluie ne tarderait pas, que les récoltes seraient bonnes.

Puis sans autre cérémonial, Thomas amorçait la pompe des grandes échappées. Son cheval dansait sur ses deux pattes arrière, avant de s'élancer. De peur, les domestiques prenaient une reculade niagaresque. Le vent faisait gonfler sa veste à carreaux tandis que les sabots de la bête levaient la poussière. Il traversait son domaine, trois mille hectares de terres fertiles. On y cultivait du tabac de si bonne qualité qu'il alimentait les industries américaines, contribuant ainsi au vieux fantasme colonial d'un troc inégalitaire. Venaient aussi des orangers à perte de vue, des goyaviers, des mandariniers et des bananiers dont les savoureux fruits s'épanouissaient dans toute la sous-région.

Et les tacatac du cheval sonnaient le réveil des villageois. Ça les secouait de dedans. Ils en tremblaient. Face à la fougue d'un des grands patrons de la Rhodésie – ou de ce qui en restait, le Zimbabwe –, les oiseaux énervés dépliaient leurs ailes et les paysans étiraient leurs courbatures : « Debout les gars... C'est l'heure de gagner sa misère... »

Des femmes attachaient leurs pagnes et pilaient le maïs. Les hommes ramassaient leurs coupe-coupe et bandaient leurs muscles avec lassitude. Les jeunes filles allaient au puits et s'ablutionnaient en couinant.

Devant lui, de vastes étendues d'une terre moelleuse à l'herbe grasse, des grottes détentrices des faux secrets d'ancêtres, des rivières receleuses d'or qui peu à peu avait remplacé le cœur dans le corps des hommes. Puis, au sommet de la colline, à l'autre versant de sa propriété, il sautait à terre. Le chemin parcouru depuis son enfance flambait sous ses yeux. « Je n'ai rien volé à personne ! Tout ça, c'est le fruit de mon travail. » Il tournait son visage vers la montagne bleue. De là où il était, il percevait les palpitations de la lave, certain que cette montagne était volcanique puisque c'est lui qui l'avait nommée. C'est derrière elle que le diable de la fortune l'avait convié à manger à sa table, puis à danser sur le corps de la misère. Il avait acheté à coups de pacotilles et de gentillesses un bout de brousse que les Africains négligeaient. Il insistait sur le verbe acheter, surtout en ces temps où les nègres vous regardaient comme si vous étiez des esclavagistes et où les Européens vous traitaient de colons. Ah ! ces Blancs d'Europe et leurs prétentions snobinardes. Ils étaient mal placés pour leur faire la morale, eux qui ne voyaient des Noirs que deux fois dans leur vie : la première quand, bébés, ils se blottissaient dans les bras de leurs nounous ; la deuxième, lorsqu'ils agonisaient et que les aides-soignants noirs changeaient leur linge. « Je peux justifier de l'origine de chaque parcelle des biens que je possède, avait-il coutume de dire. Je n'ai rien volé ! » Il avait accepté avec joie que le Président élu démocratiquement à vie réquisitionne une partie de ses terres pour construire un aéroport. C'était sa quote-part au développement du pays. Pour le récompenser, le Président élu démocratiquement à vie l'avait nommé conseiller spécial. Il arborait cette fonction comme le sceau de sa légitimité : « J'ai rien à voir avec les colons, moi ! »

À quarante ans, beaucoup l'auraient qualifié de coup plié, avec ses cartes de crédit, ses master cards, ses visa cards, ses cacquarantes, ses obligations, tous ces mots caco-phoniques qui déposent dans l'âme des hommes une écume aussi sucrée qu'un chocolat chaud. La plantation ? Scandale de beauté et d'insouciance, on y entrait comme au paradis. Tout y contait en signaux de richesse la genèse du pays. Un chemin bordé de palmiers vous arrachait l'émerveille-ment d'un nouveau-né. La magnifique grille de fer forgé reflétait les teintes douces des couchers de soleil. Des par-terres de rosiers et de bougainvillées trônaient au milieu d'un gazon d'un vert tropical intense. On pénétrait dans la maison par un vestibule dallé de marbre blanc. Sur les murs, photos de famille souriantes, tableaux et aquarelles vous faisaient oublier toute misère. Il donnait sur une cour arrière où vous accueillait un gigantesque baobab. En contrebas, on apercevait les petites cases de tôle ondulée où logeaient les domestiques.

Mais dans ce pays où Dieu avait essaimé tous les chefs-d'œuvre de sa création, certains mots s'interprétaient à l'envers ou de travers, ne me demandez pas pourquoi. Les descendants d'Occidentaux qui, par les caprices de l'His-toire, étaient liés à Thomas Cornu, le traitaient d'Aryen de seconde catégorie. Ses aïeux ne faisaient pas partie de l'expédition de 1890 conduite par John Cecil Rhodes, qui avait colonisé le pays. Ils avaient alors dû user de ruse : « On est venus chasser le lion », avaient-ils dit aux autochtones éberlués. Et quand les nègres s'étaient rebellés, ils les avaient massacrés, « Pardonnez-nous, Seigneur ! » Et Dieu le leur avait pardonné d'autant plus facilement qu'à l'époque l'âme africaine était embryonnaire.

En s'en souvenant, la bouche de Thomas Cornu devenait pâteuse. Il lâchait des mots fermés comme des graines : « Saletés de snobs racistes ! » Ses parents d'origine lilloise étaient arrivés dans cette vallée en 1939, soit un an avant sa naissance. Pour échapper à cette affreuse guerre où l'on expédiait des tonnes de jeunes se faire étriper pour le bonheur de la patrie. Il imaginait son père traînant leurs valises lourdes comme deux cercueils et sa pauvre mère, marchant à ses côtés, comme un animal aux aguets. Ils avaient erré d'un bout à l'autre du pays, cherchant un endroit où poser leur misère. Ils avaient marché des jours à travers la savane, jusqu'à ce qu'un paysan noir qui conduisait une charrette leur dise de monter. Ils s'y étaient hissés, et avaient peiné pour se faire une place sur cette terre.

Thomas Cornu aimait ce pays. C'était un homme courageux. Son père, mort très tôt, lui avait laissé la honte d'être pauvre et la hargne de s'en sortir. Pour posséder son premier champ, il avait travaillé des années durant comme garçon d'écurie chez les Ellioth, l'une des familles blanches les plus influentes du pays. Il avait économisé sou après sou, acheté quelques âcres de terre, emprunté à ses connaissances et racheté encore. Travail ! Travail ! Un mot magique qui l'avait rendu, à l'instar de milliers d'autres Blancs, le maître absolu du bonheur, mot qui ne semblait pas exister dans le vocabulaire de la négrerie locale.

Cette tare de malnaissance l'avait handicapé, lui fermant toute possibilité d'épouser une Rhodésienne marque déposée. Il avait traîné jusqu'à quarante ans, éclopé, parce que, s'il n'existe pas de cercueil à deux places, il n'existe pas non plus d'homme comblé sans sa tendre moitié. Il s'en allait dans les bas quartiers peuplés d'autochtones. Entre des cases délabrées et la misère envahissante, il poursuivait des jeunes filles en bouton qui, dans ses bras, devenaient des roses d'un autre nom.

— Lorsque je t'embrasse, chérie, disait-il indifféremment à Shona ou Agathe, tu deviens une vraie éponge.

Et elles l'absorbaient tant que ses sens en devenaient rachitiques. Ses bonds impétueux se changeaient en petits sauts malingres. À force de s'étioler, son amour, qui d'un rugissement peuplait la nuit, n'était plus à son réveil qu'un miaulement de chat. Il promenait son ennui parmi ses collections. Il s'arrêta un jour devant son Picasso et eut une illumination :

— J'ai trouvé ! dit-il les yeux brillants. Il me faut une femme aux ongles acérés qui me fera des égratignures si profondes qu'elles mettront des années à disparaître. Nanno, cria-t-il à l'intention de sa vieille gouvernante, fais vite préparer mes bagages.

— Et où il veut aller comme ça, le fiston ? demanda la vieille domestique.

— À Paris ! À Paris, épouser une femme.

Nanno s'extasia, parce qu'elle commençait à craindre, elle qui faisait presque partie de la famille, que son Tho-

14

mas qu'elle avait élevé finisse sans descendant. Comme elle. D'ailleurs personne n'avait jamais pensé à demander à Nanno pourquoi elle ne s'était pas mariée. Elle avait un visage rond, des pommettes saillantes de Bantoue, des yeux noirs en amande et un dos couvert d'acné. Elle était jolie.

Elle le fit asseoir dans la cuisine, lui prépara un thé tout en lui conseillant de faire le bon choix, de veiller à ce qu'elle consente à se laisser passer un collier et une chaîne. Qu'elle accepte de figurer à côté des objets merveilleux sans les casser.

– T'inquiète, Nanno ! Je veillerai à tout !

Il s'envola pour Paris, bien décidé à ramener une femme qui s'intégrerait à sa collection. Ce fut chose difficile. Au café de Flore boulevard Saint-Germain, il décortiqua les petites annonces. Des rendez-vous pétris d'expectative se terminèrent en queue de poisson. Les « Je porterai un costume gris avec une rose rouge à la boutonnière » donnèrent lieu à des cafés pris seul à une terrasse, à des pas jusqu'au coin de la rue pour voir l'espérance disparaître en courant d'air. Mais lorsqu'il croisa le vert des yeux de Catherine Lallemant, il eut un hoquet. Ses cheveux blonds et une aptitude à éclater facilement de rire le sonnèrent : il vomit son cœur et le déposa à ses pieds. Il désira ardemment que cette grande bringue de trente ans, avec ses yeux en amande, sa joie de vivre, donnât de l'éclat à la société blanche rhodésienne engoncée dans ses préjugés, qui dormait avec une bible au chevet et un fusil sous le lit.

Il l'invita au cinéma et lui dit dans l'obscurité de la salle :

– Dites-moi, mademoiselle, aimez-vous la forêt vierge ?

Et il posa sa main sur ses cuisses.

Catherine Lallemant était la fille cadette d'un riche industriel français installé en Argentine. Élevée en Amérique latine jusqu'à ses dix-huit ans, elle en avait gardé une nonchalance dans les gestes et un fatalisme face aux événements tragiques. Très vite, elle avait quitté la maison familiale, prétextant des études de lettres à la Sorbonne, qu'elle ne fréquenta que l'espace d'un trimestre, le temps de conquérir les boîtes de nuit de Paris et d'être la vedette des soirées mondaines.

Quand il la rencontra, Catherine connaissait déjà les mille positions du Kama-sutra, les orgies de paroles empoisonnées et les sept formes de mépris qui suintaient de l'existence, tant elle s'ennuyait. Elle décida de s'en remettre aux lions de la savane et aux baobabs des forêts. En sortant du cinéma, il lui prit la main, sa voix rauque fit exploser des tourmalines à ses oreilles. Elle l'écouta. Il l'apaisait. Il la sécurisait. Le soir même, elle s'enferma dans son studio place des Vosges et téléphona à ses amies :

– Je crois que je l'ai aimé dès que je l'ai vu ! Je retourne au soleil, les filles !

Quelques semaines plus tard, ils se mariaient à Buenos Aires. M. Lallemant était si heureux de s'en débarrasser qu'il offrit sa fille accompagnée de quelques millions. Ils voyagèrent à travers l'Europe, puis s'installèrent à trente kilomètres de Fort Victoria.

Malgré ses excentricités, Catherine fut acceptée par la communauté blanche. On toléra qu'elle portât des jupes moulantes, des coiffures sans vergogne, parce que, après tout, elle n'était qu'une Blanche de troisième catégorie.

Lorsque les dames de la haute société rhodésienne la croisaient, elles redressaient leurs têtes enchignonnées, lui souriaient, mollement empesées dans leurs robes, et lui lançaient : « Salut, la Frenchie ! »

Mais lorsque Catherine décida de donner un peu de vie à la maison de style colonial, de la revêtir de nouveaux plumages, la vieille gouvernante eut tant de surprise aux yeux qu'elle s'enhardit de quelques conseils :

– C'est pas comme ça qu'on fait ici, Madame, tenta de la raisonner Nanno, qui pensait avoir son mot à dire.

– C'est comme je l'ai décidé, rétorqua Catherine.

Nanno convoqua toutes les phrases de la vie pour l'en dissuader :

– Je vous aime, Madame. Je vous suis dévouée, mais, écoutez-moi. J'ai de l'expérience. Plus de quarante-deux ans au service des Cornu. Je veux votre bien.

Ces mots d'amour n'empêchèrent pas Catherine de faire tomber des pans de mur qu'elle remplaça par d'énormes baies vitrées. Elle habilla les fauteuils de vert et d'orange, couleurs étranges dans cette contrée où l'on ne donnait un début de respectabilité qu'à l'ocre.

Nanno, après avoir entendu pendant des années qu'elle faisait presque partie de la famille, se recroquevilla sur elle-même tout en jetant des œillades assassines à John-John Bikolo, le vieux jardinier boiteux qu'elle détestait. Elle enfila sa croix en or – cadeautée par Madame – et ses sandales en cuir – offertes par Monsieur –, s'institua contre-maîtresse et se réserva de répondre au téléphone. Mais sa voix perdit de sa puissance. Désormais, elle modulait son timbre lorsqu'elle décrochait le combiné : « En qui ai-je honneur ? »

Thomas approuvait les frasques de sa femme. Elle renforçait sa renommée d'homme important, valorisait son statut de monsieur assis sur un compte en banque épais. Lorsque naquirent Fanny, leur fille aînée, et Blues, la cadette, le fantôme du premier habitant de la Plantation se serait égaré tant celle-ci s'était morphologiquement transformée.

Les premiers rayons de soleil apparaissaient à l'horizon, et Thomas Cornu se disait qu'il était temps d'achever sa promenade matinale. « Oui, mon amour, je reviens vers toi, oui, mon amour, je suis près de toi, je t'aime, parce que, mon amour, j'ai besoin de toi, tu m'es nécessaire. » Ce n'était pas à une maîtresse imaginaire qu'il songeait, mais à cette terre qu'il aimait. Il s'y était enraciné aussi fortement que le soleil ou les pluies. Il ignorait s'il la préférait à ses filles, il ne se posait pas la question. Mais il en extirpait le maximum de ressources et la domptait autant que ses domestiques. Ses paysans ôtaient leurs chapeaux et s'inclinaient devant lui en des salamalecs qu'il dédaignait.

Lorsqu'il arrivait devant la maison, une flopée de Noirs l'attendaient, caquetant comme une nuée de poules et leurs mots sautillaient dans l'air. « Il me doit de l'argent, patron ! », « Il m'a volé ma chèvre, patron ! » On se menaçait d'un moulinet des mains : « Il m'a piqué ma femme, chef ! » Et chacun le regardait intensément, soucieux de graver ses doléances dans son âme.

Du haut de son cheval, Thomas Cornu réglait les différends. Ces problèmes l'effleuraient sans l'atteindre. Il était le père, la mère et le juge de ses employés.

– On se calme, grondait-il.

Ces mots frappaient les oreilles et on se taisait. Ici, la vie était son visage. Selon ses humeurs, il envoyait paître les uns, condamnait les autres, en quelques minutes.

Des domestiques s'empressaient de l'aider à descendre de son cheval. Il se plongeait dans un bain parfumé, il s'enveloppait d'un peignoir en éponge blanche puis rejoignait sa famille sous la véranda. Ils petit-déjeunaient et rien que le rouge des hibiscus, la transparence de l'air les chargeaient d'intenses émotions. Catherine croquait ses croissants chauds et aboyait des ordres aussitôt retransmis par Nanno aux boys qui s'activaient :

– S'il vous plaît, ne poussez pas les meubles contre les murs ! Laissez de l'espace derrière les chaises pour l'Ange gardien.

Blues, sa fille cadette, guettait le rayon vert, dont elle avait lu les effets porte-bonheur dans un livre pour enfants.

– Combien de temps penses-tu que je serais heureuse, papa, si je voyais le rayon vert ?

Alors, Thomas se calait dans son siège et soupirait. Il fallait répondre parce que sa fille cadette le subjuguait. Il l'idolâtrait, la qualifiait de huitième merveille du monde. Quand il avait constaté que la jeune fille avait été renvoyée de tous les collèges, que plus un lycée ne l'acceptait comme élève, il avait choisi de lui prodiguer lui-même les connaissances nécessaires pour passer son bac, qu'elle avait réussi sans peine.

– Mais tu as déjà tout pour être heureuse, ma fille. Ce qui veut dire que tu es déjà heureuse.

À ces mots, Fanny, l'aînée des Cornu, transperçait du regard le visage de sa sœur.

– T'inquiète pas pour elle, père, disait-elle. Ma sœur ne sera jamais heureuse tant qu'elle ne sera pas convaincue que la terre entière dira oui à tous ses caprices.

Puis la conversation tournait autour de belles choses, de jolis projets qui avaient trait au quotidien, à côté de la vaste piscine, des frangipaniers en fleur et des mandariniers odorants. Aujourd'hui on parlait d'apprendre à Nanno à lire en français, comme hier on blablatait sur le cadeau à offrir à Zinsou le chauffeur qui allait marier sa fille. À chaque jour suffisait son lot de fausses préoccupations. Il y avait dans cette famille quelque chose de subtil et de volcanique, d'imprévisible et de fou dingue. Ils étaient fiers d'être qualifiés « d'allumés » ou de marginaux et pensaient des autres : « Ce sont des colons. » Ils avaient fini par ériger la faiblesse de leur origine en force et affirmaient : « Nous sommes différents. » Et, en effet, ils continuaient à vivre à la s'en fout ce que vous pensez : « C'est notre sang français. »

Pour finir, Catherine se levait et Thomas la suivait. Elle retournait au lit, remplie de désirs. Thomas s'empressait parce qu'il devait aller travailler. Sa main la cherchait, la reconnaissait et la submergeait de caresses.

Nanno se laissait tomber sous la véranda, massait ses rhumatismes, tout en tendant ses vieilles oreilles aux bruits lointains. Lorsque le roucoulement des pigeons commençait, qu'ils s'en venaient dans une avalanche de râles, elle mordillait ses lèvres fripées et lançait aux oiseaux d'une voix épuisée :

— C'est pas permis de faire ces choses-là en plein soleil. Quelle saleté, Seigneur !

Fanny et Blues gloussaient. Les pauvres n'ont pas de sagesse.

2

Il existe des endroits au monde que la magnificence du soleil ne saurait égayer : c'était le cas de « The Church of Christ » en cette fin de matinée. L'église était vieille. Le bois mangé par la vermine avait été peint et repeint. Il y avait des fleurs partout, des rouges à cœur blanc, des jaunes à cœur violet, des lilas d'Afrique du Sud et des flamboyants du Gabon qui donnaient au cercueil un air accueillant comme si des angelots y montaient la garde. Des hommes en costume noir faisaient des simagrées en soupirant. Des femmes se ventilaient avec leurs chapeaux de paille : « Ah, quelle paix ! murmuraient-elles, en admirant le cadavre troué d'une balle à l'endroit du cœur. On dirait qu'il dort. »

Blues Cornu s'ennuyait comme trois lézardes à tête rouge, parce que, à dix-huit ans, on préfère se déhancher au milieu d'une musique endiablée que de bâiller dans cette désambiance. Elle aurait mieux aimé se promener dans les sous-bois que d'assister à cette mascarade d'autant plus grotesque que le pasteur gesticulait et prononçait ses sermons à la manière ample d'un homme politique.

— Que vas-tu mettre toi, pour le bal chez les MacCarther ? demanda-t-elle brusquement à sa sœur.

— Chut..., murmura Fanny. Nous sommes à un enterrement, Blues.

— Moi, je mettrai ma robe bleue, dit Blues sans se démonter. Tu sais, celle avec un petit nœud dans le dos. Je l'assortirai de sandales rouges.

— Un peu de décence, Blues.

— Je trouve hypocrites tous ces enterrements, murmura-t-elle à Fanny dans un sursaut de colère. Personne ici n'aimait Ignazzio Barrizio. C'était un drogué et même ses parents en avaient honte. Quand j'entends son éloge funèbre, ça me hérisse.

— Tais-toi, Blues, rétorqua Fanny. Un peu de respect pour les morts tout de même.

— Je préfère penser au bal. Ça va être chouette, non ? J'espère que ces ringards ont prévu de mettre du R & B, du reggae et du hip-hop ! J'ai envie de bouger et de m'éclater, tu ne peux savoir à quel point !

D'un même mouvement, les gens assis sur le banc devant elle se retournèrent et la fixèrent avec reproche. Pendant quelques secondes, elle demeura sans bouger, comme un gibier entouré de cent fusils embusqués. Mais comme rien n'est éternel, elle retrouva son aplomb :

— Vous n'aimiez pas Ignazzio, vous non plus...

L'excentricité d'Ignazzio avait dépassé les limites autorisées par la petite communauté blanche qui, chaque jour, veillait à organiser le miracle de sa survie en milieu hostile. Mais ce n'était pas une raison pour leur rappeler leurs propres malparlances à l'égard du mort. Ils firent mine de l'ignorer.

– C'était un scandaleux, continua-t-elle, provocante. Ce type, je vous le dis, il va aller directement en enfer. C'est pas ce que vous souhaitiez ?

D'étonnement ou d'ahurissement, les nuques se crispèrent. On détestait Ignazzio vivant, mais on l'aimait mort.

– Et alors ? cracha une femme à la taille brève et aux gestes courts qui trahissaient sa nervosité. Quelle différence cela fait-il ?

Ses ongles rouges chassèrent une poussière imaginaire sur son chemisier amidonné, puis elle conclut :

– L'important est de le pleurer au moment opportun. Là. Tout de suite.

C'est vrai qu'Ignazzio avait été l'objet de scandales trop visibles pour qu'on l'acceptât. Son nom était proscrit des conversations bienséantes. Il avait failli à toutes les règles établies, affichant une déchéance physique encouragée chez les Noirs. Il s'encanaillait dans des quartiers mal famés avec des négresses. On parlait d'orgies, de trafic de stupéfiants et de culte à quelques obscures divinités. Pire. Il invectivait les Blancs lorsqu'il avait bu : « Colons ! Spoliateurs ! Voleurs de mes couilles ! » Puis, il racontait aux malparlants et aux langues ballantes que ces Blancs de Rhodésie étaient des descendants de forçats, d'assassins et de malfrats que l'Europe avait jetés à la mer parce que trop dangereux pour une nation civilisée. Les nègres l'applaudissaient, parce que ces Blancs nous ont tellement fait chier qu'on ne va pas louper une occasion pour les aligner.

— Pourquoi faire semblant de pleurer quelqu'un qu'on n'aimait pas ? redemanda Blues.

— Vous êtes catholique, mademoiselle ? demanda une grosse Blanche en se tournant vers elle. Mais où ai-je donc la tête ? Cela se voit, ajouta-t-elle excédée.

— Quel rapport y a-t-il entre le fait d'être honnête avec ses sentiments et le fait que je sois catholique ?

— C'est qu'il y a des choses que vous ne pouvez pas comprendre, dit la grosse crevette. Vous n'êtes pas d'ici.

— D'abord, je suis d'ici, et quand bien même je ne le serais pas, qu'est-ce que ça peut faire ? Je suis en train de vous proposer d'être en accord avec vous-même, pour une fois.

La grosse, sans répondre, minauda et c'était comme si elle lui avait craché dessus. Blues se sentit morveuse. Sale et morveuse. Elle hoqueta. Fanny jubilait intérieurement. Ses mains jouaient distraitement avec ses grands cheveux noirs qui s'incurvaient en deux tresses sur ses épaules telles des branches de palmier. « Elle se sent solidaire de la grosse crevette, pensa Blues. Et la seule chose qui l'intéresse, c'est de faire bonne figure. »

Le pasteur continuait de prêcher. Il poussait l'affront jusqu'à les exhorter de s'aimer les uns les autres. Soudain, un chant empli d'une magie infantile s'éleva. Des silhouettes de Noirs se découpèrent dans la texture ensoleillée de l'entrée. Ils s'avançaient en procession, éclatants et ruisselants, leurs pieds claquant sur les dalles de l'église, si bien que le pasteur se tut, l'espace de quelques secondes.

– Comment osez-vous ! cria Gaia Barrizio en se précipitant sur eux, dans un faisceau de haine. Vous avez tué mon fils ! Assassins ! Ayez au moins la décence de respecter notre peine. Sortez de cette église.

C'était une femme aux cheveux courts, au nez pointu et aux jambes si courtes que, lorsqu'elle s'asseyait, ses pieds ne touchaient pas le sol. Ses gestes nerveux tranchaient avec la tranquille assurance de son mari Giuseppe, aux yeux bleus encastrés sous des sourcils en broussaille, qui, en dehors de gérer précautionneusement les terres héritées de son père, vivait le reste du temps dans la lune qu'il étudiait par passion.

– Calme-toi, Gaia, dit-il en la serrant dans ses bras.

Puis il se tourna vers les Noirs :

– Partez !

On entendit le soleil faire craquer les bois. Une lampée de silence s'installa. Une négresse aux yeux lourdement maquillés, aux lèvres lippues aussi rouges qu'un cul de poule, caressa sa perruque rousse. Elle tourna sa tête à droite, puis à gauche, et Blues comprit qu'elle avait envie d'avancer vers l'ennemie, et de lui botter les fesses avec un sacré acharnement.

– Non, cria la négresse perruquée. Ignazzio était notre ami.

Elle frappa le sol de ses pieds vrillés comme des vignes :

– Il partageait notre misère. On ne le laissera pas partir sans lui dire au revoir.

– Vous l'avez tué !

26

– Non, protesta la Noire, bien décidée à résister. On a entendu des coups de feu. Quand nous sommes sortis, Ignazzio était couché sur le trottoir. On n'a pas vu son meurtrier. On l'a dit et répété à la police.

– S'il ne vous avait pas fréquentés, fit Gaia en se mouchant, il serait encore vivant.

– Arrêtez de nous traiter comme des vers, madame, dit la négresse avec dans la voix une tonalité d'avertissement. Et remerciez-nous d'avoir apporté à votre fils l'affection que vous lui refusiez.

Gaia sentit ses os exploser. Du sang afflua à ses joues. Des braises sautèrent sous ses yeux et ses épaules s'affaissèrent. Elle était coupable. Coupable de la trop bonne ou trop mauvaise éducation. Coupable des gifles méritées. Coupable de laxisme. Coupable des nuits sans sommeil ou des jours à trop dormir. Coupable tout simplement parce que les parents sont coupables des échecs de leurs enfants.

– Je voulais l'élever comme un homme, dit Gaia, en pivotant à gauche, puis à droite, quêtant une approbation. Vous me croyez, n'est-ce pas ?

Les gens se tassèrent sur eux-mêmes. Même la grosse crevette se trouva dans l'impuissance d'intervenir. Blues eut envie d'applaudir. Elle sentit son bas-ventre frétiller de joie, mais elle ne savait que faire de cette euphorie et à qui la communiquer avant qu'elle ne s'éteigne. Fanny ne comprendrait pas. Il ne lui restait qu'à bouillir et à s'épuiser dans son propre plaisir.

– Cela suffit, intervint Thomas Cornu. On n'est pas là pour vous juger, Gaia. Tous ceux qui sont ici aim... étaient habitués à Ignazzio. Recueillons-nous afin que son âme repose en paix. Quant aux voyous qui l'ont assassiné, nous les traquerons plus tard.

– Vous êtes sûr qu'il s'agit de voyous, monsieur Cornu ? demanda une voix provenant du fond de l'église. Six Blancs ont été tués en l'espace d'un mois. Est-ce bien par des voyous ?

Patrick MacCarther fit tournoyer sa moustache blanche entre ses doigts fins. Le temps avait mangé ses muscles et sa haute stature. Il s'était desséché avec l'âge comme une viande boucanée, sans graisse et sans liquide. Son vieux visage s'était crevassé sans pour autant lui faire perdre sa superbe d'antan, immortalisée par des photos de jeunesse. C'était l'un des plus vieux membres de la communauté. Son grand-père, disait-on, avait amené armes et bagages en Rhodésie, en même temps que Cecil Rhodes, le fondateur de ce pays. À ce titre, il était respecté dans une contrée où la date d'arrivée d'une famille était le principal critère, et pour des siècles, de sa légitimité. Son ascension sociale mettait kaputt Karl Marx, Tolstoï et leur théorie de la reproduction de classe. Fils d'ouvrier agricole, sa fortune avait commencé dans les années quarante, lorsque l'urgence des événements et la quête de bravoure étaient telles que des hommes de compétence se voyaient offrir des carrières fulgurantes et des promotions sociales inespérées. Il avait tour à tour été directeur du cabinet du Premier ministre, ministre délégué aux Affaires communautaires. Après une courte pointe de malchance au milieu des années cinquante, conséquence d'intrigues politiques, il avait été rappelé dans les années soixante, lors de la première indépendance de la Rhodésie. Et depuis quelques années, il avait pris une retraite bien méritée, avec compte en banque confortable, parc de voitures de course et deux douzaines de domestiques. Ce qui ne l'empêchait nullement d'être président d'honneur de ceci, vice-président de cela, commandeur de là-bas, grand chevalier d'ici, tous ces décorums qu'il arborait le dimanche, avec énormément de modestie, disait-il en passant.

— Le président MacCarther a raison, pérora Rosa Gottenberg, une veuve, mère de six diablotins qui habitait à l'extrême nord de la ville et n'habillait ses grosses chairs que de blanc ou de couleurs arc-en-ciel pour éloigner les mauvaises ondes. En plus des six morts, hier soir, des inconnus ont pénétré dans ma bergerie et ont égorgé trois moutons. Un de mes cousins qui habite Salisbury m'a signalé également des actes de vandalisme dans sa région. Parler de hasard dans ces conditions me semble un euphémisme. Soit nous avons affaire à un tueur en série et ce serait une première dans notre si beau pays... soit on veut nous chasser.

— C'est un concours de circonstances, dit Thomas Cornu, soucieux de rassurer l'assistance.

Il jeta un regard sur le cercueil, songea à cette chaleur qui ne tarderait pas à pourrir le cadavre, puis ajouta :

— Mais je propose qu'on en discute plus tard.

— Je pense qu'il s'agit d'un coup monté, insista Rosa Gottenberg de sa voix de dame patronnesse rhodésienne.

Elle secoua sa tête sans déplacer une mèche de ses cheveux blonds parfaitement brushés, puis continua en ces termes :

— Nous ne sommes plus en sécurité. Ils veulent nous

arracher nos terres. Il conviendrait de regarder les choses en face, acheva-t-elle en laissant jaillir un long sanglot de son gosier de dinde.

Même le meurtre d'un crétin méritait à leurs yeux d'être élucidé. Connaître l'identité du tueur conférerait au mort une certaine dignité. Dans le cas d'espèce, c'était d'autant plus important de percer ce mystère que ces fermiers souhaitaient s'enfermer dans l'illusion qu'ils vivaient encore dans un État de droit où l'innocent était vengé et l'ordre maintenu. Sans ces paramètres, ils avaient l'impression de retourner à l'époque où des nègres cuisinaient des intestins de jolis bébés roses dans des chaudrons. D'un coup d'œil, les femmes se stimulèrent réciproquement et sortirent leurs mouchoirs : « Quel avenir nous réserves-tu Seigneur ? » firent-elles de concert. Ici, dans ce Zimbabwe resté dans leurs esprits la Rhodésie, les Blancs se partageaient tout : l'adresse du meilleur boucher et les impressions sur les conditions météorologiques. On se disait les uns aux autres dans quel endroit passer ses vacances, les villes lointaines bien tenues et celles où on risquait de se faire enlever avec demande de rançon. On s'informait les uns les autres des meilleures écoles où inscrire ses enfants et des gynécologues pervers qui palpaient les doucines intérieures plus que nécessaire. Et, pour couronner le tout, on passait les dimanches après-midi à barbecuter ensemble, à pisciner en bande et à remue-cancaner sur les absents.

Blues étouffait. Cette éternelle fascination que l'homme éprouvait devant le mystère de sa mortalité l'agaçait. De manière incongrue, une vive émotion la saisit, exacerbant

30

ses cinq sens. Elle voyait là, sous ses yeux, le vert tendre des maïs en pousse, les chuintements d'une rivière et une multitude de crabes courant sur le sable pour se réfugier dans un trou. Elle aussi avait envie de se réfugier quelque part. Elle voulait marcher pour marcher et s'immobiliser en silence au milieu de nulle part.

– Où vas-tu ? lui demanda Fanny, horrifiée.

– Respirer, rétorqua Blues.

– Toutes les occasions sont bonnes pour te faire remarquer, n'est-ce pas ? demanda sa sœur, perfide.

Fanny n'eut pas le temps d'énumérer ses rancœurs. Au seuil de l'église, Blues s'étira et ses gestes lents découpèrent l'air. Elle s'assit sous un mandarinier et un chien galeux passa en aboyant à la mort. De là où elle était, les petites maisons alignées de l'autre côté de la rue paraissaient plus blanches. Leurs toits de tuiles reflétaient la lumière. Même les portes et les fenêtres, avec des jalousies vertes, brillaient dans le soleil. C'était le monde de la classe moyenne blanche, ceux qui bossaillaient presque comme des nègres. Dans une de ces coquettes habitations, une négresse allait et venait sous les injonctions d'une rousse laquée : « Comment, Madame ? Quel seau, Madame ? Quelle assiette ? Quelle table ? »

– Alors, Blues ? demanda une voix dans son dos. On peut s'asseoir avec toi ?

Blues se retourna, surprise. C'était la bande des fils de fermiers. Ils s'assirent en cercle, étreints d'une frénésie de phrases, seul le sujet manquait. C'est vrai qu'elle était d'une beauté si triomphante qu'elle coupait le sifflet aux hommes, toutes catégories confondues. Chaque geste d'elle les ravis-

31

sait. Ses pommettes slaves les mettaient sous sa férule. Ses longues jambes les narguaient et ses seins menus les obsédaient à telle enseigne qu'elle était devenue la compagne de leurs nuits poisseuses. Mais Blues ignorait qu'ils s'endormaient en baisant ses lèvres, en s'enfonçant dans les courants marins de ses cuisses et se réveillaient en empoignant ses seins. Elle n'avait conscience que du mépris que lui témoignaient leurs mères et de la haine que lui vouaient leurs sœurs. Elles aiguisaient mille puanteurs sur son dos, chapeautaient sa tête de deux cent trois croûtons rancis. Elles lui menaient une guerre de tranchées avec des lance-flammes de maldisance, des obus d'insultes et des gaz de calomnies. « Cette petite est dangereuse. M. Cornu ferait mieux de l'envoyer dans une institution en Europe, sinon elle finira fille mère », constataient les rombières. « Une sans-jupon, renchérissaient les sœurs dont la beauté s'effritait dans la lumière de Blues. Une serpillière que même un chien dédaignerait ! Une Marie-Madeleine la honte ! »

— Que fais-tu ici, toute seule ? lui demandèrent presque au même moment John et Alex, les jumeaux Ellioth, âgés de dix-neuf ans.

— Adopter des mines de circonstance me gave ! s'exclama Blues. Puis ces histoires d'expropriations me tapent sur le système.

— Il faudrait bien s'y faire, dirent les jumeaux.

Leurs visages pointus, leurs cheveux roux et leurs lunettes cerclées d'acier scintillaient sous le soleil. Leurs vestes à carreaux trop grandes d'au moins deux tailles — une tenue de gentilhomme campagnard avec des poches partout, pour les cartouches, pour le maïs à jeter aux cochons – pendouillaient sur leurs maigres épaules. Ils avaient été pour Blues des camarades de jeu drôles et fidèles, trop grands seigneurs pour ne pas être dévoués à ce miracle de beauté.

– Et vous y croyez, vous ? demanda Blues, sarcastique. Vous m'amusez franchement. Vous vivez sur cette terre depuis suffisamment longtemps pour savoir que le Président élu démocratiquement à vie promet des choses qu'il ne fait pas. Où sont les routes, les écoles, les hôpitaux qu'il a annoncés lors des dernières élections ?

– Le contexte est différent, dit James Schulleur, un écrivaillon de vingt-trois ans, dont les cheveux blonds, le parler-douceur et les ongles proprets obligeaient les filles à vivre une passion sans rémission et à demeurer dans une lévitation sentimentale. Cette fois, c'est sérieux. La loi d'expropriation a été adoptée par le Parlement. On devra se battre si on veut continuer à vivre ici.

– Mais c'est notre terre, protesta Blues. Personne ne peut nous l'arracher. De toute façon, je ne veux plus en entendre parler. Et si quelqu'un peut m'expliquer pourquoi cette boyesse n'arrête pas de poser des questions : « Quel seau, Madame ? Quelle assiette, Madame ? » à chaque fois qu'elle reçoit un ordre de sa patronne, j'en serai heureuse.

– C'est parce qu'elle est bête, dit Nancy, la fiancée de James, une petite brune à bouclettes, à méchante langue, capable de vous casser une envolée de plaisirs d'une estafilade de mots. C'est parce qu'on est bête qu'on est domestique.

33

– Et si ce n'était qu'une manière de faire chier ses patrons ? insinua Blues. Vous n'y aviez pas pensé ?

Nancy ne saisit pas l'occasion de plonger dans les profondeurs de la science pour disséquer le problème et en extraire des solutions. D'une voix traînante, elle posa la pointe aiguë de son intelligence sous le nez de Blues :

– La métaphysique est une chose trop importante pour qu'on l'applique aux domestiques.

Il n'y avait rien à ajouter à cette phrase gratte-tête. Les gens sortaient de l'église et chantaient alléluia-merci Seigneur qui es là-haut dans le ciel. On sortit le cercueil, on le suivit en procession, atterrés ou sonnés, certains éteints comme des lampes sans pétrole. C'était si déprimant que les jeunes s'éparpillèrent, en piaillant parce qu'il était temps de s'en aller chercher son saindoux, sa miesucrée et son week-end à la pêche, toutes ces petites choses qui donnent l'impression aux Noirs que les Blancs ont vraiment le sens du bonheur.

Blues regarda Nancy s'éloigner en un balancez les hanches, tournez les fesses, qui lui donna envie de crier aux armes citoyennes. « Je la hais », pensa-t-elle. Elle ôta ses sandales, massa ses pieds endoloris, en se disant que, dans vingt ans, Nancy aurait des hanches niagaresques et une poitrine à la Vache-qui-rit. Qu'elle deviendrait comme la plupart des femmes s'adressant à leurs si fragiles maris : « Couvre-toi, il fait froid ce matin », ou encore : « As-tu pris tes médicaments ? » Elle ferma les yeux et huma le vent qui, comme elle, n'était fixé à rien. C'est pas la peine de penser à ces imbéciles, semblait lui dire le soleil qui jacassait au-dessus de son crâne. Alors, elle les rouvrit et adopta l'attitude d'une chienne de chasse, oreilles dressées, queue frétillante :

– Que fais-tu là, James ? Tu ne vas pas à l'enterrement ?

– Ma présence ne va pas le ressusciter, dit James pragmatique, en se laissant tomber à côté d'elle.

« Est-elle au moins consciente qu'elle allume les passions ? Qu'elle me brûle la queue ? Qu'elle met dans mon sang tant et tant de vermines que je ne peux pas rester loin d'elle ? Que mes yeux sont endoloris par cette auréole orangée qui l'isole ? » pensa-t-il.

Puis, il dit ce qu'il pensait à voix haute. Il savait qu'à l'intérieur elle était tout miel, avec juste la peau pour la recouvrir, une peau sous laquelle le miel coulait, qu'il avait envie de lécher. Il s'imposait à elle avec des mots humides, gorgés de désir, des mots qui ondoyaient dans l'air, bercés par les parfums du mandarinier, des mots qui disaient bonheur, plaisir, délectation, jouissance, volupté, jusqu'à extraire d'elle d'autres mots qu'elle ne pensait pas :

– Je t'aime, lui murmura-t-elle.

– Je t'aime aussi, rétorqua-t-il.

– Quand est-ce qu'on se marie ? demanda-t-elle, embourbée dans cette comédie sentimentale de bougres déchirés entre leur besoin d'être aimés et leur obsession de baiser.

Elle parla de la robe qu'elle mettrait. Non, pas une robe, trop commun. Des pagnes en tulle blanc et des œillets dans ses cheveux. Puis ils inviteraient la terre entière, même les fourmis, même les alouettes. Qu'en disait-il ?

James eut l'air de se réveiller. Ses yeux se firent attentifs comme s'il analysait ce qu'il ressentait et ce que cela signifiait. Il eut peur de se faire couillonner dans une mésalliance. Une fille pouvait lui faire perdre conscience, mais il y a des comportements appris et des limites à ne pas franchir.

— Viens, je te raccompagne, dit-il en la regardant avec des yeux sans éclat.

— Non, merci, rétorqua-t-elle.

3

Au moment où le cortège mortuaire disparaissait à l'horizon, Ernest Picadilli ouvrait le portail de l'une des petites maisons vertes, deux sacs en plastique remplis de provisions dans ses mains. Il n'en revenait pas, lui, le solitaire – un morceau de pain, deux verres de lait, ça suffit –, d'en être à écumer les supermarchés, à comparer les prix sur les étiquettes et à se transformer en homme soi-disant libéré. Il comprenait pourquoi on avait coutume ici de dire : « Ça coûte la peau des fesses une femme, mon cher. » Ça lui mangeait la totalité des miettes que ces messieurs des Nations unies voulaient bien lui accorder. « Qu'est-ce que cela demande comme quantité de boustifaille, la présence d'une femme et d'un enfant ! » s'émerveilla-t-il. Revenu à la maison, il dit : « Ils vont l'enterrer, Sonia. Un de moins ! »

Sonia enfonça un peu plus son nez dans le magazine de mode qu'elle feuilletait. Tous ces étripages sanglants n'étaient ni mystérieux ni intéressants. Six Blancs tués en l'espace de quelques semaines, qu'est-ce que ça changeait au fait que la bourse d'études octroyée à Ernest par le Pnud pour étudier l'impact de la pauvreté sur la réflexion intellectuelle serait épuisée dans trois mois ? Qu'ils n'auraient plus d'endroit où camoufler leur misère et peut-être pas de quoi se mettre sous les dents ? Rien du tout ! Il était sommé de se cantonner à leurs problèmes, plutôt que de leur attirer des histoires.

Ernest avait débarqué comme un sans-caleçon lors d'une réunion de fermiers au cours de laquelle Rosa Gottenberg, propriétaire de ce lotissement, faisait un discours pour sensibiliser les journalistes à l'importance des fermiers blancs dans l'économie zimbabwéenne. Il était intervenu en défenseur de la cause noire, exalté par sa nouvelle passion pour laquelle il délaissait ses études : « On n'arrête pas de voler les pauvres, s'était-il exclamé, dégoûté. En outre, les pauvres n'arrêtent pas de se voler entre eux ! C'est inadmissible, ce monde ! Trop injuste ! » Il avait ridiculisé Rosa Gottenberg en la comparant aux pires des exploiteurs. Dans la salle, l'air s'était raréfié.

– Je ne sais pas qui vous êtes, monsieur..., avait-elle dit en essayant de placer quelques légèretés par-ci, quelques coulées de rire par-là.

– Taisez-vous, suceuse de misère, lui avait balancé Ernest.

La racine de ses cheveux blonds parfaitement brushés et laqués s'était mise à transpirer comme une marmite de patates sur le feu. Elle avait déboutonné sa chemise rouge jusqu'à la naissance de ses grosses mamelles, sans succès. Alors, elle avait baissé la tête, les yeux larmoyants d'humiliation. Elle était sortie de cette confrontation, avec sa réputation, son honneur, sa moralité en charpie. Et comme si cela ne suffisait pas, Ernest avait accordé un entretien à un journal local, profitant de cet espace de laissez-parler les gens pour pisser sur la tête des fermiers blancs. Il les avait traités de cul-terreux maniant le fouet des esclavagistes et les menteries des néocolonialistes. Il la citait nommément, à chaque phrase, comme un modèle d'irrespectabilité et d'égoïsme.

La réaction de Rosa Gottenberg était arrivée aussi vite fait que disparaître. Une semaine plus tard, il avait reçu des mains de son avocat une lettre d'expulsion. C'était d'autant plus inquiétant qu'Ernest était un squatter qui se saignait à blanc pour payer le loyer, l'électricité et quantiti et quantata, et ce depuis des mois. C'était fort de café d'être locataire-squatter.

– C'est pas défendable ton cas, lui avait dit Zaguirané, un nègre qui avait fait vaguement du droit dans les années soixante. Le contrat n'est pas à ton nom, par conséquent, tu es expulsable en bonne et due forme.

Ernest avait été sonné par ce verdict amical. Il avait hérité du contrat de bail d'un étudiant canadien du nom d'Amphore, qui, pris de nostalgie et de vague à l'âme, avait choisi de retourner au pays. Il n'avait plus qu'à attendre, cul par terre, le couperet de la justice. Et comme toute offense mérite punition à sa hauteur, Rosa Gottenberg avait porté plainte contre lui devant les tribunaux pour diffamation avec demande de dommages et intérêts.

Ils pataugeaient dans la mélasse et Sonia ne savait quelle fortification construire pour endiguer cette vengeance. Qu'il gagne ou qu'il perde ne changerait rien à l'affaire. Il ne leur resterait plus qu'à abuser les midis d'un œuf à la coque et à déjouer les soirs d'un pain ranci à l'eau. Finies la tranquillité, la sécurité et cette complicité qui les liait comme deux vieux amants.

— Tu as entendu ce que je viens de te dire, Sonia ? demanda Ernest. Un colon en moins. C'est pas formidable, ça ?

— Ignazzio n'était qu'un déchet pour ces gens-là, dit Sonia en continuant à zieuter les top models. Le vrai problème, c'est Rosa Gottenberg.

— Que veux-tu que je fasse ? M'incliner devant cette bourge et implorer son pardon ? Ça, jamais !

— Continuer à battre campagne, à raconter des saletés sur son compte pour qu'elle ne nous chasse pas d'ici. Tu as toujours dit que c'était antisocial de posséder plus d'une maison. Alors, elle n'a qu'à nous laisser celle-ci, point final. On ne va pas la manger, sa maison. D'ici quelque temps, le gouvernement va la lui arracher de toute façon ! Vas-y ! Dis-lui que, si elle ne nous fout pas la paix, elle va avoir de sérieux problèmes. Et si t'as la trouille, je l'affronterai, moi.

À l'écouter parler ainsi, il eut envie de la saisir à bras-le-corps, de rouler tendresse jusqu'à extraire d'elle de l'amour pur jus. Ainsi donc, elle ne songeait pas à l'abandonner aux orties de cette solitude qui l'effrayait depuis qu'il l'avait croisée pour la première fois. Leur rencontre l'avait chamboulé, et la maison avec. D'ailleurs à quoi ressemblait-elle avant ? Il se souvenait vaguement que le salon était nu, avec sa table basse et juste quelques journaux et ses livres de recherche sur la condition noire. Dans l'évier de la cuisine, il n'y avait pas de pile d'assiettes. Dans sa chambre, le couvre-lit en toile brodée cachait des draps un peu crasseux et la penderie abritait ses trois chemises, deux paires de chaussettes, jean et tee-shirts. Mais depuis l'arrivée de Sonia, c'était un tel bric-à-brac qu'on aurait dit un magasin chinois. Des chaussures traînaient partout, à la va où je te pose ; les vêtements vivaient là où ils étaient tombés ; les sous-vêtements et les soutiens-gorge étaient enterrés derrière le canapé ou sous les coussins ; les jouets de l'enfant se promenaient de l'entrée jusqu'aux tréfonds de la maison. Quant aux vernis à ongles et aux rouges à lèvres, ils jetaient des taches nacrées sur la table basse. Bien sûr, il fallait ajouter à tout ce fatras les poils des trois chiens et des sept chats pelés que la générosité de la jeune femme l'incitait à ramasser tous les deux ou trois rues, en jurant que les hommes étaient des moins-que-rien, qu'elle ne comprenait pas pourquoi le Bon Dieu les avait placés au-dessus de toute la création alors qu'ils ne méritaient même pas d'en faire partie. Son attitude était saugrenue dans un pays où les enfants mouraient de faim. Elle les dépuçait, déversait sur eux des sent-bon et ils couchaient dans son lit. Ils vidaient les soucoupes de lait, grevaient son budget de mange-misère et miaoumiaoutaient de somptueux délires. Mais, tant qu'ils promèneraient leurs poils dans le salon, Sonia y traînerait ses guêtres et lui donnerait à croire au bonheur.

Il l'avait rencontrée par une soirée pluvieuse en sortant d'une virée nocturne où il avait écopé du rhum jusqu'à en trembler sur ses grandes jambes. C'était pendant la saison des pluies, l'année précédente. Elle était assise comme une mendiante à l'entrée de la discothèque et fixait le lampadaire où l'eau battait. Joss était endormi sur un tas de vêtements empilés à côté d'elle. Il portait une barboteuse et transpirait l'abandon. Elle aussi suintait la laissée-pour-compte. Ses cheveux coupés au carré, mais collés à ses tempes, montraient qu'ils étaient fâchés avec le shampooing depuis des semaines. Elle avait posé sa tête ronde sur ses genoux repliés sous son menton. Son nez éclaboussé de taches de rousseur rejetait l'air à intervalles réguliers, comme s'il était l'épicentre de ses angoisses. Son jean taille basse découvrait son nombril percé d'un anneau et son tee-shirt sculptait le pointé de ses seins. Quand il s'était penché vers elle, elle avait tourné vers lui des yeux d'un vert jaune, des yeux de chat, et l'avait regardé, inquisitrice.

– Puis-je vous déposer quelque part, Madame ? lui avait-il demandé, en forçant son gosier pour en sortir un son fêlé par l'excès de l'alcool. Je rentre chez moi et ma voiture n'est pas loin.

– Si cela ne vous dérange pas, lui avait-elle dit de ses lèvres ourlées comme de ses yeux las.

Cinq minutes plus tard, elle avait emballé ses affaires dans un sac à dos, ramassé son fils et s'engouffrait dans la vieille Renault 5. Il parla le premier :

– Vous ne devriez pas être dehors à cette heure-ci et par un temps pareil avec un bébé, madame.

Elle avait haussé ses épaules.

– Il commence à s'habituer, vous savez ? L'extraordinaire chez l'humain, c'est qu'il s'adapte même à l'atroce.

Puis aussitôt, elle s'était tournée vers la vitre en fixant la pluie. Quel mal y avait-il à ça ? Par la suite, il s'était émerveillé de la simplicité de cette rencontre en apparence

42

inéluctable, n'est-ce pas que le Bon Dieu n'oublie personne ? Ce ne fut qu'au bout de plusieurs minutes qu'il coupa le silence et posa la question essentielle :

– Où souhaitez-vous que je vous dépose ?

– Où vous voulez.

Puis les réponses à ses interrogations étaient tombées d'elle, simplement. C'était une de ces histoires qui arrivent au tournant d'une vie, lorsqu'on fait un choix que l'on croit merveilleux, mais qui se révèle par la suite horrible. Elle était de celles qu'on entend comme une évidence. C'était d'une banalité à pleurer, si bien que, malgré les vapeurs de l'alcool qui tourneboulaient son cerveau, il comprit que c'était une fille intranquille dans le bocal d'une famille sans histoire. Une de ces filles qui recherchent des sensations fortes et qui quêtent l'immortalité à chaque instant, comme on quête sa pitance. Elle avait rencontré Isidor, un Blanc à fumailleries. Ils avaient vécu ensemble dans des squats de Hambourg, puis s'étaient entichés d'Afrique et retrouvés dans une chambre d'hôtel miteux de Harare. Il était parti un matin et elle l'avait attendu des crépuscules entiers sans qu'il revienne. Elle n'avait plus de blé pour payer et le propriétaire de l'hôtel, un nègre à joaillerie aux doigts, chaîne en or au cou, l'avait regardée avec convoitise : « Il y a mille façons pour une belle plante comme toi de payer ses dettes, ma chérie. » Elle l'avait repoussé malproprement et il l'avait jetée à la rue.

– Mais l'ambassade de votre pays pourrait vous aider à rentrer chez vous, lui suggéra Ernest.

– J'en ai ma claque de l'administration.

– Elle aide les gens en difficulté. Il y a toute une batterie de services pour les filles mères comme vous.

– Ça se voit que vous ignorez qui sont réellement les assistantes sociales. Elles prétendent vous aider, alors qu'elles passent leur temps à surveiller vos moindres faits et gestes et à vous sermonner.

– Avez-vous déjà eu affaire à elles ?

– Toute ma vie. Du moins, j'ai l'impression. Je veux qu'on me laisse tranquille maintenant. Je veux être libre, vous comprenez ? Je veux sortir avec qui je veux, dormir où je veux, éduquer mon fils selon mon beau vouloir, sans que quelqu'un vienne foutre son nez dans mes affaires.

– Et votre famille ? Vous avez bien une famille, n'est-ce pas ?

Il y eut une lampée de silence. Le bébé qui dormait sur la banquette arrière poussa un grognement. Un chien éclopé traversa la rue et Ernest dut piler pour ne pas l'écraser. Il posa sa tête sur le volant :

– Écoutez, si ça peut vous arranger, vous pouvez venir quelque temps chez moi. C'est pas grandiose, mais ça serait plus commode pour le bébé. Il y a deux chambres, bien sûr.

Elle avait tourné de nouveau ses magnifiques yeux et à cet instant il y avait décelé des traces de rouerie.

– Merci, avait-elle dit simplement.

Et elle avait emménagé, grignotant chaque jour son espace vital sans qu'il comprenne très bien le pourquoi du comment il acceptait ces désagréments. Quelquefois, allongé dans sa chambre, il s'interrogeait sur la nature de ses sentiments. En était-il amoureux ? Agissait-il en bon

Samaritain ou était-ce un mélange inextricable de ces deux émotions ? Ce dont il était sûr, c'est qu'il s'était attaché à Joss, ce moignon d'être humain qui agitait la maison autant que trois cyclones avec ses cris, ses rires et ses galipettes. Que les odeurs de la jeune femme fusionnaient avec son propre corps en une masse indistincte. Il ne savait par quel miracle Sonia l'avait converti à cette religion conjugale hybride, car, six mois après leur rencontre, il ignorait toujours de quelle texture étaient faits les poils du pubis de la jeune femme. Il ne l'avait jamais coquée. Pourtant, un soir, alors qu'elle venait d'emménager, elle était entrée dans sa chambre vêtue d'une nuisette blanche. Elle s'était approchée de son lit et il avait cru voir une lumière aussi précieuse qu'une étoile vivante. Elle s'était lovée voluptueusement contre lui et avait entouré de ses jambes ses ardeurs. Il avait senti sa queue s'évaporer, puis avait bégayé :

— Tu ne me dois rien, tu sais.

— C'est ce que tu crois ? C'est curieux, Ernest. Ou t'es bête ou t'es naïf. Les êtres humains ont toujours envie de vendre ou d'acheter quelque chose. Alors ce que tu dis là n'est que mensonge. Dis-moi la vérité : t'es homo ou t'es impuissant ?

— Ni l'un ni l'autre, avait-il rétorqué. Mais tu es comme ma petite sœur.

— Tu mens. J'ai assez d'expérience pour savoir quand un homme me désire. Ce que tu viens de dire n'est qu'un prétexte. Où est la vérité ?

— Le sexe pour le sexe n'a aucun sens.

— Tu veux parler de l'amour ? avait-elle demandé, nar-

quoise. Tu veux que je te fasse le grand jeu avant que...,
s'esclaffa-t-elle.

– Ça et d'autres choses encore. Je pourrais par exemple
être jaloux, tu comprends ? Je ne veux pas prendre ce risque.

– Tu as raison. Nous serions alors obligés de nous séparer.

– Et ça, je ne le veux pas.

– C'est la chose la plus gentille que quelqu'un m'ait dite,
fit-elle en s'extirpant du lit.

Elle resta toute debout dans un pleurer silencieux quelques instants, lui souhaita bonne nuit, fit trois pas vers la
sortie, s'arrêta au seuil, hésita, puis se tourna vers lui :

– Dis-toi qu'un jour, je m'en irai.

Elle froufrouta vers sa chambre et oublia cette fêlure de
la nuit. Ce fut par la suite comme si tout désir entre eux
avait eu du plomb au derrière. Il restait dans son lit, à
postuler et à dépostuler sur son retour. Il espérait en cette
immense promesse qu'est la femme, une femme telle une
goyave s'ouvrant et laissant voir ses graines rouges, une
goyave telle une bouche pulpeuse aux mille grappes. Parfois, la nuit, il se réveillait, le corps raidi par l'envie mortelle
de se nicher contre elle. Il pressait son visage contre l'oreiller en gémissant, puis tournait le regard vers le mur qui les
séparait. Il se concentrait, croyant en une télépathie qui
permettrait à la jeune femme de lire ses pensées érotiques
dans l'espace. « Je t'attends, Sonia. Viens à moi, mon
amour. » Que pouvait-elle lui trouver ? Il était lucide sur
son physique. Il se trouvait d'une mocheté à rire. Moche
et long telle une autruche déplumée. Ses jeans flottaient à
ras de ses fesses. Ses petits yeux clignotaient derrière ses

lunettes de myope. Ses cheveux tire-bouchonnés étaient un délire de désordre et son nez fin, mais recourbé, rhumait en permanence. Elle ne pouvait pas l'aimer. Quant à le désirer, l'idée était si folle qu'elle ne l'effleurait pas. Elle ne pouvait s'offrir à lui qu'en tant que gratification. Il ne voulait pas d'un pourboire ou d'un horrible merci pour tout ce que tu as fait pour moi. Ce qu'il voulait, c'était la faire roucouler comme une colombe. Oui, mon amour... Oui, chéri... Oui... Oui... Il la soupçonnait d'avoir un amant et bataillait contre la jalousie. Dès qu'elle sortait, il l'imaginait dans les bras de quelques camionneurs qui l'irisaient de mille éclats, il en était certain, sans jamais en avoir la preuve. À son retour, il croyait dépister sur ses vêtements des odeurs de foufouneurs, des bribes de plaisir laissées par un superman pourvoyeur d'orgasmes. Il tenait raide sur son supplice et ne lui posait aucune question. D'ailleurs, il supportait une tripotée de choses, comme le silence de la jeune femme sur son passé. Il ignorait tout de ce qu'elle avait été, comme si elle n'avait jamais eu de vie antérieure, comme si elle avait sciemment arraché les pages entières de son existence, à moins qu'elle ne soit tombée d'un arbre à pain, généalogiquement stérile. Il n'avait pas jugé bon dans ces conditions de lui parler de ses parents qui fondaient sur lui l'espoir que, de leurs trois fils, il serait celui qui jouirait à pleins caddies des délices de la consommation, parce qu'il était le seul à avoir trois grains de cervelle pour faire des études. Ah ! s'ils le voyaient vivre en ce moment... Il n'osait pas imaginer les larmoiements.

– Si t'as rien à faire, va donc réparer la chasse d'eau, lui dit Sonia.

Il la scruta et faillit protester : « Mais je ne sais pas bricoler, Sonia. » Il n'allait pas lui avouer qu'il ignorait tout des joints, des bondes, des prises d'air antisiphonnage, tout ce vocabulaire de plombier qu'il maîtrisait mal. Il la voyait déjà rejeter ses cheveux en arrière et dénouer sa langue en une série de moqueries à honter un singe : « T'es bien un de ces hâbleurs d'intellectuels qui pensent changer le monde avec leur langue, alors qu'ils sont incapables de faire un ourlet à leur pantalon. »

Alors, il déposa les courses, ramassa sa caisse à outils et disparut dans la salle de bain. Il fit rouler des outils au sol, suffisamment fort pour qu'elle comprît qu'il s'activait. Il se pencha sur la chasse d'eau, songeant à Sonia, conscient de son besoin d'elle et qu'ils ne partageaient rien, même pas ses pauvres idées sur un monde plus juste. Pas plus tard qu'hier au soir, à l'heure où les voix des hommes demeurent sans répondeur, que les crapauds brousse vocalisent telles des créatures échappées de l'enfer, ils avaient eu une discussion qui l'avait définitivement éclairé à ce propos :

– Je ne donnerai pas mon argent à un pauvre sous prétexte qu'il est pauvre, Ernest. Sais-tu pourquoi ? Il m'en demandera toujours plus, encore plus jusqu'à ce que je sois ruinée. C'est essentiellement ça qui est à l'origine de la corruption dans ce pays d'ailleurs. Quand un membre d'une famille occupe un poste important, les autres le sucent jusqu'au sang, parce qu'ils veulent leur part. Et le petit possédant est obligé pour survivre de voler dans les caisses, jusqu'au jour où il est coincé et où on le jette à la rue. L'homme est un prédateur. C'est dans sa nature.

— Il faudrait bien que les hommes apprennent à partager pour améliorer la condition humaine, fit Ernest.

— Tes idées c'est du bla-bla, un point c'est tout. La seule façon de combattre la misère, c'est d'être riche. Si tu l'étais, alors tu pourrais aider des tonnes de personnes, sans pouvoir d'ailleurs aider tout le monde. La seule façon de sortir de cette situation, c'est que les hommes deviennent tous riches.

— Ou qu'ils apprennent à se contenter de peu, dit encore Ernest.

— Et pourquoi le feraient-ils ? Qui accepterait de voyager en avion-poubelle alors qu'il pourrait disposer d'un jet privé ? Qui se contenterait de manger un hamburger dégueulasse alors qu'il pourrait flatter sa langue avec du caviar et un vin fin ?

— Ta vision du monde est égoïste, Sonia. Ça me fait peur.

— Et la tienne est naïve, mon pauvre Ernest.

— Mais tu ne vas pas me dire, Sonia, que les organisations qui se mobilisent contre la misère et les injustices sont constituées de ploucs.

— Pas forcément. Je suis certaine que la plupart des gens le font parce qu'ils s'ennuient et qu'ils veulent se prouver qu'ils existent.

— T'as l'esprit bien tordu pour quelqu'un qui prétend ne pas penser.

Il resta encore penché de longues minutes sur la chasse d'eau à enrouler la bobine de ses pensées. Quand il revint au salon, Sonia était assise devant la télévision. À ses pieds, trois chats lampaient du lait dans un bol. Il la dévisagea longuement, puis dit brusquement :

– Il faut que je sorte.

– Où vas-tu ? demanda-t-elle, inquiète. Qui va préparer le repas ? Tu sais bien que je ne suis pas très douée pour ces choses-là.

– Faudrait bien penser à quitter cet endroit, Sonia, dit Ernest. Je ne pourrai bientôt plus le payer, sans compter les harcèlements de Rosa Gottenberg.

– Il faudrait que tu te trouves un emploi.

– Dans quoi ? As-tu fait attention à l'atmosphère anti-Blancs qui règne par ici ? D'ailleurs, les quelques entreprises privées qui pourraient éventuellement m'embaucher ont toutes rejeté ma candidature.

– Et ça t'étonne ? ricana Sonia. Mais personne ne saurait avoir dans son équipe un activiste professionnel.

– Peut-être qu'il faudrait que je rentre à Boston. Je pourrais facilement y trouver un emploi.

– Dans quoi ?

– Professeur, par exemple. J'ai un mastère. Ce qui veut dire que tu ne pourras pas continuer à vivre dans ce pays toute seule.

– J'ai toujours été seule. Je sais me débrouiller.

– Donc je ne te suis d'aucune utilité, Sonia.

– Je n'ai pas dit ça. Rosa Gottenberg va revenir à de meilleurs sentiments, j'en suis certaine. Quant à l'argent, tes amis nègres que tu défends si bien pourraient peut-être penser à t'en prêter un peu, non ?

– Je ne vois pas comment. Ils ont déjà tellement de mal à survivre. Franchement, la situation est inquiétante.

– Il ne faut jamais désespérer, Ernest. Tant qu'il y a la vie... Qui sait ce qui pourrait arriver demain ? Peut-être que Rosa Gottenberg se fera trouer la peau par un nègre quelque part ? Ou chasser du pays avant que... Qui peut nous dire ce qui se passera demain ou dans un mois ?

– Je ne veux pas son malheur ! Je lutte pour plus d'égalité et de justice dans le monde. On ne peut pas prôner l'amour et pratiquer la haine, tu sais.

– Tout va s'arranger, j'en suis certaine.

Pas rassuré pour un sou, il s'en alla chez Mama Tricita, une grosse négresse à l'angle du carrefour des trois têtes coupées, où des ouvriers noirs viennent prendre leur cuite et où on peut tâter le cul des négresses qui sentent le vin de palme pourri. Mama Tricita, ça ne la dérangeait pas qu'un Blanc vienne. Elle avait toujours un grand sourire et des yeux remplis d'un liquide lumineux qu'elle posait sans discrimination sur tous les hommes, comme s'ils avaient été ses enfants. Et il se sentait fichtrement bien chez Mama Tricita. Son cœur malmené se reposait et même, s'il éclatait en sanglots, elle lui servait un café chaud avec de l'alcool de maïs qui ôtait des épines de son corps. Et loin d'elle l'idée de poser des questions. Que demander d'autre à la vie que de se sentir le bienvenu, protégé par les yeux d'une femme qui vous accueille avec amour ? Alors seulement, il pouvait penser à Sonia doucement, comme s'il la dessinait ou la gravait dans son sang.

4

Blues prit un chemin à travers la brousse. Les minuscules talons de ses sandales se tordaient sur les sentiers escarpés et poussiéreux. Grimpe, grimpe, petite chèvre des montagnes. Transpire, parce que, on a beau faire, la vie est un cercle qui se referme toujours au point précis d'où il est parti. Il émanait d'elle un je-ne-sais-quoi, quelque chose qui n'avait rien à voir avec son insouciance habituelle. La réaction de James l'avait glacée. De loin en loin, lui parvenait le requiem à la mémoire d'Ignazzio qui s'en allait frapper chez saint Pierre. Le laisserait-il entrer au paradis ? Ou est-ce que le vent de ses péchés était si violent que les portes se claqueraient sous son nez ?

Blues eut une moue. Des feuilles mortes craquaient sous ses pieds. La beauté de la forêt éclatait comme bulles au soleil. Les baobabs fixaient le ciel pour l'éternité. Les frangipaniers jetaient leurs fleurs au sol sans compter. Les orangs-outangs aux fesses rouges tournaient vers elle leurs têtes hirsutes, puis la précédaient, en voletant de branche en branche. Soudain elle s'arrêta le cœur battant. Une masse marron déboula des arbustes épineux, puis se perdit entre les branchages secs et noirs.

Enfin elle vit le village replié au fond de la vallée, avec ses toits de tôle et de chaume roussis par le soleil, ses murs de bric et de broc, posés comme des croûtes sur le visage de l'univers. De loin, il semblait nimbé d'une nappe de lumière cristalline. Des paysans portant des houes ou des régimes de bananes faisaient des taches çà et là dans le paysage. C'était là que Shona vivait. Elle dégringola des hauteurs en courant. Depuis combien d'années ne l'avait-elle pas revue ? Dix ans ? Douze peut-être. Qu'était-elle devenue ? Petite, elle venait jouer aux abords de la Plantation et Blues la rejoignait, en cachette. C'est ici, non ? Là-bas... un peu plus loin. Les maisons des pauvres se ressemblaient, avec leurs façades poreuses où le soleil venait se nicher, sous les manguiers, traînaillaient des bidons vides et les oiseaux y picoraient dans la brise du soir. On la regardait d'un œil désapprobateur, il était rare qu'un Blanc vînt traîner la poussière de ses chaussures par ici. « Faites attention où vous mettez les pieds », lui dirent des enfants qui jouaient à pousse-pierre. Blues bouscula une fillette avec un seau d'eau sur sa tête – « Mais qu'est-ce qu'elle fait ici à nous emmerder », fit la gamine. Puis elle vit une femme sous une véranda avec deux rides d'amertume tombant à pic des ailes du nez jusqu'au menton tremblant, elle reconnut Kadjërsi, la mère de Shona. Elle tressait des gousses d'ail.

– Bonjour madame Kadjërsi, dit Blues, essoufflée d'avoir couru et transpirant d'émotion.

– Que viens-tu admirer que tu ne connaisses déjà ?

demanda la femme, et ses gousses demeurèrent suspendues en l'air.

Elle planta sur Blues ses yeux dont l'éclat de la pupille contrastait avec la noirceur bleutée de sa peau.

– Parce que vous, les Blancs, vous voulez toujours admirer quelque chose chez nous. La façon dont nous attachons nos bébés dans nos dos, dont nous pilons le manioc, dont nous portons l'eau sur nos têtes. Que veux-tu admirer ?

Face à ce barbelé d'ironie, Blues fixa ses sandales rouges finement tressées et vit les jambes mangées par l'éléphantiasis de son interlocutrice.

– Je passais par là, dit Blues. Je voulais savoir ce que devenait Shona. C'était mon amie.

– ... ?

– On jouait ensemble autrefois.

– ... ?

– Je peux savoir où elle est ?

La négresse la regarda avec incrédulité, comme si elle avait été une calebasse fêlée. Puis elle souleva son bras gonflé de cellulite, doigta l'entrée de la maison bringuebalante.

Blues s'avança furtivement comme si elle craignait de se faire rabrouer. Ses yeux pianotèrent devant l'étagère en rotin emplie de casseroles en aluminium et d'assiettes incassables.

– Shona ? appela-t-elle.

Des gémissements. Visage tendu, elle tenta d'en localiser la provenance, tout en marchant sur des pointes. Ça sentait mauvais. C'était l'odeur de la paysannerie. Un mélange de viande séchée et de moisissure. Elle poussa une porte, l'esprit tout chiffonné. Dans la chambre, un matelas de paille bruissait sous les gesticulations d'une femme accroupie sur un drap sanguinolent. Une bassine en aluminium cabossée scintillait d'urine et d'excréments. Un faisceau de lumière éclairait les grosses joues de Shona, des joues d'engrossée, gonflées de nutriments en prévision de l'allaitement à venir. De la sueur inondait son visage. Sa tête pendait en arrière et ses cheveux, attachés par un ruban, s'indignaient de toute cette souffrance. Ses jambes écartées dévoilaient son sexe où apparaissait une boule de poils.

– Qu'est-ce que t'as, Shona ? demanda Blues dévitalisée devant ce spectacle.

Elle avait vu à la télévision des images d'un monde boitillant sous le poids des crimes, des viols, des enfants frissonnants de faim et des bombes à explosions meurtrières, mais ça, jamais. Et ça, jaillissait des entrailles de Shona. Et ça, lui arrachait des gémissements de douleur. Cette scène des commencements bloqua tant le cœur de Blues qu'elle se mit à reculer. « Madame... », murmura-t-elle. Puis, s'apercevant que la peur muselait sa voix, elle posa sa main sur sa gorge : « Madame », cria-t-elle. Elle se précipita vers Kadjërsi, tremblant de tout son corps :

– Venez vite, madame... Shona... Shona va mal.

– Rien à foutre, dit Kadjërsi furieuse. Que la vie sépare le vrai de l'ivraie. Je l'avais pourtant avertie que les hommes ont des mitraillettes entre leurs cuisses. Je ne voulais pas qu'elle finisse dans la gadoue. C'est de sa faute. Qu'elle expie ses fautes et que Dieu décide du reste.

Et Kadjërsi continua à tresser ses gousses d'ail, parce que rien d'extraordinaire ne se déroulait présentement dans son monde. Sa mère avait connu ça. Sa grand-mère avait connu ça. Des générations des femmes précédentes avaient vécu ça.

– Je lui avais pourtant dit de ne se faire belle que le dimanche pour le Bon Dieu qui est là-haut et veille sur elle.

Blues amarra sa crainte à quelque chose d'invisible et retourna dans la chambre de Shona. Elle se tint debout devant l'accouchée et se perdit en conjectures. « Que dois-je faire, Seigneur ? » se demanda-t-elle en bridant le sanglot qui lui écorchait la gorge. « Tu vas te bouger les fesses, oui ou non, petite mauviette ? l'insulta une voix intérieure. C'est ça la vie, sale et moche. »

Blues se pencha vers Shona, parce qu'il y a des situations qui vous obligent à vous démâter et à porter des fardeaux plus lourds que vos épaules.

– Pousse. Pousse. C'est bien, chérie. Encore un peu de courage.

Le bébé se vida sur le matelas, gluant et visqueux, en poussant un gémissement de chat échaudé, puis se tut. Blues cria d'effroi. Des chiens aboyèrent. Qu'est-ce qu'il fallait faire maintenant ? Ah ! le cordon. Il fallait couper le cordon. Il y avait du sang, du sang partout, jusqu'aux sandales de Blues.

À l'extérieur, des paysans avaient rejoint Kadjërsi qui laissait tomber de ses lèvres les cailloux qui encombraient son âme :

– Je voulais pour elle une vie de Blanche, disait Kadjërsi.

Une vraie vie de Blanche avec des corsets ajustés, de grands chapeaux, des chaussons de satin. Pourquoi elle m'a fait ça ?

Un vieillard envoya un crachat dans la poussière rouge, roula des gros yeux avant de partir d'un jet :

— Parce qu'elle pense, comme la plupart de nos filles, qu'il est bon de vivre l'histoire de la rose innocente et du rossignol dont le chant fait s'ouvrir un à un les pétales, dit-il.

— Est-ce qu'elles ne savent pas que de nos jours, un enfant ça coûte cher ? demanda une femme qui avait un nourrisson attaché dans son dos et un fœtus dans son ventre. Et en outre, c'est source d'ennuis !

— C'est de l'ignorance, dit Koukouro qui jouissait d'un prestige particulier, parce que seul à posséder un brevet d'études élémentaires.

Il réajusta ses lunettes à la monture cassée et ajouta :

— L'illettrisme conduit l'homme vers la bestialité. L'instruction, voilà ce qui sortira le nègre de la nuit noire de la misère.

— Non, le coupa la femme bébé au ventre-bébé au dos. À bien y réfléchir, c'est l'envie du sexe qui les pousse à fioriturer partout. Il suffit de leur enlever ce désir du sexe brut, du sexe gros plan point à la ligne. Les études n'ont rien à voir avec cette vilaine gourmandise.

Et tandis que dans la cour on discourait sur les pommes pourries et les fleurs malsaines, sur ce qui justifiait que des jeunes filles se comportent en chamelles en chaleur et baisaillent dans les fourrés, Blues déchira un morceau de drap et y enveloppa le bébé.

– Il est mort ? demanda Shona, les yeux brillants d'espoir.

– Non, dit Blues, en ôtant du revers de la main des perles de sueur de son front. Il est vivant. Je remercie le ciel de m'avoir fait vivre ça. Je ne m'en croyais pas capable, tu sais ?

Puis, elle partit en paroles fondantes sur le nouveau-né.

– Il est si mignon ! Regarde, regarde ses petits poings fermés.

Shona, épuisée et transpirante, lui accordait les broderies d'un sourire, mais ses yeux qui avaient pactisé avec les horreurs lui disaient : « T'as pas vu que ce môme m'est tombé du ventre comme un fruit pourri ? Ah, non ! petite garce à gourmette gravée à ton nom. Tu peux te payer le luxe de t'enthousiasmer devant cette chose fripée. Moi, je ne sais quoi en faire. Je vais mal, le sais-tu seulement ? »

– Il faut qu'on aille à l'hôpital, dit Blues.

– Pour quoi faire ? demanda Shona. Il est né tout seul.

– T'as encore quelque chose de coincé. Je crois que c'est le placenta. J'ignore comment le sortir. Et puis le bébé se violace.

À l'extérieur, les villageois soudés dans leur désapprobation s'écartèrent lorsqu'ils les virent sortir en clopinant dans le soleil. On n'avait rien à voir avec ce butin coupable. « *Shame !* » crièrent des enfants qui leur jetèrent des cailloux.

– Blues ! cria soudain Shona en se crispant.

– Qu'est-ce qu'il y a ? demanda Blues. Tu ne te sens pas bien ?

– Regarde, dit simplement Shona en indiquant la masse rougeâtre qui venait de s'écrouler, plouf, dans la poussière.

– Que veux-tu qu'on en fasse ? demanda Blues, dépassée par les événements. Il faut que tu te laves. Viens...

Sous ce soleil à vous éclater les os, elles descendirent péniblement vers le fleuve, laissant aux chiens galeux le luxe de se disputer les restes de l'accouchement. Elles s'arrêtèrent à l'endroit où le bras de l'affluent s'élargissait jusqu'à manger une végétation touffue. Des centaines de pélicans y étaient si serrés les uns les autres que le terrain qu'ils occupaient vibrait. Elles pénétrèrent dans l'eau, leurs vêtements gonflaient tels des voiliers au-dessus des vagues. Le bébé criait et frappait les flots de toute la force de ses petits pieds.

– Il a faim, dit Blues.

– J'ai pas encore de lait, dit Shona en palpant ses seins.

– Qu'est-ce qu'on va faire ?

– Quand il n'aura plus rien à dire, il va se taire, fit Shona.

Elle puisa l'eau avec ses mains et la fit boire au bébé en utilisant son pouce, comme un biberon. Le bébé se désaltéra en émettant des bruits de succion et s'endormit.

– Qu'est-ce qu'il est mignon ! ne cessait de s'enthousiasmer Blues. *So sweet !*

Toutes mouillées, elles remontèrent jusqu'à la grande route. Des oiseaux multicolores défiaient le ciel en vols planés. De temps à autre, un bus enguirlandé au nom évocateur – « Paradis des anges », « Pneus de Dieu », « S'en fout la vie » – filait à vive allure pour s'éventrer quelque part dans les montagnes. Blues faisait de grands gestes de la main, mais personne ne s'arrêtait. Épuisées, elles s'assirent sur l'herbe séchée et attendirent. Des paysannes passaient, leur jetaient un œil : malchance ! Et se hâtaient, pliées sous le poids de leurs chargements. Un tourbillon fit entrer un grain de sable dans les yeux de Blues. Shona se pencha pour le lui ôter.

– C'est qui le père ? demanda Blues à son amie.

– Qui veux-tu que ce soit en dehors d'un homme ? demanda Shona en se penchant vers le bébé.

– Il a bien un nom, ce papa ?

– J'en sais rien, moi, dit Shona. Peut-être Honguro ? Peut-être Bouganga ? Mais à y regarder de plus près – et elle fixa intensément le bébé –, il ressemble assez à Tchuros. Le même nez écrasé, les mêmes lèvres sensuelles, les mêmes cheveux fins qu'on a envie de caresser.

– Les trois sont ses pères, alors ? demanda Blues incrédule.

– J'en sais foutre rien. Mais qu'est-ce que ça peut bien faire, le père ?

– Pour t'aider à élever l'enfant, Shona.

– Peut-être bien qu'on fera comme avant, dit Shona en croisant ses mains sur sa poitrine comme une petite fille. Peut-être pas. Le lundi, Honguro s'occupait de moi. Le mercredi, Bouganga me cajolait. Le vendredi, Tchuros me berçait, ainsi de suite, jusqu'à clore la semaine capitaliste. Mais, le samedi, je me débrouillais, comme dit le petit Jésus : « Aide-toi et le ciel t'aidera », et le dimanche était réservé à la sainte Église chrétienne.

Et elle sourit, Shona, simplement, malgré l'épreuve difficile qu'elle venait de traverser. « Est-ce cela la vie ? » se demandait Blues. Des mots comme dépravation, débauche ou dissolution des mœurs picotaient sa langue sans jaillir de sa gorge. Ce soir, pendant le repas, elle partagerait avec sa famille le sourire de Shona qui souriait aux mauvais tours du destin, parce que sourire est ce qui reste à faire lorsqu'on ne sait plus quoi faire.

— Et toi ? demanda Shona. T'as quelqu'un ? Bien sûr ! T'es si belle et si riche ! Qu'est-ce que ça fait de faire l'amour dans de la soie ?

— Et si ces hommes refusaient d'assumer leurs responsabilités à l'égard du petit ? demanda Blues en évitant de répondre à sa question. Comment feras-tu ?

— Et alors ? s'exclama Shona. Je sais traire les chèvres. Je sais ramasser du bois. Je sais faire du feu. Je sais cuisiner. Je sais pelleter la terre. Je sais planter les grains de maïs. Je sais faire des enfants, tu en as la preuve dans tes bras. Je sais marcher des kilomètres sans me fatiguer. Je sais aussi baiser. Es-tu capable de faire tout cela ?

Un pick-up bringuebalant pila à quelques pas d'elles et sortit Blues de l'embarras. Elle ne voulait pas reconnaître ouvertement qu'elle était incapable de réaliser ces choses de rien qui, selon Shona, donnaient sens à la féminité. Le chauffeur les observa à travers son rétroviseur. De loin, elles reflétaient tant de douceur que ses yeux pétillèrent.

— Vous avez besoin d'aide, les filles ? cria-t-il. Venez, je vous dépose.

Elles montèrent dans le véhicule et rendirent nerveux le chauffeur.

— Qu'est-ce que cet enfant ? frissonna-t-il. Je ne veux pas être responsable de...

Déjà il rouvrait la portière et son cou velu s'enflait et dégonflait :

– Sortez !

Les boutons de sa chemise pétèrent sous la compression de son gros ventre en colère :

– Allez-vous-en !

– S'il vous plaît..., supplia Blues. Je vous en prie... Le bébé est vivant mais risque de mourir si on ne l'amène pas à l'hôpital. Ayez pitié.

Le chauffeur accepta finalement. Quel mal y aurait-il à profiter de cette occasion pour déverser sur ces belles ses paroles mortes, ses actes manqués, ses angoisses, ses débandades, surtout son affliction depuis que cette pute l'avait lâché au milieu de nulle part ? La salope ! Des nuits et des jours passés ensemble sur les routes à livrer du bois. Il l'avait cajolée, la faisait jouir à fond la caisse.

– Ah ! vous ne pouvez pas connaître notre bonheur. Elle jouissait quand j'accélérais, la putain !

Oh, oui ! Oh, oui ! Quel malheur ! Qu'allait-il devenir sans elle ?

– Peut-être qu'elle va revenir, dit Blues pour l'encourager.

– Oh ! cette fois c'est foutu, dit-il en larmoyant. Ce n'est plus qu'une montagne de ferraille sans rien dans le ventre. L'entreprise va me proposer un autre camion à ce que m'a dit le contremaître. Mais remplacer ma Duchesse, jamais !

Ils roulèrent et ce que le monde avait de plus beau s'ouvrait devant eux. Çà et là, des masses de rochers formaient comme un château dont les hauteurs se confondaient avec les nuages. Des cascades d'eau jaillissaient en bouquets. Des pâturages et des champs de maïs s'étendaient en pente douce le long des vallées, puis cédaient la place à une végétation plus dense. Des fleurs sauvages à cœur rouge, certaines à tiges jaunes ou violettes, coupaient la parole aux hâbleurs. Des villages surgissaient, blottis sous des frondaisons. Devant les cases de terre battue, des animaux jouaient leur rôle éternel : des coqs prétentieux caquetaient et cherchaient bagarre ; des cochons couinaient, désireux d'aller s'embourber dans les marécages ; des zébus coléreux sabotaient la poussière et des agneaux à queue grasse se laissaient tondre en bêlant. Des enfants aux visages blanchis par la poussière leur adressaient des saluts pathétiques parce qu'ils voulaient eux aussi aller se perdre dans la grande ville. Des chats hargneux et des chiens errants marchaient le long des trottoirs défoncés.

Le chauffeur fit le tour de ses mésaventures, puis se tut. Il arrive toujours un moment où le malheur se fatigue. Blues regardait tout, sauf le bébé dans ses bras. Elle priait tandis que Shona dormait, impudiquement décontractée, comme un manguier qui a fini d'offrir ses fruits. Elle récita trois Je vous salue Marie et six Notre-Père afin que Dieu qui est là-haut ne punisse pas le pauvre innocent pour les offenses de la mère indigne.

Ils arrivèrent aux abords de la ville et il n'y eut plus rien, que des rues qui se croisaient et des feux rouges qui servaient de pots de fleurs, parce que personne ne les respectait. On se klaxonnait. « Salaud ! T'es pas à Ouaga ici ! » On se tirait la langue : « Va te faire foutre ! » Des rangées de bicoques s'entassaient au fond des abîmes. Sur des cordelettes, des culottes exposées à toute la pollution des grandes villes se couvraient de saleté. Des poules ulcérées par le vent qui leur retroussait les plumes poussaient des cris suraigus. Des chèvres qu'on traînait par une corde pleuraient leur liberté perdue. Des mendiants dépliaient leurs misères et tendaient leurs mains amaigries aux passants. Des mamas assises derrière leurs étalages vendaient ce qu'il y avait à vendre, des beignets de haricots ou de maïs, des mangues en tas ou du poisson fumé. Des enfants à moitié nus et au ventre ballonné jouaient dans des flaques d'eau pourrissante sous des panneaux publicitaires où un bébé joufflu lampait un verre de lait : MA MAMAN EST TOP. ELLE ME DONNE CHAQUE MATIN DU NESTLÉ.

– Je me sens mal chaque fois que je traverse ces quartiers pauvres, dit Blues. C'est horrible.

– Il y a beaucoup plus horrible, dit le chauffeur d'une voix sévère. Et puis vous ignorez une chose, mademoiselle, c'est qu'il y a de la beauté dans cette lutte féroce pour la survie.

– Peut-être, dit-elle en fermant ses yeux et, presque instinctivement, elle ne les rouvrit que lorsqu'ils se trouvèrent dans la grande avenue.

Les immeubles, autrefois soigneusement entretenus par les colons, n'étaient plus que des amas de béton mangés par la lèpre, mais c'était mieux pour les yeux car leurs rez-de-chaussée abritaient des boutiques. On était submergé de chapeaux, de robes, de chaussures, de soutiens-gorge, de crèmes et de bijoux. Des antennes paraboliques étalaient leur laideur sur ce qui restait des fenêtres ouvragées. Sur les balcons fleuris d'autrefois, s'entassaient des outils de toutes sortes posés à la va-comme-je-te-pousse. Entre les immeubles, des terrains vagues servaient de dépotoirs au milieu d'une végétation sauvage. Des bureaux et des bureaux, des ateliers de confection, des études de notaire, de fret, des restaurants chinois, des boulangeries où s'amoncelaient des gâteaux ronds et des petits pains ventrus, des affiches publicitaires de GUINESS IS GOOD FOR YOU, et d'ÉTANCHEZ VOTRE SOIF AVEC COCA-COLA, LA BOISSON DES CHAMPIONS ! À regarder ces bâtisses se détériorer dans l'indifférence générale, Blues se demanda si l'ex-colonisé cherchait à se débarrasser des vestiges du passé, à moins que cet état de délabrement général ne fût qu'une manière inconsciente de retourner aux cocotiers.

— Réveille-toi, Shona, dit-elle en la secouant. Nous sommes arrivées. Comment vous remercier, monsieur ? demanda-t-elle en se tournant vers le chauffeur, un sourire de circonstance sur les lèvres.

— Priez pour que je retrouve une nouvelle Duchesse.

— Je n'y manquerai pas.

Aux urgences, rien n'urgeait. Les brancardiers prenaient leur temps en bavarderies, tandis qu'un accidenté se vidait de son sang. Des infirmières vêtues de blouses et de bonnets blancs amidonnés passaient nonchalamment devant les malades sans leur jeter un regard. « Madame, s'il vous plaît », suppliaient les gens. Elles agitaient leurs bras, puis disparaissaient. Au guichet, une réceptionniste aux yeux hématite demandait les noms et les notait avec langueur sur un registre, donnant au temps tout le temps qu'il voulait prendre.

– Mademoiselle, s'il vous plaît..., dit Blues.

– Faites la queue, lui ordonna-t-elle.

– Mais...

– La belle époque de la colonisation est terminée, lui dit-elle agressive. Faites la queue comme tout le monde, je vous dis.

– Ça sert à rien d'insister, dit Shona. C'est la loi. Il faut attendre.

Blues eut une démangeaison et ses joues se crispèrent sous une violence contenue. Attendre quoi ? Que l'enfant crève ? Que Shona s'infecte ? Dans la salle d'attente, des femmes abonnées à laisser faire le destin geignaient tranquillement. Elles chassaient de temps à autre une mouche qui mangeait le visage malnutritionné de leurs enfants. Zzzzzzz, faisaient les mouches. Tsssss, rétorquaient les mères, et puis elles s'affalaient sur les bancs, aussi flanflan que le couscous de maïs qu'elles affectionnaient. Blues sentait un brouillard de haine l'envelopper. Elle pouvait presque lire dans les pensées de ces femmes : « Qu'est-ce que tu fais ici, petite Blanche ? Pourquoi ne vas-tu pas dans vos cliniques privées où les médecins sont plus expérimentés parce que formés en Occident ? » Elles étaient convaincues que la petite-bourgeoise dont la salle de bain puait bon l'eau de Cologne, avec son miroir géant qui agrandit l'âme, ses douze brosses en argent, ses lingettes nettoyantes, venait se foutre de leur gueule. L'espace d'un cillement, les négresses s'agitèrent et cette antipathie silencieuse fit pétiller des larmes aux yeux de Blues.

66

– S'il vous plaît, docteur, je vous ai amené un bébé très très malade, dit Blues en se précipitant sur un chauve qui sortait d'une salle à la porte verte.

Surpris, le médecin regarda la jeune fille dont le visage se froissait en d'imperceptibles sanglots.

– Entrez, entrez donc, lui dit-il.

– Que non ! dit une maman bouboutée et très en chair en bougeant ostensiblement ses fesses. Elle est arrivée après nous. Elle doit attendre comme tout le monde.

– Ouais, s'exclamèrent les autres en sortant de leur léthargie. C'est pas parce qu'elle est blanche que cela lui donne des droits. On en a assez de passer derrière eux pour ramasser leurs ordures.

– Ça n'a rien à voir avec le fait que je suis blanche, docteur, dit Blues anxieuse, en regardant attentivement le front bombé du gros médecin. Mais le bébé peut mourir si...

– Les nôtres aussi sont à l'article de la mort, rétorquèrent les négresses, en concert.

Puis, comme une leçon mille fois rabâchée, elles frottèrent leurs sandales sur le sol au carrelage blanc :

– On a en marre d'échanger cent vies noires pour une vie blanche.

– Mais, c'est pas mon bébé, dit Blues. Il est tout noir. Regardez, regardez donc...

– On s'en fiche, dirent les femmes.

Le médecin comprit qu'elles étaient dans les méandres de l'histoire, avec son esclavage, sa colonisation et ses exploitations abusives de l'homme par l'homme. Que ce qu'il pourrait dire ne saurait calmer cette houle de colère.

Il chassa un pou imaginaire de ses cheveux, puis utilisa un passe-partout de phrase pour les extraire de cette fournaise de tourments :

— Calmez-vous, mesdames, dit-il, jovial. Je comprends et compatis. Mais, voyez-vous, il faudrait quarante médecins de plus, pour abattre tout le boulot.

— Et si l'on organisait une manifestation ? demanda Blues, pleine d'espoir. On paie des impôts dans ce pays. On pourrait marcher jusqu'au Parlement, exiger la construction d'hôpitaux et avoir plus de médecins.

Les femmes la dévisagèrent, consternées. L'une d'elles, portant un fichu jaune sur sa tête, la toisa comme si elle avait été un cacabas.

— Manifester ? Il ne vous suffit pas que vos arrière-grands-parents aient esclavagisé nos aïeux. Voilà maintenant que vous désirez nous expédier en prison.

Puis, elle envoya un long crachat par terre, rejetant Blues et ce qu'elle symbolisait.

— Elle est un peu jeune, la demoiselle, dit le médecin, ironique. Faut lui laisser le temps de faire ses expériences.

— Je ne vois pas le rapport avec mon âge ! dit Blues.

— En voyez-vous avec vos origines ? lui assena celle qui était très en chair en guise de restez tranquille.

L'assistance se torpilla de rire. C'était triste, c'était gai, c'était beau de s'esclaffer au milieu de cet amas de malheur. Qu'est-ce qu'elle croyait la Blanche ? Qu'on l'avait attendue ? Qu'on ignorait les dysfonctionnements du régime ? Et quoi encore ? On avait l'expérience de cette terre et de ces hommes. Qu'elle s'en aille pérorer ailleurs, merde ! Mais qu'attendait donc le Président élu démocratiquement à vie pour chasser ces colons du pays ? Ne voyait-il pas qu'ils empoisonnaient l'air qu'on respirait ?

Blues voulut protester, mais la froideur de leurs yeux l'en dissuada. Puis, zut ! Elles n'ont qu'à mariner dans leur misère intellectuelle et morale aussi épaisse qu'une soupe aux arachides. En outre, elle avait soif. Elle s'était rudement agitée depuis ce matin pour avoir si soif et sentir autant la fatigue, mais ça allait passer avec un bain relaxant, un shampooing cheveux doux et une chemise de nuit empreinte du parfum des roses que Nanno faisait sécher sur des étagères.

— De toute façon, dit le médecin en jetant un coup d'œil au bébé de Shona, il n'est pas très malade. On va lui donner du sérum. Et après, vous pourrez le ramener à la maison.

— Mais...

— Ne vous inquiétez pas, dit le docteur. Je ne renvoie chez eux que les vrais malades, prêts à mourir.

— C'est odieux ! s'exclama Blues.

— Non, mademoiselle. J'économise les lits pour ceux qui peuvent espérer guérir.

— Cela veut-il dire que le petit va mourir ?

— Ne vous inquiétez pas... Vous pouvez avoir confiance.

— Bien sûr que j'ai confiance en vous !

Elle faillit ajouter : « Vous êtes gros et les gros ont toujours bon cœur. »

— Le médecin a raison, miaula Shona qui profita de l'occasion pour se débarrasser de Blues et lui arracher son bébé : Tu peux rentrer chez toi.

— Mais...

– Merci, Blues, dit Shona. Je te rendrai visite un de ces jours.

Amen.

La nuit descendait du ciel. Les lucioles s'éveillaient et une impression de paix se déposait sur la terre, quoique, avec les hiboux dans les arbres et les concerts de crapauds, on ignorât ce qu'était le silence total. La pleine lune paradait sous la voûte d'étoiles. Chez les Cornu, la table décorée de fleurs et de chandelles brillait de la blancheur du linge de maison. Sei, une servante de vingt-deux ans en tablier rose, un bonnet sur la tête, servait le dîner sous le regard vigilant de Nanno qui n'en loupait pas une pour dénoncer ses maladresses, si bien que la bonniche débutante ne savait quelle posture donner à ses jambes arquées, dans quel axe il fallait se pencher pour servir. De temps à autre, elle gratouillait l'acné sur son front bombé, ce qui chez elle traduisait un profond malaise.

Tout ça était presque parfait, mais Blues ne s'en réjouissait pas. Sa sole grillée refroidissait. Ça ne passait pas. Ça restait coincé quelque part entre le gosier et l'œsophage.

– Qu'est-ce que tu as ? lui demanda son père. Tu n'as pas faim, ma chérie ? Cette sole est parfaitement réussie pourtant !

– N'êtes-vous pas au courant, chers parents ? dit Fanny, sarcastique. Blues a accouché une femme du village de Tsombi aujourd'hui. Elle l'a même accompagnée à l'hôpital public. Quelle fabuleuse expérience, n'est-ce pas, sœurette ?

Des yeux interrogateurs se posèrent sur Blues et elle raconta l'histoire sans omettre un détail.

— Tu dis que sa mère se nomme Kadjërsi ? demanda Thomas en blêmissant.

— Oui, tu la connais ? dit Blues, pleine d'espoir.

— Pas vraiment, rétorqua Thomas, mais sa lèvre supérieure se couvrit de sueur et quiconque le connaissait voyait que quelque chose le dérangeait.

— Je ne comprends pas qu'une femme puisse désirer un enfant dans cet univers de violence, dit Catherine.

— Tu nous as pourtant eues, maman, dit Blues. Et c'est dans le même monde.

— Pas totalement, ma fille. Que va devenir le fils de Shona ? Il va souffrir, point final.

— C'est trop injuste, fit Blues.

Puis elle se lança dans une diatribe sur les inégalités dans le monde, sur les injustices et les guerres qui déchiraient toute idée de fraternité entre les peuples. Catherine se tourna vers elle, bien décidée à la reconvertir à des propos plus orthodoxes :

— Tu ne trouves pas qu'on a assez de problèmes, Blues, pour ne pas nous encombrer des misères des autres ?

— Non ! cria Blues. Toute cette injustice me révulse...

— Arrête de nous casser les oreilles avec tes revendications à la noix, dit Fanny. Et encore, si tu le faisais avec subtilité et intelligence, ajouta-t-elle perverse. Tes arguments sont aussi vitaminés qu'un manioc séché.

— Sans compter qu'ils apportent de l'eau au moulin des petits voyous comme Ernest Picadilli, fit Thomas.

— C'est qui celui-là ? demanda Fanny.

71

– Un Blanc qui se prend pour Karl Marx et Tolstoï à la fois, dit Thomas. Il prétend aider les Noirs à organiser la résistance contre notre exploitation éhontée. De toute façon, Rosa Gottenberg a décidé de lui faire la peau juridiquement.

– Il doit être très laid, dit Fanny. Seul un Blanc très laid peut se montrer aussi con.

– Et si on changeait de sujet ? demanda Catherine en voyant des larmes trembler aux paupières de Blues.

Et tout le monde fut d'accord pour parler chiffons, de la robe qu'on porterait pour le bal des MacCarther. On bifurqua sur le dernier feuilleton télévisé. Les sujets légers excitent l'appétit et Blues s'en convainquit en portant sa fourchette à sa bouche. Elle trouva que la sole avait changé de goût.

Elle était presque heureuse lorsqu'elle souhaita bonne nuit à sa famille. Mais lorsqu'elle eut achevé de donner à ses cheveux cent coups de brosse, qu'elle se coucha sur son lit à baldaquin fleurant bon la lavande, des larmes qu'elle ne contrôlait pas envahirent ses yeux. Que faire, Seigneur, devant tant de misère ? Elle s'en voulut d'être Blues et non une de ces femmes africaines qui travaillaient seize heures par jour pour nourrir une ribambelle d'enfants dont la plupart mourraient avant l'âge de cinq ans.

Quelqu'un jetait des petits cailloux à sa fenêtre, tac tac. Elle se leva et scruta la nuit.

– James ? souffla-t-elle. Mais qu'est-ce que tu fais là ?

– Je ne cesse de penser à toi, souffla le jeune homme. Je peux monter ?

– Chut ! Mes parents peuvent t'entendre. J'arrive.

Elle descendit l'escalier sur les pointes, enveloppée dans son pyjama en soie, ouvrit et le guida dans l'obscurité. Chut ! chut ! chut ! Il ne faut pas réveiller les parents. Dans la chambre, il alla à l'essentiel, l'engloutit sous un flot de baisers aussi doux qu'une rosée de matin ensoleillé. Elle s'écarta brusquement :

– Qu'est-ce qu'il y a, mon amour ? demanda le garçon.

– Je suis fatiguée. Est-ce que ça te dérangerait si on se voyait une autre fois, James ?

– Non, bien sûr ! dit-il précipitamment, cachant son désir.

Il supputa que, comme une garce de haut vol, elle l'avait emmené sur les cimes d'une fausse promesse pour le laisser choir dans les abîmes de la déception. Il ravala sa déception et se laissa docilement raccompagner avec la même prudence jusqu'à la porte que Blues referma soigneusement derrière lui. Elle y appuya son dos et pensa : « Est-ce cela, l'amour, cette chose dont les poètes, le théâtre, l'opéra exaltent les délices et les tourments et pour laquelle beaucoup d'amants sont prêts à mourir ? Cet extraordinaire frisson, puis plus rien ? Où est passée l'ivresse de ce matin ? »

Toute à ses pensées, elle sursauta lorsque la lumière s'alluma. Thomas était debout en haut de l'escalier et l'observait.

– Que fais-tu là à cette heure, ma petite Blues ? demanda-t-il en descendant les marches.

– Je n'ai pas sommeil, papa. J'avais décidé de prendre un peu l'air.

– Dis-moi ce qui te tracasse, mon amour, dit-il en caressant lentement ses bras.

Blues sentit sa gorge se contracter. Oserait-elle lui demander ce qu'il restait de son amour pour Catherine ? S'aimaient-ils encore au bout de toutes ces années où certains jours ils ne s'adressaient même pas la parole ? Autrefois, elle les avait surpris se couvant des yeux ou s'échangeant la langue dès qu'ils se croyaient seuls. Aujourd'hui, en dehors des frissonnements après petit-déjeuner, ils ne s'embrassaient plus en public. Elle n'allait pas parler de sexe avec son père.

– C'est cette histoire d'injustice qui te préoccupe encore, n'est-ce pas, ma princesse ? Allons ! Personne n'y peut rien. Tu verras, tu t'y habitueras.

Bien sûr qu'elle s'y habituerait. Elle irait à la réception chez les MacCarther. Elle danserait du hip-hop dans sa magnifique robe bleue. Elle danserait sur le bébé de Shona, une poussière de misère de plus. Elle swinguerait sur ces enfants aux ventres ballonnés, à la peau mangée par la vermine, aux intestins bouillonnants de parasites. Coupé-décalé ! Twist ! Twist ! Dombolo ! Makossa. Elle danserait *here comes the sun*, comme d'habitude, *health the world*. Elle valserait sur Brel, tim-tim-tim-la, on n'oublie rien de rien, on s'habitue, c'est tout, car après tout, ce n'était pas de sa faute si le monde marchait la tête à l'envers.

– J'ai peur des mesures d'expropriation, dit-elle en fixant le visage effilé de son père que le soleil et le temps avaient craquelé. Qu'allons-nous devenir, papa ?

74

– Ça t'intéresse vraiment ?

– Oui. Mieux vaut que je sache ce qui se passe réellement.

– Alors, suis-moi..., dit Thomas en l'entraînant à sa suite dans son bureau, je vais te montrer.

Blues aimait cette pièce aux larges poutres, éclairée par deux fenêtres hautes et au sol recouvert de vieux tapis aux couleurs fanées. C'est dans les livres de cette bibliothèque qu'elle avait appris la plupart des choses qu'elle connaissait de la vie. Enfant, elle s'y réfugiait pour lire, rêver ou pleurer en berçant sa vieille poupée de chiffon. Ses genoux au menton, elle y retrouvait le bien-être fœtal. Elle vit son père sortir d'un tiroir des coupures de journaux, des comptes rendus de débats parlementaires, qu'il étala sur son magnifique bureau imitation Louis XVI. Blues en prit connaissance et, au fur et à mesure qu'elle lisait, son visage se fermait comme devant les vingt-sept perversités.

– Qu'en dis-tu, ma chérie ?

Puisqu'elle le lui avait demandé, il lui avait transmis les choses qu'il savait, ce qui se complotait. Il voulait qu'elle prenne la vie au sérieux, qu'elle soit déterminée à faire face d'une âme égale à ses épreuves et à ses joies. Il ressassa les petites offenses que commençaient à subir les Blancs. Il pesta contre ces Noirs qui s'insurgeaient contre leurs privilèges.

Blues écoutait, mais n'avait rien à dire. Quelque chose lui échappait dans cette folie des hommes. Quelque chose qui la touchait profondément, mais qu'elle n'arrivait pas à exprimer. Elle choisit de conclure.

– Tout cela ne signifie pas qu'ils vont nous arracher nos terres, père. Ils ne le feront pas.

– Que Dieu t'entende, ma chérie.

5

Très tôt à l'aube, on nettoyait la maison dans son intégralité, avec une précision militaire. « Au travail, bande de fainéants ! » criait Nanno en français. Puis, elle secouait ses cheveux cotonneux et entrait dans cette intime conversation entre la ménagère et son quotidien. « Il n'y a plus de produit à récurer, il faudrait penser à en racheter. Il faut songer également à l'eau de Javel. » Elle concluait : « De toute façon, avec les nègres, il est difficile de travailler dans une ambiance harmonieuse. »

Nanno était de la famille avec trois points de suspension. Elle servait et obéissait depuis deux générations. Elle avait suivi les Cornu dans la misère et la fulgurante ascension sociale ; dans les grands malheurs et les petits bonheurs. À la mort du père de Thomas, elle avait regardé Thérèse faire ses comptes, avait secoué ses cheveux crépus, puis sorti sa patronne de sa pauvre comptabilité :

– Il y a bien longtemps qu'entre nous, Madame, ce n'est plus une question de marchandage de tapis.

Elle était restée, aidant Thérèse dans l'éducation des enfants, choyant Thomas son préféré dont la blondeur

77

infantile l'avait séduite au-delà de la simple satisfaction des yeux, comme si elle s'était incrustée dans sa peau jusqu'à un lieu d'où elle ne pouvait plus l'extraire. C'est presque en tant qu'héritage meuble qu'elle s'était retrouvée au service du maître de la plantation, dévouée et soumise. Son avenir était du passé. Mais elle rêvait encore. Elle demanda à Blues de lui enseigner les secrets de la grammaire et de l'orthographe parce que Nanno, bonne à tout faire, aimait tout ce qui était français, ou qui aspirait à paraître français. Elle était au fait des codes et usages sociaux les plus minutieux de la France. Elle joyeusait lorsqu'on servait un bœuf bourguignon ou un steak de zébu sauce tartare. Il y avait dans ses chichis franchouillards une manière correcte de poser sa cuillère quand on avait fini de s'en servir ou une façon de croiser les jambes en s'asseyant.

Blues avait accepté avec joie de formaliser la quête verbale et orthographique de Nanno. Dès lors, à l'heure où le soleil faisait signe aux hommes de rentrer à la maison, Nanno grimpait la petite pente qui séparait la demeure des maîtres des cases des domestiques sous les rires des autres Noirs :

– Pourquoi veux-tu apprendre à lire et à écrire à ton âge ? lui demandait-on.

– Parce que la vie est comme un serpent, disait-elle en posant une main fatiguée sur son dos. Elle a besoin de changer de peau.

Et elle changeait de peau en prenant son service. Ses pieds cornés avançaient à petits pas secs partout où se trouvaient les domestiques, dans les granges ou dans les chambres, dans les écuries ou dans la cuisine : « Le travail c'est bon pour la santé et le balai est votre salut ! » clamait-elle en donnant des airs sévères à son visage, dont le noir ébène avait mué en gris. Et on obéissait, parce que ce qu'on lavait, c'étaient les péchés du monde, les souillures du monde, ses mille exactions et ses deux mille injustices par seconde. On savait qu'on était des damnés mais on était heureux de humer de très près les délices de la civilisation. Pas comme les Bushmen, ces nègres capables de tuer un frère, d'en extirper le cœur et de le faire cuire au soleil. À force à force, la boyerie fredonnait cette chose et cette chanson sans rythme flottait dans les arbres, soulevait des nuages de poussière qui la faisaient éternuer :

Le travail est mon salut
Nul ne saurait me l'enlever.
Le travail est mon bonheur,
Je polis, je récure et rien ne saurait
me séparer de mon balai.

On lavait le sol marbré à grande eau. On cirait les meubles. On dépoussiérait les étagères. On récurait le cellier et la cuisine. On blanchissait. On pliait les draps et si par malheur leurs extrémités ne se croisaient pas dans un parallélisme parfait, Nanno frappait dans ses mains : « Qui a fait ça ? » demandait-elle, outrée. Sa mâchoire se contractait, des insultes fusaient de ses lèvres avachies : « Bushman répugnant ! Macaque de Zoulou ! Tu vas me refaire ça, tout de suite ! » Quand cela lui paraissait suffisant, elle allait se poster près du téléphone, prête à répondre au premier dring : « En qui ai-je honneur ? »

Mais, ce matin-là, Blues n'est pas là pour écouter Nanno

répondre : « En qui ai-je honneur ? » Sur son cheval, elle est seule à savoir jusqu'où aller et quand s'arrêter. Des champs et des champs, avec du maïs ou des orangers, des bananiers ou des ananassiers s'émiettent sur des dizaines de kilomètres, filant droit comme tracés au cordeau, à perte de vue dans l'horizon clair. Oui, vous qui la voyez sur son cheval, aussi droite qu'une corde que l'on tire, elle a l'air de quoi ? De quoi a-t-elle l'air avec ses cheveux blonds cascadant sur ses épaules comme des beignets, ses yeux verts capables d'enferrer un poisson ? Oui, de quoi a-t-elle l'air dans son débardeur rouge, son bermuda blanc et ses baskets blanches ? D'un être de chair et de sang ou d'un caca-chat, à cacher dans la profondeur d'une montagne pelée ? Les gens qu'elle croise la traitent moins qu'une sans-respectation, à moins qu'elle ne soit devenue aussi invisible que l'air qui passe, et nul être au monde pour lui lancer un gentil bonjour. « Qu'ai-je donc fait ? C'est à cause de cette histoire de terre ? Vous me détestez parce qu'on vous a dit que j'ai confisqué ce qui vous appartient ? Je ne vous comprends pas. Il y a à manger pour tout un chacun dans ce beau pays. Les forêts sont remplies de buffles, de rhinocéros, d'antilopes, de lapins, de pangolins, de chevaux sauvages, et mille sortes de créatures peuplent nos eaux. » Elle a envie de leur couper la route, d'écarter les bras aux vents et de crier : « Aimez-moi. Chantons ensemble *"Blessed Be the Land of Zimbabwe"*, comme autrefois, lorsque la vie soudait Blancs et Noirs dans un chœur immense. » Que feraient-ils ? Ils souriraient. Les Noirs vous sourient toujours pour ne pas vous dire le fond de leurs pensées.

Elle chevaucha vers l'est, à travers la savane, jusqu'au

moment où un nuage de poussière surgit à l'horizon. C'était un troupeau d'antilopes qui fuyait le diable seul sait quel prédateur. Alors elle, les fesses en apesanteur comme si elle voulait s'asseoir dans le vide, galopa jusqu'à l'intérieur du troupeau. Elle se sentait se démultiplier, en mille éclats de bonheur qui descendaient dans ses tripes. Elle sentait le rythme de son ventre et de son cœur remonter à l'unisson jusqu'à l'enfance, jusqu'au commencement, lorsque le Président élu démocratiquement à vie n'avait pas encore semé des boutures de haine et des plants de racisme qui entortillaient le peuple dans un magnifique engrenage de violence. Les animaux prirent peur, effrayés par sa présence. Ils s'éparpillèrent, la laissant dans une suée d'émotions. Des nuages flottaient à l'horizon comme des boules de laine dans un vallon d'iris bleus. Une hyène riait quelque part. Un lion rugit. Un corbeau, lui sembla-t-il, remportait quelque chose vers les cieux. Des vagues devaient se briser contre un rocher et elle pouvait les entendre. Elle sauta à terre, attacha son cheval à un arbuste. Elle s'enfonça dans les fourrés. Elle avisa un ruisseau enfoui sous des arbres aux troncs tortueux. L'eau paraissait sombre et noire entre les frondaisons. Elle s'y lava le visage, puis s'assit sur la berge. Rien ne bougeait entre la terre et le ciel. Des poissons-chats arrivaient par petits groupes, fins et espiègles, l'invitaient à entrer dans leur ronde. Elle les entendait rire, peut-être riaient-ils d'elle, mais elle ne bougeait pas. Soudain, une dizaine de guêpes dansèrent dans l'air autour d'elle. Elles s'élevaient au niveau de ses yeux, redescendaient sans cesse de bourdonner.

– N'ayez pas peur, mademoiselle, dit une voix d'homme dans son dos. Elles ne vous piqueront pas.

Blues se crispa. Les verrous de sa raison se cadenassèrent et les portes de son cœur se verrouillèrent.

– Venez avec moi, dit-il en lui prenant le bras et en l'éloignant du ruisseau. Elles sont belles, n'est-ce pas ?

Elle releva la tête et lui lança un regard chargé d'une déception sans appel. C'était un Blanc d'une trentaine d'années, taille haute, cheveux noirs. Son menton donnait l'impression de le précéder lorsqu'il marchait. Seuls ses yeux gris pailletés de jaune retenaient le soleil.

– C'est assez prétentieux de ma part d'essayer de chasser en vous un sentiment aussi vaste que la peur en vous racontant la beauté des choses, dit le jeune homme en souriant.

– Sachez, monsieur, que dans la brousse je n'ai peur que de l'espèce humaine, fit Blues, le visage crispé de colère.

– Vous voulez dire que vous avez peur de moi ? demanda l'homme interloqué.

– Parfaitement. Il n'y a pas d'animal plus dangereux dans la forêt que l'homme. Sur ce, bonne journée.

– Je m'appelle Enio, cria l'homme. Franck Enio.

Elle sauta sur son cheval, tant pis pour elle, inconsciente de sa charge érotique, double tant pis pour elle – car au même moment, dans la salle de conférences d'Addis-Abeba, le Président élu démocratiquement à vie tentait de bantouser l'Afrique. Sa figure aussi noire que minuit luisait de transpiration. Ses yeux au blanc très blanc fixaient l'assistance, comme désireux de la cramponner à ses lèvres rouges. Sa barbichette en frétillait de contentement. Ses épaules s'en agrandissaient presque d'orgueil. Les boutonnières qui lui servaient d'yeux redressaient les dieux tombés. Il vannait tant de midis et de magnifiques minuits qu'on en oubliait qu'il avait dépareillé l'Afrique, sabordé les Noirs et fouaillé dans des fosses à bananes pour se maintenir au pouvoir.

— J'annonce au monde entier, disait-il, la mise en place des réformes agraires dans mon pays. On en assez que les Blancs possèdent plus de quatre-vingt-dix pour cent des terres ; qu'ils nous exploitent, nous esclavagisent, nous colonisent ; que les paysans noirs crèvent de faim. Vive la libération du Zimbabwe ! Vive l'Afrique !

Il était si ouvert à toutes les flatteries que ses bras s'agitaient lorsqu'il parlait. Ses lèvres taillaient une tranche de mer vive dans l'obscurité de la désespérance nègre. Sa voix égrillarde tressait l'émotion aux couleurs de la rancœur. Il harangua tant l'assistance en grand pourfendeur de l'impérialisme mondial qu'une ronde éclata en battue des mains. On le félicita : « Bravo, monsieur le Président ! », et encore : « Parmi les présidents, vous en êtes un, monsieur le Président. » On eût cru que cet ex-agent des services secrets britanniques reliait le centre du monde à sa périphérie, tant les éloges grimpaient dans un même élan, dans une même fulgurance et dans une même énergie. Et c'était cocasse de voir cet ex-agent des services secrets britanniques battre ses confrères à l'applaudimètre. Les autres chefs d'État se sentirent si honteux de ne pas savoir rester droits dans leurs tennis face aux Occidentaux qu'ils baissèrent la tête et expirèrent des relents de jalousie.

Le ciel était en flammes lorsque Blues revint à la Plantation. Dans les champs, les ouvriers cassaient le soleil à l'ombre des manguiers. Même les mouches fatiguées bruissaient à bas régime. Devant l'écurie, un groupe de domestiques jouaient à un jeu sans tête ni queue où ils abattaient leurs cartes, et leurs yeux fixaient de temps à autre la résidence principale où Nanno s'était assoupie à côté du téléphone.

– Quand est-ce qu'elle crève, cette vieille peau ? demandait Sei, le corps trempé de sueur.

Ses lèvres charnues jetaient des pierres :

– Je la hais.

Elle posait ses bras fins et noirs sur ses hanches :

– Qu'est-ce qu'elle croit ? Que les Blancs vont l'aimer comme un des leurs parce qu'elle nous maltraite ?

– On n'en serait pas là si certains d'entre nous ne sacrifiaient pas leurs frères au profit des Blancs, déclara Nicolas, un jeune métis, garçon d'écurie. Si l'esclavage a réussi et a duré aussi longtemps, c'est de notre faute.

Un grand silence appréciateur s'installa. Et tous fixèrent le superbe métis, avec sa peau noisette, ses yeux aussi profonds que les grottes de la forêt sacrée, ourlés de cils fournis, longs et bouclés. Sa chemise ouverte découvrait une chaînette en plaqué or et un buste parfait. Il était si beau qu'il en était effrayant.

– J'ai envie de lui trouer la peau, dit Sei.

– Fais-le et tu finis en prison, dit John-John Bikolo, le vieux jardinier noir.

Ses yeux pâles et brouillés tournaient dans son visage ratatiné comme un pruneau.

– Elle n'en vaut pas la peine. Il faut la laisser crever toute
seule.

– Dans son lit ? demanda un autre domestique outré.

Double John secoua son crâne chauve et s'enfila une
prise de tabac dans le nez :

– Parfaitement, dans son lit, dit-il en grimaçant comme
quelqu'un qui n'a plus aucun appétit. Toute seule et la
laisser pourrir.

– Elle marinera dans sa purulence, dit un boy.

– Les asticots rempliront sa bouche.

– Les lombrics ressortiront par ses oreilles.

– Elle explosera comme le sac de merde qu'elle est.

– Des rats danseront sur ses intestins !

– Des cafards pondront leurs œufs dans son crâne !

C'était si horriblement beau, le sort de Nanno, qu'ils
étaient prêts à inventer des nuits entières invectives et insultes nouvelles. Ils n'envisageaient pas l'avenir. Ils ne s'y
projetaient pas. C'eût été un désastre, une hérésie presque,
de voir si loin. Ils en auraient perdu le fil de leur propre
histoire. Ils jouissaient du malheur imaginaire de Nanno
et celui-ci éclatait comme des bulles qu'ils contemplaient
sans y croire. Il dérivait référencé sur l'immense fleuve des
cancans domestiques : « Qu'elle crève la bouche ouverte !
ha ! ha ! ha ! » Et comme ils ignoraient de quoi demain
serait fait, ils se soulageaient ainsi pour s'arracher le courage
de continuer à mener leurs vies de misère que même la
misère snobait.

Ainsi allaient leurs vies, si bien qu'ils ne virent Blues
qu'à l'instant où ses baskets splashèrent le sol. Alors, ils

s'éparpillèrent comme un groupe de fourmis dont on vient de péter le rang.

— Nicolas, appela-t-elle de cette voix si particulière à ceux qui ne lavent pas la vaisselle, qui ne secouent pas les draps.

— Oui, Mademoiselle, dit le jeune métis.

Il se tenait au garde-à-vous presque, et attendait les ordres. Comme un chien, se dit Blues. Oui, comme un chien, il lui manque seulement de bouger la queue.

— Mon père est-il revenu de son bureau ?

— Non, Mademoiselle.

— Très bien. Fais rentrer le cheval. Donne-lui à boire.

— À vos ordres, Mademoiselle !

— Cesse de m'appeler Mademoiselle. Je m'appelle Blues.

— Comme le souhaite Mademoiselle.

Quel mal dégrossi ! songea Blues. Il était aussi largué qu'un Blanc sans cervelle qui croit que tous les Noirs sont des imbéciles.

Quand il ne s'occupait pas des chevaux, Nicolas s'asseyait sur le rebord de la fenêtre en sifflotant, et pensait au sort qui était le leur et qui était en train de changer. Il prônait la révolution, mais répondait à des petites annonces du style : « Devenez riche grâce à cette magnifique amulette cathare », ou : « Vous êtes jeune, plein d'initiative ? Nos secrets de réussite sont à vous pour dix cents... Fabriquez de l'eau et gagnez des millions ! » Il découpait ces macaqueries dans les vieux journaux et les remplissait soigneusement de son écriture malhabile. On pouvait le voir, aux heures de sieste, taper des pieds sur les sentiers qui conduisaient à la poste du village, les mains dans les poches de son pantalon trop large, son crâne rond, cerclé par ses rêves.

Et quand vous lui demandiez : « Où cours-tu ainsi, Nicolas ? », il s'arrêtait de siffloter, souriait et rétorquait : « Chercher mon courrier, mon cher. J'espère que la poste ne l'a pas égaré. Voilà des jours que... » Et les secrets de la réussite finissaient par arriver, avec leur lot de fausses espérances qui lui donnaient à croire qu'un jour viendrait, très proche, où son petit nom Nicolas symboliserait la richesse.

— Mais enfin, Nicolas, lui avait dit à maintes reprises Blues, ne commande pas ça ! Ce sont des attrape-nigauds ! Penses-tu que s'ils avaient trouvé le moyen de gagner beaucoup d'argent, ils seraient là à te faire payer leurs conneries ? Réfléchis !

— C'est parce qu'ils sont plus généreux que certains, Mademoiselle, zézéyait-il. Il y a des secrets dans la nature qu'on ne maîtrise pas.

— Et alors, pourquoi es-tu toujours aussi pauvre, si leurs trucs marchent ?

— Peut-être bien parce que je ne suis pas à la lettre les recommandations ? Peut-être bien parce que je n'ai pas de chance, allez savoir !

Il haussait les épaules, lançait un rire débonnaire, simplement parce qu'il voulait garder l'espoir fallacieux qu'à force d'y croire il deviendrait riche.

— Qu'est-ce qui te prend depuis un certain temps, Nicolas ? dit-elle en fixant son visage qui était étrange lorsqu'il ne souriait pas. Il m'est souvenir que nous étions amis !

— C'étaient des enfantillages, Mademoiselle. Aujourd'hui, nous sommes des adultes responsables.

— Est-ce à dire que tu ne m'aimes plus ? demanda-t-elle en lui prenant les deux mains. Qu'est-ce qu'il y a ?

– Rien, Mademoiselle. Mais quand on grandit, les rêves grandissent si fortement qu'ils explosent, Mademoiselle. Je suis votre domestique, même si votre père a été très bon pour moi après la mort de ma mère. Je nettoie, balaie, récure pour vous donner l'impression que le monde n'est que beauté.

– Tu ne vas pas me dire qu'il est si horrible de servir ?

– Non, je l'avoue, Mademoiselle, dit Nicolas en arrondissant sa bouche en une feinte stupéfaction. Ce qui est atroce, c'est de savoir qu'à votre tour personne ne vous servira, que vous n'avez même pas le droit de rêver qu'un jour vous posséderez une belle demeure et dormirez dans des draps sentant bon la lavande. Que diriez-vous si vous étiez à ma place ? demanda-t-il avec un sourire politique. Vous voyez-vous galérant pour vous acheter des chaussures démodées ? Vous sentiriez-vous aussi propre si vous vous laviez dans une bassine et que vous faisiez vos besoins dans la brousse ? Faites un effort d'imagination, Mademoiselle ! acheva-t-il en retenant presque un gloussement.

– L'amitié n'a rien à voir avec ces énumérations comptables, que je sache, dit Blues dépitée.

– Que savez-vous de l'amitié vraie, vous qui n'avez connu jusqu'à présent qu'un univers dans lequel l'argent permet de tout acheter ?

Il resta quelques instants attendant sa réponse, bras croisés et yeux fixés sur l'horizon. Il ne voulait pas qu'elle vît que son cœur basculait, que des têtes d'épingles démangeaient ses sens et qu'il lui fallait respirer-souffler pour que ses mains n'aillent pas pagayer ses cheveux, que ses lèvres n'usent pas les siennes en une chamboulée de baisers. Quelque part des gens fredonnaient une mélopée branlante en quête de mélodie. Et comme aucun vent de paroles utiles ne venait à la bouche de la jeune femme, il dit :

— Si Mademoiselle n'a plus besoin de mes services...

Puis il prit les rênes du cheval pour s'occuper de son boire et de son manger. Blues lui tapota les épaules, comme on caresse généreusement le dos d'un brave animal.

— Ah te voilà ! s'exclamèrent joyeusement Alex et John en surgissant brusquement dans leur champ de vision. As-tu oublié que nous avions rendez-vous ?

— Qu'est-ce qui ne va pas ? demanda John.

Et comme s'il avait eu magiquement un aperçu de la gravité de la situation dans laquelle elle se trouvait, ses sourcils se froncèrent :

— Dis, ne serait-ce pas, par hasard, ce boy qui t'a manqué de respect ? Veux-tu qu'on le punisse pour insubordination ?

— Non, non, dit la jeune fille, en s'écartant de Nicolas dans une trottée de vierge effarouchée. De toute façon ces méthodes ne sont plus de mise de nos jours, grâce à Dieu.

— Mais on se battra pour que rien ne change ici, s'exclama John, théâtral. La Rhodésie est et restera la Rhodésie, quoi qu'en disent ces sauvages !

— Ces sauvages sont nos concitoyens, le coupa fermement Blues. Il faut apprendre à les respecter, à défaut de les aimer. Et puis, il n'y a plus de Rhodésie. Nous sommes au Zimbabwe.

— Tu ne serais pas comme ta tante par hasard ? lui demanda John horrifié.

— Qu'est-ce qu'elle a à voir tante Mathilde dans tout ça ?

– Il y a tellement d'histoires sur son compte, dit Alex. On dit qu'elle est l'amie des Noirs et des communistes. On raconte qu'elle a même eu deux enfants métis. C'est vrai ?

– J'en sais rien, dit Blues. Il y a bien longtemps que tante Mathilde ne nous a pas rendu visite. Mais je sais qu'on est aujourd'hui au Zimbabwe et non en Rhodésie.

– Laisse-moi en douter, déesse de mes insomnies, dit John. Leurs intentions en changeant le nom de notre si cher pays, c'est de nous faire croire qu'il n'est plus le nôtre. C'est psychologique, vois-tu. Tout ce qu'ils veulent, c'est nous exproprier et nous chasser. Je préférerais mourir que de quitter cette terre.

– On prendra les armes si nécessaire, renchérit Alex.

– Expropriation ! Expropriation ! Tout le monde n'a que ce mot à la bouche. Si vous désirez mourir, libre à vous ! Vous m'agacez à la fin ! il faut que j'aille me doucher.

Nicolas suivit du regard les jeunes gens qui s'éloignaient en plaisantant. Sa rage était grande. Ses lèvres pincées froissaient des injures sans les prononcer. Ce n'était pas encore la goutte d'eau capable de faire sonner les canons de la vengeance. Leur contentieux était antérieur et flottait dans des démesures historiques ; on en retrouvait les traces sur la terre, sous la terre et même dans la mémoire des descendants des vivants dans l'eau et dans l'air. Cela demandait un sursaut du Zimbabwe noir comme la haine, un secouage de la Rhodésie blanche comme la peur, et un comptage minutieux des hibiscus rouges de tout le pays, afin d'obtenir la quantité de sang versé, celui des Ndebelés et des Shonas, ceux des Sothos et des Tongas à qui l'on avait fait

90

des déclarations des droits de l'homme à désafricaniser, à pacifier et à unifier tout en les excluant du bien-être mondial. Un jour viendrait peut-être... Nicolas serra ses poings, c'est tout ce qu'il pouvait faire... pour l'instant.

6

D'après le *Who's who* local, l'aïeul des jumeaux, Michael Ellioth, avait participé à la guerre de 1896 contre les peuples ndebelé et shona. Cette boucherie avait duré des semaines dans le fracas des fusils à deux coups et des lames d'épées entrecroisées. On éventrait les femmes enceintes, puis on expédiait les fœtus chanter « Doux Jésus » avec les étoiles. On déchiquetait l'âme des fillettes et leurs entrailles rendaient l'air irrespirable jusqu'au fond de la galaxie. Quand on eut achevé de poignarder les vieillards, que les uniformes des colons furent rouges du sang des autochtones, qu'il n'y eut plus rien à tuer, on instaura la suprématie blanche.

Ils habitaient au cottage, l'une des plus anciennes demeures coloniales de la région. On y accédait par un vieux pont en bois sous lequel chuintait un ruisseau. Sa façade inspirée des grandes plantations sud-américaines rappelait des atrocités transatlantiques ; ses colonnades blanches et ses balcons fleuris, témoins la nuit d'orgies et de violences secrètes, vous disaient le jour combien la vie était belle. Chaque génération avait tenté d'y rendre l'existence transitoire plus agréable et plus confortable, si bien que le temps semblait s'y être arrêté. Le passé jaillissait dans le présent et le présent interpellait le passé dans un enroulement d'objets et d'aménagements. Derrière la maison se trouvait encore la cabane en bois où le grand-père rangeait ses objets. Elle faisait face à un superbe court de tennis. Plus loin, une piscine olympique s'étalait, mièvre comme la baignoire d'un fantôme, dans le vert foncé de la forêt. Et quoique ayant équipé totalement la cuisine, Abigaël Ellioth s'en méfiait. « J'ai pas confiance en ces machines ! » disait-elle en promenant sa silhouette anguleuse et ses traits énergiques derrière les domestiques apeurés : « Ces machines c'est de l'attrape-nigaud ! » Ses doigts osseux remettaient nerveusement en place quelques mèches échappées de son chignon poivre et sel parfaitement pelliculé. « Elles accumulent la saleté dans les recoins. » Elle les confiançait si peu que le lave-linge avait étincelé un temps au soleil, puis s'était rouillé, sans avoir tourné plus d'une fois et on n'avait jamais entendu le ronronnement du lave-vaisselle. Elle continuait à battre campagne contre la technologie en citant les deux cents familles qu'elle avait connues, ce qu'elles avaient été et les prodiges qu'elles avaient réalisés de leurs mains, sans l'aide de la moindre machine. Les boys écoutaient la patronne, mesuraient les difficultés de la vie de ces gens qu'ils ne connaissaient pas, éprouvaient leurs peines, ce qui les encourageait à continuer à tout laver à la main.

Cela n'empêcha pas Abigaël, un après-midi, de pousser la porte du bureau de son mari et de lui dire :

— Il me faut une nouvelle machine, Erwin.

Elle sortait de la piscine et sa chevelure pelliculée, maintenue de chaque côté par deux peignes argentés, ruisselait sur sa nuque mouillée.

Erwin Ellioth osa une tête hors de ses chiffres. Le soleil jouait à sauve-qui-peut dans ses cheveux de play-boy teintés d'un blond cuivré, brushés avec raie sur le côté gauche. Ses yeux gris-vert réfugiés derrière ses lunettes de presbyte fixèrent les joues creuses d'Abigaël et le duvet de sa lèvre supérieure.

– Mais tu ne les utilises pas, Abigaël, dit-il, en étirant sa bouche effilée et rose. Que veux-tu en faire ?

– Qu'est-ce que ça peut faire que je les utilise ou pas ? demanda Abigaël, agressive. Qu'est-ce que cela peut te faire ?

C'était une question de standing, une manière de faire crever d'envie les autres fermières qui, devant tant de rutilante magnificence, s'exclameraient extasiées : « Que c'est beau ! »

Devant son air mauvais, il pensa à son père et eut envie de sourire. Face aux méchants et aux emmerdeurs, il était dans son élément. Il savait flairer leurs pièges éventuels, dévier leurs embuscades et détecter leurs chausse-trappes comme un Pygmée chasseur. Il avait appris à être doux avec les femmes, surtout s'il ne les aimait pas, et à être à l'aise avec lui-même. Il savait ce qu'il était, ce qu'étaient les choses et ce qu'elles devraient être. Il consulta sa montre.

– Rien, répondit-il, parce qu'il ne comprenait pas grand-chose aux illogismes qui motivaient le comportement des humains et il n'allait pas perdre un temps précieux à démêler l'inextricable.

Ce qui explique sans doute pourquoi il ne faisait confiance qu'à la comptabilité du domaine qu'il gérait sans jamais se tromper d'un zéro.

– Quand l'aurai-je ?

– Le plus tôt possible, dit-il.

Elle tourna ses talons et ses cheveux dégouttaient encore. Il avait hâte qu'elle s'en aille se dorer au soleil, vêtue d'une robe fleurie, avant de rentrer continuer à tenir sa maison, à maintenir son monde dans le droit chemin. Et c'était bien ainsi, il se fiait à elle et respectait d'autant plus ses desiderata qu'il avait la certitude qu'ils ne mourraient pas le même jour.

Mêmes cheveux luminescents, mêmes yeux océaniques, mêmes chairs inconsistantes sous les bras et mêmes attitudes de paysans aseptisés, John et Alex étaient ton-pied-mon-pied. Chaque jour les voyait renaître aux mêmes besoins et aux mêmes désirs. L'un improvisait une phrase et l'autre en donnait la chute. Ils racontaient les mêmes blagues et répondaient aux mêmes pointes d'humour. Leurs visages souvent impassibles concentraient le même bouquet d'intelligence qui ne demandait qu'à s'épanouir. Ils sortaient ensemble, s'enroulaient dans leur propre monde, si bien que les malparlants prétendaient qu'ils fricotaient avec les mêmes filles. D'ailleurs, ce fut le même soir à table, au moment de porter la première cuillerée de la mousse au chocolat à leurs lèvres, que leurs pensées errantes s'incarnèrent en verbes :

– J'ai une confidence à vous faire, commencèrent-ils, presque ensemble.

Ils échangèrent un coup d'œil, en arrêt sur image, puis, dans une même précipitation, se passèrent la parole.

– On t'écoute, John, dit Alex.

– Toi d'abord, dit John.

Leurs émotions étaient si désarticulées qu'ils semblèrent s'épier l'un l'autre, avec la finesse des diplomates. Les domestiques arrêtèrent de servir, rétractés par la gravité de l'instant. Abigaël Ellioth avala de travers, toussa, but un verre d'eau et toussa encore, parce qu'elle craignait... quoi ? Qu'un autre monde s'emparât de son esprit ? L'univers était toujours le même, mais elle perçut chaque détail avec plus d'acuité. Elle entendit les hennissements des chevaux, les rires multicolores des gardiens au loin et même ces voix rauques qui traversent nos nuits dans un clabaudage incohérent comme si un mystérieux reflux aspirait le monde :

– Qu'avez-vous de si important à nous confier ? demanda-t-elle, en croisant ses mains vrillées de grosses veines vertes.

Elle redressa son long cou d'autruche déplumée et les ailes de son nez palpitèrent :

– Qui commence ?

– C'est Alex, dit John d'une voix faible.

– Non, c'est toi, John. Tu es né le premier.

John regarda au-delà des cheveux noués de sa mère et dit précipitamment :

– J'aime Blues. J'aimerais l'épouser.

– Moi aussi, dit Alex.

Abigaël sentit la dureté du marbre sous ses pieds. Un gros silence l'embarqua au bout d'elle-même, puis la ramena dans un tumulte d'angoisse.

— Mais vous êtes fous ! hurla Abigaël. Complètement dingues !

— Mais je l'aime ! dit Alex.

— Moi aussi, dit John. C'est l'amour et...

— L'amour ? demanda-t-elle, un sourire séraphique sur son visage. Mais, mes pauvres chéris, c'est un sentiment trop vulgaire. Il faut le laisser aux pauvres et aux Noirs. Puis, cette fille n'est pas des nôtres. Dis-leur, Erwin..., fit-elle en tentant d'arrimer son mari au chaos ambiant.

Parce qu'ici on ne se mariait pas, on s'alliait ; on ne s'aimait pas, on s'accordait... Et, là-dessus, le couple en savait long, car jamais mariage n'avait commencé avec tant de définitions des rôles. Leur union n'avait pas eu besoin de ratification formelle. C'était une évidence du bon sens, aussi palpable que des seins dans la mollesse d'un oreiller. Il gagnerait des prêts immobiliers, des cartes de cantine, des voitures et autres bricoles qui donnent l'impression du bien-être, tandis qu'elle s'occuperait de la maison, des enfants et recevrait des invités comme il faut, d'autant que sa profession d'infirmière ne l'avait jamais enthousiasmée. Ils prendraient des vacances ensemble pour éviter des langues sales dans leurs dos et auraient deux enfants, des garçons de préférence, pour assurer la succession du domaine. Chacun éviterait d'humilier l'autre avec des tromperies conjugales trop voyantes. Ces arrangements avaient été un succès jamais démenti en vingt-cinq ans de cohabitation obligatoire, bénie par les hommes devant les trois doigts abaissés du Seigneur. Elle ne manifestait aucune curiosité sur les fesseries et foufouneries de son époux. Elle considérait son cocuage avec indulgence. « Je trouve désolant qu'un acte que Dieu a créé pour assurer la procréation puisse entraîner les humains dans un tel tohu-bohu d'animalité », avait-elle coutume de dire, hautaine.

Et voilà que cette nuit-là, en la voyant invectiver ses fils, Erwin se demanda quelle serait sa réaction si elle le surprenait avec Sonia, cette coquille à jouissance qui soignait ses démangeaisons de détraqué sexuel. Elle ne donnerait pas les enfoutrés aux malparlances. Elle n'ourdirait pas ce saint complot auquel les femmes outragées sont abonnées. Elle ne crierait pas à la pendaison et à la lapidation des adultérins. Elle se contenterait de clochetter de sa voix grave : « Erwin, ne penses-tu pas que cette petite imbécile est trop jeune pour toi, mon cher ? » Puis, elle jetterait ses yeux en brousse, point final, lui rappelant ainsi qu'un vieux singe de son espèce devrait savoir quelle branche est capable de supporter son poids. Une minuscule sueur perla à son front à cette pensée. La honte, dis donc, mais une honte emplie de plénitude comme une lune d'été ; une honte qui le laissait bavant d'extase. Sonia le tenait par le bas de la culotte, d'ailleurs, de sa vie, il n'avait connu de jeux érotiques aussi exaltants que leurs ébats clandestins. Quelquefois, il laissait son esprit se perdre dans des voies broussailleuses, qui mourraient telle une sérénade avant d'avoir dévoilé tous ses secrets. Il se voyait divorcé et remarié avec Sonia, ici, au cottage. Il l'entendait donner des ordres aux boys, assise à la place d'Abigaël. Elle le regardait goulûment comme on regarde une tarte aux fraises après trois jours de régime. Elle le serrait dans ses bras, l'inondant de son parfum bon marché. Elle recevait ses invités, vêtue d'organdi ou de soie. Puis, ces jolies images se déchiraient

et la réalité prenait le pas. Elle voudrait amener son gosse
avec elle, un bâtard de surcroît, aux mains crasseuses, qui
traînerait ses jouets partout, caca, couches sales, pleurs dans
la nuit – « Maman ! maman !... » Qu'en diraient les autres
fermiers ? Ceux qui l'affectionnaient auraient un sourire
indulgent tandis que ses ennemis feraient traîner derrière
son ombre des ricanements.

Un chien aboya et le temps péta des plombs : il se mit à
reculer inexorablement et Erwin se retrouva une semaine en
amont. Sonia était arrivée à son bureau à l'heure où la nuit
commençait à ouvrir la bouche pour se plaindre de cette
journée qui traînait en longueur. Elle portait un de ces shorts
blancs qui flattent les dépraveries des hommes. Ses jambes
fines luisaient de transpiration et, à travers l'échancré de son
corsage rouge, il sentait que ses seins quémandaient qu'il les
pianote allégrement. Ces images surgies de ses fantasmes
colmatèrent son cœur de touffes de tendresse. Il cacha sa
jubilation derrière une estafilade de mots qui les ramenèrent
à leur pauvre condition d'adultérins.

– Tu as fait attention en venant, n'est-ce pas ?

– T'inquiète, répondit-elle la moue boudeuse. Je n'en
suis pas encore au niveau de souhaiter jouir du prestige
d'être la maîtresse officielle d'Erwin Ellioth.

Il la précéda à l'intérieur, fit coulisser une bibliothèque
et l'introduisit dans sa cachette. Depuis sa plus tendre
enfance, Erwin avait toujours été fasciné par les passages
secrets, les trompe-l'œil, les faux plafonds, les valises à
double fond. En héritant du cottage après la mort de son
père, il avait fait construire une alcôve intérieure dans son
bureau, derrière les étagères de livres. C'est là qu'il se chif-

fonnait dans ses frasques érotiques. Parce que leurs relations étaient censées ne pas avoir de contenu sentimental, ils se déshabillèrent à la lueur des bougies, pressés d'en découdre. Et cette fois encore, la magie de cet endroit ignoré des profanes opéra. Il la culbuta avec frénésie sur le matelas bleu, les yeux remplis d'un voile de jubilation. Il la pila en triturant ses fesses avec un contentement vorace. Ses seins tikilitikilaient et des sons ferraillés fuguaient de sa gorge. Le fier quinquagénaire se relookait en hercule, en Samson. Il n'en revenait pas de réussir à faire gémir une femme de vingt ans sa cadette.

— T'aimes ça, hein, dis ? demandait-il en sévissant avec délectation. T'aimes que je te défonce la chatte ? interrogeait-il en gonflant tel le tapioca dans l'eau chaude. Parle. Parle-moi, petite salope.

Et lorsque les yeux de Sonia se révulsèrent, qu'elle poussa des petits cris d'oiseau, il sentit un bonheur épais couler le long de sa colonne vertébrale. Ils restèrent dans les bras l'un de l'autre, la nuque en sueur de Sonia sur l'épaule d'Erwin, le membre mouillé d'Erwin écroulé sur la cuisse de Sonia qui sentait encore le sperme.

— Erwin ? l'appela-t-elle en se retournant sur le côté.

Puis d'une voix de petite fille qui sait que l'homme est malléable à ses humeurs, elle dit :

— Est-ce que tu pourrais demander à Rosa Gottenberg d'arrêter de harceler Ernest ? C'est mon ami, tu sais ? Le seul ami que j'aie jamais eu.

— C'est lui qui t'envoie ? demanda-t-il en se redressant, furieux de pressentir une manipulation. Ah ! je comprends tout. C'est pas par hasard que tu as rôdé autour de mon bureau, la première fois que je t'ai rencontrée. C'est un plan que vous avez monté ensemble, sachant que je pouvais avoir une influence sur Rosa. Avoue-le !

– Mais pas du tout ! Comment peux-tu t'imaginer de telles horreurs ? Nos corps ne se sont-ils pas parlé assez clairement, depuis le premier jour ? demanda-t-elle en le fientant du regard.

Déjà, elle se levait et enfilait sa culotte. Elle n'avait pas envie de venter, de tempêter, c'était trop d'énergie à perdre pour cet amant fast-food, consommable et jetable vite fait bien fait. Il attrapa son bras, parce qu'il pouvait tout nier, sauf qu'il était amarré à son sexe. La soupçonner de le manipuler était une idée folle, illogique, démente presque, qui ne pouvait que l'amener à s'automalheurer. Il s'approcha d'elle et, ses mains à plat, entreprit de lui masser les épaules. Sonia ferma les paupières parce qu'il n'y avait que cela à faire face à ces bonnes mains qui dissipaient leurs fausses tensions.

– Excuse-moi, ma chérie. Mais, dans ma situation, il est normal que je sois vigilant et que je me pose des questions.

– Lesquelles par exemple ? Je t'ai tout raconté, que je sache.

– Oui. Du moins ce que tu as bien voulu me dire. Comme le fait que tes parents sont morts à Bristol, près de Londres alors que tu étais encore petite, que t'as vécu dans des orphelinats, que c'est Isidor, le père du petit qui t'a amené ici et t'y a abandonnée. Je sais tout cela... – et il eût voulu ajouter : « Mais ce ne sont que des mensonges. »

– Et alors ? Que veux-tu savoir encore ? Ernest n'est pas mon amant.

– Que lui dis-tu quand tu sors me rejoindre, moi... ou quelqu'un d'autre ? Ne me fais pas croire qu'il accepte de jouer les baby-sitters comme ça, pour le plaisir.

– Je ne lui donne aucune explication. Il n'en demande pas d'ailleurs. Il aime Joss, un point c'est tout ! Est-ce si difficile à comprendre ? D'ailleurs, si tu ne veux pas l'aider, laisse tomber.

– Il a commis une faute. Il n'a qu'à payer.

– Il ne pourra rien payer du tout. Il n'a pas un rond.

– Ses parents pourraient lui donner un coup de main.

– Ses parents sont des ouvriers retraités qui vivent dans une banlieue de Boston. Où veux-tu qu'ils prennent l'argent ? C'est pas un bourge comme toi.

– On ne va pas se disputer pour ça, tout de même !

– Non, bien sûr !

Alors, ils choisirent d'agir en gens bien, en se lançant des paroles fondantes comme chocolat au soleil, ces mots qui épurent les questionnements sales, les interrogations profanatrices du plaisir. Elle éclata de rire, s'agita de mouvements frénétiques sans autre objectif que celui d'aller bringuer ailleurs :

– Il faut que je me dépêche de partir, dit-elle en jetant un coup d'œil à sa montre. Il se fait tard.

Il vit que les nuages sur leurs relations s'étaient disloqués et cela le rassura, à cause de cette dépendance qu'il avait de sa coquille à sucre. L'orchestre des étoiles rythmait le ciel lorsqu'il la fit sortir furtivement du bureau, après un dernier baiser. Il la regarda s'éloigner entre les feuilles de maïs sèches qui pendaient comme des vieux chiffons. Les paumes de ses mains aplatissaient leurs épis et ses petits pieds sautillaient entre les mottes de terre grasse. Elle se retourna trois fois, lui fit des gestes de la main, le laissant en homme usé, qui savait malgré sa ferveur que dorénavant, il fallait rouler à l'économie.

« Cette femme m'obsède, se dit-il. Je vais en profiter tant qu'elle est là. Rien de plus. Cette faiblesse est certainement due à la situation précaire dans laquelle je me trouve. J'ai besoin de me raccrocher à quelque chose de léger pour supporter l'angoisse de ce moment. Tout rentrera dans l'ordre lorsque le gouvernement abandonnera son projet de réformes agraires. La paix reviendra. Les affaires prospéreront à nouveau. La vie reprendra son cours normalement. Je me libérerai de son emprise, aussi exquise soit-elle. » Il savait déjà que Sonia ne protesterait pas, qu'elle accepterait la séparation aussi aisément qu'elle avait accepté leur copulation.

– Je t'ai posé une question, Erwin, dit Abigaël agacée. Ça t'intéresse quand même de savoir avec quel type de femme tes fils veulent s'acoquiner ?

– Oui, bien sûr, bredouilla-t-il. Excuse-moi, chérie... Je pensais à notre situation et à nos domestiques : ils sont si vulnérables !

– Et cette vulnérabilité, cette faiblesse nègre, fera notre perte à tous, s'exclama-t-elle véhémente, les yeux fixés sur l'argenterie. Quoi, vous ne me croyez pas ? S'ils n'avaient pas été aussi apathiques, on n'en serait pas là. Le gouvernement n'aurait pas eu besoin de les protéger et notre vie ne serait pas sens dessus dessous aujourd'hui.

– T'aurais fait quoi, maman, si tu avais été noire ? demanda John.

– Je me serais battue dès le départ jusqu'à avoir le dessus et damer le pion à tous les Blancs. Mais voilà, je suis de l'autre côte de la barrière et je garde ce que j'ai. Bon assez parlé. Revenons à nos moutons. Que penses-tu, Erwin, de ta future improbable belle-fille ?

Erwin posa un doigt sur ses lèvres comme un mathématicien qui cherche à résoudre une équation à sept inconnues.

– Vous aimez les filles, mes enfants ? demanda Erwin.

– Oui, papa.

– Beaucoup ?

– On en raffole ! crièrent les garçons.

– Vous avez couché avec quelques-unes, je me trompe ?

Les jumeaux gardèrent silence.

– Bien. Alors, partons du principe que vous en avez connu pas mal, intimement. On peut dire ça comme ça ?

Les garçons hochèrent la tête.

– Quelle différence faites-vous entre les unes et les autres ?

Ils demeurèrent silencieux.

– Vous n'avez pas de mots pour définir vos émotions, c'est ça ? C'est comme si je vous demandais de chanter *Frère Jacques* en chinois ?

– Presque, firent les jumeaux.

– Savez-vous pourquoi ?

– Explique.

– La différence entre les unes et les autres est si infime que cela ne vaut pas la peine d'y sacrifier des principes.

– Que veux-tu dire, papa ? demanda John en arc-boutant ses sourcils.

– C'est comme a dit votre mère, fit Erwin, après s'être

104

raclé la gorge. Notre famille est l'une des plus respectables du pays et cela implique des obligations.

– Les choses ont changé, père, hasarda John. Nous ne pouvons plus...

– ... arriver au sommet d'une colline et déclarer tout de go : « Ces terres sont à moi et ces hommes noirs sont ma propriété » ? demanda Erwin.

Il secoua la tête.

– Oh que si ! Le temps est le même depuis la nuit des temps, fistons. Mon grand-père Michael a cherché de l'or partout : dans les rochers abrupts, dans les fissures des montagnes qui forment des canyons et dans les cours des rivières de ce pays. Il a vendu clandestinement des esclaves, alors que ce commerce était interdit ; il a tondu des moutons et harponné des baleines. D'après vous, pourquoi ? Pour qu'on se sente chez nous partout. C'est ce principe qui distingue l'homme puissant de l'homme ordinaire. L'humanité a juste changé sa manière de procéder ou de nommer certaines choses. Ce n'est qu'apparence, mes enfants. Rien au monde ne change jamais.

Puis, il se leva brusquement de table, jeta sa serviette et Abigaël se tordit la mâchoire. « Très bien, se dit-il en la crochetant des yeux. Voyons voir si tu vas pouvoir m'empêcher de sortir. C'est ce que font les épouses ordinaires, ma pauvre Abigaël. Allez, accouche ! » Elle ouvrit la bouche pour parler, mais il la devança.

– J'ai encore du travail, dit-il.

Abigaël plia ses doigts un à un comme si elle établissait une liste. Les jumeaux étaient pétrifiés. Ils ne comprenaient ni l'un ni l'autre pourquoi leur mère posait elle-même sa

105

tête si complaisamment sur le billot. Ils percevaient chez leurs parents un attachement mutuel fait de perversité et d'une inéluctable nécessité de vivre ensemble.

– Père, tu ne devrais pas sortir la nuit, dit John.

– Qu'est-ce qui m'en empêcherait ? demanda Erwin en le défiant. Ces saligauds de nègres ?

– Tu as envie qu'on te tue ?

– Personne ne tuera personne.

– Il y a déjà eu six meurtres non élucidés parmi les Blancs, papa.

– Et alors ? Peut-être s'agit-il simplement de règlements de comptes ? Je suis toujours vivant et vous aussi. Bien. Il faut que je m'en aille.

Il n'y avait rien à faire, et Abigaël n'avait plus qu'à boire une petite tasse de citronnelle avec un cachet de barbiturique qui donne de très bons résultats pour oublier. Elle n'avait plus qu'à réciter ses oraisons d'une traite, histoire d'archiver ses malheurs, puis à se jeter seule dans son lit. Erwin sortit.

Le terrain de tennis avait la pâleur d'un tas de farine. Les buissons jetaient des ombres d'un noir d'encre qui ondoyaient sous la lune. Il pénétra dans la cabane, prit une lampe électrique et coupa à travers bois. De temps à autre, une bestiole se faufilait entre les hautes herbes. Soudain, il entendit un bruit de pas derrière lui. Il éteignit brusquement sa lampe, se réfugia derrière un arbre et attendit.

– Monsieur Ellioth ?

Il alluma sans cesser de trembler et la lumière flasha les yeux d'un grand Noir à la face d'écureuil, aux lèvres charnues, aux bras si longs qu'ils pendouillaient le long de son corps. Il était vêtu d'une chemise de coton à carreaux.

– Gandoma ! s'exclama Erwin, en se montrant. Qu'est-ce que tu fais là ? Tu m'as fichu une de ces trouilles !

– Je m'excuse, Monsieur. Je me demandais juste si Monsieur pouvait me réintégrer dans son service. J'ai été un bon boy pour la famille. C'était la première fois que...

– Que tu volais, Gandoma ? Mais c'est un péché devant Dieu et devant les hommes, Gandoma.

– Mon fils était malade. J'avais besoin de cet argent. J'ai remboursé Monsieur, avec des intérêts.

Il était si honteux qu'instinctivement ses orteils sandalés fouillaient la poussière. Qu'aurait-il pu faire, Seigneur ! Son fils se mourait et l'argent était là, dans un portefeuille de cuir gonflé qui exhalait une odeur britannique aux effluves complexes. Il ne s'était pas montré gourmand, juste une pincée de billets qui lui avaient servi à régler les honoraires du médecin et à payer les médicaments.

– Je sais. Mais je ne peux pas te réintégrer. Ça serait encourager les ouvriers à commettre des vols, tu comprends ? Ça n'a rien de personnel. Ce sont des principes à appliquer en toutes circonstances. Si l'on avait laissé faire n'importe quoi, tu imagines le chaos dans lequel le monde plongerait ? Oh, non ! Gandoma, tu es quelqu'un de bien et tu ne peux pas souhaiter le désordre dans le monde, n'est-ce pas ?

– Votre père... ! s'écria Gandoma, comme s'il était sur le point de se lancer dans l'évocation d'un souvenir, mais il se tut.

Erwin se dressa de toute sa hauteur telle une place forte,

prêt à faire feu de tout bois. Il en était ainsi chaque fois qu'on lui parlait de son père. Il voulut hurler, mais s'abstint, parce qu'il savait que les nègres pensaient qu'eux, Blancs, avaient une vision secrète du monde, qui leur permettait de voir derrière les apparences. Il se dit que son père avait été un fin politique et un extraordinaire manipulateur. Il méprisait les Noirs mais manifestait à leur égard une cordialité excessive et de pure forme à laquelle ces nigauds ne voyaient que fumée, lui donnant du « Monsieur est servi » en véritables chocolats fondus, grossissant année après année sa personne d'un flot d'adverbes élogieux. Ah, s'ils savaient le tas de fumier qu'il était, ils ne lui rappelleraient pas sans cesse : « Votre père ceci... votre père cela ! »

— Que sais-tu de mon père ? demanda Erwin en contrôlant le timbre de sa voix.

— Si Monsieur éteignait sa lampe, je lui parlerais plus à l'aise, dit Gandoma, en se protégeant les yeux.

— Oh, excuse-moi, dit-il en obtempérant. Alors, qu'as-tu à dire sur mon père ?

— Il ne souhaitait pas notre mort, Monsieur.

— Moi non plus, dit Erwin exaspéré.

— Il aimait beaucoup feu votre mère, Monsieur.

— Ce qui ne l'a pas empêché, à peine deux ans après sa mort, de ramener sa pute blonde. Tu te souviens d'elle ?

— Il aimait les jolies choses, dit le boy, et son visage noirâtre s'illumina sous la lune.

— Non, fit Erwin. Il voulait m'emmerder, c'est tout ! Mais Dieu a rejeté son plan machiavélique en faisant se noyer son bébé et elle-même est morte deux ans plus tard d'une leucémie. Et sais-tu ce qu'il m'a dit un jour, mon père ?

– Non, Monsieur.

– Il m'a dit : « Va chez les putes, fiston, si ça te chante, mais ne les traite jamais en dames. » D'après toi, à quel type de fornicateurs il appartenait ?

Gandoma resta une minute à osciller légèrement d'avant en arrière, les yeux fermés. De loin, leur parvenaient des éclats de rire des Noirs de la Plantation et l'odeur moite de la nuit bourdonnante.

– Pourquoi ne me réponds-tu pas, Gandoma ? Tu sais ce que je crains le plus au monde ? C'est que chacun prenne ce qu'il y a de pire chez l'autre et perde le meilleur de lui-même. C'est ce qui se passe en ce moment, n'est-ce pas ? Les Noirs sont en train de devenir des mauvais Blancs.

– J'ai trop de soucis pour penser à cela, Patron. Ce que je sais, c'est qu'un violeur peut avoir autant de générosité qu'un homme bon après avoir commis son crime. Il peut même être particulièrement bon et particulièrement heureux. C'est ce que je pense de votre père, Monsieur.

– Tu as quand même des sentiments, n'est-ce pas, Gandoma ? Tu sais haïr et aimer, n'est-ce pas ? Par exemple moi. Je suis sûr que tu me détestes parce que je t'ai renvoyé.

– Je ne suis pas fou, Monsieur.

Cette réponse rendit Erwin perplexe. Il ne savait pas dans quel sens l'interpréter. Comme tous les Blancs ici, il savait les choses qu'il fallait savoir sur les Africains, c'est-à-dire l'essentiel. Il avait eu dans son enfance un camarade de jeux noir. Il s'était aperçu que les Noirs utilisaient un crypteur lorsqu'ils parlaient aux Blancs. C'était un don développé par les souffrances du passé, dont ils avaient fait un art dans le domaine de la communication. Ils accueillaient les propos des Occidentaux et y réagissaient avec une subtilité qui faisait croire aux Blancs qu'on était en famille, entre potes et complices. Mais même les « amitiés » que l'on pouvait développer avec des Noirs « évolués » n'étaient en fait qu'une allégeance susceptible du jour au lendemain de dégénérer en haines sournoises qui mijotaient depuis des lustres sur les braises de l'histoire : celle de l'esclavage et de la colonisation. Il eut un frisson en songeant qu'il y avait la même hypocrisie chez ceux qui lui disaient : « Très bien, Monsieur, merci, Monsieur », avec un joli sourire.

– Bonne nuit, monsieur Gandoma, dit-il en reprenant son chemin.

L'homme ne répondit pas, bifurqua à gauche à travers champs et la nuit l'enveloppa. Erwin eut l'impression de l'entendre souffler : « J'aurai ta peau ! » ou « Je vais te tuer ! », mais il n'en était pas certain. Il était si désarçonné qu'il s'engagea sur le sentier menant au ruisseau, oubliant que Rosa Gottenberg l'attendait, qu'il aurait pu reposer sa tête sur ses genoux replets et qu'elle l'aurait aidé à effacer les particules nocives de son cerveau, encore marqué par l'acte monstrueux qu'il avait commis il y avait plus de trente ans. Avant de devenir son amant, il était dans une sinistre solitude, à deux doigts de rejoindre le camp des reclus sociaux qui contemplent le monde derrière leur volet. Mais dès les premiers jours de leurs relations, sa joie de vivre de veuve pétillante avait fait refluer ses angoisses. Il s'était senti rassuré et avait tenu à ce qu'elle sache ce qu'il avait fait, bien qu'ignorant pourquoi il l'avait fait.

– Pourquoi te sentir coupable ? lui avait dit Rosa, après l'avoir écouté.

Elle lui caressait les cheveux.

– Peut-être que réellement tu n'as pas vu l'enfant s'éloigner de la maison et prendre le chemin du ruisseau ?

– Peut-être, avait-il rétorqué sans la croire. Mais je ne dois pas me mentir à moi-même. Les faits sont les faits. L'enfant est mort noyé parce que j'ai dit que je ne l'avais pas vu et qu'ils ont été le chercher ailleurs. La prostituée de papa, Alice, en est morte de chagrin et il a suivi peu après. La question est : Est-ce que je regrette leur mort ? La réponse est : Non. Pas après que je l'ai vu rudoyer et frapper ma mère. Il l'a rendue malheureuse. Non, vraiment, je ne le regrette pas.

Il s'était senti mieux, s'était mis à teindre ses cheveux grisonnants, à porter des lunettes noires et à jouer les hommes dominateurs. Il pataugea dès lors dans toutes les foufounes qui avaient le malheur de croiser son désir. Personne n'échappait à l'incivilité de son bangala. Il s'en allait jusqu'à payer un morceau de la case de unetelle domestique, pour satisfaire sa boulimie sexuelle. On se passait l'information entre mères et filles, entre copines avec des clins d'œil. On vocalisait sur le fait qu'il était prêt à tout pour. On lui faisait payer des droits d'entrée lorsqu'il s'amarrait à un poil. Erwin banquait ici, défrayait là et dédommageait plus loin. Sa vie était devenue si euphorique qu'il dormit d'un juste sommeil, mais conscient que cette absolution était une drogue facile.

Durant toutes ces années, il n'avait pas parlé de son père ; il n'y pensait même pas. Mais depuis qu'il était question des réformes agraires, qu'il n'y avait que ces mots sur toutes lèvres, le souvenir de ce père haï remontait en surface. Il suffisait d'un rien pour que son image envahisse sa conscience. Cela survenait n'importe où, à l'improviste, lors de la réunion des fermiers, dans un geste ou une manière de croiser les mains. Et ce soir, assis au bord de ce ruisseau dans le pullulement des insectes de nuit, le fantôme de son père revenait dans le fouillis des feuillages, entre les murmures de l'eau.

« J'ai pris moi-même l'enfant dans mes bras. C'est moi qui l'ai déposé à côté du ruisseau. Je l'ai fait de propos délibéré, afin qu'il tombe et se noie. Ça, c'est la réalité. Je ne supportais pas l'idée d'avoir à partager le cottage avec ce fils de pute. Tout le reste n'est que pure spéculation. »

Il resta assis là, les os refroidis par son passé, et ne regagna le domicile conjugal que lorsque la nuit, éclopée par les trouées du jour, s'en alla dormir.

7

La Plantation semblait assoupie sous la canicule, entourée de ses clôtures pour empêcher l'accès de ce qui venait de l'extérieur, tandis que ce qui venait de l'intérieur faisait baver d'envie des bataillons de négrillons. Au bord de la piscine, Fanny et Caroline, sa meilleure amie, mangeaient le soleil. Version altérée de Fanny, Caroline était aussi plate que l'autre était pulpeuse ; ses cheveux courts garçonnaient sa figure mais ses petites dents écartées, des dents de chanceuse, émotionnaient tant qu'on la prenait facilement en sympathie. Toutes les deux, frimant derrière leurs lunettes de soleil, se disaient des choses loufoques et s'esclaffaient. Des mots anodins suscitaient chez elles une incompréhensible hilarité. Elles tapaient l'eau des pieds, plongeaient et s'électrisaient dans les bras l'une de l'autre. « Elles s'aiment beaucoup, ces petites ! disait Catherine, admirative. C'est formidable une telle amitié ! »

Fanny était heureuse et cela se voyait aux perles de ses yeux, qu'on aurait pu porter en boucles d'oreilles. Parce que, avec Caroline, tout se passait sans alambic. Elle avait bien essayé quelques hommes, mais aucun n'avait réussi à lui procurer assez de plaisir pour faire danser ses paupières. Elle les voyait s'endormir couillonnement après une double irrigation de son vagin infatigable. Elle s'était habituée à sa frigidité jusqu'à sa rencontre avec Caroline dont la langue étoilait ses sens et l'enveloppait d'un fouillis de couleurs. Et ce, en toute quiétude. On ne pouvait soupçonner entre elles que le simple goût partagé des traités de psychologie que Caroline avait étudiés dans les années tantant, avant d'être engagée comme secrétaire dans une société de courtage à Harare. N'empêche que, par un processus mystique, à moins que cela tînt à son éducation, Fanny espérait encore l'arrivée du prince charmant, celui dont elle rêvait lorsqu'elle s'endormait repue sous l'étreinte de Caroline.

Fanny ferma les yeux, feignant de ne pas voir passer Blues et les jumeaux qui arrivaient à main gauche. Elle exécrait ces descendants de colons et leur ridicule impertinence.

Catherine, en état d'apesanteur, recevait, comme chaque mercredi après-midi, Étienne Pignon, un octogénaire français spécialiste de la pisse à long jet partout où ça le prenait – « La vieillesse, c'est comme l'enfance, l'excusait Catherine » –, et Suzanne Ontarien, qui arrivait chargée de coupures de journaux de mode, prête à confectionner des modèles sophistiqués qui ne voyaient jamais le jour. Avec Étienne Pignon, Catherine parlait du général de Gaulle et des communistes français qu'ils exécraient – « des boches staliniens ». Avec Suzanne, elle réactivait sous les moiteurs des tropiques l'ambiance très parisienne du boulevard Saint-Germain. On se délectait d'Aragon ou de Sartre. On tutoyait Simone de Beauvoir. On tapait sur l'épaule de Gainsbourg. Mais l'épicentre des conversations demeurait incontestablement la diarrhée de la pie et les coliques gastriques du martin-pêcheur, ces oiseaux que Suzanne hébergeait chez elle et qui crottaient partout.

Blues les salua de loin et, bien avant qu'elle ne franchisse le seuil, Nanno quitta son poste téléphonique pour l'accueillir.

– T'étais où, ma fille ? gronda-t-elle. C'est dangereux de courir la brousse comme ça toute seule. Oh, Seigneur ! Tu te rends compte des risques que tu prends ?

– Ça va, Nanno, dit Blues en l'embrassant. T'inquiète.

D'un geste de la main, Nanno expédia ses explications se dévitaliser dans l'air. Elle cassa sa bouche en deux flétrissures de colère et hurla :

– Sei ! Sei ! Sei ! Ah, tu vois Blues, il faut que je crie le nom de cette petite des dizaines de fois pour qu'elle daigne se pointer. Ces gens ne comprennent rien à rien, malgré toute la bonne volonté qu'on déploie. Je ne sais pas pourquoi ils sont si fainéants, vraiment !

Combien de temps passa avant que la fainéante Sei ne fît son apparition en déesse nonchalante ? Une fraction de seconde, une seconde ? Il y a des moments dans la vie où une seconde a tant de longueur qu'il convient de prendre son temps. Sei fixa ses ongles, puis Nanno, ses ongles à nouveau, prête à entendre les mêmes reproches qu'hier et peut-être que demain, ces mots que les esclaves des maisons assenaient à ceux des champs et dont la patronne des domestiques avait fait sa spécialité.

– Je suis là, Madame.

– Tu as bien vu que Mlle Blues était arrivée, oui ou non ?

– Mmmmm..., fit Sei en arc-boutant ses sourcils.

Un cyclone souffla sans la tête de Nanno. Quel toupet !
Ah, les gosses d'aujourd'hui, ils dérespectent les adultes. Ils
simagrent lorsqu'on leur donne des conseils ou lorsqu'on
leur rappelle quelques règles de bienséance. Ne savent-ils
pas que l'expérience des vieux pourrait leur éviter des déchi-
rures inévitables dues à leur trop-plein de fougue ? Ne
savent-ils pas que, comme l'esprit, la sagesse des anciens
les guide vers des morceaux de ciel moins nuageux et les
met à l'abri des coulissements du destin ?

– Qu'est-ce que t'attends pour aller verser son bain à
Mlle Blues ?

– Je peux me débrouiller seule, intervint Blues.

– Reste pas plantée là comme un régime de bananes,
espèce de paresseuse ! hurla Nanno à la jeune domestique.
Sers donc à boire aux invités de Mademoiselle. Entrez,
Messieurs... Faites comme chez vous.

Puis, elle traîna des pieds vers l'écurie où elle trouverait
bien des choses à reprocher à Double John, ce vieux jardinier qui était payé à ne rien foutre.

Blues s'enferma dans la salle de bain, ses pensées saute-
moutonnant. Qui était donc l'inconnu de ce matin dans
la brousse ? Un braconnier de merde, sûrement. Et quelle
guêpe avait bien pu piquer Nicolas pour qu'il se comporte
ainsi ? Elle enfila une robe champêtre et quitta la salle de
bain en se frottant la tête avec une serviette.

Au salon, Sei se tenait à distance respectueuse des garçons. Ils jouissaient de leur gin-Coca, parce que, finalement, si la situation du monde n'était pas brillante, il
n'était pas déplaisant de l'évoquer dans ce salon climatisé,

116

en présence d'une jolie boyesse aux jambes arquées. Ils observaient Sei de biais, vibraient doucement en se livrant à de subtiles reconnaissances. Quelquefois, ils suivaient des yeux une poussière qui flottait dans l'air, juste à la naissance des seins de la jeune fille, puis rapprochaient leurs têtes pour se communiquer à voix basse les sensations internes que cette agréable vision leur procurait. Sei, perspicace, les maintenait dans cette excitation en gardant les lèvres légèrement entrouvertes non sans gratter son acné du bout de ses ongles.

Blues descendit enfin l'escalier, ses cheveux mouillés portant sur chaque pointe la douce langueur des vaguelettes. Les deux jeunes gens sursautèrent comme si on les avait surpris en train de battre de la fausse monnaie.

– Que disiez-vous ? demanda-t-elle.

John bredouilla quelques mots inaudibles et Alex se racla la gorge :

– On se demandait quelle était la différence entre une étreinte dans la poussière des fourrés et une cavalcade de baisers dans un petit chalet des montagnes.

– Et pourquoi cette question à cet instant ? demanda Blues soupçonneuse.

Puis elle ajouta d'une voix sans réplique :

– Dans cette demeure, invités et domestiques restent à leur place. Me suis-je bien fait comprendre ?

– Seigneur, Blues ! dit Alex en rougissant. Que vas-tu chercher là ?

– Trop d'enfants métis sont nés et souffrent de la libido passe-partout des Blancs, dit Blues.

– Comment peux-tu avoir des idées pareilles, Blues ? fit

John. C'est une insulte que d'imaginer qu'on puisse désirer une autre femme en ta présence.

– D'ailleurs, d'ores et déjà, nous réservons toutes tes danses pour les noces d'or des MacCarther, fit Alex. Es-tu au courant qu'à cette occasion seront annoncées les fiançailles officielles de plusieurs couples ? C'est la tradition.

– C'est complètement stupide, dit Blues.

– Cela évite bien de désagréments, fit John. Les parents savent mieux qui correspond à qui, tu comprends ? Les équilibres formels, les modèles, les structures, les harmonies, voilà ce qui compte.

– Jamais je n'accepterai ces méthodes dignes de l'Antiquité, rétorqua Blues.

– C'est avant tout un jeu, Blues, dit Alex. Il n'aboutit que rarement à un véritable mariage. En outre, tu ne fais nullement partie de la cargaison.

– Comment cela ? demanda-t-elle.

– Ces dames n'ont pas encore trouvé dans notre communauté quelqu'un digne de t'épouser, fit John.

Des larmes d'humiliation montèrent à ses yeux. Elle savait que, pour la communauté blanche, elle n'était qu'un amas d'étincelles sans intérêt. Elle rassembla ce qui restait d'elle, arbora un rictus serein et trouva même le moyen d'esquisser un sourire épuisé.

– Encore heureux que je sois si singulière ! s'exclama-t-elle. On y va ?

Ils émergèrent dans la lumière du jour, après que John eut donné en passant une claque sur les fesses de Sei. Fanny les regarda de biais lorsqu'ils grimpèrent dans l'automobile : « Espèces de porcs », pensa-t-elle.

La voiture déboucha sur la route principale. Des corbeaux tournoyaient dans le ciel, à mille mètres du sol, dans une colonne d'air lourd. Les jumeaux bavardaient comme d'habitude et, comme d'habitude, disaient des fadaises auxquelles leur accent livresque donnait un semblant de profondeur. Blues sifflotait, lançait des saluts aux Noirs plantés çà et là. Les hommes portaient des jeans et leurs mains étaient enfoncées dans leurs poches, mais leurs visages fermés ne disaient rien qui vaille.

— Il y a un match aujourd'hui ? demanda Blues, surprise.

— J'espère, dit Alex. Ça rend les nègres peinards et heureux comme des Suisses. Tant que ça dure, on est tranquilles.

— On sera toujours tranquilles, dit John. Ils sont embarqués dans de telles macaqueries qu'ils sont incapables de s'organiser et de faire aboutir le moindre projet.

— Ce sont de braves gens qui vivent en harmonie avec ce monde, dit Blues l'esprit ailleurs.

— Tu m'inquiètes, Blues, dit Alex. Tu ne serais pas progressiste par hasard ?

— Qu'est-ce que cela peut faire ?

— Accepterais-tu de coucher avec un Noir ?

— Rien ne me l'interdit, que je sache.

— Ta conscience devrait, tu ne crois pas ? demanda John. Ils sont prêts à nous étriper tous autant que nous sommes.

— Je ne me sens pas bien, dit Blues.

Elle poussa un soupir, ferma les yeux, désireuse de ne pas s'embarquer dans des discussions qui inexorablement les conduiraient vers les cimetières du passé. Mais lorsqu'ils arrivèrent aux abords du Prince House, club réservé des fermiers de la région, elle commença à ressentir une impression étrange. « Il y a trop d'autochtones, se dit-elle. Ça fait rassemblement. » Certains lui parurent jeter des regards méchants en direction de la Volkswagen. Un Noir au nez plat comme la paume d'une main taillait la haie du Prince House, clic clac, et Blues devint tragique en pensant que c'étaient leurs têtes qui tombaient.

Un garçon avec un gros tatouage sur le bras fit coulisser les grilles en fer forgé et ils pénétrèrent dans le sanctuaire, ouf ! Car le bonheur à Prince House était si considérable que tous les cargos du monde ne pouvaient le transporter. Les enfants s'évaporaient sur des manèges, tandis que les vieilles personnes se balançaient sur des rocking-chairs en s'aspergeant le visage avec de l'eau minérale. Les femmes bikinisées le long de la piscine exagéraient leurs cambrures pour montrer qu'elles avaient encore des beaux restes. Les hommes arboraient leur bonne santé en tapant dans des balles de tennis ou de golf. Les jeunes filles écoutaient les garçons raconter leurs exploits. C'était une parenthèse où tout le monde disait que tout le monde était merveilleux.

Lorsqu'ils sortirent de la voiture, cette émanation douce de la vie régnait dans l'immense jardin, l'air crépitait d'amitié et de fraternité. Alex, sans hésitation, se jeta à la poursuite d'une petite brune qui portait le ridicule sobriquet de Poucette. Blues fut prise d'un frisson spasmodique en reconnaissant Franck Enio dans un groupe de golfeurs qui faisaient une pause à l'ombre d'un palétuvier : ces messieurs transpiraient abondamment, et c'était chouette de prendre un bourbon avec de la glace quand on avait si chaud... Il piqua un œil dans sa direction, la salua d'un mouvement du chef, puis retourna à sa conversation.

– Le problème, c'est que l'honnêteté est devenue un vain mot, disait M. Denisotte, un chef d'entreprise de quarante-cinq ans.

– Je vais vous dire, moi, le fond de ma pensée, intervint Hugues Croones, patron d'une des grandes banques de la place. S'ils veulent récupérer ce pays, ils n'ont qu'à le prendre. Je ne suis pas vraiment contre. Ils n'ont qu'à faire l'expérience de la gestion. Certain qu'ils le ruineront en trois jours.

– Et si on retournait jouer ? demanda Franck Enio.

Ils se levèrent et s'étirèrent. Ils clopinèrent dans ce soleil qui faisait mal à la tête tandis que quatre nègres aux visages calmes se précipitaient à leur rencontre, prêts à veiller à leur confort. Ils maniaient les drivers avec tant de plaisir apparent qu'on les aurait crus sans autre ambition que celle de permettre à ces Messieurs de s'épanouir au mieux. Blues regarda Franck Enio de loin et sentit vibrer en elle des accords inconnus et inquiétants.

– Qu'est-ce qu'il y a ? demanda John en scrutant son visage.

– Rien. Je ne me sens pas bien, c'est tout.

– T'es encore en colère parce qu'on a regardé de trop près ta bonniche ?

– Non.

– Alors pourquoi t'es plus la même ?

Puis levant les yeux, il vit James qui s'éloignait avec une grosse blonde qui sentait fort des aisselles et oscillait sur ses talons en se déhanchant.

– C'est à cause de lui ?

– Lui qui ?

121

– Tu sais de qui je parle. Tu l'aimes ?

– Nous ne sommes pas en phase, contrairement à ce que tu crois, dit Blues. Nos moments de ferveur alternent et se bousculent comme des mauvais danseurs.

– Ce qui veut dire que j'ai toutes mes chances ? demanda John.

– Pour quoi faire ? demanda-t-elle.

– Es-tu consciente de l'ouragan que tu déchaînes, Blues ?

Il se tut quelques instants, comme perdu dans ses pensées, puis ajouta :

– J'étais tout content à l'idée de passer l'après-midi avec toi. Mais j'ai l'impression que je te dérange. On se revoit tout à l'heure. Nancy ! cria-t-il en se précipitant sur la fiancée de James. Tu es magnifique, ma chérie.

Blues passa à côté des golfeurs sans s'arrêter, puis alla se perdre dans un coin reculé du jardin. Des oiseaux la regardaient du haut d'un énorme baobab aux feuilles huileuses. Çà et là, des jets d'eau tournoyaient au soleil et laissaient des gouttelettes scintillantes sur le gazon. La chaleur torride donnait à l'air humide le goût acide des mangues sauvages. Quelques Noirs qui veillaient à la sécurité des abonnés lui lancèrent :

– Ne vous éloignez pas de l'enceinte, Mademoiselle.

Puis, ils continuèrent à se jeter des blagues dans une rhétorique d'enfer.

« Eux au moins éprouvent les mêmes haines pour les Blancs et savent pourquoi ils doivent les détester, se dit Blues en se laissant glisser sous un palmier. » L'espace d'un instant, elle envia ces pauvres Noirs qui partageaient des souffrances communes. « Ah ! si j'avais été noire, tout aurait été plus simple, se dit-elle. Mais voilà, je ne suis pas noire. Je suis une fausse Blanche. Je ne comprends rien à cette politique de classes sociales, à cette hiérarchisation des individus et des races. » Le sang lui battit dans les oreilles. Un léger vent souffla sur son visage. « Oubliez-moi, eut-elle envie de crier. Ne m'obligez pas à rentrer dans votre jeu. Embrassez qui vous voulez, la haine ou l'amour, la détestation ou la fraternité, mais laissez-moi hors de cette déraison humaine. »

Un bruissement de voix s'intercala entre ses pensées et elle. Elle se pencha et vit, cachés derrière un massif, Erwin Ellioth, fermier de son état, play-boy finissant, et Rosa Gottenberg, propriétaire de dix lotissements, d'hôtels et autres bricoles, accessoirement veuve et mère d'une ribambelle d'enfants, qui palabraient :

— Dire que moi, Rosa Gottenberg, je me suis laissée aller pour un moins-que-rien comme toi. Penses-tu qu'avec cette Sonia tu seras plus heureux ? demanda-t-elle, et son nez se pinça de mépris. Qu'elle saura te donner ce que ton corps exige ? Qu'elle sera une complice à la hauteur de tes attentes ? Ce n'est qu'une pute qui ne sait même pas qui est le père de son enfant. Je puis te garantir que j'expulserai sans délai cette espèce de bringue qui squatte chez moi et ose les héberger, elle et son sale môme.

— Ma chatte..., tenta de l'interrompre Erwin.

— Ne m'appelle pas ma chatte ! menaça-t-elle en le paralysant du bleu de ses yeux.

— D'accord, Rosa. Mais laisse-moi te dire que ça sera mauvais pour ta réputation. Que lui reproches-tu ? Il paie son loyer normalement, que je sache.

– Rien à foutre. La loi est de mon côté. D'ailleurs pourquoi t'en soucies-tu ? Pour ta pétasse ?

– Je suis inquiet pour toi, c'est tout.

– Inquiet pour moi ? Sais-tu depuis quand tu ne m'as
pas rendu visite ?

Cela faisait trois longues semaines qu'Erwin n'avait
pointé ses câlins sur son gros ventre de reine des fourmis
et qu'elle n'avait pas eu l'occasion de pousser des roucou-
lements à réveiller la jungle. Elle avait l'impression que ses
seins se figeaient, que tout son corps s'insensibilisait, que
le temps qui moule et polit faisait son œuvre dans ses chairs
vivantes. « Il faut qu'il divorce et qu'il m'épouse, se dit-elle.
On aura deux enfants. J'en suis encore capable. Cette Sonia
n'est qu'un caprice. Ça va lui passer... »

– Une liaison ne peut pas toujours se maintenir au même
niveau d'excitation physique, lui dit-il simplement. Rien
d'essentiel entre nous n'a changé.

– Que veux-tu me faire avaler ? Que tu m'aimes tellement que tu n'as plus envie de moi, c'est ça ?

Et sans lui laisser le temps d'attrouper trois verbes dans
sa cervelle de renifleur de conque, elle pivota sur ses talons
en laissant dans son sillage une odeur de grosse et un
parfum de boutique de luxe. Erwin prit le sens inverse, la
queue entre les jambes, comme un mâle chien castré. Blues
la regarda et songea qu'il est plus facile pour une femme
de quarante ans, veuve de surcroît, de mourir dans l'explosion d'un avion que de se trouver un mari. « La pauvre
doit atrocement souffrir de ne pas avoir un homme à qui
elle casserait tous ses mordants jusqu'à le transformer en
chat d'appartement, se dit-elle. Si j'étais à sa place, je

m'achèterais un gigolo et lui dicterais mes règles. Zut alors, elle est plus imbécile que je ne le pensais. »

Absorbée par ses pensées, elle n'entendit pas qu'on s'approchait d'elle et se retourna, agacée d'avoir été surprise :

— Bel endroit, n'est-ce pas ? lui demanda Franck Enio. J'aimais moi aussi la solitude autrefois. Ne seriez-vous pas Blues Cornu ? On s'est rencontrés dans la forêt...

Une lave monta le long de la colonne vertébrale de Blues et chaudronna son cœur. Qu'un adulte intelligent, qui sentait si bon l'after-shave, s'intéresse à elle la titillait de joie. C'était affreusement délicieux et excitant.

— Un jour, dit Franck, ses mains enfoncées dans ses poches, j'ai entendu votre tante faire un discours sur notre devoir envers les Noirs. J'étais jeune à l'époque et je ne comprenais pas ce que signifiaient les devoirs et les obligations des riches envers les plus pauvres. Elle avait bien secoué les puces à tout le monde.

— Et qu'avez-vous tiré de cette rencontre ? demanda Blues, question de faire celle qui connaît toutes les causeries.

— Peut-être ma reconversion dans la finance ? J'ai vendu la propriété après la mort de mon père. Sacrée bonne femme que votre tante. Elle avait le courage de ses opinions.

— Dites-moi, serait-ce parce que je suis la nièce de ma tante Mathilde que les fermiers me détestent ?

— À mon avis, ils ne vous détestent pas. Ils vous craignent plutôt. Vous avez les mêmes yeux qu'elle et la même détermination dans le regard.

— Ce qui explique que les fermiers ne désirent pas que je fréquente leurs filles. Pour ne pas les pervertir. Ils me trouvent dangereuse.

Sa voix était nerveuse, avec des intonations tristes, ce qui obligea Franck à donner trois tours de manivelle à son cerveau afin de trouver de quoi atténuer cette tristesse.

– Dangereuse n'est pas le mot qui conviendrait, fit-il, en s'asseyant à ses côtés.

Il garda le silence une vingtaine de secondes, puis ajouta :

– Je dirais que vous avez une personnalité complexe, ce qui peut en inquiéter certains. Ça vous chagrine beaucoup ?

– Quoi ?

– De ne pas avoir d'amies ?

– Qu'importe... De toute façon, le bon Dieu s'en fout, n'est-ce pas ?

– Je vois, dit-il.

Elle ramassa du sable qu'elle fit glisser lentement entre ses doigts, comme la petite fille enchagrinée qu'elle était encore, et ça se voyait que son cœur quémandait un bouquet de mots doux, pas forcément des mots vrais, mais des mots sucrés, juste réconfortants. Il regarda de biais ce profil de femme incroyablement verte et lorsqu'il tomba sur la source grave de ses yeux, une faiblesse le prit. Il leva son bras et, interprétant mal son geste, elle fit un mouvement du coude et lui cogna le nez. Il sursauta en poussant un petit cri.

– Je suis désolée, dit-elle en sortant un mouchoir de sa poche. Quelle imbécile je suis !

Elle le fit accroupir, lui pencha la tête en arrière.

– Laissez-moi voir.

Son visage était si près du sien qu'elle voyait ses pores dilatés, les poils microscopiques sur les ailes du nez et la saleté incrustée entre ses rides.

126

– Vous n'êtes pas blessé, grâce à Dieu !

Quelque chose d'essentiel se produisait et ils le percevaient. Était-ce elle qui murmurait : « Je t'aime. C'est toi que j'attendais. Viens près de moi, mon amour... », ou lui qui clamait : « Viens, chérie... » ? Ce qui est certain, c'est que ni l'un ni l'autre ne proféra un début de parole, mais le jardin semblait agiter un énorme trousseau de clefs dans leur crâne. Franck s'engourdit agréablement comme sous l'emprise d'un vin fort qui passait vite dans la poitrine. À travers ses narines frémissantes, il sentit s'écouler un parfum succulent. Ses mains se saisirent des rondeurs que le destin proposait à son extase. Sa langue pénétra dans sa bouche. Elle se pâma comme une femme qui a l'impression de s'encanailler, resta quelques secondes, la bouche gonflée et le regard exorbité. En expert, il contraria sa crispation en rôdaillant dans les profondeurs de sa voûte palatale. Il l'obligea à s'expatrier à coups de suçage lingual et elle se retrouva sous lui et oh ! sans s'en rendre compte, elle s'envola dans un monde en mousse bleue, puis retomba sur une herbe verte et savoureuse. Il s'arrêta pile poil – parce que cela ne devait pas se passer ici, sous ce soleil, avec ces hélés de voix, ces rires en cascade, mais plutôt dans l'intimité d'une chambre d'hôtel.

– Attends, chuchota-t-il en avisant un bosquet à l'abri des regards. Entrons là-dedans.

– Pour quoi faire ? demanda-t-elle rêveuse.

Le temps pour Franck de soupirer devant cette robette innocente, de laisser sa langue trouver d'autres subtilités que baiser ou forniquer, d'amener cette juvénile à dédroitiser ses airs, Alex fit son apparition de tue-plaisir en donnant du bruit : « Oh, c'est scandaleux ! », et décida sur-le-champ de montrer qu'il était un crabe avec toutes ses pinces.

– Il t'a pas violée, j'espère ? demanda-t-il, pensant à part soi que c'était son rôle de protéger Blues de sa non-vertu. Il fixa Franck Enio.

– Vous devriez avoir honte d'abuser ainsi d'une gamine, Monsieur. Viens, dit-il en aidant Blues à se relever.

Franck Enio remit vitement de l'ordre dans ses habits, donna du dos avant qu'Alex n'ameute toute la colonie. Il s'en alla de sa démarche chaloupée, les mains dans les poches, presque content de cette décapitation sexuelle. Il en avait assez de ses coups de chaleur vite satisfaits d'où s'ensuivaient des appels téléphoniques accusateurs.

Blues titubait dans les bras d'Alex comme quelqu'un qui vient de comprendre la relation entre les hirondelles et les étoiles, la mort thermique et l'aurore boréale. Autour d'elle, le paysage paraissait flou et, dans l'effrayant ciel indigo, au-delà du soleil qui commençait à décliner, des mots dorés s'inscrivirent dans son cœur avec une singulière puissance : Je l'aime.

– T'es pas la petite amie de cette pourriture, n'est-ce pas ? lui demanda Alex, inquiet. C'est un habitué des bordels du pays. Il pue le sexe bon marché.

– Vivre sans amour est impossible, dit Blues d'une voix cassée par l'émotion. Alex, c'est impossible.

– Oh que oui, qu'il est amoureux ! dit Alex cocassement. Il aime le cac 40. Il culbute le Dow Jones. Il fricote avec le yen et quand il fait du sport, il réadapte son rythme cardiovasculaire à celui de la Bourse de New York.

– À chacun sa vie, dit Blues. La sienne n'est pas pire que la nôtre.

– Tu le défends ? demanda Alex intrigué.

– Même le pire des assassins mérite un avocat lorsqu'on le juge, dit Blues.

Les voix dérapèrent lorsqu'ils pénétrèrent dans le club. Elles se fracassèrent sur les carrelages ocre, puis rampèrent sur les jambes. Quand les sons reprirent leurs esprits, ils s'élevèrent au niveau des verres de Coca en suivant les pas de Blues. Ils contournèrent les tables dont les nappes fleuries donnaient un semblant de gaieté à la salle, qui sans elles, aurait eu l'air austère, peut-être à cause des tableaux aux murs qui représentaient les grands moments de l'histoire de l'Angleterre : « La bataille de Waterloo », « Le couronnement du roi George » ou « La décoration du prince de Galles ».

Un groupe de veuves jouaient aux cartes, en bruissant telle une classe après l'école. Elles étaient gaies, en pleine forme et plus jeunes que jamais depuis que leurs maris avaient clamsé. Elles s'extasièrent sur la bonne mine d'Alex lorsqu'il vint les embrasser : « Que tu as grandi, mon chou ! Comment va ta maman ? » Et comme elles étaient toutes bonnes protestantes, elles daignèrent lancer un gentil bonjour à Blues. Des groupes de vieux buvaient du thé glacé devant la télévision. Arthur MacCarther et sa femme Betsy, de blanc vêtus, penchaient leur odeur naphtalinée sur les uns et les autres : « Votre fils va-t-il mieux, madame Machin ? », « J'espère que vous serez des nôtres, monsieur Untel. » Et les Untels leur répondaient, obséquieux, parce que leur influence dans la communauté était aussi grande que celle du pape.

Assis derrière son comptoir, Jones, le métis anglo-chinois propriétaire des lieux, surveillait les affaires. Les boutonnières effilées de ses yeux jaugeaient le portefeuille des clients sans aucune émotion visible. D'un geste de son crâne serti de quatre cheveux raides, il expédiait un employé débarrasser ou prendre les commandes. Et ces serveurs snobinards, parce que employés par le club le plus huppé du district, se comportaient comme s'ils étaient les inventeurs d'amuse-gueules sulfureux, d'apéricubes mondialisés. « Vous désirez ? » zézayaient-ils, hautains.

— Je ne vois aucune force au monde qui pourrait m'obliger à quitter ce pays, expliquait Jones, le visage impassible.

Il fit miroiter le petit diamant passé à son auriculaire et clapoter ses lèvres.

— Vous avez parfaitement raison, monsieur Jones, répliqua Arthur MacCarther. Dieu nous a faits pour être heureux. Il nous commande de vivre sur ce sol qui regorge des souvenirs de nos ancêtres, où nous avons tout le confort de l'Europe et encore plus et où nous avons une histoire.

Jones acquiesçait à tout ce qu'il disait, quoiqu'il fût bien incapable de se rappeler les dix commandements de Moïse et même une seule prière.

— Qu'ils ne se fassent pas d'illusions, ces nègres, reprit Arthur, en allumant sa pipe. J'aime le Christ, Il est mon âme, mais je sais aussi très bien haïr. Je continue d'espérer que ceux qui veulent nous faire partir d'ici iront rôtir en enfer. Le Seigneur me pardonnera au vu des circonstances.

— J'en suis sûr.

– Savez-vous pourquoi ? Parce que je respecte les engagements que j'ai pris auprès de notre Christ, comme celui du mariage.

Et Betsy son épouse hocha sa tête. Elle n'ignorait pas que, par certains soirs, Arthur enfilait un jean sur des vieilles Weston beiges et s'en allait se perdre le long des voies de service où il rencontrait des domestiques à leur sortie de travail.

Des jeunes filles buvaient du Coca-Cola en attendant qu'on les épouse et qu'on les enferme dans ces magnifiques bulles de verre que sont les pavillons de banlieue. Cheftaine de groupe, Nancy jetait des œillades langoureuses à un groupe de garçons bruyants au fond de la salle. De temps à autre, elle se penchait en avant et les têtes de ces innocentes délurées se rapprochaient. Elles roucoulaient des idioties, avec le sérieux d'un scientifique. Leurs épaules tressautaient de rire parce que, l'été dernier, elles s'étaient fait déniaiser dans une cabane derrière la maison familiale.

Blues et Alex se faufilèrent entre les rangées, saluant au passage ceux qu'ils n'avaient pas encore salués. Lorsqu'ils arrivèrent à la table des jeunes filles, il l'abandonna.

– Salut, lança Blues aux filles, qui levèrent en concert leurs jolis visages.

– Quelles sont les trois phases de l'orgasme féminin ? lui demanda soudain Nancy.

– Pourquoi cette question ? demanda Blues.

– Parce qu'on pense que, de nous toutes, tu es la plus expérimentée en matière de sexe.

– Que penses-tu de la sodomie ? gloussa Maguy en

secouant ses cheveux teintés d'orange vif qui accrochaient le soleil.

– Selon toi, le sperme a quel goût, quand un sexe vient de jaillir d'un cul moite ? demanda Nancy.

Blues demeura quelques instants étourdie par ces propos grossiers, qui jaillissaient d'un ton égal de leurs douces voix, sans atténuer en rien la beauté de leurs visages levés vers elle telles des fleurs..

– Tu veux vraiment savoir le goût du sperme ? demanda Blues à Nancy. Il a la même saveur que tes lèvres, ma chérie.

Les filles frémirent d'horreur. La figure de Nancy prit une expression cadavérique, puis des taches apparurent sur la chair tendre et rose de ses joues.

– Salope ! hurla-t-elle.

Blues regarda le plafond et se mit à siffloter puis à chanter à tue-tête une chanson de Brel qu'elle n'aimait pas particulièrement, mais que sa mère fredonnait souvent : « Ne me quitte pas, il faut oublier, tout... »

Jones tenait à ce que les abonnés maintiennent l'ambiance du Prince House dans un équilibre discret. Après s'être assuré que le coffre-fort sous le comptoir était bien fermé, il s'avança vers les filles à pas calculés.

– Tout va bien, mademoiselle Cornu ?

– Tout ici est merveilleux, monsieur Jones, chantonna Blues. Ici, Dieu fréquente même la pire racaille, vous ne trouvez pas ?

Les pensées de Jones se cassèrent en mille. Ses lèvres minces n'eurent pas le temps de proférer une parole intelligible que Blues sortait en virevoltant sous le regard des gens qui l'épiaient. Ici, on était très British et dans certaines circonstances, on aimait mieux voir en donnant l'impression de n'avoir rien vu.

— Tu pars déjà ? lui demanda Franck Enio en apparaissant magiquement devant elle.

— Oui, j'ai un peu mal à la tête. Excuse-moi.

— Je te raccompagne, veux-tu ?

— Si ça ne te dérange pas, dit-elle.

Le vent s'était levé. Sous les nuages bas, l'air était jaune comme une lumière électrique. On entendait, provenant d'un village lointain, la voix d'une femme, prrrrt, lorsqu'elle avait trop pimenté une sauce, un grondement quand un enfant renversait un bol, rien d'extraordinaire. Ils grimpèrent dans le cabriolet de Franck qui sentait bon la lavande, à moins qu'il ne s'agît là que de l'odeur très particulière de la fortune. L'étroitesse de l'habitacle dégageait une atmosphère si sensible que Blues se sentit telle une dont la salive est inutile. Elle s'assit, les jambes bien serrées, les bras croisés sur sa poitrine. Franck la désossait du regard. « Peut-être qu'elle attend que je lui fasse une cour à l'ancienne ? songea-t-il. Tu te goures, ma chérie. J'en sais des choses sur les petites perverses de ton espèce qui, après coup, en redemandent. »

C'était vrai que Franck était de ceux qui prenaient la vie comme un profit. Ses amours facturées lui rapportaient des chagrins aussi légers que ses plaisirs étaient violents et vite oubliés. Ce qui faisait aller ses jambes en vient-va vite dans le monde, c'étaient les marchés conclus au téléphone, les trafics de pierres précieuses dont la seule évocation rendait folles de convoitise des Blanches ou des mulâtresses d'une beauté à vous ferrer les tripes. Et il se vautrait dans leurs cuisses, y liquéfiait ses angoisses, sans employer ces mots aux effluves de tendresse qu'il exécrait. Il sentait que cette Blues à la croupe hardie, aux hanches tout en roulis, pouvait d'un claquement des doigts bouleverser sa vie bien achalandée. Qu'allait-il en faire ? Qu'allait-elle accepter ? Ce qui était certain, c'est qu'il avait mille malmenances à l'imaginer en catin grivoise et aimante à la fois. Son esprit partait en griseries inutiles lorsque Blues tapota brusquement ses épaules et le sortit de ses fantasmes.

– Qu'est-ce qu'il y a ? demanda-t-il avec un froissé du front.

– Regarde.

Franck avait le don de saisir une situation. La voiture fit quelques hardiesses et stoppa tel un cabri attaché. Des Noirs attroupés manifestaient en brandissant des pancartes. Leurs voix cognaient des scandales dans un bourdonnement de remue-misère. Ils faisaient des signes menaçants dans leur direction, parce que, en tant que Blancs, ils étaient l'incarnation vivante de l'exploitation. Ils huaient des obscénités, criaillaient des vengeances tandis qu'un intellectuel boubouté, debout sur une casserole trouée, leur offrait le festin d'une histoire du monde africanisé depuis les racines. À suivre ses bobards, les nègres avaient inventé la machine à vapeur, l'ampoule électrique, l'imprimerie, les avions à réaction et même le moteur à explosion. Quand sa bouche lippue et aussi rosée qu'une fesse de chimpanzé se fut épuisée à chanter les extraordinaires qualités de l'homme noir, elle daigna enfin reconnaître aux Blancs la découverte de la chimie bactériologie atomique. Pas de

quoi fouetter trois chats. Quelques policiers poussifs tentaient de régler la circulation et faisaient résonner des sirènes à tue-tête.

– Qu'est-ce qu'ils veulent ? demanda Blues en ouvrant
de grands yeux.

– Des terres, ma chère, dit Franck d'une voix pierreuse.
Ah ! voilà le chef des manifestants...

– Mais, que fait ce Blanc avec eux ?

– Tu ne connais pas Ernest Picadilli ? demanda Franck,
surpris. C'est un révolutionnaire. Il veut aider les Noirs à
récupérer leurs terres.

– Papa m'a parlé de lui, répliqua Blues. Son comportement est illogique. Il est blanc après tout.

– C'est le principe du yin et du yang, ma petite. Il faut
bien que certains Blancs se sacrifient pour défendre les Noirs
contre les Blancs, afin que des imbéciles pensent que, finalement, il existe une véritable fraternité entre les hommes.

Trois manifestants s'approchèrent. Le Noir tenait une
canette de bière dans une main. Il l'expédiait voltiger dans
l'air, puis la rattrapait, sans cesser de caqueter. Ernest Picadilli transpirait et sa chemise auréolée de sueur lui collait
à la peau. Son jean trop large pour ses maigres jambes
aurait convaincu une marchande de le laisser voler une tête
de poisson. Son dos voûté et ses mains enfoncées dans ses
poches disaient les mille mélancolies sous-jacentes à ses
actes. À deux pas d'eux, suivait une métisse aux yeux cruels
et à la peau moite, avec des bigoudis dans ses cheveux
crêpelés.

– Hé vous ! lança le Noir d'une voix tonitruante. Ne
savez-vous pas qu'il est interdit de rouler dans cette zone

aujourd'hui ? Vous vous prenez pour qui, bon Dieu de merde ! Allez, demi-tour, couillon !

– C'est à moi que vous parlez ? demanda Franck en baissant sa vitre, le visage aussi limpide que l'innocence.

– Je crois que vous avez très bien entendu ce qu'a dit mon ami, fit Ernest.

– Et moi je crois que je n'aime pas votre ton, monsieur, rétorqua Franck.

– Et moi la façon dont vous traitez les Noirs dans ce pays, dit Ernest Picadilli. Vous maintenez exprès le sous-développement et la corruption, pour mieux les exploiter. C'est un crime contre l'humanité. On devrait vous traduire devant la Cour de justice de La Haye, tous autant que vous êtes.

Il agitait sa nuque en grand défenseur des principes universels. Il secouait son trop-plein d'amertume en des va-va des mains. D'autres manifestants se joignirent au petit groupe et parlèrent à grand renfort de moulinets de bras. Quelqu'un tira un coup de feu en l'air et d'effroi le cœur de Blues sauta dans sa poitrine. Le moment était-il enfin venu d'une confrontation pure et simple entre les Noirs et les Blancs ? se demanda-t-elle.

– Vous êtes qui vous ? demanda la métisse en se penchant dangereusement vers Franck.

Elle le fixa attentivement puis arbora un sourire de triomphe :

– Mais c'est Audrey Somerset.

– Qui ? demanda Franck étonné. Je ne connais pas de...

Il n'eut pas le temps d'achever sa phrase, que la métisse lui expédiait une droite, les dents serrées. Et pour la deuxième fois de l'après-midi, Franck sentit son nez exploser.

– Arrêtez, hurla Blues. Ce n'est pas votre homme.

– Vous mentez, dit la pasionaria.

– Vous avez des papiers ? demanda le grand Noir qui avait bon fond et cela commençait à se sentir lorsqu'il vit le sang couler du nez de Franck.

Franck trifouilla dans ses poches, leur tendit sa carte d'identité. L'instant d'après, on les entourait d'amabilités. On se confondait en excuses. La jeune métisse ne cessait de se justifier.

– C'est un malentendu, vous comprenez ? Je croyais que c'était un de ces sales fermiers du Nord. Vous savez, un cousin de cette Rosa Gottenberg qui veut chasser Franck de sa maison.

– Je n'aime pas la violence, même à l'encontre des plus grands salauds, vu ? dit Ernest en donnant à Franck un mouchoir crasseux afin qu'il s'éponge le nez. Je n'aime pas ces méthodes de la Gestapo. Une vie est une vie. On doit la respecter qu'elle soit blanche, noire ou jaune, suis-je assez clair ?

– Laissez-les passer, ordonna le grand Noir. On leur a fait assez de tort pour aujourd'hui.

Tout le monde était si désolé qu'il n'eut pas besoin de répéter. On s'écarta. On leur fit des grands signes de main : « Bonne route, les amis ! »

– Quelle bande de tarés ! s'exclama Franck lorsqu'ils furent suffisamment loin. Rassure-toi, ils ne sont pas bien méchants. Ils demandent un peu de justice, c'est tout.

– Ce n'est pas l'idée de l'expropriation qui me fait peur,

fit Blues. Mais de penser que près de onze millions de Noirs sont là à guetter notre déchéance.

– Tu dramatises, fillette, dit Franck. Tout ira bien, j'en suis certain.

Alors, le ciel s'ouvrit et une pluie diluvienne fracassa le sol, nettoya l'air des odeurs de piments, des plantains pilés et moelleux. La nuit commença à se préciser et les animaux trouvèrent refuge dans les bosquets tapis alentour. Blues, renfermée sur elle-même, resta indifférente aux phares des voitures qu'ils croisaient, ou à ce chien jaune qui venait de traverser la rue. Ils roulèrent silencieux dans le paysage brumeux jusqu'à l'entrée de la Plantation.

– Merci, dit Blues sans le regarder. Si je peux faire quoi que ce soit pour toi.

– Tu peux faire beaucoup pour moi, dit Franck.

– Ah oui ? Quoi ? demanda Blues en se tournant vers lui avec un large sourire.

– Me permettre de glisser ma main entre tes cuisses et de retirer ton slip.

– Je ne... Je crois que..., bafouilla-t-elle en fixant ses genoux.

– T'as qu'à fermer les yeux...

Déjà, ses doigts s'infiltraient sous sa robe. Blues frissonna et boucla ses paupières.

– Oui, c'est ça... Soulève-toi légèrement, comme ça... très bien. Retire tes jambes... C'est ça... Merci.

Quand il eut achevé le déshabillage intime, elle se sentit mieux. Elle sortit précipitamment de la voiture, rajusta sa robe et se mit à courir. Il la regarda s'éloigner, porta le slip à son nez douloureux, le renifla avec délice, et se frappa la tête. « Espèce de porc, se dit-il. Sale petit pervers. Tu profites de la faiblesse d'une gamine engourdie par la peur des manifestants pour la tripoter comme un chat en rut. Salaud ! »

8

En début d'après-midi, Thomas Cornu se trouvait au volant de sa Mercedes noire. Il fallait beaucoup de nerf pour conduire. Les voitures s'écoulaient dans tous les sens, en dérespectant les priorités. Les candidats au suicide défiaient la mort à plus que quadruple vitesse. Leurs tuyaux d'échappement éternuaient des vapeurs dans la gueule des passants. D'autres conducteurs s'adaptaient au contraire au rythme lascif des doudous qui affichaient au grand jour qu'elles n'avaient rien à faire de la virilité des hommes. Quelques mendiants les hélaient, les yeux torves : « Patron ! Patron ! Donnez-nous un morceau de paradis, patron ! » Ils bénissaient ceux qui leur jetaient des pièces et malédictionnaient ceux qui serraient les cordons de leurs bourses : « Sale pingre ! Sale macaque de ta mère ! »

Thomas sentait ses ailes embourbées dans de la colle superpuissante et il ne pouvait s'en dépêtrer sans les endommager. Quelque chose clochait. Il ne savait si c'était dans sa tête ou dans la réalité. Il avait passé une très bonne journée... pour un chien errant, mais pas pour un homme.

Ce matin, des gardes lui avaient refusé l'entrée de la présidence, sans la prudence d'un salut militaire.

– On a reçu des ordres, patron, lui avaient-ils expliqué flegmatiques.

– Mais vous savez qui je suis ? avait-il demandé, prêt à dresser l'étendard de sa puissance.

Bien sûr qu'ils savaient. Ils étaient au service du patron, mais que le patron les excuse : les ordres sont des ordres. Puis ils avaient enfoncé leurs pouces dans la ceinture de leurs costumes militaires pour parler d'autres chats.

Depuis sa nomination comme conseiller spécial du Président élu démocratiquement à vie, c'était la première fois qu'on lui astiquait les puces de cette humiliante façon. Jusqu'à présent, on le remerciait, la bouche viandée de tendresse très intéressée : « Merci, frère, pour la piscine. » On lui tapait sur l'épaule : « Merci pour la voiture supersonique, gars ! » On l'accoladait, à genoux, comme s'il avait une hauteur d'homme qu'aucun soleil ne pouvait couper : « Dix mille mercis pour les dents flambant neuves de ma mère ! » C'était un Blanc-papa avec qui on sablait familièrement du champagne : « T'es un vrai frère, toi ! » On toastait à la Vache-qui-rit devant les plats de mouton cuit à la broche ; on tchintchinisait à la santé des malversations devant des plateaux de poissons frits et des corbeilles de pain blanc d'Europe : « T'es un vrai patriote, toi ! » Les hauts fonctionnaires qui profitaient de sa générosité corruptrice l'entraînaient sur les sentiers d'une fraternité lucrative, où la poésie admirative tartouillait leurs lèvres : « Qu'aurais-je fait sans toi, petit papa ? »

Mais, aujourd'hui, on démontrait à Blanc-papa que la

terre n'avait pas besoin de lui pour tourner autour du soleil. Qu'il pouvait crever mais que l'herbe continuerait à être verte et mousseuse, que les femmes porteraient leurs fagots de bois mort et que les moutons se vautreraient encore dans les prairies. Même Goutabani, directeur du cabinet de Son Excellence Président, l'avait acculé au mur de l'humiliation. Il l'avait croisé devant la Présidence et avait fait semblant de ne pas le voir, alors que c'était généralement un garçon souriant dans son costume trois-pièces, qui trimballait son amabilité de magouilleur, s'assurant ainsi qu'il boirait toujours dans les cratères l'eau douce de la corruption. Il avait presque bousculé Thomas en passant et lorsque ce dernier l'avait appelé afin qu'il intervienne auprès de la garde pour le laisser passer, il s'était retourné, les yeux exorbités, affolé, de peur ou de rage, puis avait continué sa route, le menton en avant.

« Quelle ingratitude ! se dit Thomas qui à cet instant aurait battu le diable au jeu de la malveillance et de la rancune. J'ai tout donné à ces salauds ! » Il faillit écraser une négrillonne avec une bassine sur la tête. Il piétina les freins, croyant voir des lambeaux de tripes voleter dans l'air et s'en aller agrémenter les palmiers au bord de la route. Mais la petite ne fainéantisa pas sur la chaussée. Elle se releva et, sa robe rouge fendillée jusqu'aux aisselles, disparut dans la houle criarde des marchandes de poissons et des cireurs de chaussures.

Il posa sa tête sur le volant et souhaita retourner jusqu'à l'enfance rameuter sa mère. Il voulut entendre sa voix qui autrefois expulsait de son cerveau les créatures malfaisantes, plus nombreuses que l'infini. « C'est rien, mon p'tit. Ce n'était qu'un cauchemar... Rendors-toi. » Il la revit telle qu'elle était, petite femme aux épaules étroites, aux genoux cagneux à force de confectionner de magnifiques robes et de splendides culottes à dentelles pour les Blancs bien nés. Il la revoyait agenouillée toute la sainte journée à raccommoder des fanfreluches, les yeux grippés à force d'enfiler du fil dans les aiguilles. Il lui avait fallu de la hargne pour ciseler la crise financière de cette famille abonnée à la misère. Elle comptabilisait les biscuits pour chaque enfant, les trois tasses de riz à cuisiner, le nombre de morceaux de viande à jeter dans le court-bouillon. « Pauvre maman, se dit Thomas. Si seulement le destin lui avait laissé le temps de voir ce que je suis devenu ! » Soudain de la sueur coula de son front. Sa mère était là, en tunique blanche, devant la voiture. Elle portait une couronne tissée de pavots rouges et un halo lumineux l'entourait. « Maman...., murmura-t-il en écarquillant ses yeux. C'est bien toi » Il tendit ses mains en avant comme pour l'attraper et, l'espace d'un cillement, sa mère disparut. À la place, une étoile noire perçait, ses contours se précisaient : Nanno ! Oui, Nanno, sa nounou, qui avait fait de lui un véritable alambic de superstitions, plus ou moins délirantes. Grâce à elle, il avait appris à se méfier du *nganga*, ce féticheur capable de suffoquer vos chances et de casser le cou à votre bonheur. À cause d'elle toujours, il serait sa vie durant entouré d'un monde invisible, peuplé d'esprits espiègles ou fielleux, mécènes ou mystificateurs. Il lui suffisait jusqu'alors, en cas de problème, de fermer ses yeux, d'invoquer Nanno pour se sentir enveloppé d'un voile d'ondes protectrices. Voilà qu'aujourd'hui son apparition était inquiétante. Thomas tressaillit.

Qu'est-ce que cela signifiait ? Il croyait tout contrôler et s'apercevait qu'il ne tenait pas son destin fermement accroché entre ses dents. Quelque chose lui échappait, mais quoi ? Il frappa son crâne, son pauvre crâne endolori, sur le volant. La chose en question affleurait trop à sa conscience pour qu'il pût la saisir comme les derniers instants d'un rêve fou auquel on vient d'être arraché.

Il ouvrit la boîte à gants et se peigna les cheveux, puis se vit dans le rétroviseur. Ses yeux étaient rouges ; des cernes bleus entouraient ses paupières et ses lèvres étaient boursouflées. « Quelle horreur ! » On commençait à le klaxonner : « Circulez, putain ! » Les mains tremblantes, il remit le contact et démarra dans un vrombissement d'enfer. Il roula sous le ciel d'un bleu électrique, quitta le centre-ville pour se fondre dans le faubourg bordé d'un côté par les marais. Plus loin, des hangars en tôle étaient dispersés çà et là au milieu d'un terrain vague. Sur le fronton d'une des bâtisses, on pouvait lire gravé en lettres métallisées : CORNU AND BROTHER CIE. C'était là son empire. Il quitta l'axe principal et s'engagea sur la route de gravier. Deux adolescents vêtus à l'américaine lui firent des signes de la main. Il accéléra parce qu'il savait que ces garçons souriants et décontractés pouvaient se transformer en chiens hargneux.

Sa voiture s'arrêta devant les bureaux et les bruits qui emplissaient l'espace – raclements de gorge, craquements de chaises, mots marmonnés – se brisèrent.

– Bonjour patron ! dit Kourouma, l'un des plus anciens gardiens, en redressant le col de sa chemise beige et le pli de son pantalon kaki.

Mais devant l'air mauvais du patron, il se contenta

d'arborer un sourire honnête et de croiser ses mains sur sa poitrine. Les autres ouvriers s'écartèrent, baissant la tête, conscients qu'ils appartenaient à la race de ceux qui n'avaient rien inventé, ni la poudre ni la lumière. Dès qu'il franchit le seuil, son petit frère Jean-Claude, directeur général de la société, vint à sa rencontre. Il respectait son aîné dont il comprenait l'exigence à mettre la famille debout sur des jambes de mal-nés.

– Bien dormi ? lui demanda-t-il.

Thomas fit un geste vague de la main, sans s'arrêter. Il tourna sa tête à droite et à gauche comme une pintade qui chasse des feuilles sous ses pattes. Jean-Claude se lança à sa suite dans les dédales du hangar où les employés faisaient semblant d'être très occupés, puis levaient brusquement les yeux : « Bonjour monsieur Cornu ! »

À l'inverse de Thomas, Jean-Claude Cornu était boulot. Il avait la taille courte, des yeux verts, le teint laiteux d'un mangeur de betteraves, le poignet mou, et ses mains remuaient dans ses poches pendant qu'il suivait son frère. Ils croisèrent Anita, la secrétaire particulière de Thomas, qui arrivait sans se presser par l'allée cimentée. Du haut de sa froide blondeur parfaitement enchignonnée, elle méprisa le regard palpeur de Jean-Claude qu'elle détestait, mais s'inclina devant Thomas avec un large sourire et l'offre d'un café :

– Non merci, Anita, dit Thomas. Mais essaie de m'appeler les ministres et directeurs de cabinet de mon fichier.

– Oui, monsieur, fit-elle et, avant de pivoter sur ses talons, elle fit danser sa jupe à petits pois jaunes sur ses genoux et fixa brièvement Jean-Claude : « Je sais, et tu sais que je sais, que tu ne pourras pas te passer de moi, pauvre idiot ! » semblaient dire ses yeux. À moins que ce ne fût : « Je suis la plus forte et tu le sais. » Elle balançait ses fesses avec frénésie comme quelqu'un qui pare au plus pressé et n'a pas une miette de temps pour l'amour.

– On peut dire que ta secrétaire ne me porte plus dans son cœur, constata Jean-Claude en pansant la plaie secrète de ce camouflet. Elle s'était bien accommodée du rationnement de ma présence. Elle n'avait jamais souhaité plus que ce que j'étais prêt à lui donner, un échange de plaisir mutuellement satisfaisant. Qu'elle ne vienne pas me faire chier maintenant.

– Forniquez ensemble, amusez-vous, mais je ne veux pas essuyer vos larmes, fit Thomas sarcastique.

– Pourquoi dis-tu cela ? demanda Jean-Claude en arc-boutant ses sourcils épais et noirs. T'es fâché ?

– Pourquoi le serais-je ? dit Thomas. C'est ta vie après tout ! Et tu en fais ce que tu veux.

– Qu'est-ce qui ne va pas ? demanda Jean-Claude en tentant de trouver sur son visage l'explication de son agacement.

– Tu vois ces Noirs ? demanda Thomas en désignant les employés de bureau bien mis et les secrétaires qui marchaient comme des poules déplumées.

– Ce sont nos employés, Thomas.

– Je sais. Ce sont des gars bien. Ils ont tout appris dans les livres. Mais il y a une chose qu'ils ne comprennent pas.

– Quoi ?

Sans répondre, Thomas s'assit et posa ses pieds sur le bureau encombré de classeurs, de feuilles à parapher, de

146

stylos. Un rai de lumière jaune coupait la vaste pièce, meublée dans le style ranch avec un canapé de cuir marron et trois chaises en bois.

– Alors ? demanda Jean-Claude en s'affalant à son tour et en croisant ses mains derrière sa nuque. Qu'est-ce qu'ils ne comprennent pas ?

– Que, si la société coule, ils vont être dans la merde, dit Thomas en soupirant. Ça, c'est quelque chose qu'on n'apprend pas à l'école. Ce qu'il faudrait qu'ils fassent en ce moment, c'est se battre à nos côtés au lieu d'entrer sournoisement dans cette guerre contre les fermiers. Ils devraient, par exemple, écumer le terrain et se poser des questions du genre : « Pourquoi nos produits n'arrivent plus à temps chez les clients ? », « Pourquoi nos camions de livraison sont attaqués et par qui ? » Au lieu de cela, ils attendent deux choses : leurs salaires et la mort de la société.

– L'entreprise tourne au ralenti, constata Jean-Claude. On risque ne plus avoir de fonds de trésorerie pour acheter les produits de base nécessaires...

– Que veux-tu que j'y fasse ? demanda Thomas incrédule. C'est le destin ou ce que les hommes ont décidé qu'il soit.

– Je n'arrive pas à comprendre.

– Quoi donc ?

Jean-Claude se prit le menton entre le pouce et l'index, un geste qui rappela à Thomas leur sans-cervelle de père.

– Je ne comprends pas ce qui les rend malheureux alors qu'on a toujours tout fait pour qu'ils soient heureux dans l'entreprise, dit Jean-Claude.

– Si tu y arrives un jour, dit Thomas, je te filerai cent

mille dollars. Bon, laisse-moi maintenant, dit-il parce qu'il venait de voir Anita.

Il se tourna vers sa secrétaire :

– As-tu pu joindre quelqu'un ?

– Personne, monsieur, lui répondit la secrétaire d'une voix qui sonna pour lui comme des cloches. Ils sont tous en voyage. J'ai demandé à leurs assistantes ou leurs épouses de vous rappeler de toute urgence.

Resté seul dans le bureau soigneusement ventilé, Thomas allait et venait, réfléchissait à ce qu'il convenait de faire. Ils ne pouvaient s'être tous volatilisés, fuitt ! comme une ligne verte à l'horizon et pour des prunes. Il fallait absolument qu'il sache quels ions et quels cations détraquaient ses sonnantes amicales. Il fronçait les sourcils, tentait de retrouver dans sa mémoire l'événement qui justifierait ce bataillon d'absences. « Il faut que j'en aie le cœur net, se dit le fermier millionnaire. Dans certaines circonstances, espionner est un moindre mal. » Il quitta son bureau comme un ouragan et l'instant d'après, sa grosse Mercedes circulait à vive allure dans les réseaux des plantes parfumées en direction de la capitale.

Les maisons de la vallée dataient pour la plupart du début des années quarante. À côté de ces vieilles bâtisses et derrière de hautes clôtures en fer forgé, étaient tapies de magnifiques demeures à la conscience intranquille, parce que construites sur des terrains que les ripoux de l'administration se passaient sous le manteau à un dollar symbolique. C'était le microcosme des bienheureux, une oasis fabuleuse férocement protégée des bidonvilles qui, au loin, s'étendaient jusque dans les mentalités. De temps à autre, un chien aboyait, le postérieur sur un gazon bien frais ; des femmes élevaient leurs voix derrière les murets. « Antoine, va te laver les mains », ou encore : « Qui t'a demandé de poser le vase ici ? » Thomas fit trois fois le tour du quartier, à la recherche d'un lieu d'où il pourrait espionner en toute impunité. Il avisa un coin discret au sommet d'une colline livrée aux vents et tétée par le soleil et s'en alla parquer sa voiture à l'orée de la forêt, point d'intersection entre les nés pour les plaisirs du monde et les venus pour souffrir. Il s'arma de son télescope et revint sur ses pas tandis que des négrillons haillonnés pétaient à son passage : « Mais qu'est-ce qu'il fait là lui ? » Des vieux nègres pétris dans leur sale habitude accompagnaient ses pas de crachats de mépris.

De là où il était, il pouvait voir sans être vu. Il débloqua son appareil et y colla son œil. L'attente fébrile commença entre les pépiements des oiseaux et les bruits des feuilles. Il promenait son télescope de gauche à droite et l'objectif apportait jusque sous son nez la ville éclatante sous le soleil, belle malgré l'absence d'une architecture cohérente. L'air était une noce de bouffées de chaleur. Elle carbonisait la poitrine. Elle raclait le gosier et Thomas dégoulinait de sueur. Ses cheveux collaient à ses tempes. Il vit trépasser deux heures qu'il utilisa à compter les camions qui filaient le long de l'autoroute dans une soulevée de fumée. « Merde, mais où sont-ils donc passés ? » marmonnait-il. Il piquait bien la caméra comme il fallait, par-ci par-là. En dehors des domestiques ou des bandes d'enfants inventeurs de

bêtises, il ne vit pas l'ombre d'un haut responsable zimbabwéen.

C'est alors qu'elle apparut dans son champ de vision.
C'était le genre de fille dont la sensualité peut rendre un
homme aussi dépendant d'elle que peau et chemise. Il se
demandait bien où il avait pu voir cette blondeur à teinture
et ce nez court aux ailes larges éclaboussées de taches de
rousseur. Il fronça les sourcils : « Ma mémoire fout le
camp », maugréa-t-il. Sa jupe rose laissait deviner les plaisirs cachés sous. Ses seins ronds étaient déjà une invitation
à l'orgasme. Il faillit rendre ses tripes, mais posa sa main
sur son cœur : « C'est plus de mon âge », se dit-il. S'il ne
s'était ressaisi, il en serait tombé amoureux, pas à cause de
ses fesses pommes, mais de son expression de soucieuse
chronique – comme moi en ce moment, se dit-il. Elle
mangeait un sandwich et sa langue l'enfourchait avec une
voracité qui donnait à croire qu'elle était capable de mettre
de l'huile sur le destin de n'importe quel mâle. Quand il
l'observa à nouveau, la jeune femme grimpait dans une
Toyota bleue. « Mais, c'est la voiture d'Ellioth ! » Et comme
il y a toujours entre les hommes de sournoises rivalités, il
songea qu'il avait fantasmé. « Erwin n'aime que les pouf-
fiasses, se dit-il. Cette fille n'en est pas une. » Il était dix-
sept heures. En dehors d'une tranche de pain et d'une tasse
de café, il n'avait rien mangé depuis l'aube. « Je commence
à avoir des hallucinations », pensa-t-il. Il se plongea à nouveau dans ses observations, jusqu'à ce que ses genoux fus-
sent pris de secousses involontaires, tant il était épuisé. Il
rangea son télescope et reprit le chemin inverse. Il acheta
un gâteau aux amandes, une bouteille d'eau et laissa le

soleil rappeler aux humains qu'il était temps de rentrer. Quand il fit presque nuit, il se dirigea vers sa voiture. Sur le chemin, des silhouettes sombres le dépassèrent en courant. Une jeune femme surgit de nulle part, l'attrapa par la veste en hurlant :

— C'est lui ! C'est lui !

— Pourquoi moi ? demanda-t-il. Qu'ai-je fait ?

Elle scruta son visage pendant quelques secondes et le repoussa. Mais cela n'y changea rien. Trois Noirs portant des fusils de chasse sur les épaules s'approchèrent, prêts pour la bagarre. L'un d'eux, aussi petit qu'un enfant de douze ans et au visage fripé comme une vieille prune, retroussa ses lèvres :

— C'est toi qui étais avec Sonia ? demanda-t-il à Thomas. C'est toi qui l'as tuée !

— Mais qu'est-ce qui vous racontez ? interrogea Thomas qui ne comprenait rien à ces jacasseries. C'est qui, Sonia ?

— La femme que j'aime ! cria Ernest en apparaissant comme par magie dans la petite assemblée. Quelqu'un me l'a tuée ! ajouta-t-il en sanglotant et en se tordant les mains.

— Je suis désolé, murmura Thomas. Vraiment ! Elle était comment, la femme que vous aimez ?

— Belle.

— Mais encore ?

— Fantastique.

— Oui. Mais encore ?

— Qu'est-ce que vous cherchez, à la fin ?

— Je veux savoir si elle était blanche ou noire.

Ernest Picadilli déboutonna sa chemise blanche jusqu'au nombril, découvrant sa poitrine. Dans l'obscurité nais-

151

sante, on voyait encore la blancheur de sa peau, ainsi que les frisottis de ses poils.

— Je ne suis pas ce que vous pensez, dit Ernest.

— Ah bon ! s'exclama Thomas, étonné.

— Oui. Je suis noir.

— Ah vraiment ? demanda le millionnaire.

Depuis ce matin, il savait que n'importe quoi pouvait être n'importe quoi d'autre. Alors, il ne cilla pas.

— Je suis pauvre, monsieur, dit Ernest, et tous les pauvres sont noirs. Mais vous, pourquoi avez-vous tué la femme que j'aime ?

— C'est pas lui l'homme que j'ai vu avec Sonia, dit la jeune femme qui l'avait agrippé. Il était plus grand, avec des cheveux plein la tête.

Il allait répondre quelque chose mais une sirène de police crépita une litanie obsédante. Les gens se regardèrent et leurs visages se déformèrent sous la pression d'une sainte terreur :

— Chacun pour soi, et que Dieu nous protège, dit la négresse en courant vers la forêt.

Les hommes hésitèrent puis songèrent que ce n'était pas le moment de hasarder une hardiesse. Ils s'engouffrèrent à sa suite dans un tambourinement des pieds. Thomas sentit ses nerfs craquer et ses yeux vrillèrent la nuit :

— Qu'est-ce qui se passe ? demanda-t-il.

Et comme il n'avait pas la force d'affronter un autre problème haut de gamme, il se retira dans les bois. Des feuilles mortes crissaient sous ses pieds comme un journal froissé. L'air dégageait une odeur souterraine, l'odeur de la terre, des bêtes et des plantes emberlificotées dans la tiédeur

de cette nuit tropicale. Un coup de feu retentit, pam-pam !
et illumina la brousse. Thomas en fut si effrayé qu'il se
prit les pieds dans les lianes, s'écroula et cogna son crâne
sur un tronc d'arbre. « Attendez-moi ! » cria-t-il en tentant
de se libérer. Une chouette contrariée ulula, ajoutant à sa
panique. Il regarda alentour, s'aperçut qu'il était au bord
d'un étang sinistré, entouré de roseaux qui sentaient l'huile
de moteur et d'où s'élevait, dans un sifflement, un nuage
de moustiques. « Merde ! » maugréa-t-il en retrouvant sa
position d'homme sur ses deux pattes. Puis il se mit à
courir au hasard, en suivant l'écho des voix jusqu'à l'orée
d'un quartier populaire qu'il ne connaissait pas.

C'était un quartier où chaque recoin était un cache-
marginal, mais où chacun connaissait la généalogie de chacun, si bien qu'on était génétiquement identifiable par
mémoire et par vocalise traditionnelle. Il pénétra dans le
cœur de la cité bruiteuse avec son église en planches pourries, ses bars braillards où des femmes c'est-l'amour-qui-
passe colportaient de la tendresse à prix modéré. Des petites
échoppes, éclairées par des ampoules blanchâtres, montraient leurs étagères en bois, bourrées des boîtes de sardines
et de corned-beef que la Croix-Rouge offre généreusement
aux pays pauvres. Derrière les comptoirs, des nègres dormaient, leurs têtes posées sur leurs bras repliés. Dans les
cours, des femmes berçaient des enfants et poussaient des
hauts cris pour réveiller leurs maris lorsqu'un client approchait.

Thomas n'eut aucune difficulté à retrouver les fuyards
chez Mama Tricita, en compagnie d'autres Noirs qu'il ne
connaissait pas. Tout debout au milieu de l'assemblée,

Ernest réinventait son amour et pleurait. Les Noirs pleuraient aussi, parce qu'ils ignoraient qu'existaient sur cette
terre de suie tant de passions et tant d'attachement réciproque entre un homme et une femme. Ils avaient l'air
sales. Leurs vêtements collaient sur eux comme des cata-
plasmes. Ils écoutaient Ernest, s'ébahissaient en une cou-
vrée de mains sur la bouche. Ernest racontait des comment,
sous le ciel étoilé, serrés l'un contre l'autre, Sonia et lui
s'aspiraient. Des comment ils se confondaient à fabriquer
le miel de leur lune. Des comment ils se diluaient en
soupirements au moment de recueillir réciproquement la
sève de leur âme. Quand il lui faisait l'amour, il était
comme au paradis. Et tous pouvaient imaginer ce que cela
signifiait. Et elle, elle, sa petite Sonia, était dix fois plus
présente, cent fois plus grande que nature dans ces
moments-là. Et maintenant on l'avait tuée, parce qu'elle
défendait l'égalité, la fraternité et la démocratie.

– Mais peut-être avait-elle un autre homme dans sa vie ?
hasarda Thomas, encoigné juste à l'entrée et les bras croisés.

– Comment osez-vous salir la mémoire de ma chère
Sonia ? demanda Ernest en fessant brusquement le comptoir. C'était la vertu incarnée, vous m'entendez ?

– C'était juste une hypothèse, dit Thomas sans grande
conviction. Vous savez, avec les femmes...

Un Noir au visage balafré et à la carrure d'une épaisseur
à donner des cauchemars à l'insolence s'approcha de Thomas en boitillant. Il leva ses sourcils posés au-dessus de ses
yeux comme deux touffes de coton, le scruta longuement
afin de tétaniser le malappris, puis dit :

– Je m'appelle Zaguirané. Je boite parce que je me suis

battu contre la dictature et que les militaires m'ont brisé la jambe. Mais j'ai encore tout mon cerveau.

— Enchanté, dit Thomas en lui tendant une main que l'autre ne serra pas.

— Vous êtes cocu ? demanda Zaguirané en ôtant négligemment une poussière imaginaire sur sa chemise à carreaux jaunes.

— Moi ? demanda Thomas, les yeux exorbités. De quel droit osez-vous me poser une telle question ?

Zaguirané siffla en levant le nez, un sifflement long comme un train qui passe.

— Parce que, très cher monsieur, je veux vous faire comprendre les implications politiques, psychologiques et sociales de vos propos.

— Mais...

— Taisez-vous ! ordonna Zaguirané. La politesse oblige à écouter l'autre jusqu'au bout. Bien. Seul un cocu en reconnaît un autre, monsieur. L'homme cocu a toujours les mains moites, c'est pourquoi j'ai refusé de serrer la vôtre.

— Vous ne pouvez pas...

— Quoi, monsieur ? demanda Zaguirané en cassant ses lèvres en un sourire. Salir votre bourge ? Alors, sachez que vous n'avez pas non plus le droit de salir la mémoire de notre pauvre Sonia. C'est pour nous qu'elle a été sacrifiée comme le Christ sur la croix ! Elle est notre idole aujourd'hui ! Notre porte-drapeau ! Notre inspiratrice ! Notre guide ! Et nous la vengerons !

— Ouais ! cria l'assistance en passant de la crise de dépression à la passion la plus exaltée. Vive Sonia ! Bénie soit Sonia !

Ça se voyait que le peu charismatique Zaguirané était un leader ou des miettes de ce qu'il en restait. Il était né dans les années quarante, dans une famille paysanne du nord du pays. Quand exactement ? Les dates exactes n'avaient aucune importance. Ce que l'on savait ou ce qu'il voulait bien en dire, c'était qu'il avait travaillé comme berger avant d'entrer à l'école. Qu'il s'en était allé tenter sa chance en Afrique du Sud, après avoir achevé son cycle d'études réservé aux Noirs par les colons. Qu'il avait fréquenté l'université noire de Fort Harare, qu'il avait été instituteur, puis avait rejoint l'aile militaire de la Zimbabwe African National Liberation Army du commandant Togogara pour renverser le pouvoir blanc. Il pouvait vous dire les yeux fermés de quelle texture était la barbe hitlérienne de Son Excellence Président élu démocratiquement à vie, comment il rotait ou pétait. Et cette amitié combattante avait pris fin lorsque le Président élu démocratiquement à vie s'était mis dans la cervelle d'être le maître absolu du pays, avant Dieu. Il pouvait des heures vous dire le comment du pourquoi il était alors entré en opposition.

Face à cette hystérie collective le millionnaire français sortit et tout le monde le vit tituber, s'adosser aux murs, parce qu'il n'y comprenait plus grand-chose. Si. La jeune femme qu'il avait vue un peu plus tôt devait être Sonia. Mais il se tut. Et bien avant qu'il atteignît sa voiture, la rumeur circulait. Certains racontaient que Sonia avait réussi, par son ingéniosité, à ouvrir le coffre-fort du Président élu démocratiquement à vie, à y subtiliser des comptes rendus d'audience qui faisaient état des milliards versés par la Grande-Bretagne au Zimbabwe afin de dédommager les

fermiers blancs, que, ce voyant, il avait ordonné la liqui-
dation de la petite Blanche. D'autres encore confirmaient
que le Président était de mèche avec les fermiers pour les
entourlouper. Tous pouvaient témoigner qu'au moment
d'être exécutée d'une balle en plein cœur, Sonia avait
regardé avec affection son bourreau et déclaré, le visage
illuminé d'un large sourire : « Je meurs pour que tous les
opprimés de la terre retrouvent leur dignité ! » Peu impor-
tait la vérité. Ces propos leur permettaient d'échapper au
livre de leur vie qui était en réalité très cul-cul fange coco-
tier. Amen.

9

Mais qu'est-ce qui s'était passé au juste ? Pas grand-chose assurément, puisque Blues se précipitait dans les bras de Thomas Cornu :

— Où étais-tu, papa ? demanda Blues. J'étais si inquiète !

— Pourquoi n'es-tu pas revenu déjeuner, chéri ? l'interrogea Catherine en lui câlinant le dos.

— J'ai essayé en vain de te téléphoner ! dit Fanny en l'embrassant sur la joue. Où étais-tu passé, papa ?

Il en trembla d'euphorie et dans cette écume de la nuit, sous ce ciel nocturne où des étoiles éclataient, une indicible joie grimpa le long de sa colonne vertébrale. D'autant que Nanno appelait Sei comme à son habitude et rouspétait d'une voix aiguë que c'était la faute des paresseuses de son espèce et des francs-maçons, deux groupes, qui selon elle, pourrissaient le monde. Nanno la chercha dans sa case, dans la buanderie et même dans la grange. Et comme elle ne la trouvait nulle part, elle clopina jusqu'à l'arrière-cour où John-John Bikolo, Nicolas et une poignée de domestiques jouaient aux cartes en s'éclairant d'une lampe-tempête.

– Peux-tu aller préparer le bain de Monsieur ? demanda-t-elle à Double John.

– Je ne suis pas boy d'intérieur, rétorqua celui-ci en je m'en foutant.

Ses yeux demeurèrent cloués sur ses as de pique, ses valets de trèfle et ses dames de carreau.

– Je suis jardinier, diplômé de l'État, pour vous servir.

– Je suis la contremaîtresse dans cette plantation, rétorqua Nanno, sans se démonter. J'ordonne que...

– T'ordonnes quoi ? demanda John-John Bikolo.

Il se leva brusquement et son jeu s'écroula dans la poussière. Le voilà qui s'avançait vers cette bêtiseuse, en la dévisageant avec agressivité. Il y avait chez Nanno quelque chose qui, depuis toujours, lui faisait perdre la tête.

– Pour qui te prends-tu à vouloir tout le temps commander tout le monde, hein ? demanda-t-il. Qu'est-ce qui te permet de traiter des gens comme des moins-que-rien ?

– Demande-lui plutôt ce qui lui manque, lui conseilla Nicolas en s'esclaffant. Elle est frustrée, c'est moi qui vous le dis. Ce sont ses hormones qui la travaillent.

– Qu'est-ce que tu veux faire ? demanda Nanno sans grouiller. Me frapper, c'est ça ? Vas-y ! Allez, vas-y, espèce de lâche !

– Tu disais pas ça, autrefois, hein, ma jolie ?

Il attrapa le menton de la vieille entre son pouce et l'index, l'obligeant à le fixer dans les yeux :

– Encore, mon p'tit Double John... Oui, c'est bon, mon p'tit Double John... Tu t'en souviens petite pu... T'as envie de retourner à ton ancienne vie de prost...

Bizarrement, il n'arrivait pas à achever ses mots. Le

regard vitreux et rond comme deux cadrans de montre de Nanno l'inhibait. À bien la regarder, elle était aussi belle qu'au temps de leur jeunesse, une belle plante flétrie avec quelques dents en moins et une superbe poitrine aplatie. Que pouvait-elle sentir aujourd'hui ? Le vieux rose ? Oui, c'est cela, une vieille rose avec des épines tout autour pour vous érafler la main.

— Veux-tu me lâcher, espèce d'idiot ? demanda-t-elle.

Dans sa petite robe marron, elle avait l'air d'une fourmi en colère.

— Bien sûr, dit-il en retrouvant son sang-froid. Je ne vais pas me salir plus longtemps les doigts à te toucher. Espèce de pu...

— Si t'oses encore m'insulter, je vais porter plainte, dit Nanno en s'écartant. Je vais porter plainte pour diffamation, offense à particulier, incitation à la haine raciale, association de malfaiteurs, incitation à la rébellion, faits sur voie publique...

Puis sa voix s'éteignit parce qu'elle avait fait le tour de tous les termes juridiques que son existence dans la propriété lui avait permis de glaner çà et là.

— C'est ça, cours ! cria John-John Bikolo. J'en pisse de peur dans ma culotte.

Les hommes qui jouaient aux cartes ricanèrent, gloussèrent puis finirent par applaudir.

— C'est comme ça qu'il faut traiter les femmes, dit Nicolas en passant sa langue sur ses dents à la recherche d'un déchet, qu'une fois repéré, il retira avec ses doigts roses. Toutes des vicieuses, des dégénérées, des bêtes qu'il faut sexuellement dresser en permanence.

On approuva du chef, parce que Nicolas emboîtait parfaitement ses pas dans les leurs, en vrai petit mec, capable de dompter la plus récalcitrante des femmes. Ils reprirent leurs jeux dans le stoïque silence de la camaraderie masculine.

Blues avait prétexté une migraine pour se retirer dans sa chambre. Elle pensait à Franck et se croyait au temps des grands idéaux, lorsque des amants délaissés fondaient leur vie sur le souvenir d'un amour de jeunesse, éclataient en sanglots ou mouraient de chagrin. Elle ignorait qu'on puisse aimer quelqu'un comme ça d'un coup et se demandait si Franck ne se servirait pas de ce pouvoir pour l'humilier et l'obliger à faire des choses honteuses. De la salle à manger lui parvenaient des sons familiers, bruits de vaisselle ou voix de Fanny, exaltée par la présence de sa meilleure amie, qui appréciait chaque mot qui tombait des lèvres paternelles. « Tu as raison, père ! » disait-elle d'un ton émerveillé en s'empressant de lui passer les plats. Elle lui servait du « papa d'amour » par lampées indigestes. Elle s'enferrait dans la flatterie. Puis, s'apercevant que les subterfuges pour attirer son attention tombaient en d'inutiles raras, sa bouche changea de direction. Elle dégoisa sur l'agronomie, sujet de prédilection de Thomas. Elle flattait ses espérances, titillait sa fierté, exaltait en lui ce désir propre à l'homme de laisser une trace de son passage sur terre.

— Je compte devenir ingénieur agronome, papa d'amour, dit-elle. Je pourrais t'aider dans la gestion de la Plantation. Qu'en penses-tu ?

– C'est une bonne idée, ma fille, dit Thomas, sans entrain.

– J'ai pensé que, si on greffait des manguiers nains qui donnent des fruits très juteux, aux manguiers du Bénin reconnus pour donner d'énormes fruits, on pourrait avoir des rendements meilleurs et améliorer la qualité de nos produits. Qu'en dis-tu, papa d'amour ?

– Faudrait s'assurer que Blues ne fait pas une crise de paludisme, rétorqua Thomas.

À ces mots, il se produisit parmi les attablés une chute de bas vers le haut qui leur fit prendre de nouvelles positions. Catherine demeura la fourchette en l'air, une quinte de toux tordit la poitrine de Caroline et Nanno faillit renverser la cafetière sur Thomas. Quant à Fanny, elle subit la transformation la plus saisissante. Sa couleur s'adapta à la sécheresse de sa douleur. Elle se dressa sur son séant et jeta sa serviette :

– Il n'y en a que pour Blues dans cette maison, cria-t-elle. Blues ceci, Blues cela. Mais ouvre donc les yeux, père. Cette fille est une intrigante. Elle a le cœur aussi sec que ses yeux. L'as-tu déjà vue pleurer ? Non ! Elle te mène par le bout du nez !

– Fanny, s'insurgea Catherine, qu'est-ce qui te prend de parler ainsi de ta sœur ? C'est odieux !

– Mais qui suis-je pour vous ? demanda-t-elle les lèvres frémissantes. Pensez-vous que je ne ressente rien, que je ne souffre pas ? Depuis que nous sommes enfants, vous ne me donnez que ce que Mademoiselle Blues Cornu dédaigne.

Elle chavira vers sa chambre, où elle pourrait donner à

162

ses yeux le temps d'une larme et à son lit son trop-plein de défaite. Caroline, très je-ne-sais-que-faire, s'excusa :
– Je suis désolée.
Puis elle la suivit.
« Pourquoi ne m'aime-t-elle pas un tout petit peu ? » se demanda Blues, en posant ses pieds en éventail sur son lit. Ce désamour sœural ne manquait pourtant pas de réso-nance. Il faisait allusion à d'autres querelles, à des préfé-rences pour un film à la télévision, aux câlins des parents, aux jouets de Noël, à la robe achetée à une telle et pas à l'autre, à des petites trahisons infantiles. D'une certaine façon, se haïr, c'était aussi cela être des sœurs.

Thomas Cornu entendait tout, jusqu'à ses propres remords, mais ne dit rien qui vaille. Quoiqu'il se fût servi trois fois de spaghettis à la bolognaise et eût bu trois tasses de café, il n'arrivait pas à mettre de la pureté dans son esprit. L'histoire de l'assassinée le turlupinait. Il était pres-que sûr que cette Sonia et la jeune femme qu'il avait aper-çue dans son télescope étaient le même doigt de la même main. Qu'est-ce que cela signifiait ? Erwin était un coureur mais pas un assassin, à moins que. « Avec les humains, maugréa-t-il en son dedans, allez savoir. » C'était là le genre de réflexion à abîmer les nuits en insomnies.

– Tu es sûr que tout va bien chéri ? lui demanda Cathe-rine, en voyant ses yeux absents. Que t'a dit le Président ?
– Je ne l'ai pas vu aujourd'hui.
– Et au bureau, ça va ? demanda-t-elle, bien décidée à déraidir son esprit.
– Je ne veux pas t'embêter avec ces stupidités, dit Tho-

163

mas. Trop de boulot, mentit-il. Et si on montait se coucher maintenant ? Je suis très fatigué.

Tandis que Thomas s'incapacitait à allumer un feu de brousse dans le ventre de sa femme, qu'il se contenta in fine de la prendre dans ses bras, que les domestiques débarrassaient, que Nanno, enfarinée des mains, préparait un gâteau aux amandes en chantant un negro spiritual de son invention, Caroline et Fanny achevaient de se gamasucer.

– Je t'aime, dit Caroline, en roulant à ses côtés. Et sais-tu ce que j'aime chez toi ?

– ...

– Tu m'as montré quelque chose dont je n'aurais jamais soupçonné l'existence : l'amour des autres. Ne nie pas. Je t'ai vue faire avec vos domestiques. Le respect que tu leur témoignes, et tout et tout... Tu vois, chez moi, ça n'existe pas. J'habite le petit pavillon de banlieue que tu connais avec mes parents. Dans toutes les familles qui vivent là, les hommes travaillent comme des bêtes parce qu'ils doivent boucler leurs fins de mois. Les femmes jouent au bridge. Les enfants font des compétitions de judo. On jalouse les parents des gagnants, ainsi qu'on déteste ceux dont les enfants font des grandes études. Le soir, maman regarde *Dallas* à la télévision et elle éteint lorsqu'elle voit apparaître le visage d'un Noir à l'écran. Puis, elle se met à déblatérer contre les nègres et les juifs. Et le dimanche, on va à l'église. Peux-tu me dire comment l'on peut accéder à la foi du Christ tout en étant rempli de haine ?

– Peut-être existe-t-il un dieu de la haine ?

– Je ne veux pas l'accepter, tu me comprends, dis ? Tu m'aimes ?

Nanno recouvrit la pâte qu'elle enfournerait au-devant de l'aube. Elle pensait à John-John Bikolo, à ce que cet imbécile lui avait dit et voyait son amour-propre s'embarquer dans des caniveaux sans escale. Elle sortit de la maison en retenant un cri d'indignation dans sa poitrine. Le paysage baignait dans cette lumière argentée de la lune qu'elle aimait tant. Une odeur de terre brûlée flottait sur la plantation. Elle sentait les aspérités des cailloux sous ses sandales aussi fortement que les blessures de son âme. Elle marcha précautionneusement. Elle s'arrêta et reprit son souffle lorsqu'elle atteignit le chemin creux, là où autrefois un vieux chemin de fer passait. C'est par cette voie ferrée – qui déjà s'effaçait et dont on ne verrait bientôt plus rien, même pas les vieilles traverses pourries – qu'elle était arrivée de son village natal du Sud. Qu'aurait-elle pu faire d'autre, perdue dans cette grande ville, où elle ne connaissait pas le début de pelage d'un être respirant ? Ah, le scélérat, la traiter de prostituée était triple crapulerie, un coup bas, sans riposte. À l'époque, elle n'avait que dix-sept ans et un baluchon d'ambitions qu'elle trimballait partout avec son rire de tourterelle. Et si à cet âge on ne peut pas s'adonner à quelque putasserie, pour se faire un peu de blé avant de trouver un vrai job, sans qu'un porc vienne vous le rappeler cinquante-cinq ans plus tard, où va le monde, hein ? Puis, ce chien galeux n'avait jamais été un de ses clients. Du moins, elle n'avait pas fait payer ce macaque qui malproprait son nom. Même pas reconnaissante, cette carcasse pourrie. Un vrai malappris, qui la dérespectait. « Celui-là... », maugréa-t-elle entre ses dents.

Elle posa ses vieilles fesses sur les rails, sortit une touffe de plantes d'un sac en plastique, toute décidée à désamorcer Double John, à l'expédier au cimetière des vieux éléphants qui ne manqueraient pas de lui péter au nez. Cette pensée la rendait si euphorique qu'elle dansa sur ses deux pattes avant d'offrir ses végétaux au sacrifice de la bougie rouge que ses doigts fripés venaient d'allumer. Une flamme crépita sous la lune. Elle leva ses bras d'adolescente au ciel et une cordée électrisa le vent. Elle se mit à psalmodier dans une langue inconnue, peut-être un mélange de kongo, de pidgins, d'éton, de shona, mais ces sons semblaient prendre naissance au fin fond de l'enfer. Son corps soubresautait, ses yeux ronds charroyaient l'épaisseur de toutes les peurs. Elle appela les esprits ; elle convoqua ceux qui ne sont qu'ombre dans l'ombre ou souffle dans le vent ; elle apostropha les insomniaques de l'autre monde, spécialisés dans le dérangement des vivants. « Ô Roi des âmes, Prince du monde visible et invisible, venez à moi, votre servante, Venez à moi, vous qui êtes... », et là elle eut un trou dans les idées. « Vous qui êtes quoi ? se demanda-t-elle en fronçant ses sourcils. Ah oui... la main du mal, abattez votre mortelle colère sur John-John Bikolo. » C'était votre mortelle colère ou puissante colère ? Sa mémoire pannait. Le diable ne vendait pas des bienfaits en détail. Il lui fallait la totalité des mots dans leur exactitude pour déverser sa colère. Et Nanno recommença tant de fois qu'elle le put, persuadée de la légitimité de sa *fatwa*. Elle se rebiquait à

chaque fois, hésitait sur un mot, puis de désespoir, hurla :
« *Shit ! Shit ! Shit !* » La ligne avec l'au-delà était brouillée,
l'appel au secours, vain, l'espérance d'une punition bien
méritée, nulle. « On perd aussi ses pouvoirs en vieillissant »,
se dit-elle.

Autrefois, elle avait été imbattable en sorcellerie. Elle
savait encharmer les hommes, foutre des saucées aux femmes récalcitrantes, donner une boulette de chance à un
malchanceux qui éberlué n'en revenait pas de découvrir,
d'une pelletée dans son champ, une jarre de pièces d'or.
Ses capacités de *nganga* – blague à part – lui tenaient lieu
de publicité. Sa rencontre avec Dieu lui avait fait renoncer
à son plaisir de dompter des monstres que personne n'avait
jamais vus, mais qui signalaient leur présence par de sinis-
tres mugissements. Elle avait gardé juste une pincée de ses
savoirs pour sortir ses amis et connaissances des tracasseries
qui sont toujours là. Grâce sa magie, la Plantation avait
prospéré, du moins le croyait-elle. Aujourd'hui, puf, rien,
finish, terminé. Que la volonté des esprits soit faite ! Il ne
lui restait plus qu'à aller reposer ses vertèbres.

Tout ou presque dormait dans le quartier des boys, situé
en contrebas de la plantation, au milieu des bananiers, des
avocatiers ou des bandamas. Les petites cases collées les
unes aux autres, avec leurs toits de tôle ondulée, leurs
petites fenêtres en bois jaune, avaient l'air de monticules
dans l'obscurité. De la lumière provenait de la case jouxtant
la sienne. « La mauvaise conscience de ce traîne-savate doit
l'empêcher de dormir, se réjouit-elle. Qu'il crève. »

Dans la case de Nanno séjournaient toutes les horreurs
du métissage. Dans le salon-chambre-salle-à-manger,

pagnes et boubous étaient accrochés à des cintres sur un fil électrique haute tension. « Quand les voyageurs de nuit viennent m'attaquer, ils sont électrocutés, recta », avait-elle coutume de dire à ses visiteurs. Sur le mur de droite, un crucifix en bois colonisé par la vermine jouait des coudes avec un tapis d'Allah bordé de pompons rouge foncé. Plus loin, une reine d'Angleterre saluait un vieux calendrier d'où jaillissaient les cuisses roses d'une call-girl habillée en cow-boy. Poussée contre le mur de droite, il y avait une table en bois recouverte d'une nappe de nylon marron. Au-dessus, une amphore remplie de roses éternelles. Au centre, un lit en fer rouillé vêtu d'un couvre-lit de satin aux motifs surpiqués de dragons d'Asie cracheurs d'orchidées. Sur une vieille téloche, cadeau de Thomas, trônaient une tour Eiffel enneigée, des figurines en bambou, en glaise ou en terre, décorées de bris de verre, de morceaux de tissus ou de fleurs. « C'est fou comme le soleil me tue maintenant, dit-elle en s'allongeant et en fixant un lézard accroché au plafond. J'ai mal dans tout mon corps. Je me demande s'il veut m'abandonner lui aussi, comme tous les hommes qui m'ont fait croire qu'ils m'aimaient. Et cette saleté de Double John ? Que pense donc ce sans-caleçon ? Qu'il me plaît de marcher seule dans la vie ? C'est pas difficile de comprendre que je suis ouverte à tout. Que chaque fibre de mon corps est ouverte à l'amour et à la passion. Y a-t-il beaucoup de femmes au monde qui depuis plus de quarante ans dorment seules dans des draps lavandés ? Qu'est-ce qu'il veut cet encorné ? Que je le supplie ? Jamais ! »

Des bruits provenant de la case de John-John Bikolo la sortirent de ses pensées. Quelqu'un marchait, on bougeait un meuble. « Qu'est-ce qu'il peut bien fabriquer à cette heure ? Non, je ne vais pas l'espionner. » Il eût suffi pour cela qu'elle s'accroupisse et jette un œil par le trou dans le mur. « Je suis ce que je suis, se dit-elle. Mais je vais pas m'humilier à regarder avec quelle garce cette ordure malaxe son gombo. » Elle se retourna sur le côté, compta les battements de son cœur. Peu à peu, ses paupières se firent aussi lourdes que ces paniers de noix de coco que des marchands ambulants trimballent péniblement. Et derrière elles, le soleil s'immobilisa et la campagne devint verte comme à l'époque où elle avait son cercle d'admirateurs, des hommes habillés de boubous bien amidonnés, qui lançaient à ses pieds des cuisses de sanglier ensanglantées et lui déclaraient leurs flammes...

Elle se réveilla en sursaut. Elle sauta sur ses pieds aussi vite que le lui permettait son arthrite. Du sang battait à ses tempes. Elle se précipita devant la case de John-John Bikolo. À la porte, elle hésita. Même en ce moment où elle venait d'entendre un coup de feu, elle ne voulait pas donner l'occasion au cadavre de ce chien de la narguer. Avec un sanglot dans la voix, elle tambourina :

– John-John ! Double John ! T'es là ? Est-ce que tout va bien ?

– Pourquoi ? lui demanda-t-il en ouvrant la porte, et quiconque le connaissait aurait vu le petit frisson de plaisir sur ses lèvres.

– J'ai cru entendre un coup de feu, dit Nanno, crispée.

– C'est exact, dit-il en redressant le canon du fusil posé sur son épaule.

– Puisque t'es sur tes pattes, qui as-tu donc tué ? questionna Nanno.

– Ça t'intéresse de le savoir, vraiment ? lui demanda-t-il avec le même culot enjoué. Alors viens... Je vais pas te manger. Entre.

Méfiante, Nanno pénétra dans la pièce désordonnée et éternua. Un lit étalait ses draps craquelés par la crasse. Sur une table, était posé un petit réchaud à gaz croupissant sous une épaisse couche de graisse. Des bouteilles vides, jetées çà et là, s'ennuyaient dans la semi-obscurité. Dans un coin, une vieille armoire en Formica dégorgeait de vêtements sales. John-John Bikolo la suivit en traînant sa jambe morte et en sifflotant, très à l'aise.

– Il est où, le cadavre ? demanda Nanno

– Là, dit-il en désignant un petit tabouret du doigt.

Les yeux liquides de la gouvernante clignèrent et la perplexité l'envahit. Là-devant, il y avait une photo d'elle jeune avec tous ses cheveux et un sourire d'étoile. L'impact d'une balle trouait son front, juste au milieu des sourcils. C'est elle qu'il avait tuée. Nanno vacilla. Elle chercha un endroit où s'adosser, n'importe quoi, pourvu qu'elle repose ses vertèbres. Elle fit trois pas en arrière en direction de la sortie, lentement, avec précaution, pour ne pas lui donner l'occasion de pelleter d'autres rancœurs.

– Qu'y a-t-il ? demanda-t-il en souriant.

Une fraction de seconde, elle vit le jeune garçon qu'elle avait aimé, celui qui la faisait pleurer de joie et de soulagement lorsqu'elle n'avait pas de clients capricieux à satisfaire. Elle se souvint comment, après dix mille plaisirs, ils prenaient soin l'un de l'autre, se prodiguaient des tendresses enfantines, se confiaient les moments douloureux de leur vie, se prêtaient serment de fidélité et d'amour, critiquaient les petits grands de ce monde pourri, prenaient de nouveau soin l'un de l'autre, s'embrassaient, prêtaient de nouveau serment et s'endormaient, s'endormaient, s'endormaient.

– Un de ces jours, tu vas vraiment te faire sauter la cervelle, imbécile ! réussit-elle à murmurer.

– Je sais, dit John-John Bikolo en la doigtant avec haine. Et ça sera à cause de ce que tu as fait.

10

Le village de Shona était déjà en activité lorsque Blues y fit son apparition, droite sur son cheval. Une sale odeur montait des ruelles. Une brise avait beau coulisser dans les arbres, elle ne chassait pas les émanations. Les effluves d'urine stagnaient, mêlées à celles de beignets aux haricots. Dans sa tête, flottaient des lambeaux de son dernier rêve et les villageois s'écartaient d'elle comme si elle souffrait d'une obscure maladie.

— Dégage de là, sale Blanche !

Qui a parlé ? Il y avait tant de femmes empagnées sur le pas des portes, tant d'hommes accroupis à bâiller, tant d'enfants braillards. Si elle avait su, qu'aurait-elle pu faire ? Elle emballa ses interrogations autour des sabots du cheval, espérant que la poussière qu'ils soulevaient la protégerait des possibles injures et des impossibles égratignures. Elle posait à peine pied à terre que Kadjërsi l'agrippa.

— Qu'est-ce tu veux encore ? demanda-t-elle, déchirant d'avance sa charité. Qu'est-ce que cela peut bien te foutre, hein, qu'elle crève, Shona ? C'est pas ta sœur, que je sache !

Une boule d'angoisse paralysa le cœur de Blues dont les

battements s'accélérèrent. Le rouge du soleil frappa le sol et illumina des zones d'ombre dans sa mémoire. Ce pays avait-il toujours été aussi violent ou est-ce que les choses avaient changé ces dernières années ? En dehors des manœuvres grossières du Président élu démocratiquement à vie, tout semblait si infiniment petit et complexe, que ç'en devenait magique.

– Est-ce que je peux voir Shona, madame ?

– Non.

– Pourquoi ?

– Est-ce à toi de me dire qui ma fille doit fréquenter ou pas, petite conne ?

– Qu'ai-je fait ? Pourquoi me haïssez-vous ?

Kadjërsi fit tournoyer sa mâchoire et expédia un long crachat dans la poussière. Que n'avaient-ils pas fait ? songea-t-elle. Les Blancs avaient bousillé leur monde, en prônant l'égalité des sexes. Elle savait depuis le départ que ces décrets interdisant l'excision et l'infibulation étaient des mesures si perverses qu'elles ne pouvaient apporter que dépravation et débauche. Des larmes jaillirent des yeux de Blues. Ses lèvres tremblèrent et son cœur pesa dans sa poitrine.

– Pourquoi ? quémanda-t-elle.

– Je veux pas te voir traîner dans l'histoire de notre monde. Suis-je assez claire ?

– Mais, j'ai envie de voir le bébé.

Blues crut l'entendre craquer telle une allumette. Mais c'était la porte qui claquait sous son nez et c'était comme si Kadjërsi l'invitait à s'amuser avec elle, à continuer sa quête de la compréhension mutuelle. Elle contourna la case sur les pointes et se hissa à la hauteur de ce trou béant qui servait de fenêtre à la chambre de Shona.

– Shona ! Shona ! Es-tu là ? C'est Blues.

– Qui va là ? demanda une voix masculine.

Puis une flopée d'insultes, « *Fuck you, shit ! Move your fucking ass !* » et la voix les répétait, encore et encore. Blues tremblait mais souriait, parce que cette grossièreté sans idéalisme ni idéologie désacralisait cette foutue haine. Puis la voix douce de Shona lui fit l'impression d'une coulée de miel :

– Rentre chez toi, Blues, lui murmura Shona en collant son œil pétillant par l'ouverture. Tout va très bien.

– Qui est ce type ? demanda Blues.

– Mon fiancé, dit Shona comme une mauvaise blague.

– C'est un des trois pères de ton fils ? demanda Blues.

– Presque.

– C'est lequel des trois ?

– Aucun d'eux. Celui-ci s'appelle Houndette. Il est riche et il veut m'épouser.

– Tu l'aimes ?

– Ai-je le choix de l'aimer ou pas ? Il va s'occuper de mon fils et de moi, tous les jours de la semaine. C'est mon secouriste, tu comprends ?

Et bien avant qu'un chat miaule, l'ange de secours apparut. Son pagne jaune noué à ses hanches laissait entrevoir les stigmates de son âge : ses bras et ses jambes étaient sillonnés de grosses veines sèches ; les os ressortaient de sa poitrine imberbe comme des pointes et son visage flétri par le temps ressemblait à un tas de vêtements froissés. Le prince de lumière se tint en équilibre précaire dans la poussière et se mit à la haranguer :

— Qu'est-ce que vous avez à venir troubler le sommeil des braves citoyens ? demanda-t-il en tapant du pied. Le respect de la propriété privée, qu'en faites-vous ? interrogea-t-il, en posant ses mains en poings sur ses hanches de garçonnet.

Il passa sa langue rose sur ses lèvres charnues :

— Je suis fonctionnaire à la mairie. Je vous traîne en justice si vous continuez à nous harceler !

— Je suis désolée, dit Blues en reculant, sincèrement effrayée. Je suis désolée.

Elle recula encore, soucieuse de ne pas lui tourner le dos. Qui sait jusqu'où peut aller la folie d'un homme prêt à prouver qu'il a tous ses mordants ? Houndette la suivit à petits pas, frêle et arrogant. Kadjërsi contemplait la scène et éructait :

— Ça, c'est un homme ! Il nous protégera des tracasseries de la vie !

Blues sentit que son cœur était parti, elle n'en sentait plus la cavité, c'était mieux ainsi. Elle les abandonna à leurs arrangements, dans cet univers où chaque femme devait trouver un homme, n'importe lequel, pour lui donner des ordres. De toute façon, c'était l'anniversaire des MacCarther ce soir. Elle avait d'autres sauces à préparer.

Blues ne sait plus où donner de la tête : les flammes de soleil lui mangent les neurones. Comme elles, elle veut danser sur les vagues, insouciante, tout en folie. Elle essaie des dizaines de robes, de chapeaux et de chaussures. Et ces froufrous destinés à donner aux femmes allure et séduction tornadent dans la chambre pour échouer sur le lit, désaimés. À chaque changement de fringue, elle se regarde dans une glace, puis grimace. Il y a sur son visage quelque chose de pénétrant. Elle veut que la première étoile de la nuit berce ses secrets, ses craintes et ses espoirs. À quelques pas d'elle, le visage de Nanno se froisse. Mais la vieille nounou sait qu'elle est déjà passée à travers la vie, que s'occuper du bien-être des autres est un subterfuge pour survivre.

– Dépêche-toi, Blues, dit-elle de temps à autre pour tuer ce qui lui reste de respiration. Tu vas finir par mettre tout le monde en retard. Même avec un sac de pommes de terre, tu seras la plus belle.

Mais Blues ne veut pas s'en remettre au destin. Elle sait qu'elle veut produire sur les autres, une sorte de ravissement, qui leur arrachera admiration et envie. Le placard grince sa désapprobation lorsqu'elle l'ouvre à nouveau. Elle bataille avec les cintres et, soudain, son regard accroche quelque chose qui était là depuis toujours. Elle le sort, l'exhibe sur ses hanches nues.

– Tu ne vas pas mettre ça, tout de même ? demande Nanno, et toutes les horreurs du monde s'abattent dans ses yeux.

– Et pourquoi pas ?

– Parce que tu feras honte à ta famille, s'insurge Nanno. Tu vas me ranger ça, et tout de suite !

– C'est pas grave ce que les gens peuvent penser, Nanno, dit Blues en guise d'éviction d'opinion. L'important c'est qu'on sache ce qu'on veut, n'est-ce pas ?

– Que veux-tu insinuer, fillette ? demande la nounou.

– Oh, ma Nanno ! Tu ne veux pas me bluffer, tout de même ! Même un aveugle voit ce que tu as fait à Double John.

Les muscles de Nanno se crispent. Elle va vers la fenêtre en boitillant si soudainement qu'on croirait que son âge vient de la recouvrir comme un vieil arbre. Ses doigts, tels des rameaux, écartent les rideaux. Dans le jardin, une poule chasse les feuilles sous ses pattes et la lumière fait éclater les fleurs en gerbes de couleurs, égayant tout alentour.

– Je ne vois pas très bien ce que tu veux dire, fait-elle d'une voix lointaine.

– Pourquoi as-tu refusé de l'épouser ? lui demande Blues. Il t'aimait, lui !

– L'intimité sexuelle n'a rien à voir avec l'amour, fillette. Il faut que t'apprennes cela, sinon t'auras des désillusions.

– Pourtant, il dit que...

– Que quoi ? demande-t-elle, saisie par une espèce de frisson. Qu'il a épousé la femme que ses parents lui avaient choisie parce que je n'étais pas de la même ethnie que lui ? Qu'il a disparu un matin sans crier gare, parce que finalement je n'étais qu'une traînée ? Qu'il a réapparu sept ans plus tard avec une cuisse de sanglier qu'il a jetée à mes pieds : « Pardonne-moi et deviens ma seconde épouse » ? Que j'aurais dû accepter ? Que veut-il au juste ? Que je lui sois reconnaissante d'avoir daigné me demander en mariage ? Je préfère vivre seule et taper l'eau chaude.

Nanno parle. Son passé déborde aussi. Son visage se ratatine comme si ces souvenirs douloureux avaient le pouvoir de la réduire à ce qu'elle est, une caricature de la vieillesse.

À la fin, ses yeux sont liquides. Ses épaules se sont rétrécies, voûtées presque. Un peu de morve coule de son nez qu'elle essuie du revers de sa robe. Mais curieusement, elle ne pleure pas. « Sûr que cette femme faisait jouir les mecs comme une galaxie », se dit Blues.

– Tout le monde commet des erreurs, dit-elle, comme pour se racheter d'avoir eu des pensées peu reluisantes à l'encontre de la nounou. Des années ont passé. Il est seul et toi aussi. Vous pourriez...

– Vivre ensemble quelques mois et passer le reste à attendre la mort ? demande Nanno en montrant ses chicots. Quelle joyeuse perspective que d'aimer un homme sa vie durant et de ne profiter que de sa mort !

Elle se laisse tomber sur une chaise, et, d'un coup de langue, vire la conversation.

– Ces rhumatismes m'empêcheront un jour de me lever définitivement, dit-elle en se massant les pieds.

– Toi, ne pas te lever ? demande Blues en pouffant. Tu es aussi solide qu'une montagne russe.

– Je vieillis, dit Nanno avec un petit rire triste.

Elle veut continuer à parler, mais à cet instant, au milieu de cette intimité qui les berce, on tambourine à la porte.

C'est Fanny, l'air solennel et de mauvais augure. Elle transpire déjà dans sa longue robe de satin vert parce qu'elle a lu quelque part que le premier signe de bonne santé mentale est de commencer à s'aimer soi-même et que, croit-elle, le vert l'aide à s'aimer mieux. Elle traverse la chambre, ses talons résonnent comme des castagnettes, et fonce sur Blues :

– C'est toi qui as pris mon collier de perles, avoue !

l'accuse Fanny avec une telle violence que les murs poussent un soupir. C'est pour me faire chier que tu as fait ça. Je te connais. Oh, que oui !

– Quel collier ? s'étonne Blues, interloquée. De quoi parles-tu ?

– Tu le sais très bien, dit Fanny les lèvres parfaitement ajustées l'une à l'autre. Il était posé sur ma commode et il a disparu.

Déjà elle retourne dans sa chambre suivie d'une Nanno désemparée, qui ponctue ses « Seigneur ! » de volées de tsss. De là où elle est, Blues les entend discutailler et déplacer les meubles. On vide les armoires, on dépèce les tiroirs, et toute la breloque se confond, s'emberlificote à l'infini dans une orgie de couleurs. « Je sais que c'est elle qui a fait ça », ne cesse de gémir Fanny. Puis, soudain, la voix de Nanno s'élève, aussi pétillante qu'un vin champagnisé :

– Je l'ai trouvé ! Je l'ai ! Il était juste tombé là !

Ses yeux sont un fouillis d'étoiles lorsqu'ils observent le bijou.

– Certaine que quelqu'un l'a jeté là exprès pour m'enquiquiner, insiste Fanny. Ça, je peux le parier.

– Faut que tu t'excuses auprès de ta sœur, lui conseille Nanno.

Les voilà qui reviennent, Nanno devant, Fanny derrière qui reste au seuil, la bouche enrobée d'un faux sourire :

– J'ai retrouvé mon collier, dit-elle en tripotant le bijou à son cou, pour ajouter, l'instant d'après : Dépêche-toi. Tu vas mettre tout le monde en retard, comme d'habitude.

Les deux sœurs se regardent avec une égale froideur. Il n'y a pas de pardon possible, car chacune sait que s'excuser n'a jamais guéri une grippe. Elles se rejettent et se défient à la fois. Trop de gêne ou trop d'humiliation porte à l'inertie définitive. Fanny s'éclipse, parce qu'elle comprend qu'il est temps de s'en aller.

Quelques minutes plus tard, la propriété retentit de cris et d'embrassades. Dans la cour, tante Mathilde, qu'on voyait si peu qu'on avait presque fini par l'oublier, avait du mal à se dépatouiller des domestiques. « Ça va, ma sœur ? lui demandaient-ils. La santé va ? » Ils n'avaient que leur sourire hilare et ces « Ça va, ma sœur ? » qu'ils lui donnaient pour la remercier d'avoir sa vie durant empêché les Blancs de s'engraisser tranquillement sur leurs dos. « Comment pouvez-vous jouir de vos biens quand des millions d'enfants meurent de maladie et de malnutrition ? » s'insurgeait-elle contre les Blancs. Quand elle parlait, les boucles de ses cheveux noirs virevoltaient, ses mains tachées de son s'agitaient comme celles d'un prédicateur. Elle prophétisait les catastrophes actuelles, bien avant qu'elles ne s'annoncent. Elle tambourinait qu'on ne passerait pas à côté d'une guerre interraciale dont les Blancs sortiraient vaincus. Que cela enlèverait à tous le goût de la rigolade, des trinqueries à la bonne exploitation de l'homme par l'homme. Qu'il valait mieux faire une petite ristourne aux nègres pour s'assurer des bons temps dans l'avenir.

En dehors de Thomas, personne ne l'écoutait. On était tolérant, mais il était difficile de prêter attention aux propos d'une femme blanche qui avait été capable de tomber folle amoureuse d'un paysan noir. « C'est une ennemie de la race blanche », disaient les philosophes de la communauté. « Une putain des Noirs », affirmait la racaille. « Savez-vous qu'elle a deux garçons métis, dont Thomas s'est débarrassé en les expédiant dans une pension à Fort Salisbury ? souriaient malicieusement les femmes. Quelle honte ! » Et, comme si cela ne lui suffisait pas, elle soignait ces Noirs bénévolement dans un dispensaire et participait aux diverses manifestations pacifistes en faveur d'une meilleure répartition des terres.

Là, dans la cour, elle recevait les dividendes de ce qu'elle avait semé, « Ça va, ma sœur ? », raisonnable d'allure et d'expression dans sa jupe plissée et son chemisier à manches bouffantes. Elle se disait que, finalement, elle n'avait pas perdu son temps, qu'il y avait bien une justice dans ce putain de petit monde. D'ailleurs, depuis un certain temps, elle avait l'impression de ressusciter. Elle écoutait ses propos avant-gardistes ressortir des profondeurs de l'immensité tropicale. Ils surgissaient des feuillages, de cet océan de rouge et de frondaisons magnifiques. Elle n'avait pas prêché dans le vide pendant plus de cinquante ans.

À quelques pas d'elle, Anne-Agathe, l'épouse de Jean-Claude, une femme malingre avec des longs ongles rouges de paresseuse, aux cheveux roux tétanisés par de la laque, la découpait du regard. Elle était convaincue que sa belle-sœur était venue exclusivement pour se repaître de la grande déroute blanche, de l'angoisse blanche et des mille tracasseries qui fracassaient leurs nuits d'insomnie. C'était si intolérable qu'elle sentit des milliers d'épingles transpercer sa robe si argentée qu'elle accrochait la lumière. Ah ! si seulement elle avait eu ses domestiques à portée de claques... Elle les aurait engueulés, leur aurait expédié quelques coups de pied au derrière, tant elle avait besoin de se défouler pour se remettre d'aplomb. Puis, comme se souvenant de la présence de Jean-Claude qui transpirait dans son costume trois-pièces, elle trouva sur qui faire déferler sa hargne :

— T'as pas pris de mouchoir chéri ? commença-t-elle avec douceur.

Puis les ailes de son nez se rétrécirent et une salve de dégoût jaillit de son palais :

— Mais tu vas salir tout le monde avec ta transpiration.

Ensuite, elle dirigea sa mauvaise humeur vers son fils Abel, un gaillard, aux traits réguliers, qui plissait les yeux derrière ses lunettes de soleil qu'il portait même la nuit :

— J'espère que tu ne vas pas faire tes cochonneries en public ? croassa-t-elle.

— Anne-Agathe ! s'exclama Jean-Claude en essuyant vivement la sueur sur sa grosse figure.

— Quoi ? demanda-t-elle. C'est mon devoir de mère de lui rappeler les règles de bienséance, tout de même. Ce n'est pas toi qui, tous les matins, refais son lit et dois changer ses draps. Il va finir par devenir fou à ce rythme.

— Mais c'est de son âge, protesta Jean-Claude.

— C'est du vice ! Oui, parfaitement, du vice !

— Je ne me branle pas tant que ça, maman, dit Abel de sa voix déjà rigide, tout en essayant d'éviter de regarder en direction de Fanny.

— T'as vu comment il lorgne sa propre cousine ? Je te dis qu'il faut l'envoyer se faire soigner avant qu'il ne devienne dingue. Dis-lui, toi, Catherine, que ce gamin va finir par perdre la tête à force de...

Catherine se mit à bafouiller, gênée. Elle ne savait comment calmer sa belle-sœur, convaincue que contre l'abomination d'avoir une telle mère, un gosse pouvait aller jusqu'à mettre le feu pour en réchapper, la masturbation étant la moins dramatique des perturbations dans le cas d'espèce. Elle hypocrisa comme elle put, la rassura avec des mots passe-partout :

– Ça va lui passer. C'est qu'une question de temps. C'est mieux qu'un gamin qui se drogue...

Une étoile apparut dans le ciel et tous se figèrent. Anne-Agathe se cabra soudain, qu'on eût dit un cheval qui vient de voir un scorpion, là, entre ses pattes. Fanny se racla la gorge en guise de désapprobation tandis qu'Abel calculait la distance qui le séparait de l'apparition.

C'était Blues. Ses fesses cambrées et ses jambes fines mises en valeur dans un jean délavé ne purent empêcher sa famille de vibrer d'indignation. Son petit corsage blanc qui faisait ressortir la rondeur de sa poitrine rendait encore plus sensible l'immensité du drame. Un foulard Hermès aux couleurs chatoyantes rehaussait son teint bronzé. Ses pieds étaient hautalonnés dans des sandales blanches.

– J'ai essayé de lui expliquer que ce genre de tenue n'était pas indiquée, tenta de se justifier Nanno en se grattant.

– Tu es magnifique, ma petite Blues, s'exclama tante Mathilde en l'embrassant. N'est-ce pas qu'elle est sacrément belle ? demanda-t-elle à son neveu.

Abel rougit, mais n'eut pas le temps d'émettre une de ces bénignités dont il était coutumier. Sa mère le dévisagea durement, le mettant à l'évidence sous surveillance, puis dit :

— Nous n'allons pas à un carnaval chez les nègres, ma petite Blues, l'as-tu oublié ? Tu ne vas pas la laisser sortir accoutrée ainsi, n'est-ce pas, Catherine ?

L'assemblée dit ce qu'elle en pensait à coups de soupirs et de renvois. Catherine pâlit jusqu'au blanc des yeux. L'orgueil sot la possédait. Anne-Agathe en frétilla : *It's a good day today.* Voilà des décennies que Catherine l'écrasait avec ses airs de grande dame possédant magnifique demeure et pouvant s'offrir la grâce d'une politesse à l'égard de tous. Sa fille démontrait publiquement qu'on a beau désinfecter un chien, il garde son odeur. Ses mains tavelées par la ménopause mimaient l'horreur qu'elle ressentait face à la dépravation des mœurs. D'une cassée de sa bouche, elle sauçait les jeunes filles d'aujourd'hui qui n'ont aucune classe : « Toutes des traînées. » Puis, avec un battement de ses paupières alourdies de mascara, elle se tournait vers Blues : « C'est pas de toi qu'il s'agit, ma chérie... » Les domestiques s'étaient attroupés et les épiaient, appréciant l'habileté blanche à s'envoyer des vacheries à vous faire coucher dans la porcherie. Et il fallut à Catherine tout son orgueil pour résister aux assauts des remarques d'Anne-Agathe. Elle croisa ses mains comme un bouquet de fleurs blanches. Ses lèvres d'habitude pleines, si pleines, s'amincirent jusqu'à devenir cruelles, mais elle sourit :

— Blues est assez grande pour décider elle-même comment se vêtir, ma chérie, dit-elle. Puis, l'habit ne fait pas le moine.

— Mais on reconnaît le moine à son habit, dit Anne-Agathe, très fière de sa repartie.

Puis, sans lui laisser le temps de réagir, elle ajouta :

— Faut se dépêcher, on va être en retard.

Déjà elle retournait à la voiture. Il y avait chez Anne-Agathe quelque chose d'un adolescent intrépide qui déconcertait Jean-Claude, mais lui plaisait. Pas suffisamment pour l'empêcher de la tromper énormément, mais le séduisait. Sa façon de monter les escaliers deux par deux, ses maigres jambes qui couraient plus qu'elles ne marchaient, l'absence des hanches, et puis cette façon de le relever de son serment de fidélité dès qu'il quittait la maison. Il n'aurait pas pu trouver mieux pour dresser les domestiques, gérer la maison et lui laisser tout loisir de s'adonner aux promiscuités érotiques des splendides accueillantes.

Il la suivit, et les chauffeurs vêtus d'uniformes rouges ouvrirent les portières des Mercedes. En procession, les voitures quittèrent la propriété, sous les yeux concentrés des nègres qui tentaient par tous les moyens de ressentir les vibrations précieuses d'une vie de richesse, à se dire qu'ils vivaient au milieu de tout cet argent, sans que cela leur donne un sou en plus.

11

La nuit était tombée lorsqu'on arriva devant la demeure coloniale des MacCarther. Dans la cambrousse, le peuple croasseur donnait de la voix. Ça reptilisait. Ça hiboutait au loin. Des ampoules, des centaines d'ampoules parsemées çà et là donnaient l'impression d'un conte féerique. On en oubliait la puanteur dans laquelle, à quelques kilomètres, des nègres croupissaient.

Des tentes avaient été dressées dans l'immense propriété. Le gazon fraîchement coupé exhalait une agréable odeur d'herbe. Les massifs de roses et les bougainvillées embaumaient. Des femmes vêtues de longues robes, scintillantes de bijoux, évoluaient aux bras d'hommes costumés en queues-de-pie et chapeaux melon. On se serait cru à la cour de la reine Victoria, avec ses baisemains et ses courbettes d'usage. Sur une estrade conçue pour l'occasion, des cracheurs de feu, des marionnettistes, des danseurs traditionnels évoluaient pour le grand bonheur des invités. Des domestiques en livrée passaient entre les convives, proposant des toasts, des jus de fruits ou du champagne de France. Gaia, en mère fraîchement endeuillée, s'éventait en

186

disant à qui voulait l'entendre : « Le pauvre petit est mieux
là où il est, auprès de Notre-Seigneur Jésus-Christ ! Il
n'était pas fait pour ce monde d'en bas ! » Le plus extraordinaire était le couple MacCarther debout en haut des
vingt-sept marches que leur âge les autorisait à ne pas
descendre pour recevoir leurs invités. De là, Betsy dominait
la situation, droite, imposante. « T'as un port de reine,
mon amour », lui murmurait à l'oreille son cher Arthur.
Et les pauvres convives s'essoufflaient à grimper vers eux
pour les baisemains, forcément intimidés, et arrivaient au
sommet l'air un peu piteux dans leurs riches vêtements.

Dès que Blues sortit de la voiture, des dizaines d'admirateurs l'encerclèrent. Ses vêtements si peu adaptés à la
circonstance fascinaient et repoussaient à la fois. Elle repré-
sentait tout ce que la vie pouvait épanouir d'imprudente
beauté et de périlleuse harmonie. Et les jeunes hommes en
restaient béats.

– Qu'est-ce qui t'est arrivé ? lui demanda Nancy, en
battant des cils. T'as pas eu le temps de te changer ? T'aurais pu tout aussi bien venir nue, tu sais ? Ça fait longtemps
que tu ne surprends plus personne.

Un lumineux sourire éclaira les figures délicates et sévères
des filles présentes. Chacune se mit à renchérir de méchanceté : « Faut étaler la marchandise aux yeux de l'acquéreur,
n'est-ce pas ? » Et les acquéreurs déglutissaient péniblement. Chacun crevait de la serrer dans ses bras, l'espace du
présent. Mais leur futur, ils le réservaient pour l'éternité
aux Nancy, Nicolaïte et autres coquines qui déclaraient à
qui voulait bien gober leurs sornettes qu'elles ne feraient
ça que le jour de leur mariage.

Et Blues acquiesçait à tout ce que lui proposait cette humanité en déroute. Elle écrasait leur sottise sans ambages, car la jeune Cornu était bien décidée à croquer les diamants de la vie, avant que le temps ne la transforme en une vieille dégingandée remplie de sommeil.

Enfin, MacCarther daigna descendre ses vingt-sept marches. Il manda silence. Les nègres sur l'estrade se dispersèrent, *pakalapakala*. Il posa un doigt sur ses lèvres amincies par la vieillesse, ses cheveux blancs volant au vent. On aurait cru qu'il ignorait ce qu'il allait dire. Puis, brusquement, sa voix s'éleva :

– Chers amis, nous sommes réunis ici aujourd'hui, peut-être pour la dernière fois – Dieu seul le sait ! –, pour fêter mes noces d'or avec Betsy, ma chère et tendre épouse.

– Bravo ! Hourra ! cria l'assistance effrontément.

– L'Angleterre, notre patrie d'origine, nous abandonne et les nouveaux maîtres du pays veulent nous chasser. Nous leur dirons : Nous sommes ici chez nous !

– Hourra ! répéta la foule. C'est notre terre ici !

– C'est la terre de nos ancêtres. Ils ont transformé un morceau de brousse en un pays presque civilisé où il fait bon vivre, et cela à la sueur de leur front !

– Hourra !

– Regardez, chers amis, le travail fourni.

Il leva le bras, montrant l'étendue de son propre domaine.

– Y avait-il ici autrefois des bananiers, des pamplemoussiers et du tabac ?

– Non !

– Y avait-il dans cette région des bergeries, des élevages de poulets et des porcheries ?

– Non !

– Nos ancêtres y ont-ils trouvé ces tracteurs, ces tondeuses et toutes ces machines ?

– Non.

– C'est nous qui avons produit ces richesses ! Nos ancêtres n'ont pas volé ces terres, comme le prétendent ces saligauds. Ils les ont gagnées ! À la sueur de leur front ! Nous nous battrons jusqu'à la mort pour garder nos biens.

– Hourra ! cria la foule.

Brusquement des hommes sortirent des pistolets et tirèrent des coups de feu en l'air, *pan pan* ! Quelques femmes paniquèrent. On entendit les froufrous de leurs robes du soir.

– Nous disons non à l'expropriation ! hurla MacCarther. Non à ces réformes agraires qui ne sont qu'une manière déguiser de nous dépouiller ! Dorénavant, nous répondrons coup par coup ! Si nous n'avions pas permis à ces Noirs d'aller à l'école, jamais nous ne serions arrivés à cette situation. J'étais de ceux qui pensaient qu'il fallait les éduquer ! Notre libéralisme est en train de nous détruire.

– Ouais ! acquiesça la foule.

– Nous nous sommes conduits avec nos Noirs comme l'exige Notre-Seigneur. Mais ouvrons les yeux. Regardez-les, regardez-les donc, ajouta-t-il en montrant les domestiques éparpillés çà et là, prêts à obéir à la moindre requête. Ils nous servent docilement, mais on perçoit chez eux un ressentiment et une haine féroces à notre égard, qui exploseront tôt ou tard. Soyons prêts à réagir !

189

L'excitation atteignait son comble. Certains ôtaient leur veste pour signifier qu'ils étaient prêts pour l'expédition. Ils se voyaient déjà avançant dans l'eau jusqu'à la taille, leurs fusils couchés sur leurs avant-bras. Ils traversaient des rivières boueuses, puis creusaient des tranchées où ils coucheraient jusqu'à l'aube. Ils rampaient dans les futaies et s'infiltraient dans les rangs ennemis. On héroïsait. Les chapeaux hauts de forme voletaient dans le vent et tombaient morts sur le gazon. On délirait tant que même les femmes se crurent sur un quai, agitant leurs mouchoirs en guise d'au revoir à leurs époux qui s'en allaient guerroyer. Quelques-unes y crurent tant qu'elles se mouchèrent.

– Et pour bien leur signifier que nous ne partirons pas, continua MacCarther, que nous continuerons à produire des richesses qui profiteront à toutes les communautés de la Rhodésie, nous annonçons solennellement les fiançailles de plusieurs jeunes qui, nous l'espérons, seront aussi unis et heureux que nous l'avons été, Betsy et moi. Ils veilleront sur cette terre. Pour cela, je passe la parole à ma tendre moitié.

Un grand silence se fit et chacun remit de l'ordre dans ses vêtements. Betsy MacCarther prit un micro, provoquant un son aigu qui fit s'envoler les oiseaux de nuit :

– Bonsoir à tous et bienvenue à tous. (Temps de reprise de respiration.) J'annonce solennellement les fiançailles de Sandres Alexandre et Peter Robinson ! Que Dieu les bénisse ! (Applaudissements et hourras !) Celles d'Elizabeth Stein et Denis Northcott. (Applaudissements, hourras !) Celles de Benjy Rosenberg et Lorie Goodman...

À l'annonce de leurs noms, les jeunes gens se précipitaient dans les bras l'un de l'autre, équivoques et troubles, quelques-uns hésitant entre la blonde dont ils auraient voulu visiter le triangle d'or et la rousse qu'on leur offrait gratos. Le bonheur de certains ouatait l'atmosphère de l'exquise sensation d'avoir été privilégiés par le destin. D'autres dérivaient dans les méandres poisseux d'un désastre annoncé. Tous s'en allaient avec des saillies humoristiques mais obtempéraient. Obéir était un des principes fondateurs de ce monde très à part.

Blues se retrouva seule. Même Alex et John paradaient aux bras de Sophie et Hannabel, leurs nouvelles fiancées. Elle sentait une horrible douleur tordre ses tripes. Lorsque Betsy MacCarther se tut, elle ne put s'empêcher de lancer :

– Cette tradition est grotesque !

– Tout aussi ridicule que l'idée de défendre une terre l'arme au poing ! lança une voix dans son dos.

Blues se retourna : c'était Franck Enio, portant un simple costume de ville.

– Tu es jalouse..., continua-t-il. Qu'aurais-tu aimé ? Être fiancée à tous ces garçons à la fois ?

– Qu'est-ce qui te permet de parler de ce que je veux, alors qu'on se connaît à peine ?

– J'ai suffisamment voyagé pour avoir déjà rencontré des filles de ton espèce, dit Franck d'une voix plate. Je ne suis pas de ces benêts incapables de faire la différence entre toi et ces vaches bonnes à pondre six mômes rien que pour augmenter le nombre des Blancs du pays.

Était-ce un compliment ? Blues ne sut que se taire. Se taire et regarder, par-delà la barrière, le velours noir du soir prendre d'assaut chaque arbre, s'infiltrer peu à peu dans

191

les maisons, les petites d'abord, les grandes ensuite. Dans l'obscurité, elle vit une torche qu'on allumait et éteignait comme un signal et un frisson de peur l'envahit.

– Franck...

– Quoi, mon amour ?

– Il y a des gens.

– Où ?

– Dans la forêt, qui se font des signes.

– Ça doit être des amoureux. Il n'y a pas de quoi s'inquiéter. Allons danser, ordonna-t-il.

Elle le suivit, docile, tandis que ses doigts la palpaient. Sa passion l'obligeait à s'écarter légèrement et à danser à quelque distance de lui. Ses genoux s'entrechoquaient. Elle savait déjà qu'elle aimait cet homme, mais ne voulait pas flancher trop tôt dans ce paradis. Trop de ciel, pensait-elle, conduirait à l'échec. « Oui, je l'aime. Mais je choisirai le moment. » Elle se sentait si petite par rapport à lui qu'instinctivement elle posa sa tête sur sa poitrine, les yeux en lévitation :

– Allons faire l'amour, lui proposa-t-il à brûle-pourpoint.

– Non, rétorqua-t-elle.

– Il n'y a aucune corrélation entre tes paroles et l'acte physique qu'elles décrivent.

– Danser n'a rien de sexuel pour moi.

– Il faut que je t'aie, Blues. J'aime ton cul.

Fanny ne dansait ni ne parlait, si bien qu'à la voir adossée à cet arbre, on se demandait si elle ne s'était pas trompée d'endroit. Elle s'estimait au-delà de ces pauvres plaisirs mortels. Elle conchiait les fermiers du regard et même la

192

cigarette accrochée à ses lèvres les méprisait. Mais elle ne disait rien qui blesse ou qui froisse, juste cet étrange sourire qu'elle affichait lorsqu'elle déclinait l'offre d'une danse et qui la suspendait au sommet du snobisme. Elle regardait danser, manger et rire ces gens qui constituaient l'essentiel de la fine fleur du pays. Enfin, si on pouvait appeler ainsi ces photocopies de Bill Gates qui partageaient des fausses politesses et des vraies pédanteries.

Mais lorsqu'elle vit Blues faire sa roue de lumière dans les bras de Franck, elle souhaita qu'une tempête se lève et dévaste tout. Qu'elle emporte les tentes ! Qu'elle soulève les robes de ces culs-bénis ! Qu'elle découvre leurs cuisses cerclées de graisse ! Qu'elle n'oublie pas d'envoyer dans un trou noir Blues et Franck !

Mais aucun vent ne souffla ; l'air se reposait. Au moment où elle songeait qu'un incendie ferait tout aussi bien l'affaire, on entendit une explosion. Une gigantesque flamme jaillit des étables, à quelques centaines de mètres de la résidence principale.

– Au feu ! Au feu ! crièrent des voix dans la nuit, auxquelles se mêlaient des beuglements de vaches, des hennissements de chevaux, des bruits de seaux d'eau qui se renversaient.

– C'est un attentat ! hurla quelqu'un. Les nègres nous attaquent.

– Faites rentrer les femmes et les enfants, cria Thomas Cornu prenant la direction des opérations.

Des hommes se bousculaient en courant en direction des flammes. Des femmes apeurées poussaient des cris hystériques en appelant leur progéniture. Les musiciens en nage enchaînaient tangos, valses et rocks : c'étaient des Noirs, ils étaient payés pour jouer. Les domestiques continuaient, impassibles, à proposer champagne et toasts.

– Vous êtes fous ? leur demanda Rosa Gottenberg. Un malheur vient d'arriver et vous faites comme si de rien n'était.

– Ils ont été dressés pour nous servir, lui rétorqua Blues, cynique.

Rosa Gottenberg ne l'écoutait pas, elle fixait Abigaël qui faisait semblant d'être terrifiée dans les bras d'Erwin. La haine, comme le sifflet d'une vieille machine à vapeur, stridulait dans ses oreilles. Elle aurait voulu démolir Abigaël et cette singerie de tendresse matrimoniale qu'elle exhibait à ses yeux. Elle avait envie de l'étriper puis de confectionner avec ses intestins une liane sur laquelle des babouins se balanceraient. Mais soudain elle sursauta comme quelqu'un qui vient de se faire piquer par une guêpe :

– Où est Williams ? demanda-t-elle à Peter, son aîné.

– Je sais pas, m'an !

– Williams ! Williams ! Personne n'a vu Williams ?

Déjà elle courait d'un côté à l'autre. L'angoisse la tenaillait et ses cheveux s'échappaient mèche à mèche. Elle exagérait son anxiété, dans le but aussi de chasser la jalousie qui la tenaillait. Toute la mélodie de la détresse jaillissait par grosses bouffées de son visage. Sans réfléchir, elle se précipita sur Erwin, se suspendit à son cou.

– Erwin, notre fils... Notre fils... Tu ne penses pas que...

– Calmez-vous, madame, dit Erwin en tentant de se débarrasser des doigts boudinés qui le tenaient comme des tenailles. Reprenez vos esprits. On va retrouver votre fils.

– Et s'il était... Oh ! Seigneur... C'est affreux ! Affreux !

La même pensée traversa l'esprit de tous et un nouveau vent de panique souffla. Et tandis que Blues enlevait ses chaussures en disant : « J'y vais », que Fanny lui emboîtait le pas, parce qu'elle ne laisserait pas sa sœur recueillir seule les félicitations, l'assistance s'en revenait au scandale d'avoir vu Rosa suspendue au cou d'Erwin. « Quelle indécence de s'afficher ainsi en public. » Les femmes comprimaient leurs seins ballonnés : « Quelle honte ! Pouah ! » Les hommes détournaient leurs regards, gênés. Abigaël la jouait douce et tolérante. On la plaignait. On admirait son éducation. Et elle, en femme bafouée, recevait ces hommages avec la digne suffisance d'une reine.

Le cœur de Blues cognait dans sa poitrine et aspirait les angoisses de la terre. Elle entendit un vacarme d'enfer : des chevaux dévalaient le sentier. C'était une frénésie de sabots. Le feu dégageait des odeurs à vous saouler plus sûrement que le plus subtil des champagnes. À un tournant, Blues crut voir la silhouette de Nicolas se faufiler derrière un bosquet. Que serait-il venu faire ici ? Elle atteignit la grange en nage.

– Il y a un enfant là-dedans, cria-t-elle en se précipitant dans les bras de son père. Il faut le sortir du brasier, papa. Williams ! Williams !

Le feu se propageait rapidement. Déjà il gagnait l'étage supérieur et mangeait le fumier. Une jument enflammée jaillit en poussant des hennissements de douleur pour aller s'écrouler dans la poussière rouge.

– De l'eau, vite ! hurlait Thomas. Dépêchez-vous ! Il y a un enfant en prise aux flammes. Williams !

– Je suis là, cria une petite voix, étouffée. Au secours !
Sans l'ombre d'une hésitation, Franck ôta sa veste.

– Que fais-tu ? lui demanda Blues.

– Je vais entrer là-dedans pour sauver une vie, s'exclama-
t-il en riant. Peut-être qu'ensuite tu me donneras ton corps.
Les femmes adorent les héros et aiment à raconter leurs
exploits.

– Mais tu es fou !

Elle aurait pu le frapper ou l'embrasser qu'il n'aurait pas
changé d'avis. Il s'engouffra dans les flammes. À l'extérieur,
les gens retinrent leur souffle. Sous la pression de l'inquiétude, les sentiments de Blues se désendiguaient : « Seigneur,
faites qu'il s'en sorte sain et sauf. » Elle se surprit à croiser
les mains et à prier. Elle sursauta quand une pluie de bois
brûlé s'écroula dans un épouvantable fracas.

– Il ne s'en sortira jamais, dit quelqu'un dans la foule,
en voyant les flammes venir embraser les rosiers.

Deux larmes coulèrent sur les joues de Blues. Sa tristesse
était telle qu'elle eût voulu que la terre s'ouvre sous ses pieds
et l'engloutisse. Qu'une main assassine la transforme en sève
pour nourrir chaque arbre de ce pays et chaque fleur. Des
cris de joie la sortirent de son tunnel de désespoir :

– Il a réussi ! Il a réussi !

Elle le vit qui tenait dans ses bras le petit Williams. Les
gens allaient vers lui, l'entouraient, le débarrassaient de
l'enfant évanoui dans ses bras.

– Que la fête reprenne ! cria alors MacCarther.

Parce que, malgré ces malheurs, il fallait trouver la force
de continuer, de se convaincre une fois de plus avec des
projets imbéciles que le destin n'est pas insurmontable.

Déjà les danseurs se remettaient en piste, pour une samba, pour une salsa, malgré l'angoisse des lendemains précaires. On voyait bien par-delà la grille les visages des nègres encolérés : « Assassins ! », et celui d'Ernest Picadilli dont la bouche s'ouvrait et se refermait : « Vous avez tué Sonia ! Vous allez le payer très cher ! » Il y avait encore celui froissé de tristesse de Gandoma qui levait des bras désespérés vers le ciel : « Le Seigneur est ma main vengeresse. » Mais les noceurs tournoyaient de plus belle dans cette folie.

Et Blues partageait l'état d'esprit général. Ernest Picadilli pouvait toujours crier au meurtre, en attendant l'expiation de leurs péchés, elle allait croquer des morceaux de paradis. Un bonheur ineffable éclairait son visage. Presque inconsciemment, elle fit une écharpe de ses bras et en entoura les épaules de Franck.

– Grâce au ciel, tu vas bien !

– Tu t'inquiétais pour moi, à ce que je vois. Dois-je comprendre que tu es prête à...

– Autant crever ! dit-elle.

Elle savait déjà qu'elle coucherait avec lui, mais une fois la décision prise, il fallait d'abord vivre avec elle quelque temps, pour l'apprivoiser.

– Quelle ingratitude !

Il éclata de rire et les flammes qui continuaient à grimper au firmament illuminèrent son visage barbouillé de suie. Puis, sans cesser de rire, il ajouta :

– Sais-tu ce qui arrive aux demoiselles qui font la fine bouche ? Leurs parents, écœurés d'avoir ces vieilles filles dans les bras, les traînent de bal en dîner, en annonçant à tous le montant de la dot, dans l'espoir d'appâter quelque mari.

– T'inquiète pas pour moi, Franck, répliqua Blues. Je ne resterai pas seule.

– Mais que cherches-tu ? demanda Franck, soudain furieux. J'ai tout ce qu'il faut : je suis un homme important, un homme au cœur des choses ; je manipule des sommes colossales... C'est pour ces raisons que toutes les femmes me tombent dans les bras.

– Mais moi, j'attends tout autre chose de la vie, Franck.

– À ta guise, fit-il avec un geste négligent.

Blessée, Blues rassembla ce qui lui restait de dignité et s'éloigna.

Resté seul, Franck se laissa glisser dans l'herbe. Celle-ci dégageait une odeur subtile, à la fois exotique et poétique : l'odeur des errements de l'amour et du désir. Par contraste, tout le reste semblait vent qui passe, la fête, les rires, les larmes des Noirs, la vie même des autres. Il lui sembla étrange que ses études ne lui aient rien appris sur les mille prudences à avoir dans l'utilisation des mots « Je t'aime ». Il éprouva un drôle de malaise. Oui, l'expérience. Certaines se cachent parmi d'autres. Il pensait avoir surmonté celle-ci en particulier, mais voilà qu'elle resurgissait et le faisait trembler. Il n'était plus qu'un pendu au-dessus de l'abîme des émotions. « Suzie m'a tué, se dit-il. Je n'arrive plus à dire à une femme de mots tendres, merde ! »

À l'époque, il était sot. Il ignorait qu'une fille honnête n'invitait pas un inconnu dans sa chambre, qu'elle ne montrait pas ses seins au premier venu. La beauté de Suzie canardait indifféremment hommes et bêtes. Les chiens se pâmaient à ses pieds et les chevaux se couchaient pour qu'elle n'use point d'étriers. Avec sa beauté brune, elle dégageait quelque chose d'élisabéthain aux vibrations si précieuses qu'elle entortillait le campus universitaire dans un réseau d'exaltations sensuelles. Tous ne juraient plus que par Suzie et s'en léchaient les babines. Et lui plus que quiconque avait pour ses yeux bleus et ses cheveux noirs une soumission bas-ventrale. Ses nerfs s'électrisaient à l'idée de la touffeur moite entre ses cuisses. Lui, le brillant étudiant en droit, la regardait faire sa roue de lumière, conscient qu'il n'était qu'un concombre sans graines face à cette nymphe charnue. Il n'était même pas certain qu'elle l'avait remarqué, lorsqu'un soir elle s'était approchée de lui, et sa raison s'était brisée.

C'était un de ces vendredis soir où les étudiants se réunissaient au Café de Paris du Cap, en Afrique du Sud. Ils jouaient aux échecs, se saoulaient à la bière afin d'éviter les conversations sérieuses. Ils beuglaient, excités par les vapeurs d'alcool et la fumée des cigarettes. Ils espéraient au fond de leurs carcasses que, cette nuit, quelques effrontées qui, dans l'attente du prince charmant, faisaient parjure à l'amour, les autoriseraient à se soulager entre leurs cuisses.

Suzie était vêtue d'une robe blanche qui mettait en valeur ses hanches à damner un bourgeois. Assis à cinq tables d'elle, Franck Enio avait bourré le destin de tant de fantasmes qu'il tressaillait rien qu'à la regarder. Il était comme enivré par un philtre magique, plongé dans une allégresse sans fin. Brusquement, elle s'était dirigée vers lui d'une démarche chaloupée. Ses formes dansaient la saga sous la lumière dorée des ampoules et Franck vit une myriade de chandelles. D'étranges picotements sillonnaient son échine.

– Pourriez-vous, monsieur..., commença-t-elle.

– Franck, dit-il.

– Franck, répéta-t-elle d'une voix doucereuse, pourriez-vous me ramener chez moi ? Je suis fatiguée et mes amis veulent continuer à faire la fête.

Il ne se souvenait pas de ce qu'il avait répondu et même s'il avait répondu. Durant tout le trajet, son cœur avait chanté les mesures de l'espérance. Il mettait tout son avenir dans le derrière de Suzie. Ce qui le troublait plus que tout, c'était de ne pas voir son visage dans l'obscurité. Mais elle avait passé un bras autour de sa taille : « J'ai peur du noir », avait-elle dit. Il sentait monter de ses cheveux un parfum de camomille et de sueur qui perturbait ses sens. Et bien avant qu'elle n'ait introduit la clef dans la serrure, Franck Enio bandait comme un arc.

Il n'osait pas la toucher. Mais, lorsque, à peine ouverte la porte de son studio, elle plaqua ses lèvres contre les siennes, frotta ses hanches contre son sexe, le débraguetta, lorsqu'il perçut à ses pieds le bruit des tissus froissés, il lui fallut un instant pour comprendre qu'il ne rêvait pas. C'était bien à lui, Franck, que la splendide Suzie s'offrait. C'était elle qui l'attirait pour s'épanouir en bacchanale impétueuse et en violentes fariboles chorégraphiques. Et un peu plus tard, allongé sur elle sur le canapé-lit, il se dit que l'univers était sens dessus dessous. Qu'il flottait dans les cieux. Qu'il se sentait capable de défier les oiseaux et les anges.

– Je t'aime, lui souffla-t-il entre des baisers humides.
Épouse-moi, tu veux bien ?

– Chut ! lui fit-elle.

À califourchon, elle le touillait ; ses gémissements couvraient les bruits angoissants de la mer et effaçaient les
stridulations de la nuit. Puis, dans une envolée de oh et
des ah, ils culminèrent. Il n'eut plus qu'à poser sa tête sur
l'oreiller et à rêvasser sur des projections opalines.

Au matin de cette nuit exquise, on frappa à la porte. La
magnifique Suzie s'échappa de son étreinte.

– C'est qui, mon amour ? demanda-t-il, la voix feintée
de sommeil. Laisse sonner. Reviens dans mes bras. Je
t'aime.

L'écho lui renvoya des cris de joie et des félicitations :
« Quelle canaille ! T'es une vraie dompteuse, toi alors ! »
On se précipitait en riant dans l'alcôve. Il s'extirpait à peine
de son hébétude que quelqu'un tirait les rideaux pour
mieux le regarder s'entortiller dans les draps. Des yeux, des
dizaines d'yeux le fixaient, moqueurs. On se pourléchait
de sa gêne. Ça ne servait à rien d'avoir honte : les jeux
étaient faits.

– Passez la monnaie, disait Suzie, en parfaite tenancière,
tandis que ses amis s'agitaient autour du lit.

– Qu'est-ce que cela fait d'être dépucelé ? lui demandait-on.

– T'as aimé, petit vicieux ?

– T'as pris ton pied ?

On en avait marre de le voir tenir sa vie dans le strict
défilé des chapitres et des sous-titres, des tableaux et des
résumés, et on ignorait comment le changer. On doutait

de la capacité de quiconque à le pervertir. C'est alors que Suzie avait proposé de mettre sa putasserie au service de l'immoralité partagée. Elle se prétendait capable grâce à son cul de le dépraver jusqu'à lui faire oublier son nom.

Il avait vingt ans et il était déjà marqué par une aventure désastreuse. « Quel con j'ai été ! » se dit-il. Souffrance et douleur étaient devenues ses compagnes. Il avait pensé en mourir, et il était vivant. Au fil du temps, le chagrin d'avoir été trahi s'était estompé avant de disparaître. Il s'était cru inconsolable, ses affaires l'avaient consolé. Mais adieu l'amour et ses rêves à la noix ! Il s'était juré de ne plus jamais aimer une femme. Et voilà que cette Blues menaçait de le rendre infidèle à son serment.

– Je ne céderai pas, se jura-t-il.

12

Rosa Gottenberg alla dans les chambres vérifier que ses monstres dormaient. Elle éteignit derrière elle, puis marcha sur des pointes, parce qu'elle ne voulait plus entendre leurs braillements. En fin de journée, elle en avait assez de les voir lever vers elle leur nez morveux et leurs mains barbouillées de saletés.

Elle s'enferma dans son bureau comme tous les soirs, depuis la mort de Théodore, quatre ans auparavant. Pendant des mois après sa disparition, Rosa avait continué à tendre ses bras vers le gros ventre de son époux et l'inciter à se tourner vers elle, jusqu'à ce qu'elle décide de venir dans cet antre palpitant de chiffres qui dansaient sous la lumière comme une matière vivante. Très souvent, elle s'endormait, la tête posée sur le livre comptable en murmurant des mots qu'elle n'avait jamais dits à Théodore : « C'est très bien. Oui... très bien », prononcés telle une incantation contre la douleur.

Des années avant son accident, Théodore avait été formel : il y aurait une catastrophe avec ces terres. Et, en homme d'affaires averti, il ne s'était pas attardé sur ses pressentiments, avait foncé et planifié l'avenir : il avait vendu la plupart de ses plantations et investi dans l'hôtellerie et l'immobilier dont le « Jardin vert », le lotissement où vivait Ernest Picadilli. Jusqu'il y a quelques mois encore, ç'avait été un bon placement. Les tour-opérateurs fournissaient des cargaisons d'Allemands et de Hollandais, pour la plupart du troisième âge, qui venaient réchauffer leurs hémorroïdes en Afrique. Les petits Blancs payaient leurs loyers rubis sur ongle. Mais aujourd'hui, beaucoup d'entre eux accusaient plusieurs mois de retard. Ils avaient été pour la plupart expurgés de l'administration zimbabwéenne, sans que cela ait soulevé la moindre réaction des organisations internationales : ce n'était que des Blancs après tout, grands possesseurs des biens mondiaux. Les tour-opérateurs annulaient les réservations, et les touristes occidentaux s'en allaient paresser ailleurs.

Les chiffres étalés sur le bureau se dédoublaient sous ses yeux. Ses doigts remuaient machinalement les documents. En temps normal, elle aurait pris du plaisir à démontrer ses qualités de patronne, expliquer pourquoi il fallait allouer tel budget à Untel ou argumenter de manière claire et élégante la nécessité d'un redéploiement du personnel. On pouvait la critiquer en tant que veuve, amante désinvolte ou mère, mais en tant que pédégère, personne ne l'avait jamais prise en défaut. Mais aujourd'hui elle n'en pouvait plus. Son corps l'acculait.

Depuis la mort de Théodore, elle était devenue phobiquement rébarbative aux hommes. Pourtant, elle se donnait un mal de chien pour demeurer juteuse et sucrée à ravir. Elle s'adonnait à des séances de régime à vous faire crever d'inanition ; salade matin, salade midi, salade soir. Elle en devenait chèvre à force. Elle faisait des cures de sels minéraux explosifs, usait du botox et autres nigauderies à stopper faussement le temps. En dehors d'Erwin qui l'avait royalement servie et qui s'en allait maintenant rendre hommage à d'autres harmonies, plus personne n'avait émis le souhait de rendre visite à son sexe. Et cette chose se rétrécissait à vue d'œil, se desséchait et quelquefois, lorsqu'elle s'adonnait à sa toilette intime, elle avait l'impression de trifouiller une pêche flétrie.

Elle se leva brusquement, sa robe de chambre froufrouta jusqu'à la cuisine soigneusement rangée et abandonnée par les boys. Elle ouvrit une armoire avec violence, sortit une bouteille de vin. Elle prit un verre dans le buffet, versa et dès la première gorgée, sentit un goût amer dans la bouche :

– Chiory ! cria-t-elle. Chiory ! Merde, où peut donc bien être cette saleté de négresse ?

Elle regarda sa montre : vingt et une heures. Elle devait être en train de ronfler dans sa chambre. Elle prit l'escalier de service, grimpa les marches et s'arrêta devant le palier, poussive, puis appuya sur l'interrupteur :

– Chiory, réveille-toi, petite paresseuse !

Et l'autre de surgir du sommeil. Ses yeux sanglants de paludéenne finirent par scintiller à travers son abrutissement. Elle se dressa sur ses jambes étiques. Ses cheveux tire-bouchonnaient sur sa tête. Sa robe à petites fleurs pendouillait de chaque côté de ses maigres épaules.

– Je suis prête et dispose, Madame, dit-elle à demi hébétée.

En dehors de verser son bain, de nettoyer ses chiottes, Chiory considérait comme un privilège de vivre auprès de tant de grandeur et de beauté, incarnées par sa Madame. Et Rosa savait que cette négresse, la quarantaine largement dépassée, sans mari et sans enfant, était son paillasson d'admiration, l'estompeuse des grandes dépressions. Elle n'avait pas besoin de se tuer en imagination pour susciter l'émerveillement de sa domestique. Tout ce que Madame faisait se révélait miraculeusement fantastique, extraordinairement fabuleux. Elle lui rendait la vie supportable, malgré les moiteurs d'agonie dans laquelle la plongeait la solitude. Rosa Gottenberg ne ménageait pas sa peine pour la maintenir en obédience. Elle lui offrait des froufrous importables, des vieux chapeaux à corbeau, des manteaux d'Europe de la dernière guerre, des échantillons de sent-bon cadeautés par quelques parfumeries de la capitale.

Les grosses lèvres de Chiory palpitèrent, prêtes à lui donner toutes les espérances qu'elle pouvait attendre.

– Que puis-je pour Madame ?

– Répondre à mes questions, Chiory.

– Mais Madame est très belle, même à cette heure tardive de la nuit. Ah ! quel grain de peau ! ajouta-t-elle devant son visage qui, au repos, offrait une harmonie instinctivement répulsive, pour ce qu'elle avait de calculé.

– Comment peux-tu me dire cela alors qu'aucun homme ne veut de moi ? demanda Rosa, furieuse. Même ce vieillard d'Erwin qui se croit toujours jeune ne me désire plus. Reconnais que tes pouvoirs ont des limites : au moins ce sera clair et je ne serai pas là à attendre un miracle !

– Madame n'a pas à attendre de miracle ! Elle est un miracle de perfection.

– Arrête ton baratin, veux-tu ? Ton parfum d'amour que

206

tu m'as confectionné ne sert à rien. Peux-tu me dire pourquoi ?

— Madame veut-elle que je lui prépare un bain parfumé
et qu'ensuite je la masse ? Ça la rendrait comme qui dirait
encore plus lumineuse.

— C'est de la merde, tes gris-gris, je te dis. Et cette merde
m'a coûté près de trois cents dollars !

Chiory frotta ses mains abîmées par la lessive, regarda
au-delà de la fenêtre où il n'y avait plus rien à voir à cette
heure.

— Madame est une femme de tête.

— Explique-toi, ordonna Rosa.

— C'est-à-dire qu'elle ne fait qu'un avec sa caisse, ses
bijoux, son argent et c'est très bien ainsi. Ça évite d'avoir
des maquereaux qui vous tournent autour. Madame est très
intelligente.

— Je ne comprends pas.

— Ça fait un peu peur aux hommes, même si, à sa vue,
ils deviennent tout chose.

Ce qu'elle aurait voulu lui dire, la Chiory, était simple.
Que ses cheveux trop bigoutés, son sourire un peu trop
facile, ses gestes souvent furtifs la laissaient aux bords de
la beauté. Qu'aucun mec ne pouvait accepter de passer des
nuits blanches à démêler ce qu'il y avait en elle de sincère
ou de faux, à séparer le vrai de l'ivraie. Que son corps et
son âme appartenaient à ses millions en argent, en bijoux,
en immeubles, qu'elle accumulait et gérait avec dextérité.

Elle ne le lui dit pas, Chiory. Parce que, au fond, à force
de vivre ensemble, elles avaient fini par se confondre. Le
commerce qu'exerçait la domestique n'était pas de la

grande classe à la manière de Madame. Elle pratiquait du riquiqui et du minus. Elle vendait aux autres domestiques des passe-droits auprès de Madame, de l'influence comme elle le disait. Elle écoulait des bien-parler qui assuraient, disait-elle, des promotions mirifiques aux employés. Et ça arrondissait ses fins de mois en plus de lui apporter une respectabilité auprès de ceux qui attendaient le bien-être de la civilisation.

— C'est peut-être à cause de mon père, dit Rosa en tombant sur le lit. Les psychologues ont dit que ça laisserait des traces.

À travers la nuit menaçante, ses chairs se mirent à tressauter. C'était atroce cette peur qui la prenait comme une convulsion. Toute son enfance giclait et la déchiquetait. Ses mains tremblaient ; ses jambes tremblaient aussi.

Rosa Gottenberg, née Rosa Moore, était venue au monde à Patefine, une plantation située à cinquante kilomètres au sud. À Patefine, son père, Patrick Moore, fermier, dirigeait le domaine d'une main d'enfer. Donavan, le père de Patrick, avait travaillé sa vie durant comme contremaître dans les domaines des familles riches de la région. Le petit Patrick en avait assez de faire attention à ses affaires comme le préconisait Ruth, sa mère. Il disait à qui voulait l'entendre qu'à vingt-trois ans, il fêterait son premier million. Et tout se déroula selon ses prévisions. Il s'était éloigné dans les zones reculées, s'était arrêté dans une clairière, regardant la végétation comme s'il s'agissait d'un ennemi. Puis il s'était mis à arracher et à déraciner. Il avait construit une petite maison en bambou qu'il avait mise en vente. Il s'en était suivi tout un lotissement, et ce fut le début de la fortune des Moore.

Il faisait trimer ses ouvriers à cinquante cents la journée et on retrouvait, flottant dans la rivière, le corps des agitateurs qui essayaient de leur parler. Patrick Moore devint très respecté de la négrerie et, lorsqu'il eut assez d'argent, il fit construire Patefine, avec du granit venu d'Italie, des tuiles de France, une baignoire d'Angleterre, des vases de Venise, des miroirs suisses à n'en plus finir. Le plus curieux, c'est qu'il donna à son domaine tout ce qu'il avait arraché à la nature. Il truffa le jardin d'arbres gigantesques, de buissons de roses et d'aubépines, et aurait arraché la langue à l'imprudent qui aurait touché à ses flamboyants. Quand il éprouva le besoin d'avoir des enfants, il épousa Lorrie, la fille d'un pasteur sud-africain.

À Patefine, tout avait une finalité précise. Chaque chose, chaque personne s'intégrait dans le plan du maître. Rien de superflu ni d'artificiel ou de contrefait. Tout y était sain, nécessaire et, par voie de conséquence, merveilleux.

Quand Patrick eut donné trois filles à Lorrie, celle-ci se parqua dans une chambre loin de lui. On prenait les repas ensemble. Patrick présidait, secondé par Lorrie assise à l'autre extrémité de la longue table, qui veillait sur ses filles : « Mange ça. N'est-ce pas que c'est bon ? Ne fais pas ça. » Rosa avait onze ans et était encore vierge des horreurs et des plaisirs de ce bas monde lorsque, un soir, elle comprit le sens des disputes de ses parents :

– C'est pas normal qu'un père de famille responsable pense à des choses comme ça, dit sa mère. Il y a quelque chose qui ne va pas chez toi, Patrick. Il faudrait que tu ailles voir un docteur.

– Voilà trois ans que j'attends, dit son père. Qu'est-ce que je t'ai fait, ma petite Lorrie adorée ? C'est normal qu'un homme souhaite dormir avec sa femme, tout de même !

– On a déjà fait ce qui est nécessaire, rétorqua Lorrie. On a trois beaux enfants. Continuer maintenant serait de la sensualité perverse.

– Je suis ton mari et j'ai besoin de toi.

– C'est un péché que de penser à ça, alors que c'est plus nécessaire.

– Tu es une bonne chrétienne et moi je suis bon à rien. Si je t'avais pas, il y a longtemps que j'aurais roulé dans le ruisseau. C'est pas compliqué, j'ai envie de toi. Dis-moi que t'as envie ! Dis-moi que toi aussi, t'as envie...

– Je prie pour toi, Patrick.

Patrick resta encore des mois sans recevoir de tendresse. Il se branla, puis s'en lassa. Il se mit à boire et cela lui donna le courage de s'aventurer jusqu'au village où il y avait toujours des filles aux pagnes retroussés qui traînaient. C'était la solution idéale parce que cela se passerait dans l'obscurité. Mais, lorsqu'il s'approcha d'elles, il s'arrêta, envahi par la culpabilité. Il fit demi-tour.

Dès lors, il commença à boire partout. Il buvait à la maison. Il buvait au bureau. Il buvait dans les champs. Il buvait dans sa chambre. Par la fenêtre, le soir, il apercevait Lorrie déshabiller les filles avant de les mettre au lit. Assis sous la véranda, il l'entendait leur raconter des histoires et il se mettait à pleurer.

C'est à cette époque qu'il commença à venir border

Rosa. Son haleine d'alcoolique lui répugnait, mais ce n'était pas grave, vu qu'il lui découvrait mille gentilles choses : « T'es belle, ma mignonne, belle et généreuse. Pas comme ta salope de mère ! » Il l'embrassait au bout de son nez tacheté de son, caressait sa blondeur, tout en délicatesse. Et elle, nigaude, se gavait de cette tendresse, se réchauffait l'âme de l'amour paternel. Mais lorsqu'un soir, après avoir bu jusqu'à pisser dans sa culotte, il s'était arrêté au pied de son lit et lui avait dit : « Aujourd'hui, ma mignonne, je vais te faire découvrir les magnifiques énigmes de la vie », qu'il lui avait arraché ses vêtements, tandis que sa mère, dans la pièce à côté, chantait : « Le Seigneur est mon berger, rien ne saurait me manquer », elle comprit qu'elle ne tutoierait plus les anges. D'autant que le lendemain de cette mémorable nuit, le tracteur que conduisait Patrick s'emballa. S'agissait-il d'un accident ou Patrick avait-il décidé d'en finir ? On ne sut jamais pourquoi le tracteur était tombé du haut de la falaise. Toujours est-il que le pauvre Patrick était mort, net. Lorrie pleura beaucoup, les filles aussi par stimulation.

Par la suite, Rosa vécut mille expériences, assista à maints changements de gouvernement, à des guerres presque atomiques, mais jamais elle ne se releva de cette révélation. Elle avait brûlé les photos de son enfance à la campagne, celles de son père et même celles de sa mère, rien n'avait jamais effacé cette meurtrissure de son âme.

Quand elle évoquait ce passé, son émotion se communiquait à sa bonne. Et, sans trop savoir comment, elles tombaient dans les bras l'une de l'autre, mouillaient réciproquement leurs cheveux de leurs larmes. Elles pleuraient ensemble, s'épiaient de biais, conscientes qu'elles se chagrinaient pour des raisons différentes. Et c'était doux, cette amitié féminine transversalement intéressée, c'était aussi bon que mille pierres à sucer. Elles auraient pu s'oublier là si Robert le majordome, un gros nègre cauteleux au visage troué par la variole, n'était entré sans transition.

– *Il est là*, Madame, dit-il en se trémoussant, jovial parce qu'il connaissait les manques de sa maîtresse – les boys savent toujours ces choses-là.

Une colique de sensations agréables saisit Rosa. Elle se leva illico, se mordit les lèvres pour faire rutiler leurs couleurs. Elle exultait à l'idée de se laver l'esprit en explosions de baisers. Chiory exultait aussi, par procuration et par intéressement : elle ressentait le bonheur de Madame au bout de son portefeuille. Au rythme où allaient ses affaires, elle pourrait s'acheter pour la retraite un petit cabanon coincé entre deux immeubles délabrés dans la grande ville.

– Fais-le entrer dans le grenier, dit Rosa au domestique. Tu sais que Monsieur adore les recoins.

– Bien, Madame, répondit le majordome en décampant prestement.

Elle disparut dans sa salle de bain, suivie d'une Chiory en rigolade et exaltation.

– Je l'avais dit que ça marchait, mon parfum d'amour ! triomphait la bonne. Faudra que Madame pense à me donner deux cents dollars pour acheter le parfum d'amour plus.

Rosa acquiesçait, parce qu'elle bouffait cet espoir comme s'il s'agissait de bonbon. D'ailleurs, elle s'en était allée tant à la dérive qu'elle n'avait plus la force de s'interroger. Elle s'aspergea le visage d'eau, enfila un déshabillé rouge à franges qui croyait-elle la rendait irrésistible, fit pigeonner ses seins sous le nez de Chiory et demanda très théâtrale :

– Comment me trouves-tu ?

– Belle à croquer, Madame, dit l'autre pâmoisée devant ses gros nénés cellulitées. Magique ! Magnifique !

Et voilà Rosa, qui virevoltait et hop, grimpait vers les limbes de la comédie amoureuse. Le monde pouvait crouler, elle s'en fichait. Elle se sentait belle et aussi éblouissante que le derrière d'une Land-Rover neuve. Elle contourna le bas de la rampe et monta l'escalier. Elle s'arrêta au premier étage pour prendre sa respiration, puis au deuxième. Elle prit un dernier virage qui conduisait au grenier. C'était une vaste pièce emménagée avec des teintures, des poufs partout. On trébuchait dans cette pénombre incrustée de lampions multicolores. L'encens allumé par Robert l'enfumait et le parquet était encore odorant et chaud du soleil de l'après-midi.

– Chéri, mon amour, glapit Rosa, viens donc dans mes bras.

– Vous vous trompez de personne, dit Ernest, en dépliant sa carcasse dégingandée. Je doute que ce soit le grand amour entre nous.

– Mais qu'est-ce que cela signifie ? dit Rosa, en reculant, craintive. Que faites-vous ici ? bégaya-t-elle.

– Je veux savoir pourquoi vous avez tué Sonia, dit Ernest Picadilli, en croisant ses mains si fortement que ses phalanges blanchirent.

– Que dites-vous ? Que j'ai tué Sonia, moi ! C'est pas en inventant de telles sornettes que vous échapperez à la condamnation pour diffamation, Monsieur ! Votre amie n'était pas une femme comme il faut, et ça vous deviez le savoir. Elle avait des amants à chaque carrefour ! L'un d'eux a pu lui régler son compte, allez savoir.

Cette attaque en règle débrailla Ernest. Il demeura de longues minutes si silencieux qu'on l'eût cru largué dans la théorie des grands nombres. Et Rosa Gottenberg, en femme avisée, profita de cet instant de faiblesse pour lui envoyer une bordée d'insultes. Elle se tint devant lui, les mains sur les hanches, et lui assena ses quatre mille vérités. À l'écouter, sa vie n'était qu'insanités. Il perdait son temps à se donner l'impression d'être utile, à emmerder des braves citoyens avec des histoires sans importance. Il ferait mieux d'aller s'enfermer chez les fous, avant que les autorités ne prennent cette décision à sa place.

— Je l'aimais, dit-il simplement, la larme à l'œil. Et maintenant, elle est morte.

— Et elle, vous aimait-elle ? demanda Rosa, méchamment.

— Ça ne vous regarde pas, rétorqua-t-il en retrouvant un peu d'allant. Je ne vous laisserai pas salir sa mémoire. Vous ne la connaissiez pas. Elle se battait pour le peuple.

— Le peuple ? demanda Rosa, sceptique. Qu'est-ce que le peuple a à voir là-dedans ? Hier comme aujourd'hui, personne n'a jamais pensé au peuple, même pas vous, qui n'êtes en réalité qu'un paumé. On le manipule ! On le brandit comme un épouvantail ! On s'en sert, mais jamais pour son bien ! Les Français ont fait une révolution au nom du peuple : qu'en a-t-il tiré ? Les exploiteurs ont juste changé de vêtements.

– Nous sommes différents, dit platement Ernest. Notre combat est juste.

– Vous, vous êtes fou. Sinon, vous sauriez que vous n'avez rien à voir avec ces nègres et vous ne seriez pas là à les aider à remplacer les maîtres blancs par des patrons noirs.

– Sachez, madame, que je suis noir, gronda-t-il, furieux.

– Noir, vraiment ? demanda Rosa. Au fond, vous avez raison, c'est très malin de votre part. Savez-vous pourquoi ? Parce qu'il n'existe plus aucun sentiment de mal agir quand on bute un Blanc. Le Blanc incarne aujourd'hui les maux récurrents que les autres peuvent utiliser pour se disculper de leur incapacité.

– La haine contre les blancs est justifiée, madame. Vous êtes coupables du mal-être mondial !

– T'es qu'un cinglé, dit Rosa méprisante.

– Arrêtez de m'insulter, sinon...

– Sinon quoi ? Qu'allez-vous me faire ? Rien du tout. Comme avec votre salope qui vous exploitait et vous méprisait ouvertement... pauvre con !

L'insulte toucha un point sensible. Que savait-il en réalité de Sonia ? Il l'avait nourrie, blanchie à l'œil sans qu'elle daigne lui accorder une simple faveur. Il se rendit soudain compte que la seule qui le recevait avec affection était Mama Tricita, chez qui il pouvait s'envoyer toute une cargaison de négresses mercantiles pour un dollar, et encore ! On lui accordait des crédits si élastiques qu'ils n'en finissaient pas. En retour, il leur donnait des petits conseils de gestion auxquels ces déesses ne comprenaient pas grand-chose. Il leur racontait aussi des histoires, au propre comme au figuré, de guerres ou de reines. Elles adoraient. Ces bobards leur permettaient de se laisser dissoudre par la chaleur et le gonocoque sans broncher.

Presque sans réfléchir, il agrippa Rosa et l'embrassa avec une telle violence que sa timidité n'en revint pas. Il la lâcha brusquement :

– Voilà ce que je vous aurais fait pour commencer, bafouilla-t-il.

Puis lancé comme un obus, il s'enhardit :

– Ensuite je vous aurais obligée à vous agenouiller, j'aurais soulevé votre robe, j'aurais baissé votre culotte pour dévoiler votre croupe. Vous imaginerez aisément le reste, acheva-t-il, aussi empourpré que la robe de Rosa.

Le visage de Rosa vira à l'extase.

– Qu'attends-tu ? dit-elle, décidée à provoquer sa chance. Vas-y donc, ajouta-t-elle aussi lascive qu'une chatte d'appartement.

Et tandis que les chats longeaient les murs, que la végétation rhodésienne continuait à éclater en frondaisons, que le vent rabattait son nuage de moustiques dans les plats de manioc, naquit l'union providentielle de deux personnages que tout opposait.

Repue, aussi imbibée de transpiration qu'un dessous de bras sous le soleil, Rosa Gottenberg s'endormit, littéralement terrassée. Quant à Ernest, sexuellement revigoré, il souriait aux anges. Il n'en revenait pas de connaître ce bonheur qui réglait en plus magiquement ses problèmes financiers. Jusqu'à présent, il avait bien pensé à écrire à ses parents, mais que leur aurait-il dit ? Qu'il avait vécu avec une fille mère désargentée et qu'il allait être expulsé ? Cela

216

aurait déclenché un salmigondis incohérent de reproches douloureux et d'allusions voilées. Sa mère en aurait attrapé une de ses extraordinaires coliques gastriques et son père se serait réfugié à grands pas au fond du jardin, mains croisées dans son dos, pour parler aux arbres de ses malheurs ; mais ils auraient abouti, il le savait déjà, à la même conclusion : il pouvait se bouger le cul, après les mille sacrifices que les parents avaient consentis, tout l'argent qu'ils avaient gaspillé pour l'envoyer à l'université !

Maintenant, il se sentait prêt à les affronter. Il était certain que Rosa Gottenberg apprécierait à sa juste valeur l'accordéoniste des plaisirs qu'il était. Il en est toujours ainsi des femmes seules, des riches veuves notamment : elles sont capables de brader leurs biens et leurs corps pour se payer un peu de bon temps. Son problème d'appartement était de facto réglé. Il embaucherait une nounou à temps plein pour s'occuper de Joss. Personne n'avait pensé à le réclamer après la mort de Sonia. Quant à ses combats contre la corruption, pour l'égalité et l'amitié entre les peuples, il serait plus performant le ventre plein qu'à tutoyer la misère.

Ses pensées l'agitaient. Il ne pouvait se détendre. Il se leva, fixa la femme qui dormait et eut brusquement envie de prendre l'air. Il enfila ses vêtements et disparut dans la nuit.

13

Au quartier général, dès l'aube, les militaires transpiraient dans leurs uniformes léopard boutonnés jusqu'au cou. Leurs bottes cirées illustraient ce qu'ils étaient, des soldats en or, tant ils étaient obéissants. À regarder leurs fringues offertes par l'armée et leurs matériels à massacre neufs, on se serait cru dans un de ces pays du Nord, où l'on soigne gratuitement le cancer, où la machine à fric permet de laisser mourir les vieux dans des hospices et où les hommes crèvent de trop bouffer. Mais leurs silhouettes anémiques, leurs yeux d'hépatiques vous ramenaient invariablement à leur sordide réalité d'imbéciles qui offraient leurs viandes et leur jeunesse pour trente dollars par mois, heureux, heureux tout de même d'appartenir par procuration à la corporation des méchants dans cet univers en désolation. Aux « Compagnie, armes ! » aboyés par un caporal déjà asticoté par le paludisme, ils gesticulaient en mouvements saccadés. Aux « En avant, marche ! Une deux ! Une deux ! », ils couraient, fielleux et zélés, s'engouffrer dans de grands camions bâchés, contents de s'en aller trouver la peau à quelques résistants, à quelques paysans, parce qu'il fallait bien justifier de quelques soirées à s'encanailler dans les bordels et les cafés miteux qu'on trouvait en abondance autour de la garnison.

Les gradés, eux, s'ennuyaient. Certains s'agglutinaient à la messe, une grande bâtisse blanche qu'on voyait de loin, toute tapissée des photos du Président élu démocratiquement à vie. On l'y voyait, là, serrant la main d'un confrère président ; ici, maquillé en guérilleros ; à côté, côtoyant les ouvriers dans un chantier et, tout au fond, le Président élu démocratiquement à vie était entouré de cette lumière mystique que donne une merveilleuse ambiance familiale.

Les officiers se saoulaient dès les huit heures tapantes. Nana, la barwoman, n'en pouvait plus de servir des liqueurs d'Europe, des bières locales et des apéritifs qui, croyaient-ils, les débarrasseraient des oxyures qui parasitaient leurs estomacs. On lui pinçait les fesses à la pauvre Nana, et ces blagueries de militaires n'en finissaient pas de la fatiguer. Ils buvaient, parlaient fort et se consumaient en haines tenaces pour les fonctionnaires et les politiques. « Ces cravatés s'en mettent plein les poches, sans penser à augmenter nos salaires ! Qu'est-ce qu'ils croient, ces gogos ? Que nous bouffons des balles ou quoi ? » On se foutait d'eux, ils en avaient la certitude. On leur donnait des galons rutilants pour mieux les abrutir. Ils n'étaient pas dupes et concentraient ensuite leur virulence sur le colonel Comorès, le bras droit du Président élu démocratiquement à vie, qui veillait sur les intérêts du Président comme s'il s'agissait de son propre enfant. Sans cet empêcheur des coups d'État en toute légalité, ils auraient déjà trucidé les représentants politiques à coups de baïonnette et arraché le pouvoir. Ils bavaient en vain, les gradés. Ils souhaitaient une mort maléficiée au colonel, mais ce dernier, du haut de son mètre quatre-vingts, se portait à merveille, tandis que des gens parmi ceux qui souhaitaient l'enterrer – si c'est pas malheureux ça ! – crevaient comme des mouches, aidés par le sida il est vrai.

Le colonel Comorès s'en fichait. C'était l'officier le plus craint de la garnison. Les soldats sous ses ordres tremblaient lorsqu'il daignait poser ses yeux sur eux. Ses trois épouses l'attendaient dans les cases conçues pour elles, situées derrière la maison de fonction de leur extraordinaire mari. Elles s'occupaient de leurs ribambelles d'enfants braillards, se fondaient en d'interminables désirs qui ne trouvaient leur satisfaction qu'une fois toutes les trois semaines. Le reste du temps, le colonel vivait en célibataire et le consacrait à des sévices sexuels sur prostituées averties, qu'il ramenait de ses escapades nocturnes : « Je suis un militaire, moi, se justifiait-il. Je peux mourir par balle demain matin, moi ! Faut que je profite de la vie ! »

Ce matin-là, tandis qu'on maldisait, le colonel Comorès se réveilla de fort méchante humeur. Il resta indifférent aux cochonneries que Bintou, la maîtresse à petits cadeaux, qu'il avait ramenée la veille lui glissait dans les oreilles. Elle avait certes été à la hauteur. Elle avait accepté, en se tordant comme une anguille, les vingt-cinq coups de fouet préliminaires qu'il lui avait assénés pour se mettre d'aplomb. Elle avait gémi sous la brûlure des cigarettes et avait horriblement pris son pied lorsqu'il avait joui en l'étranglant.

– Allez, va, va ! dit-il en lui claquant les fesses. J'ai du travail, moi !

– Je reviens ce soir ? demanda Bintou.

– T'es prête à en reprendre, hein, petite salope ? dit-il en admirant les bleus sur son corps. T'inquiète, chérie. Je te ferai signe.

Il ouvrit une commode, en sortit deux billets de un dollar qu'il fourra dans son soutien-gorge jaune, puis se laissa tomber sur le lit et demeura pensif.

– Pourquoi m'obligent-ils à faire ça ? gémit-il. Je suis un pacifiste, moi. Je suis incapable de faire du mal à une mouche !

– Quoi ? demanda la professionnelle qui, en plus de son joli derrière, avait aussi une cervelle d'oiseau.

– Peux-tu m'expliquer pourquoi les gens aiment qu'on les massacre ? Peux-tu me le dire ?

– J'en sais rien !

– Tiens, les fermiers blancs par exemple. Est-ce qu'ils n'ont pas compris qu'il faut qu'ils s'en aillent paisiblement et en bonne santé ? Hé non ! Ça paraît trop simple. Il leur faut du compliqué avec des étripements et tout le tralala. Peux-tu m'expliquer pourquoi l'humanité a tant besoin de la guerre ?

– J'en sais rien ! répéta la pute dans son anglais zézayant.

– Mais qu'est-ce que tu fous encore ici ? demanda-t-il, en lui bottant les fesses. Allez, file !

La fille tituba sous le choc. Elle farfouilla dans ses vêtements, trouva en grelottant les ouvertures de sa robe, y passa sa tête crêpelée et ses bras potelés, puis déguerpit sans demander son compte.

Resté seul, le colonel Comorès inspira comme si cette violence avait l'art de l'équilibrer. Il se débarbouilla et enfila son élégant uniforme. Le voilà prêt à traquer la violence. À sa vue, les accusés acceptaient sans broncher de magnifiques erreurs judiciaires, les commerçants fermaient boutique et se décrétaient malades. Quant aux malfaiteurs, ils se trouvaient si gentils à côté de lui qu'ils se félicitaient d'être si bons.

Comorès ouvrit la fenêtre qui communiquait avec la cour où s'entassaient femmes et enfants.

– Tout le monde va bien ? cria-t-il.

– Oui, sire ! clamèrent en chœur ses épouses esclaves.

– Très bien, dit-il.

Il sortit sous la véranda. Six gardes se précipitèrent sur lui et se tinrent au garde-à-vous dans une salve de claquements de mains sur la tête qui sont le salut militaire. Des files de soldats qui trimaient à nettoyer son jardin, sa maison et servaient de domestiques à ses mômes, le saluèrent aussi d'un tac-tac garde-à-vous.

– Repos, soldats ! hurla-t-il.

Puis se tournant vers l'un d'eux :

– Quels sont les ordres, lieutenant Mungabé ?

L'interpellé se figea, les yeux bien écarquillés pour montrer qu'il avait tous ses esprits malgré l'alcool qui lui rongeait le foie.

– J'ai envoyé l'escadron bleu mettre les Mackinzi hors de leur ferme. L'escadron jaune s'occupe du cas de la famille Dickens. L'escadron vert est en route pour récupérer les terres appartenant aux Vincinitti. L'escadron rouge doit déloger un nombre de petits fermiers blancs avant midi. Mon colonel, il reste les Cornu. Quels sont vos ordres à ce propos, mon colonel ?

– Je m'en occupe personnellement, dit Comorès.

– Très bien, mon général, répondit Mungabé en frémissant.

Ce fut tout.

Le ciel bleu chassait les dernières brumes de l'aube. La vallée rougeoyait. Du lointain fusaient, amorties par les feuillages, les voix des ouvriers agricoles. Thomas Cornu était revenu de sa promenade matinale et officiait en président de justice dans la cour. Il suait dans ses bottes d'équitation et son costume prince-de-Galles. Il y avait tant d'incohérences dans les récits qu'il entendait qu'il ne savait plus à qui donner raison. Un paysan aux pieds déformés accusait un homme court sur pattes d'avoir volé ses poules, parce qu'il en avait rêvé. Un autre portait plainte contre son voisin pour exercice illégal de la sorcellerie : « C'est pourquoi ma femme n'accouche pas, patron ! » gueulait-il. Ça castagnait des incongruités en tous sens. Ça bourdonnait, et cette verbosité coupaillée de soupirs, de claquements de mains et d'agressivité avait de quoi rendre dingue. En d'autres périodes, Thomas Cornu aurait rassuré les uns, condamné les autres. Mais il avait d'autres préoccupations en ce moment. Les affaires tournaient au ralenti ; l'inquiétude liée à l'expropriation lui ratatinait le cœur ; ses camaraderies avec la bourgeoisie noire étaient enterrées, tant pis ; les impôts salés qu'invariablement le gouvernement exigeait pour faire des routes qui immuablement disparaissaient dans la cambrousse ne tarderaient pas à évaporer ce qui lui restait de monnaie. Tout ce qu'il écoutait ce matin hachait sa patience en menus morceaux.

– Qu'est-ce que ces conneries ? demanda-t-il. Vous pensez que je n'ai que ça à faire, écouter vos blagues ?

– Mais patron..., protestèrent les nègres.

– Revenez demain, dit-il avec un doux sourire pour rattraper l'effet insultant de ses propos. Revenez demain...

Il fit mine de partir lorsque Kadjërsi apparut soudain à l'entrée de la plantation. Des gens de son village l'accompagnaient et leurs visages fermés n'annonçaient rien de bon. Elle se dirigea vers Thomas, décidée, et celui-ci fut envahi de tics nerveux. Elle le regarda dans le blanc des yeux et, avant qu'il ait rien dit, elle lui posa brutalement la question :

– Que me veux-tu à la fin, hein ? Ma mort ?

– Mais qu'est-ce qui te prend ? Pourquoi cette scène devant tout le monde ?

– Ta fille... La Blues, hoqueta-t-elle.

– Elle t'a manqué de respect ? demanda Cornu.

Puis réalisant que tous les spectateurs de la scène écoutaient avec attention, il les chassa :

– Allez-vous-en, bon Dieu de merde ! Foutez-moi le camp.

Les nègres s'éparpillèrent en murmurant que le patron était bien étrange ce matin, qu'il avait fumé du banga, à moins que sa femme ne fricote avec quelqu'un d'autre... Ils commentèrent tant qu'ils finirent par être convaincus d'une liaison extraconjugale de Catherine : « Pauvre patron, conclurent-ils la larme à l'œil. On le savait que cette Blanche qui n'est même pas d'ici le rendrait malheureux. »

Thomas prit Kadjërsi par le coude et l'entraîna à l'abri des palmiers qui prospéraient par contraste à la misère humaine ambiante.

– Je ne comprends rien, murmura-t-il. Qu'est-ce qui se passe, ma chérie ?

– Ne m'appelle pas ma chérie. Et si tu veux savoir ce qui se passe, demande à ta fille.

En deux mots comme en trois, elle péta un scandale. Elle expliqua que sa fille Shona avait fugué, alors qu'elle était légalement vendue, en conformité avec les règles en vigueur, à un haut fonctionnaire de Harare. Que cette impudique avait eu l'impudence d'abandonner son bébé pour aller s'encanailler sur des talons hauts comme des échasses. Qu'on croyait l'avoir vue dans des endroits à débauche avec des grands musculeux, des petits chauves à binocles, des rastamen étirés, des feymen grisonnants. Que tout ce malheur était arrivé parce que Blues lui avait mis dans la tête de fausses émancipations féminines, des rébellions à faire et des haines générationnelles pour la tradition, etc. Qu'allait-elle devenir ? Où allait-elle trouver le fric pour rembourser le digne fiancé déshonoré ? En fin de compte, pourquoi Thomas et sa famille la persécutaient-ils à ce point ?

À ce niveau de doléances, des larmes dégoulinèrent de ses yeux. Il fallut à Thomas un effort d'imagination pour retrouver en cette grosse mama aux jambes bouffées par l'éléphantiasis la liane élastique qu'il avait aimée, dont il ne finissait pas à l'époque d'admirer le velouté de la peau.

« Ah, le temps, quelle poisse ! » ne put-il s'empêcher de penser.

— Je n'ai jamais voulu te faire du mal, Kadjërsi, dit-il en la détaillant comme s'il cherchait à la retrouver là où il l'avait laissée dans ses souvenirs. Tout ce que j'ai fait, c'est pour ton bien.

— Tu m'enlèves mes enfants et c'est pour mon bien ? Mais t'as quoi dans la tête, mon pauvre ami ?

— J'ai fait ce qui me paraissait le mieux, vu l'époque.

— Ah oui ? En m'abandonnant pour épouser une Blanche, c'est ça ?

— Je me suis toujours occupé des garçons, tu le sais.

— En quoi faisant ? En les privant de leur mère ? Oh ! mes pauvres garçons. Mes très pauvres petits.

— Tu avais pourtant accepté le marché à l'époque, que je sache.

— T'appelles ça un marché, toi ? Me filer deux mille dollars en échange de toutes ces années de souffrance, c'est un marché ?

Et elle repartit de plus belle dans les sanglots. Elle croyait à l'époque que cet argent aurait suffi à nettoyer l'amour dans son cœur. Il lui avait juste permis d'acheter des belles robes de strass qui s'étaient effilochées en même temps que sa beauté. C'était si touchant que Thomas la prit dans ses bras. Il ne l'aimait plus, mais elle était son passé, sa jeunesse, et, face à cela, personne ne pouvait rester insensible.

Ils pleurèrent un bon moment en chœur. À travers deux hoquets, Thomas lui jura de s'occuper de ses problèmes, de rembourser la dot indûment perçue et Kadjërsi se consola magiquement. Elle accepta avec dévotion les liasses qu'il lui fourrait dans les mains.

Catherine et ses filles petit-déjeunaient sur la terrasse et suivaient la scène de loin. Sei s'empressait autour d'elles, remplissait une tasse sous le regard vigilant de Nanno : « Un peu de sucre, Madame ? Mademoiselle veut-elle encore du lait ? » Catherine sentit ses viscères lui remonter à la gorge lorsqu'elle vit Thomas serrer Kadjërsi dans ses bras.

– Qui est-ce ? demanda-t-elle, les lèvres serrées.

– Une folle qui vient de temps en temps mendier, dit Nanno en essayant de perdre sa patronne dans les araignages du mensonge.

– Elle s'appelle Kadjërsi, dit Blues. C'est sa fille que j'ai aidée à mettre au monde un bébé. Elle déteste les Blancs.

– Qu'est-ce qu'on a à voir avec elle ? demanda Catherine soupçonneuse. Qu'est-ce qu'elle fait ici, si elle nous déteste ?

– Elle quémande un peu de pain, dit Nanno. N'oubliez pas que Monsieur est un bienfaiteur.

Thomas rejoignait sa famille lorsqu'une voiture balisée s'immobilisa devant eux. Tous demeurèrent figés en voyant Comorès en surgir. Catherine se tint droite comme une corde qu'on tire. Sei pencha si fort la cafetière qu'elle tenait que le liquide noirâtre se déversa sur le sol. Combien d'hommes avait-on fait disparaître sous prétexte d'un interrogatoire ? Combien de familles n'avaient-elles plus eu de nouvelles d'un des leurs qu'on embarquait ?

Comorès se dirigea vers Thomas et fit joliment les choses :

— Bonjour, monsieur et mesdames, dit-il avec une courbette si comique que, n'eussent été les circonstances, on eût cru à une rigolade.

— Mon colonel, dit Thomas en lui serrant la main. Que puis-je pour vous ?

— Veuillez avoir l'obligeance de venir avec nous, lui dit Comorès, d'un ton égal.

— Pourquoi ? demanda Thomas.

— On vous expliquera tout au poste, dit-il en lui passant tranquillement les menottes.

— Vous n'emmènerez mon père nulle part, intervint Fanny en se plantant devant la voiture, les jambes écartées, les bras croisés.

— Va rejoindre ta mère, lui cria son père.

— Quel esprit rebelle et irascible ! dit Comorès. En d'autres circonstances, j'aurais eu plaisir à la mater !

— Si vous touchez à un seul cheveu d'une de mes filles, je vous jure que...

— Vous ferez quoi, cher ami ? demanda Comorès sarcastique. M'enverrez-vous au bagne et m'y ferez-vous travailler à coups de fouet jusqu'à ce que la mort me délivre ? Ou bien me traînerez-vous dans la forêt et là, au milieu de nulle part, vous me libérerez en me disant : « Cours ! cours ! », et vous vous amuserez à me chasser comme un vulgaire lapin ? Autrefois, les Blancs prisaient particulièrement ce genre de chasse aux nègres, je me trompe ?

— Ma famille n'a jamais fait de mal à quiconque. Nous avons bâti notre fortune à la sueur de nos fronts.

– C'est ce qu'on dit pour ne pas répondre personnellement des méfaits collectifs.

Comorès le poussa sur le siège arrière. Blues, sans jeter
un regard à sa mère et à sa sœur qui pleuraient maintenant,
blotties dans les bras l'une de l'autre, alla se planter devant
le militaire au moment où son chauffeur lui ouvrait la
portière. Elle lui prit les deux mains, se fit aussi émouvante
que possible et lui dit qu'il avait raison, mille fois raison,
qu'il fallait un peu plus de justice dans ce pays. Elle lui
assura que les relations entre les Noirs et les Blancs étaient
à recommencer à zéro, d'une manière plus fraternelle et
plus civilisée. Elle le pria en conclusion d'accepter de
l'emmener avec son père.

Les ailes du nez du sanguinaire palpitèrent. Son œil de
connaisseur explora sa petite robe dont les fines bretelles
s'écroulaient, découvrant ses épaules. Ses yeux se rétrécirent. Ses dents se desserrèrent et une expression d'affamé
se peignit sur son visage.

– Ç'aurait été avec plaisir, fillette, dit-il. Mais c'est
impossible.

– Monsieur, je vous en prie...

Il la coupa net.

– Je puis vous assurer personnellement que votre père
sera traité avec honneur et respect, comme si c'était mon
propre père, et j'accepterais volontiers, ajouta-t-il, de vous
rencontrer ce soir au Central Hôtel afin que de vous faire
un compte rendu de l'entretien. Qu'en dites-vous ?

– Bien sûr, monsieur.

– Très bien, dit-il.

Depuis des lustres, il recherchait une véritable partenaire

de jeux érotiques. Pas de ces prostituées qu'il payait. Voilà que le ciel lui en envoyait une, et pas n'importe laquelle : une vraie Blanche de France, blonde de surcroît et avec des fesses rebondies de négresse. « À ce soir, pensa-t-il, reine de mon bangala ! »

Lorsque la voiture démarra, Fanny toisa sa sœur :

– Il te faut tout tester, même du nègre, lui lança-t-elle. Blues crut en défaillir.

– Après avoir trifouillé avec un trafiquant d'armes, continua-t-elle méchamment, tu passes à l'assassin. Il doit y avoir là les ingrédients nécessaires pour exciter ta libido...

Blues eut honte et mal, si honte et si mal qu'elle lui explosa le nez d'un coup de poing. Un flot de sang jaillit.

– Salope ! hurla Fanny en pleurant. Tu m'as cassé le nez.

– Je te casserai aussi les dents si tu continues à m'insulter.

– Vous n'allez pas vous entre-tuer alors que les Noirs rêvent de nous voir crever ! cria Catherine, envahie d'impulsions dramatiques pompeuses.

Les ouvriers dans les champs jetaient leurs coupe-coupe dans les futaies : « *Finish !* » Ils esquissaient des chants et des danses : « Le Président élu démocratiquement à vie a tenu parole. On va nous rendre nos terres ! » Le tam-tam, qui est le téléphone nègre, résonna jusqu'aux tréfonds de Brother and Cie où les employés refermèrent les dossiers, clac clac, ramassèrent leurs affaires. « Qu'est-ce qui se passe ? demanda Jean-Claude en essayant de les empêcher de partir. Qu'est-ce que vous faites ? Celui qui quitte la société est définitivement renvoyé. » Ils rétorquèrent, sourire aux lèvres : « On démissionne, patron », et Anita, la secrétaire, le toisa comme s'il n'avait été qu'une vermine.

Chacun déballait ses rancœurs, ses frustrations et ses haines. Dans l'écurie, Nicolas poussait des hourras cosmiques : « On a gagné ! On a gagné ! » Les boys de maison enlevèrent leurs tabliers et les jetèrent.

— Mais qu'est-ce qui vous prend ? demanda Nanno. Remettez-vous immédiatement au travail.

— Va chier, lui dirent-ils en chœur. On a en marre de travailler pour les Blancs ! De porter leurs sacs ! De laver leurs vécés en suant de fatigue ! De faire leurs lits ! On va avoir des terres ! On va bêcher pour notre plaisir, pas pour ces saligauds !

Et ils s'éloignèrent en caquetant. Ils se demandaient dans quel état les Blancs sortiraient de cette épreuve. Auraient-ils encore leur impertinence, une fois aplatis par les poings et les bottes des militaires ? Que resterait-il de leurs carcasses lorsqu'ils auraient été corrigés et écrasés comme d'infects asticots ? s'interrogeaient-ils, étonnés encore de ce changement de mains de la fortune qui leur tombait comme un cadeau du ciel.

Seul Double John soutenait Nanno et dénonçait l'injustice. Il boitillait avec obstination dans la mémoire collective, exaltait les bienfaits du patron : Cornu avait sauvé plus de dix mille familles de la famine ; il en avait arraché des milliers d'autres aux griffes meurtrières de la malaria ; il avait arrangé des mariages qui s'en allaient à vau-l'eau et dépanné des indépannables. Est-ce qu'on pouvait lui expliquer pourquoi des bienfaits pouvaient disparaître sans laisser de trace comme la nuit, hein ?

— Ils sont bouleversés, finit-il par conclure. Le patron a

toujours été un bon patron. Ils reviendront vite fait à la bonne conscience ouvrière.

Comme il n'y avait plus de domestiques dans la maison, il proposa ses services.

Nanno en ressentit un immense soulagement. Puis, sans qu'elle y réfléchisse vraiment, elle l'embrassa. C'était leur premier baiser après cinquante ans de splendide haine réciproque et de peaux de banane glissées en toute légalité sentimentale. Elle rougit comme une adolescente, frotta ses mains :

— Merci, John.

— De rien. Mais j'accepterais avec plaisir, comment que je peux dire ça ? Hum... des remerciements intimes, dit-il précipitamment.

— Ah oui ? demanda Nanno en donnant à ses lèvres une expression qu'il trouva terriblement érotique.

Il sortit sa vieille langue et mordilla le cou de Nanno avec de petits bruits de succion. Ses mains tracèrent des arabesques sur ses seins, puis descendirent le long de son ventre, s'infiltrèrent sous sa robe. Il passa son genou entre ses cuisses de manière à la faire fléchir légèrement.

— Je vais te baiser de la pire des manières, petite pute !

Du gosier de Nanno surgirent des râles de dégoût que son partenaire interpréta comme annonciateurs d'excitation. Elle saisit son attirail violemment et serra. Double John se raidit de douleur.

— Espèce de macaque, lui lança-t-elle, furieuse. Comment tu peux penser à des choses pareilles dans un tel moment ?

Elle lui cracha copieusement entre les jambes. Il demeura

penaud, puis alla pisser pathétiquement le long d'un arbre. Elle le suivit du regard en pensant que finalement la vie serait peut-être plus légère dans ses bras. « Mais s'il croit que je vais lui pardonner comme ça, l'air de rien, il se trompe, se dit-elle. Faudrait qu'il me donne des preuves de son amour. Et de sacrées, bon Dieu ! » En attendant, elle lui ferait la surprise de beignets aux haricots. Son cœur flétri s'éveillait ; ses sens s'ouvraient et le flux de ses artères se trouvait allégé par l'idée merveilleuse d'une vie de couple.

Allongée dans son lit tendu de soie rose, Blues fixait sa coiffeuse en bois massif sur laquelle s'alignaient des peignes, divers chouchous et une flopée de bijoux. Méchanceté et mesquinerie rythmaient ses échanges avec sa sœur, mais elle n'essayait plus de comprendre la nature de leurs rapports. Le silence dans laquelle la maison était soudain plongée l'angoissait. Son monde s'effondrait. Les bruits familiers, celui d'une chaise qu'on tire ou la voix des domestiques, lui manquaient. « Qu'allons-nous devenir, Seigneur ? Vers qui se tourner ? Qui appeler ? » Des larmes coulaient sur ses tempes. Des idées pour sauver sa famille ricochaient dans sa cervelle, puis retombaient en pétards mouillés. Elle ne comprenait plus rien à cette inextinguible complexité des relations entre humains. Pourquoi ce déchaînement de haine dans ce pays gâté par les cieux, où la terre avait de quoi nourrir des humains pendant des milliers de générations ? Pourquoi cette violence alors que ce pays était en soi un magnifique décor pour des bals merveilleux, et d'indicibles plaisirs ?

Blues croyait au progrès, aux lumières, au peuple souverain, à l'égalité, au partage, aux droits de l'homme et à tous ces machins qui donnent à croire que le monde va en s'améliorant. Elle ferma ses yeux et derrière ses paupières closes défilèrent les rares instants qu'elle avait passés avec Franck. Oh ! Seigneur, elle désirait tant revivre ces moments avec la même intensité émotionnelle. Pourquoi n'était-il pas revenu la voir ? Il avait dû l'oublier, ce salaud. À cette pensée, elle sentit son corps se pétrifier et un froid mortel l'envelopper de la pointe des pieds jusqu'à l'extrémité des cheveux. Puis, épuisée par cet assaut d'émotions, elle plongea dans un profond sommeil.

Fanny, qui s'était elle aussi enfermée dans sa chambre, empoigna son téléphone, bien déterminée à mettre la communauté en ébullition.

Dans la voiture qui l'emmène vers une destination inconnue, Thomas Cornu prie. De temps à autre, il lève son regard vers le ciel encombré de nuages. Comme par un hasard malencontreux, son œil ne trouve aucun vide pour capter la lumière. Il sait confusément qu'il n'y aura plus de lieux pour se reposer, que la violence atteindra même les cimetières. Il ferme ses yeux et sent la présence protectrice de Nanno à ses côtés. Lorsqu'il les rouvre, des militaires font coulisser une immense grille pour leur céder le passage.

Le bâtiment des horreurs se dresse devant lui. Les bruits les plus divers courent sur ce bloc de béton carré. On dit qu'il a englouti les citoyens soupçonnés d'appartenir à l'opposition ou les imprudents qui ont jeté leur dévolu sur les innombrables favorites de Son Excellence le Président élu démocratiquement à vie. On dit que, par des nuits de pleine lune, jaillissent de ses entrailles les pleurs des âmes torturées par les milices. De Nanno, Thomas a appris les choses que les livres ne vous apprennent pas : les chants ndebelés qui bercent les nourrissons et les potions magiques qui explosent les couilles des rivaux. Il sait que le poivre rouge crée des ondes bénéfiques et détruit les mauvais sorts jetés par les ennemis. Mais elle ne lui a pas appris comment échapper aux tortionnaires.

Il pénètre dans l'immeuble encadré par six militaires. Une odeur d'urine et de moisissure lui agresse le nez et il s'efforce de ne point montrer son dégoût. Comorès marche devant, en habitué des lieux. Le long d'un couloir interminable, on entend les cliquetis d'antiques machines à écrire. Thomas aperçoit des étagères métalliques chargées de dossiers en désordre. Une secrétaire aux intentions vieilles comme le monde jette un salut vermoulu au colonel : « *Good morning, sir.* » Puis croque avec délectation dans un gros beignet huileux, avec des mimiques de séductrice. Les fenêtres, pourtant très petites, sont traversées de gros barreaux collés les uns aux autres. À travers les carreaux sales, filtre une lumière moribonde. On voit que ceux qui travaillent là ont hâte d'achever leur boulot et de s'en aller loin de ce lieu lugubre.

Comorès s'arrête devant une porte où est marqué SERVICE SPÉCIAL. ENTRÉE INTERDITE, l'ouvre et d'un geste renvoie les gardes à d'autres tâches.

– Ayez l'obligeance d'entrer, monsieur Cornu, dit-il en s'écartant pour le laisser passer.

Thomas regarde autour de lui, d'un air candide. C'est tout ce qu'il peut faire, adopter cette mine d'enfant dépassé par les événements. Il y a une grande table avec à chaque bout une chaise. Rien d'autre. Que du mur blanchâtre avec un trou d'aération au plafond.

– Avancez, monsieur Cornu, l'encourage Comorès, aimable. Asseyez-vous là.

– Je peux téléphoner à ma famille pour la rassurer ? demande Cornu.

– Ne vous inquiétez pas, monsieur Cornu. J'ai rendez-vous avec votre fille ce soir.

– Parce que vous comptez me garder jusqu'à ce soir ?

– C'est pas à moi de décider, monsieur Cornu. Je ne suis qu'un simple exécutant.

– Qu'est-ce que cela vous fait d'arrêter des pauvres innocents ?

– Il n'y a pas au monde d'innocents, monsieur Cornu. Il n'existe que des êtres dont on ignore les crimes.

– Je vois. Ma fille n'ira pas au rendez-vous. Je la connais. Elle me ressemble. Elle ne cédera pas à la menace.

– C'est pour cela que je l'ai aimée tout de suite, dit Comorès ébloui par cette description de Blues. Je veux l'épouser.

– Dois-je considérer mon arrestation comme une demande en mariage ?

– Ne le prenez pas de haut, monsieur Cornu. Je veux que nos relations familiales commencent sous de bons auspices, voyez-vous ? Qu'est-ce qu'elle aime ? Les bijoux ? Je lui en

236

offrirai à la pelle, à la brouette, par wagons entiers si elle le souhaite. Je l'installerai dans une villa, chantonne-t-il. Elle ne vivra pas avec mes autres femmes. Elle ne fera ni vaisselle ni lessive, et encore moins la cuisine. Je la laverai, je la nourrirai, elle sera traitée comme une princesse.

Thomas acquiesce à toutes ses propositions, y voyant un moyen de ferrer cet imbécile. Comorès se tait, étonné presque d'être tombé en amour aussi simplement. Il ébauche un sourire d'adolescent et Thomas en profite :

— De quoi m'accuse-t-on exactement ? demande-t-il.

— J'en sais rien, beau-père...

Il est sur le point de reprendre son discours lorsque la porte s'ouvre d'un coup et la silhouette du Président élu démocratiquement à vie s'encadre. Il se caresse la moustache, puis d'un claquement de mains, expédie son escorte vers d'autres carnages. Thomas a si peur qu'il n'en tremble plus. Il sait qu'il n'a plus rien à perdre et l'effet de son héroïsme déchaîne l'hilarité du Président.

— On voit que vous avez été bien traité, dit le Président en tirant une chaise.

— Notre police est censée bien se comporter, dit Thomas sans se démonter. C'est pour ça que le peuple vous a aimé et plébiscité. Il ne faut jamais perdre un idéal, n'est-ce pas ?

— C'est de votre idéal qu'on va parler, monsieur Cornu.

— De quoi m'accuse-t-on au juste ?

— Monsieur Cornu... (Silence.) Il y a eu des fuites dans nos services... (Très grand silence.) En l'occurrence... (trois points de suspension)... au profit d'une puissance étrangère... (grand blanc). Seul un Blanc menacé dans ses acquis pourrait s'adonner à une telle trahison !

– J'ai toujours servi mon pays, répond précipitamment Thomas. Mon argent, j'en ai fait profiter le plus grand nombre.

– Votre argent ? (Coup de poing furibond sur la table. Puis bras levés au ciel.) Mais aucun Blanc n'a de l'argent ici ! (Re-coup de poing sur la table. Doigt pointé vers Thomas.) Vous avez exploité mon peuple.

– Ma famille n'a exploité personne, monsieur le Président, dit Cornu en se balançant sur sa chaise. Nous avons travaillé.

– Non, cher Cornu... Les Blancs ont fait travailler les Noirs à coups de fouet. Aujourd'hui, le peuple réclame son dû, il veut récupérer la terre de ses ancêtres.

– Il ne s'agissait que d'un bout de brousse quand ces Blancs sont arrivés, monsieur le Président. Ils l'ont transformé grâce à leur travail !

– Aujourd'hui comme hier, les Blancs prennent les nègres pour des cons. Ils semblent oublier que nous utilisons les mêmes codes de raisonnement. Que nous avons les mêmes grilles de lecture. Moi (poing fermé, frappe énorme sur la poitrine), je resterais les bras croisés à regarder mon peuple mourir de faim parce que les Blancs possèdent plus de quatre-vingt-dix pour cent des terres ? Même Dieu ne me le pardonnerait pas !

– Ces pauvres fermiers sont nés ici, sont imprégnés par la culture de ce pays, monsieur le Président. Ils aiment autant cette terre que vous. En les dépouillant, vous les vouez à une mort certaine.

– Ah ! vous voyez que vous êtes contre les réformes agraires. (Sourire victorieux.) D'après vous pourquoi ? (Moue

238

méprisante.) Parce que vous êtes un Blanc et que vous défendez les vôtres, c'est-à-dire vos intérêts personnels.

– Je ne suis pas contre les réformes, monsieur le Président, et vous le savez bien : j'ai tout de même contribué en tant que conseiller à vous en donner l'analyse. Mais je suis opposé à votre manière brutale de procéder. C'est dangereux pour l'équilibre économique du pays. Les fermiers blancs ont un savoir-faire et... et puis est-il nécessaire de créer une psychose au sein de la communauté en faisant brûler les granges, les champs, voire en commanditant des assassinats ?

– Les Noirs apprendront. (Voix éteinte, sans conviction.) Quant aux autres méfaits, notre gouvernement n'est en rien responsable de quelques excités qui brûlent et pillent.

– Ça l'arrange que d'autres fassent le sale boulot, n'est-ce pas ? Des exactions sont commises contre les Blancs sans que notre police si efficace habituellement trouve un coupable.

– On n'a pas non plus trouvé des coupables quand nos enfants servaient de cibles lors des parties de chasse des Blancs ; ni lorsque nos jeunes filles se faisaient violer et assassiner... Que voulez-vous, cher ami ? Ainsi va le monde. (Sourire sincère.) Vos amis seront obligés d'accepter les réformes que je propose. Et il vous revient de les convaincre de rentrer chez eux, sans faire de vagues.

– Ces mêmes fermiers se sont battus les premiers contre l'ex-colonisateur britannique. C'est Ian Douglas Smith qui a déclaré l'indépendance de ce pays face à l'Angleterre. C'était un Blanc, monsieur le Président. Ils sont ici, chez eux.

Sur un geste de Son Excellence, deux militaires saisissent Thomas comme un régime de plantains et le jettent dehors. Les rayons du soleil blessent ses yeux et l'étourdissent. Il a néanmoins le temps de voir Comorès sur le perron, les deux mains sur ses hanches :

– N'oubliez pas de dire à ma fiancée que je l'attends ce soir !

C'est tout.

14

Les jours suivants, les incessantes manifestations des paysans secouèrent les ex-colons. Ils s'y attendaient sans trop y croire. Ils espéraient que les menaces de boycott des pays occidentaux feraient rétrécir les prétentions du Président élu démocratiquement à vie. Le sanguinaire assis dans son fauteuil triplement capitonné, entouré de ses doubles rideaux, quadruples tentures, trinquait s'en fout la vie : « Je les ai eus, hé hé ! » Il rigolait beaucoup du coup pendable qu'il leur faisait. « Ils ne doivent pas en revenir, les Blancs, que j'aie osé leur faire ça. » C'était le juste retour des misères et des déchéances.

– Où en sont les affaires ? demandait-il à Comorès, en vidant son whisky sans glace parce qu'il estimait que cette invention des Blancs était destinée à ramollir l'homme noir, afin qu'il s'expatrie dans le froid, pour mieux lui voler l'Afrique.

– Beaucoup sont déjà partis, mon commandant, disait ce dernier, obséquieux. Ils partent par escouades, sans demander leur reste.

– À pied j'espère, souriait le Président. Comme nos ancêtres fuyant devant leurs artilleries de conquistadores.

– Ils fuient avec ce qu'ils peuvent, mon commandant... certains à pied, d'autres en charrette, et leurs vieilles voitures encombrent les routes, mon commandant. Mais il en est qui résistent. Ils y croient encore, les pauvres.

– Pas pour longtemps, disait le Président en tripotant ses cheveux blancs cachés par une coloration noir corbeau. C'est pas ma mère !

Sa mère : cette petite vieillerie de négresse, cassée en deux comme une équerre, qu'on faisait vivre au palais. Elle se languissait de sa brousse et d'un bon vin de palme, la mère présidentielle. Elle boudait les papiers hygiéniques avec lesquels on l'obligeait à se torcher les fesses et exigeait des feuilles de bananier pour ses besoins intimes. Elle exécrait les fourchettes, les Moulinex, les lave-linge et toute la modernité mise à sa disposition par les finances publiques.

– T'es un être exceptionnel mon fils ! disait-elle en écoutant le Président.

Ses mains fripées attrapaient le visage présidentiel, puis elle lui soufflait des bénédictions à l'odeur d'huile de palme.

– Les étoiles sont avec toi. Elles seront toujours à tes côtés, fruit de mes entrailles.

Le colonel Comorès acquiesçait à ces propos. Il disait que le Président élu démocratiquement à vie était bien l'enfant des esprits supérieurs, au vu de son destin. Que la mère présidentielle n'avait été qu'une mère porteuse car, quoique les Occidentaux eussent refusé à Sa Grâce présidentielle le survol de leurs territoires, les anges protecteurs de Son Excellence déployaient leurs ailes et le transportaient du Cap à l'océan Indien, jusqu'au détroit de Gibraltar, au nez et à la barbe de tous. Il flattait l'ancien militaire, vantait ses valeureux combats, exaltait ses glorieux exploits de guerre, tous, disait-il, à la frontière du réel. Quant aux critiques de la presse internationale sur lesquelles les fermiers canalisaient leurs espoirs, les insultes ne tuent pas et le Président élu démocratiquement à vie était vacciné de tout : de la hargne des opposants de Morganedetoi ; de la colère des fonctionnaires, ces grippe-sous de l'administration ; des injures des parents d'élèves qui le traitaient de tous les noms d'oiseaux inconnus parce qu'il n'y avait pas assez de professeurs, et j'en passe.

— Ils peuvent chier sur moi, je reculerai pas. Qu'en dis-tu, Comorès ? demandait le Président en faisant tournoyer le diamant à son auriculaire.

— Ça serait ta honte internationale si tu cédais, mon commandant.

Mais le jour où il vit la photo de Sonia étalée à la une des journaux, qu'on l'accusait d'avoir commandité le meurtre, le Président élu démocratiquement à vie se leva comme un ressort, fit mille allers et retours dans le salon, bras croisés dans le dos à la Hitler, son idole.

— Là, ils exagèrent dit-il, furieux. Je suis capable du pire, mais tuer une aussi jolie fille... Ça, jamais.

— On te connaît, mon commandant, dit Comorès, une lueur complice dans le regard. Les filles bien roulées comme celle-là...

Ils tapèrent dans leurs mains à la mémoire de leurs escapades. Ils s'assirent face à face, se partagèrent une cola et s'inclinèrent vers les mers agitées du passé, à se souvenir de comment ils s'ahurissaient dans les ventres des paysannes. Ils versèrent quelques regrets sur celles qui les avaient un peu aimés ou, hypocrites, cachaient qu'elles ne tenaient qu'aux dollars qu'ils glissaient subrepticement sous leurs pagnes.

– Convoque-moi la télévision nationale, demanda le Président.

– Tout de suite, mon commandant.

Et une équipe de télévision vint dès lors le filmer plusieurs fois par jour. À l'écran, le Président élu démocratiquement à vie était sérieux et clinquant. Il ne se fatiguait pas à répéter les mêmes choses. Il pressurait la mémoire de ses compatriotes. Il ramenait à la surface la sanglante guerre des indépendances. « Combien de morts dans votre village ? Combien de vos frères ont été tués ? Combien de vos sœurs assassinées ? Les réformes sont en cours. On ne reculera pas devant leurs ignominieuses calomnies et leurs menaces ! »

La colère des paysans atteignait son paroxysme. Ils s'agitaient comme une fourmilière en folie. Ils se déversaient en graillonnant jusque dans les coins les plus reculés des propriétés non encore saisies, criant et brandissant des écriteaux hostiles : RENDEZ-NOUS NOS TERRES ! Certains affichaient ostensiblement leur haine des Blancs : COLONS, DEHORS ! On menaçait de représailles les ouvriers agricoles qui ne suivaient pas le mouvement et plusieurs d'entre eux furent égorgés. L'agressivité ambiante surchauffait les maisons et on éprouvait des difficultés à faire baisser le mercure en dessous des trente degrés, malgré la climatisation.

Il ne restait aux Blancs qu'à se barricader chez eux.

Chez les MacCarther, les domestiques s'en étaient allés et le couple avait dû abandonner la plus grande partie de la maison avec ses gigantesques corridors tapissés de miroirs et de portraits d'ancêtres. Dans le salon, les fauteuils si douillets ouvraient en vain leurs bras confiants. Les chambres se languissaient d'ennui. Les assiettes en porcelaine, les verres en cristal, les couverts d'argent, ces babioles qui établissaient la suprématie des MacCarther dans la communauté, se recouvraient d'une fine poussière. Plus personne ne s'aventurait jusqu'ici, d'ailleurs on n'avait plus de quoi recevoir en grande pompe.

Betsy s'épatait elle-même. Son dos hautain se penchait pour nettoyer et le parquet tout miel crépitait sous son balai. Ses mains autrefois manucurées se couvraient de gerçures. Elle faisait des petits plats et servait son Arthur à table. Il commençait à manger sans l'attendre, vorace, ne prenait plus la peine de mâcher ses aliments avant de les avaler, répandait sa nourriture dans l'assiette et sur ses vêtements. C'est curieux comment les bonnes manières se perdent vite, se disait Betsy. Mais, elle n'y pouvait rien, il en va ainsi du destin lorsqu'il décide de vous exploser à la figure.

Puis, ils s'asseyaient dans un minuscule salon, autrefois lieu de repos des domestiques. C'était un endroit sobre, avec deux chaises et une petite table ronde, facile à nettoyer. De là où ils étaient, ils regardaient le jardin, respiraient les senteurs des rosiers en fleur ou du jasmin. Ils sirotaient un thé à l'anglaise, attentifs au moindre bruit : « Qu'est-ce que c'est ? Tu as entendu ? » se demandaient-ils, terrifiés. Même le crépitement du bois sous la chaleur du soleil, qui leur était pourtant familier depuis plus de cinquante ans, les faisait sursauter.

Vers seize heures, ils se réfugiaient dans la bibliothèque sombre, avec ses rayonnages qui s'élevaient jusqu'au plafond et ne laissaient filtrer aucun son.

– Où veulent-ils qu'on aille ? ne cessait de demander Betsy. C'est notre pays ici. Puis nous sommes trop vieux pour nous adapter ailleurs.

– Calme-toi, Betsy, disait Arthur en serrant sa main dans la sienne. Ils vont finir par se fatiguer.

– Tout cela est d'une cruelle injustice, insistait Betsy. Elle qui s'était dévouée corps et âme à son personnel ! Elle si difficile dans le choix des uniformes des domestiques, si attentive à leur bien-être, qu'elle leur avait appris à parler un excellent anglais, et était même allée jusqu'à offrir aux boys une bouteille de bière à chaque Noël ! Quelle ingratitude ! Il y avait de quoi transformer la plus gentille des colombes en un boa strangulateur.

Arthur la consolait, parce qu'il n'avait pas envie d'exhiber ses blessures. Elle le regardait alors avec une admiration démesurée, caressait ses cheveux avec tout ce qui lui restait de tendresse.

– Ça te dirait de voir un film, chéri ? demandait-elle.

Il acquiesçait. À pas comptés, elle se dirigeait vers la bibliothèque, sortait les vidéocassettes qu'on avait pris le soin de cacher derrière des livres. Elle en introduisait une dans le magnétoscope. L'appareil ronronnait. Le générique s'affichait et le film commençait. Elle se tenait derrière lui,

ses deux mains posées sur ses épaules, jusqu'au moment
où la blancheur de cuisses nues apparaissait à l'écran. Elle
avait découvert son penchant pour les films pornographi-
ques depuis des lustres et avait fermé les yeux. Aujourd'hui,
il n'avait plus besoin de se cacher pour les regarder. Il fallait
qu'il vive ce qui lui restait de respiration en petites joies.
Elle l'accompagnait dans son matage des gros seins et
d'hommes en rut, jusqu'au moment où ses lèvres pendouillaient d'excitation, où ses yeux s'écarquillaient de plaisir.
Puis, épuisé par cet effort, sa tête dodelinait sur ses épaules.
Quelques instants plus tard, il ronflait.

Alors, Betsy retournait vers sa malle à souvenirs. Sa
mémoire, avec une obstination de spéléologue, machinait
en arrière vers des certitudes archaïques. Il y avait dans
cette cantine un siècle de Connors, avec des dates de naissance, de mariage et de mort. Sur les photos, en dehors de
leurs ressemblances génétiques, les hommes portaient des
chapeaux melons et des goussets en or. Les femmes étaient
assises sur des tabourets aussi raides qu'une rigueur, leurs
grosses poitrines congestionnées dans des corsages baleinés.
Betsy en reconnaissait certaines comme tante Orsie, 1901-
1958, ou Magali, grande reproductrice devant l'éternel.
Elle s'attardait sur Tina, sa mère, une énorme Hollandaise
aux mains potelées, mais très agile dans le maniement du
fouet. Betsy se souviendrait sa vie durant des claques étour-
dissantes en direction de son postérieur : « Je t'aime,
maman, murmurait-elle à la photo qu'elle embrassait de
mille baisers. Ah, si tu savais ce que nous sommes devenus,
ma pauvre, très chère pauvre mère. » Elle essuyait la morve
de son nez d'un revers et se perdait dans l'impressionnante

collection de photos d'enfants et de bébés soigneusement enveloppés dans des robes en dentelle : « Qui cela peut-il bien être ? se demandait-elle. Ils se ressemblent tous. » De tous les morts, celui qu'elle préférait, c'était son arrière-grand-père Joshua Connors, un aventurier qui avait bravé mille dangers pour s'installer dans cette contrée. À son époque, les rues n'étaient que des sentiers, et les maisons des abris mal joints. Il avait aidé à transformer ces petits bourgs écrasés par la chaleur en véritables villes. En dehors de chasser du nègre, il maniait le rabot comme personne. Il confectionnait des meubles avec tant de virtuosité que sa réputation de menuisier avait franchi les montagnes. Il avait fait fortune et consacré son temps à exploiter au mieux des terres conquises de haute lutte, aidé en cela par sa femme Hannabel, une chanteuse des cabarets miteux de Londres, échouée là. Et ils n'avaient pas perdu leur temps. Neuf enfants ahuris et crispés par l'objectif du photographe étaient nés dès la première génération rhodésienne. Ils s'étaient éparpillés aux quatre coins du monde, jusqu'en Amérique, disait son père Hugh en nettoyant sa collection de fusils, avant qu'une malencontreuse manipulation ne lui logeât une balle sous la carotide.

Lorsqu'elle avait fini de faire le tour de ses souvenirs, elle s'asseyait aux côtés d'Arthur et laissait la nuit descendre.

Les jours suivants, Thomas resta alité, pris d'une violente fièvre. Le docteur dépêché d'urgence diagnostiqua une crise de paludisme et prescrit du quinimax, du quiniforme et de la nivaquine, tandis que Nanno l'enduisait d'onguents puants, en psalmodiant des prières qui, selon elle, éloigne-raient les mauvais esprits. Thomas avait l'impression de délirer, il délirait, en équilibre sur sa fièvre. Il avait l'impression de voyager en tous sens. Il escaladait des éboulis, descendait des escaliers sous des voûtes, creusait des égouts qui ne menaient nulle part ou remontait des pentes abruptes.

Blues portait son inquiétude sur sa figure comme un masque de grossesse. Des cernes mauves entouraient ses yeux. Elle ne quittait pas le chevet de son père. Elle lui tenait la main, dans l'espoir de lui transmettre un flux d'énergie. Elle lui épongeait le front, humectait ses lèvres. La fatigue traçait des sillons rosés sur son visage.

Catherine, agacée, tentait de la convaincre de prendre un peu de repos. « Il va se remettre », disait-elle, un sourire en coin. En vérité, elle le soupçonnait de fuir la violence des événements en prenant un congé de maladie :

– C'est pas normal que sa température monte jusqu'à des trente-neuf, baisse et remonte jusqu'aux quarante degrés.

– Que veux-tu insinuer, maman ? demandait Blues, agressive. Qu'il simule ?

Catherine claquait la porte et se réfugiait dans le salon. Dès qu'elle voyait Nanno, elle jaillissait de son divan :

– Ça va, Nanno ? demandait-elle en se grattant la paume. C'est pas trop de boulot pour toi toute seule ?

– On se débrouille, rétorquait Nanno, fatiguée.

Catherine la précédait dans la cuisine, ramassait un couteau et devenait si active qu'on en avait le tournis. Elle coupait les tomates. Elle épluchait les pommes de terre. Elle nettoyait les haricots. Mais, dès que l'occasion s'en présentait, elle posait à la vieille domestique des questions en biais, d'où émergeait finalement l'idée bien ancrée dans son cerveau que Thomas la trompait avec Kadjërsi. Nanno, cette expérimentée en affaires sentimentales, déjouait soigneusement ces pièges à cons.

— Mais qu'est-ce que tu vas chercher là, Catherine ! s'exclamait-elle. Mon petit Thomas n'a jamais aimé que toi.

Puis elle se concentrait résolument sur ses tâches ménagères, un gâteau à préparer, des assiettes à laver et chantait des negro spirituals de son invention.

Catherine restait quelques instants songeuse. Si elle apprenait que Thomas la trompait, elle ne se remettrait pas de cette trahison. Elle n'était plus toute rose, Catherine. Comme la plupart des femmes, elle pensait qu'au-delà de quarante ans, on en était à sa dernière danse avec l'amour.

Fanny détestait voir les malades piauler dans leur lit. Elle ne voulait pas se fendre en platitudes. Son père était souffrant ? Elle n'allait pas se transformer en aspirine pour le guérir. Elle aimait son papa certes, mais l'homme étouffant de fièvre était loin de celui qu'elle idolâtrait. Elle ne comprenait pas ces chichis de vouloir rester auprès des malades et de leur tenir la main. Qu'on soit là ou pas ne changeait rien à la situation. Elle passait une tête dans la chambre de Thomas, montrait un simulacre d'intérêt : « Comment va-t-il aujourd'hui ? », puis s'en allait vadrouiller dans les bras de Caroline.

Cet après-midi-là, des tonnes de soleil écrasaient le toit des maisons, on y cuisait. Même les oiseaux étaient si épuisés par la chaleur qu'ils n'avaient plus de voix. Après s'être embrassées, Caroline et Fanny pénétrèrent dans la salle de bain. Elles firent glisser sur leurs hanches leurs jeans étroits. Elles se noyèrent dans la baignoire, allongées face à face. Dans les nuages de mousse, leurs visages rosissaient de plénitude et l'odeur appétissante des crêpes que Nanno faisait cuire pour le dîner titillait leurs narines.

— Comme on est bien ! soupira Caroline. On se croirait au ciel.

Elle posa sa tête sur le rebord de la baignoire et ferma ses paupières :

— Fanny, je suis si bien avec toi... Je t'aime tant !

— Je t'aime moi aussi, dit Fanny.

Les contours de leurs corps s'emmêlèrent indistincts. Les doigts de Caroline fouillèrent l'eau à l'aveuglette, saisirent tendrement ceux de Fanny.

— Et si on se mariait ? demanda Caroline.

— Qu'est-ce que tu racontes ?

— On pourrait s'enfuir en Hollande, rétorqua Caroline en levant vers elle ses yeux de poupée.

Elle passa des mains délicates sur les hanches de Fanny, lui lécha les tempes :

— Les mariages homosexuels y sont officiellement célébrés devant Dieu et les hommes. Je t'en supplie, mon ange.

L'ange se libéra en riant, parce que ce qu'elle venait d'exprimer ne correspondait à rien de ce qu'elle désirait. Elle s'extirpa de l'eau, attrapa une serviette et s'en enveloppa.

— T'es vraiment drôle ! dit-elle au moment même où des voitures pénétraient dans la propriété à la queue leu leu.

Les fermiers avaient décidé de rendre visite au malade.

Ils s'étaient déplacés en bande, quelque peu rétractés, un peu vexés tout de même, eux si puissants hier, d'avoir si peur aujourd'hui. Parmi eux, les Ellioth, avec leurs fils John et Alex, et les MacCarther, ou ce qu'il en restait : Betsy avait tant maigri que sa robe rose pendouillait sur son squelette. Venait aussi Gaia de noir vêtue qui traînait Josèphe et son chagrin à fleur de nez. Elle priait entre ses lèvres pour s'assurer qu'Ignazzio ne manquerait de rien auprès du Seigneur. Les Schulleur sortirent de leur vieille voiture accompagnés d'un James aussi ahuri que le poète qu'il souhaitait devenir. Enfin, comme un cadeau du ciel, Rosa Gottenberg s'extirpa de son véhicule, éblouissante dans sa robe mauve. On eût cru un entrepôt de joie, tant elle resplendissait. On jetait vers elle des regards d'envie et on la complimentait avec suspicion : « Mais tu as rajeuni, ma Rosa ! Qu'est-ce qui t'arrive ? » Ses diablotins, grosses chenilles blanches engoncées dans des pantacourts, s'en allèrent s'oublier sur la pelouse qui, à force de ne pas être entretenue, était devenue galeuse.

C'est alors qu'elle le vit. Ernest Picadilli avait changé comme du vin, en meilleur. En quelques semaines, il avait engraissé. De la chair et des muscles s'étaient posés sur ses fesses et ses bras. Son visage d'étudiant déglingué du cerveau avait perdu ses stigmates d'adolescent et une barbe soigneusement taillée encadrait son menton. Son costume beige qui avait appartenu au feu Gottenberg flottait encore, mais ça se voyait à bout de nez qu'il ne tarderait pas à le remplir. Il leva la tête dans les reflets cuivrés du soleil et ses yeux bleus croisèrent ceux de Fanny derrière la fenêtre de la salle de bain. Il y eut sans doute un éboulis dans les étoiles car Fanny se tourna vers Caroline :

— Je ne t'aime plus.

— Co... comment ? murmura Caroline décontenancée.

Presque instinctivement, elle dissimula ses seins d'une main, tandis que de l'autre elle cachait son pubis.

— C'est ainsi.

— Fanny..., dit Caroline d'une voix suppliante. Mais qu'est-ce que t'as, ma chérie ? Qu'est-ce qui te prend ? demanda-t-elle en s'approchant.

— Ne t'approche pas, hurla Fanny comme une hystérique. Ne t'approche plus jamais de moi.

Et comme Caroline demeurait hébétée, Fanny se mit à lui jeter ses affaires au visage.

— Fous le camp !

« Quelle conne, pensait-elle en la voyant enfiler ses fringues en sanglotant. Que croyait-elle ? Qu'elle allait m'entraîner comme une brebis égarée loin du troupeau qui a besoin de moi ? »

— Tu reviendras vers moi, dit Caroline offensée, en se chaussant.

Ses lèvres étaient tuméfiées, ses yeux gonflés.

— Puis n'oublie pas que tu me dois quarante dollars que je t'avais donnés pour t'acheter un foulard.

— Que racontes-tu ? Tu veux quoi ? demanda Fanny en se tournant vers elle avec toute l'agressivité dont elle était capable.

Elle ouvrit la porte de la chambre d'un mouvement sec et poussa Caroline sur le palier :

– Voilà ton fric, pauvre idiote, lui dit-elle, et ne te raconte plus de contes de fées.

Les fermiers entraient dans la chambre du malade à tour de rôle comme des gens alignés devant les vécés publics. Ils en ressortaient tragiques du visage et les mots sur leurs lèvres tombaient en lambeaux : « Le pauvre ! » Quand chacun eut vu ce qu'il y avait à voir, un Thomas avachi par la fièvre, aussi chaud et trempé qu'une pissotière, ils s'agglutinèrent dans le salon. Ils burent avec force bruit des pastis et des bières frappés, en se remémorant des typhoïdes tropicales qu'on avait attrapées, des épidémies de grippe paludéenne qui faisaient monter les températures physiologiques jusqu'à des quarante degrés. Que de pertes humaines il y eut cette année-là ! C'était quand ? On fronçait les sourcils. On ne se le rappelait pas. Il y avait eu tant d'investissements, tant de joies, tant de haines et tant de soleil au fil des années qu'elles avaient fini par se rassembler. Mais on en grelottait encore. À force, une pâleur cadavérique envahissait les cous avant d'accaparer les visages.

James ressentit des picotements lorsqu'il vit Blues. Il aurait bien voulu qu'ils rebrodent ensemble leurs rêveries d'amour. Il aurait bien voulu de la main gauche, s'assurer un mariage chiant mais équilibrant avec Nancy, et de la droite, avoir une amante pour débraguetter ses phantasmes. Il détailla sa cambrure et des vagues de songes érotiques envahirent son esprit.

Blues ne le voyait pas. Franck Enio saturait son cœur par son absence même. Cet amour la tenait toute par son immatérialité. Elle s'écartait lorsque James s'approchait, s'en allait sous mille prétextes se réfugier dans la cuisine ou dans le jardin. Il la poursuivait, tentait de l'ensorceler de sottises : « T'es une fille exceptionnelle, Blues. T'as de ces yeux. » Elle se défendait de ces assauts par une indifférence absolue. Et là, sous le baobab et ses feuillages touffus, il comprit que la harceler ne servait à rien. Alors il se frotta les mains et se montra platement pratique :

– Je ne suis pas un homme comme les autres, chérie. Je suis un é-cri-vain ! Je ne peux à la fois mettre de la passion dans ma vie quotidienne et dans mes livres. Je dois choisir, tu comprends ? Avec toi, c'est la passion, cette flamme qui consume l'intelligence et l'inspiration. Il me faut une vie tranquille et calme tous les jours afin d'écrire. Cette vie-là, seule Nancy peut me l'offrir. Ce qui ne m'empêche nullement de t'aimer comme un fou.

– Si je ne me trompe, dit Blues, certains artistes ont allié leur désir de vivre pleinement leur vie et celui de créer : Rimbaud, Apollinaire, Dostoïevski étaient de ceux-là. Ils nous ont laissé de véritables chefs-d'œuvre.

– Ma petite chérie, tu ne peux pas comprendre toute la complexité de la vie.

– J'ai parfaitement compris que tu me proposes d'être ta maîtresse, fit Blues.

– Mon amante, nuance.

Elle regarda la vallée au loin, les collines qui semblaient retenir le sens du temps, le ciel bas et les brumes : elle ne l'aimait pas. Il pouvait épouser dix ou vingt Nancy que cela ne lui arracherait pas une once d'amertume. Mais quand ses yeux s'accrochèrent aux vergers, une déflagration se fit dans son esprit : « Ne gaspille pas tout ton argent, avait coutume de lui dire Nanno. On ne sait pas de quoi demain sera fait. » Elle allait le thésauriser, le garder au chaud, pour les jours sans. Elle aimait Franck, elle en était sûre, mais ce sentiment n'avait rien d'exclusif, il pourrait s'accommoder d'à-côtés voluptueux. Sa relation avec James ne serait pas grandiose, mais exaltante peut-être, le temps d'un coup de chaleur. Il pourrait être le gentil amant qui fait du bien, mais dont l'absence ne pèse pas. La malice s'agitait en elle, tel un voilier sur une mer folle. Elle se réjouissait, quoique chagrinée par l'indifférence de Franck Enio, de ce marivaudage qui donnerait de la parlote aux femmes blanches désormais très occupées à torcher leurs mômes.

— J'y réfléchirai, dit-elle, consciente qu'elle sortait de sa torpeur.

Déjà, il s'empressait, il ne pouvait pas la quitter ainsi. Il se pencha pour lui coller un baiser frémissant sur les lèvres. Elle détourna la tête. Il n'avait plus qu'une chose à faire : partir.

15

Les réformes agraires donnèrent à Nicolas le goût de l'épopée. Il en oubliait de répondre aux petites annonces qui lui promettaient de s'enrichir sans foutre une ramée. Il n'avait plus de temps à consacrer à ces combinaisons mesquines et déménagea ses rêves de réussite pour les canaliser sur l'égalité et le partage des terres. Il en hymnait aux étoiles des « *Simudzai mureza wedu we Zimbabwe Yakazvarwa nomoto wechimurenga* ». Les boucles de ses cheveux se dressaient au sommet de son crâne lorsqu'il « *blessed be the land of Zimbabwe* » parce que, en matière d'héroïsme, rien n'est incroyable. Il en devenait plus verbeux et jouissait auprès des paysans d'une cote de popularité chaque jour plus persistante. Il était certain qu'un mouchard transcrirait pour le Président élu démocratiquement à vie ses exploits et le magnifique service qu'il rendait à son pays. Il se voyait couvert d'éloges, gonflé d'indemnités et bigarré de nanas prêtes à se crêper le chignon pour satisfaire ses caprices. Il délirait son destin et des gens arrivaient à main gauche pour l'écouter et à bras droit pour l'applaudir. Ils formaient une masse hagarde et débraillée sous le baobab. Les hommes mâchonnaient de la cola puis leurs crachats maculaient de rouge la poussière. « Qu'est-ce qu'il va nous dire aujourd'hui ? » s'interrogeaient-ils. Des femmes posaient leurs mains sur les bouches des bébés grincheux et attendaient ses paroles remplies d'espoirs.

Alors Nicolas faisait son entrée en scène en grimpant sur une vieille marmite. Il frémissait dans son jean troué. Il récitait ses fadaises avec des gestes grandioses. Il était beau à faire peur et le drapeau zimbabwéen noué à sa taille devenait enfin voluptueux.

– Chers frères et sœurs, disait-il. Nous sommes réunis aujourd'hui ici afin de dire aux Blancs : « Vous êtes les maîtres dans une demeure qui n'est pas la vôtre », et d'une seule voix...

– « Rentrez en Angleterre ! scandait la foule. Retournez en Hollande ! Envolez-vous pour la France, sans honte, car votre place est au-delà de la Méditerranée... »

– Sans honte, continuait Nicolas. Ils veulent qu'on les indemnise afin qu'ils quittent nos terres, de la même manière que leurs ancêtres ont été indemnisés au moment de l'abolition de l'esclavage. Vous paraît-il juste de payer un voleur pour qu'il vous rende le bien qu'il vous a volé ?

– Non, ils sont fous ! braillait la foule.

– Oui, ils sont fous, clamait Nicolas. Ils sont fous de penser que nous les laisserons éternellement jouir de nos biens, que nous continuerons à accepter de balayer leurs maisons, de laver leurs enfants et de porter leurs valises.

– Nous sommes fatigués ! criait la foule.

– Nous sommes fatigués, épuisés par leur mépris et par leur arrogance à notre égard, reprenait Nicolas. Et même

Dieu en est fatigué. Voilà pourquoi il fait s'effondrer leur monde tandis que le nôtre renaît de ses cendres.

Ce jour-là, alors qu'il s'adonnait à cette séance d'exaltation patriotique, Fanny, qui s'ennuyait ferme et qui éprouvait un profond désir de s'immerger dans les couleurs de la vie, s'était fondue dans cette foule extasiée. Un morveux qui n'était pas sur ses gardes éleva sa voix fluette et demanda :

— Mais quand est-ce qu'on aura les terres ?

— En son temps, rétorqua Nicolas.

— Mais quand ? insista le morveux.

— En son temps, répéta Nicolas en faisant un moulinet de bras. De toute façon, on n'a pas d'autre choix que d'attendre.

— Pourquoi ?

— Est-ce que tu serais prêt à aller vivre ailleurs ? lui demanda Nicolas.

— Non.

— Pourquoi ?

— Parce que j'aime mon pays.

— Et voilà ! répondit Nicolas en tapant dans ses mains. Tu aimes ton pays. Tu aimes ta terre et c'est là-dessus que tout se joue. Sur l'amour et le patriotisme. Le Président a raffermi la discipline dans le pays. Il a mis au pas les tire-au-flanc et les parasites. On va régler les problèmes d'approvisionnement qui commencent à se faire sentir. On va construire des routes jusque dans les villages les plus reculés. On va se mettre aux technologies nouvelles.

Il passa deux doigts dans la ceinture de son pantalon avant de continuer :

– Il faudrait juste en finir avec les colons et un jour viendra où ils se mettront à genoux devant nous.

À l'entendre exhorter de la sorte, vibrer, gémir pour rendre encore plus sensible le drame contenu dans ses propos, Fanny ne put celer sa stupéfaction.

– Nicolas, je me souviens qu'enfants, nous partagions les mêmes jeux. Combien te payent-ils pour faire ça, Nicolas ?

Une clameur de protestation monta de la foule : « Qui c'est celle-là ? » Et comme les Africains ne sont jamais chiches en insultes, on se mit à l'injurier et à lui cracher dessus. Elle recueillit l'énorme haine. Ça tapissait sa peau ; ça s'infiltrait sous son épiderme ; ça se répandait jusqu'aux tréfonds de ses intestins blancs et de ses tripes blanches. Et quand elle en eut assez, Fanny vaincue et humiliée se rua vers la brousse, en se tordant les chevilles dans la poussière, poursuivie par les huées.

Soudain quelqu'un lui serra la taille si brutalement qu'elle en perdit l'équilibre.

– Lâchez-moi ! criait-elle. Je vous en prie, lâchez-moi !

– Calme-toi, lui dit Nicolas. Calme-toi.

– Ne me touche pas, hurla-t-elle. Pose pas tes mains de traître sur moi.

– Fanny, je veux que tu comprennes que ce qui se passe n'a rien de personnel, dit Nicolas précipitamment. C'est idéologique.

– Et au nom de cette idéologie, tu es prêt à nous sacrifier, c'est ça ? Je tiens à t'informer que, selon ton idéologie, tu ne peux réclamer une terre qui ne t'appartient pas non plus. Si je ne me trompe, ton père est blanc et ta mère est noire.

À ces mots, les épaules de Nicolas s'affaissèrent. Il se laissa glisser dans l'herbe et se mit à pleurer, la tête posée entre ses genoux.

— Je suis désolée, désolée de t'avoir parlé de ton père, dit Fanny. Pardon, pardon...

— Ce n'est pas à cause de lui que je pleure, Fanny.

Il tourna vers elle ses yeux à ferrer un poisson :

— Je me sens coupé en deux. D'un côté, je veux que les Blancs rétrocèdent les terres ; de l'autre, je ne veux pas que vous vous en alliez. Ce pays est aussi le vôtre. Pourquoi le monde est-il si compliqué ?

— Je n'en sais rien, dit Fanny en haussant les épaules. Peut-être parce qu'il serait trop ennuyeux autrement. Alors, l'homme s'invente des haines, des guerres, pour passer le temps. De toute façon, nous resterons ici, j'en ai la certitude. Après les élections présidentielles, tout cela retombera comme un soufflé.

— J'en doute, dit Nicolas. Et même si c'était le cas, avant que la paix ne revienne, il n'y aura plus rien. Les pilleurs s'adonnent déjà à leur sale besogne, sans même attendre que vous soyez partis ! Chaque nuit, ils récoltent vos produits qu'ils vont vendre sur le marché. Vous serez ruinés d'ici là.

— Pourquoi es-tu avec eux, Nicolas ? T'es pas comme eux !

— Il faut bien que je m'occupe, dit Nicolas en essuyant ses larmes. Je n'ai rien, moi, Fanny. Je ne suis pas un héritier.

Ses propos étaient si désespérés que Fanny s'agenouilla et ébouriffa ses cheveux. Bien sûr qu'il avait quelque chose.

Tout le monde a quelque chose. Elle se mit à lui énumérer toutes ses minuscules qualités, des vertus d'employé au rabais et de domestique à perpétuité. Il découvrait de la bouche de Fanny qu'il avait la déférence facile, la patience infinie, qu'il était soucieux de ne jamais être en retard et qu'il savait rester à sa place... Mais, au fur et à mesure qu'elle lui parlait, quelque chose d'important se passait en elle. Après le vide infernal de sa séparation avec Caroline, ce jeune métis, avec ses idées à la noix, ses discours insensés, effaçait tout ce qu'elle avait vécu avec son amie. « Ce n'était pas de l'amour, se dit-elle. C'était un jeu, un jeu d'enfant. » Elle eut soudainement un peu honte de la manière dont elle l'avait traitée. Mais c'était trop tard, elle ne pourrait pas revenir en arrière. Et elle n'arrivait pas à détacher ses yeux des lèvres de Nicolas, comme envoûtée.

L'ambiance d'étuve autour d'eux précipita les choses. Ses mains lui pétrirent ses épaules. Nicolas l'enlaça, déjà étourdi. Il bredouilla : « Fanny... Fanny... », puis l'allongea dans les futaies. Il remonta sa robe sous sa poitrine, baissa son pantalon sur ses genoux et pesa sur elle de tout son poids. Et, sans cesser de l'embrasser, il la pénétra dans la seconde. Il remuait dans une cadence incohérente, haletait à son oreille, enserrait d'une poigne robuste sa taille, écrasait ses seins de sa poitrine musclée par le travail domestique.

Et Fanny, Fanny qui n'avait connu de sa vie que des expériences masculines malheureuses dont elle ne voulait plus se souvenir, avait l'impression qu'un ressac désordonnait son sexe. Elle gémissait de plaisir à l'unisson avec les oiseaux du crépuscule qui peu à peu entonnaient leurs chants monotones. Ses cuisses s'écartaient à l'arrivée d'une nouvelle vague. Une langueur croissante envahissait ses sens et l'orgasme jusqu'alors inconnu jaillit cristallin. Fanny pleura. Son cœur éclatait d'un sentiment enivrant, étonnant, et des mots, des mots d'un rouge écarlate, s'échappèrent de ses lèvres :

— Je t'aime.

Comorès, tout debout sur la colline bleue, armé de jumelles, surveillait l'avancée des massacres. Depuis quelques jours, ses compatriotes commençaient à faire la queue pour s'acheter trois plantains. La bière devenait mauvaise. Les hôpitaux n'avaient plus d'alcool pour désinfecter leurs blessures. Mais ils étaient contents parce que, même si la vie est dure, les pauvres ont la peau dure. « Quand notre tour viendra, disaient-ils pleins d'espoir, on ne mangera que du caviar à la sauce d'arachide. » Ces ploucs étaient si généreux en confiance qu'ils la donnaient gratuitement au Président élu démocratiquement à vie. Comorès en était ému aux larmes, ce qui ne l'empêchait pas de gronder ses soldats pour mieux les exalter :

— Savez-vous pourquoi les Blancs nous ont dépassés ? Pourquoi leur pays est développé ? Parce qu'ils aiment leur peuple, mes amis. Le Français aime son peuple ; l'Américain aime son peuple ; l'Anglais aime son peuple, et j'en passe. Je veux que vous soyez tous le plus près possible du peuple. Que vous viviez avec le peuple, pour le peuple. Qu'est-ce c'est que l'opposition ? Pouvez-vous m'expliquer pourquoi ces gens qui vivent dans leur pays le détestent et se tournent vers l'Occident, qu'ils admirent ? Ce sont des malades ! Il faut agir contre eux, chaque jour à chaque heure. C'est ainsi que l'on sera utile à son pays et à son peuple.

Quand il achevait de parler, des tonnes de sueur dégoulinaient de son front et les soldats mettaient la leçon en pratique. Ils pillaient et tuaient des paysans soupçonnés de dissidence, et Comorès surveillait le bon déroulement des opérations, de loin, ses yeux globuleux collés aux objectifs de ses jumelles. Le nec plus ultra des émotions, le lieutenant-colonel le ressentait lorsqu'il voyait les villages flamber à l'horizon, que tout y passait, les cases, les greniers qui donnaient des flammes plus hautes que les autres. Il sentait des frissons le prendre là, en bas du dos, et remonter le long de sa colonne vertébrale avant d'exploser dans sa tête.

En cette fin d'après-midi, la lumière du soir pétillait dans ses cheveux, glissait sur ses pommettes, coulait sur ses galons étincelants. Il transpirait, le colonel, en surveillant depuis la colline bleue les villages alentour calcinés par des mois de sécheresse. Il faisait tournoyer ses jumelles à droite et à gauche, en bas et en haut, lorsque soudain l'image d'un couple baisotant dans la brousse vint se coller à son objectif. Ils étaient là, à moins de cinq mètres de lui, tremblant dans l'air comprimé de l'appareil.

« Merde ! » se dit-il.

Il ne lui fallut pas longtemps pour réagir. Il dévala la montagne, écarta les feuillages, laissant dans son sillage les arômes de poulets grillés, les relents d'aisselles, les émanations de caniveaux et les parfums de beignets chauds qui se dégageaient de sa personne, l'odeur agressive de la ville. Quelques minutes plus tard, il déboula aux pieds des imprudents amourachés. Avant que Nicolas ahuri ne puisse se retourner, un coup de botte aux fesses le débanda.

– Debout, espèce de petit pervers, gronda Comorès.

Ses yeux foudroyaient de colère, les veines de son cou gonflaient d'irritation. Il mugit :

– Passer son temps à des coucheries dans la cambrousse alors que ton peuple a besoin de toi ! Et avec une Blanche par-dessus le marché ! Allez, dégage !

Puis, sans égard pour le métis qui s'enfuyait tel un lapin dans les feuillages, il se tourna vers Fanny :

– Ça va, mademoiselle Cornu ? Il ne vous a pas importunée, j'espère.

La jeune femme allongée dans l'herbe haussait ses sourcils comme dans un effort pour rester éveillée. Ses beaux yeux regardaient le colonel, hagards. Il se pencha pour la relever. « Je ne sais plus qui je suis, sembla lui dire le regard de Fanny. Je n'arrive pas à respirer. » Elle se redressa enfin en s'agrippant au bras du colonel et inspira. Comorès dominait mal l'émotion qui l'étreignait à la vue de ses cuisses.

– Par les temps qui courent, mademoiselle, dit-il d'une voix cassée par le désir, il faut être prudente. Venez, venez, je vous raccompagne.

Et la mademoiselle le suivit. Elle n'avait jamais été aussi bien de sa vie. Elle avait l'impression que le terrible fardeau qu'elle portait depuis de longues années avait disparu en soixante secondes et vingt-sept minutes exactement. Une paix intérieure la bordait tout entière et même la forêt alentour qui commençait à mugir, à siffler et à gueuler de ses profondeurs, n'était qu'un orchestre qui accompagnait

les doux chuchotements de ses sens. Tandis qu'il l'entraînait à sa suite à travers les ravines, coupant à travers forêt
pour arriver à la Plantation par-derrière, elle sentait le
sperme couler le long de ses cuisses. Comorès parlait, et
elle souriait à tout ce qu'il disait. En réalité, elle ne l'écoutait pas. Il aurait pu répéter dix fois la même histoire qu'elle
ne l'aurait pas remarqué.

Thomas Cornu, qui se relevait à peine de sa fièvre, était
assis sous la véranda. Son corps pâle jouissait des dernières
lueurs du soleil. Il lisait la bible car, dorénavant, il avait du
mal à s'affranchir du quotidien sans l'aide d'une force supérieure. Affronter la réalité des expropriations et de la maladie sans l'aide du Seigneur était trop dur, trop angoissant.
Alors, il lisait la bible dès le premier chant du coq, jusqu'au
moment de s'endormir.

Catherine assise à côté de lui attendait toujours l'occasion propice pour lui demander une explication décisive
sur ses relations avec Kadjërsi. Elle n'avait pas encore osé.

Nanno réchauffait des boîtes de conserve en pestant :
« C'est pas de la nourriture, ça ! », et la sueur de son front
tombait sur le carrelage de la cuisine. On y mijotait depuis
que Madame avait demandé de faire à l'économie. On avait
éteint les climatiseurs. On rusait avec les lendemains dif-
ficiles. Les cordons de la bourse se rétrécissaient et les
difficultés conjoncturelles ramenaient les habitants de la
Plantation à leur condition trivialement humaine. Mais,
lorsque Nanno vit Comorès surgir des feuillages un bras

passé sous le coude de Fanny, elle en resta baveuse d'indignation.

« Qu'est-ce qui se passe ? » se demanda-t-elle.

Elle traversa le vestibule et sa voix résonna comme un carillon et ameuta la maisonnée.

– Qu'est-ce qui se passe ? demanda à son tour Thomas en se précipitant, suivi d'une Catherine quelque peu agacée parce qu'on l'avait sortie de ses réflexions.

La domestique pointa du doigt le couple qui arrivait. Des ténèbres envahirent les yeux verts de Catherine ; la bible de Thomas glissa au sol et s'ouvrit au psaume 35, verset 1 :

> *Accuse, Yahvé, mes accusateurs,*
> *assaille mes assaillants ;*
> *prends armure et bouclier*
> *et te lève à mon aide ;*
> *brandis la lance et la pique*
> *contre mes poursuivants.*
> *Dis à mon âme : « C'est moi ton salut. »*

Thomas Cornu y vit un signe protecteur et ses boyaux vibrèrent de courage :

– Que voulez-vous ? demanda-t-il à Comorès, agressif. Qui vous a autorisé à entrer ici ?

– Bonsoir, monsieur, rétorqua Comorès en faisant fi de sa colère. J'aidais votre fille à retrouver le chemin de la maison.

– Pourquoi ? demanda Catherine étonnée. S'est-elle perdue ?

– En quelque sorte..., dit Comorès dont les yeux torves

lorgnèrent en direction de Blues qui accourait. En quelque sorte...

Et il se mit à rêvasser, l'aide sanguinaire. Il se penchait de côté pour mieux la regarder. Quelle beauté ! Cette fille était la quintessence de toutes les harmonies corporelles. Ses yeux réverbérèrent son émotion et il s'imagina l'allongeant sur le sol... le froid du marbre sur leurs peaux... Son sexe se gonfla. En sa compagnie, il serait capable de prouesses fantastiques. Elle n'avait qu'un mot à dire, un geste à faire.

Mais la déesse semblait avoir d'autres préoccupations que de lui papillonner les sens. Ne lui avait-elle pas d'ailleurs posé un lapin gros comme trois crapauds au Central Hôtel ? Il l'avait attendue en vain.

– Avez-vous rempli votre mission auprès des autres fermiers ? demanda-t-il à Thomas, juste pour rester un peu là et jouir de la présence de Blues.

– Quelle mission ?

– Celle de convaincre vos compatriotes de rentrer chez eux, tranquillement. Vous savez, la bonté extrême du Président a ses limites et...

– Là, là, dit Thomas. Je vous arrête tout de suite, colonel. Je ne suis pas un employé de la Présidence. Si le Président a des ordres à donner, il n'a qu'à employer ses sbires !

– On se calme, l'interrompit le colonel.

Il passa sa grosse langue saumon sur ses lèvres :

– Je suis là par hasard, mais heureux de revoir Mlle Blues, dit-il. Et si Mlle Blues le veut bien, j'aimerais l'inviter de temps à autre en balade. En tout honneur, tint-il à préciser.

– Monsieur Comorès, dit Thomas heurté, je vous ai déjà demandé de vous tenir loin de mes filles, est-ce clair ?

– Père, dit Blues en faisant trois pas en avant, toute serrée dans sa salopette, je suis assez grande pour décider moi-même de ce que je dois faire. C'est avec joie que j'accepterai vos invitations, monsieur Comorès.

Comorès s'éloigna aussitôt en marmonnant quelque chose, des remerciements peut-être, mais leurs propres rumeurs intérieures les empêchèrent de l'entendre. Nanno laissa tomber ses épaules et s'en alla surveiller le réchauffement de ses conserves : « Tss... tss... », ne cessa-t-elle de siffler. Catherine jeta un regard assassin à sa fille et pivota sur ses jambes. Le corps de Thomas tremblait par saccades.

– T'es pas sérieuse, Blues. Qu'est-ce qu'on va penser de toi, ma chérie ? Cet homme est dangereux...

– T'inquiète pas, papa, dit-elle en embrassant Thomas sur les joues. Je suis grande, maintenant. Il faut que j'apprenne à me défendre.

Parce qu'être femme et blanche sur cette terre était une tare si profonde qu'il lui fallait apprendre à dépasser cette double servitude. Parce que leur vie sur cette terre était devenue si débilitante qu'elle souhaitait affronter les menaces.

Dès lors Comorès vint chercher Blues tous les jours. Une heure sans elle, et il se sentait handicapé. Lui qui s'était toujours méfié des sentiments excessifs se laissait emporter par une passion érotico-mystique. Il lui faisait visiter tout ce que son pays possédait de beau. Il voulait la marquer de souvenirs partagés. Il l'entraînait dans des montagnes où le paysage ensanglanté par le crépuscule leur tordait le cœur. Ils contemplaient depuis des vallées des villages tapis dans l'ondulation des terrains et des bosquets en terrasses. Des hauteurs, on pouvait voir ce que les gens faisaient dès le crépuscule. Pas grand-chose, à vrai dire, après des heures debout à bêcher dans le soleil. Les femmes procédaient à leurs ablutions à grands renforts d'eau, avant de se coucher ; les hommes buvaient de l'alcool de maïs tout en fumant leurs pipes sous les vérandas. Les adolescents s'ennuyaient tant qu'ils en devenaient susceptibles, ils se regroupaient par petits tas pour se demander quel était leur avenir. C'étaient des spécimens si dangereux que le Président élu démocratiquement à vie ordonnait leur élimination, tels des poux ou des puces. Les militaires en écrasaient, slach, et leurs boyaux pourrissaient au soleil.

Blues n'était pas seulement une femme que Comorès aimait, c'était une moitié égarée de lui-même et qu'il retrouvait. Devant la magnificence d'un troupeau de zèbres galopant dans la savane, il se contentait de la prendre dans ses bras. Il s'était juré de ne pas la toucher, jusqu'à ce qu'elle se livre d'elle-même.

Quand il n'avait pas le choix, il l'entraînait jusque dans ses expéditions punitives. On sortait les gens des maisons à coups de crosse. Puis, en file, on les déshabillait et on les obligeait à s'agenouiller, transpirants et grelottants de peur. Sur le moment, Blues restait impuissante ; lorsque ça saignait et ça hurlait, elle ne pouvait que se boucher les oreilles et détourner les yeux. Mais une fois le calme revenu, quand Comorès posait sa tête sur le volant de sa Land-Rover et se payait le luxe d'avoir mauvaise conscience et qu'il se lamentait :

— Pourquoi ces paysans m'obligent-ils à faire ça ? Je suis un homme de paix, moi. Je suis incapable de tuer une mouche. Pourquoi ne restent-ils pas tranquilles, tu peux me le dire ?

— Est-ce vraiment nécessaire toute cette violence ? demandait-elle en essayant de le convaincre et de le convertir à la compassion. Ils ne sont pas dangereux, ces gens.

— Ma pauvre petite chérie, ne te fie pas aux apparences. Ils sont aussi destructeurs pour le pays qu'une colonie de pangolins dans un champ de maïs. Ils sont là à se plaindre des prix des matières premières. Ils disent que le gouvernement les escroque. Qui leur a donné l'égalité et les libertés fondamentales ? C'est bien Son Excellence pourtant. Sans lui, ils seraient encore à travailler pour les Blancs, comme esclaves.

— Je suis une Blanche, remarquait Blues.

— Oui. Mais t'es pas comme les autres.

L'air de s'en foutre, elle l'interrogeait sur les programmes du gouvernement, dans l'idée de recueillir des informations qui pourraient l'aider à organiser une résistance. Elle avait le sentiment d'appartenir à une armée invisible. Et dans ses délires les plus fous, elle se voyait caracolant à la tête de son bataillon déchaîné, armée jusqu'aux cheveux, pour aller débusquer le Président élu démocratiquement à vie et l'étriper en toute conscience. Et on la féliciterait. On l'idolâtrerait. On la décorerait pour bravoure.

Bien sûr qu'elle n'avait pas oublié Franck, mais elle y parvenait presque, grâce à sa nouvelle activité d'espionne.

Quel serait le sens de sa vie si elle choisissait comme centre de gravité l'amour ? Dans ses nuits solitaires, lorsque l'absence de Franck la faisait souffrir, elle se soulageait en se le représentant comme de ces hommes qui vous attirent pour mieux vous soumettre ; de ceux qui n'aiment pas, mais détruisent ceux qui les aiment. Cette constatation l'endurcissait et lui permettait de se jeter dans le projet pseudo-révolutionnaire qui germait derrière son front d'adolescente.

Cette nuit-là, Blues revenait de ses tribulations en compagnie de Comorès, lorsqu'elle entendit la voix d'Anne-Agathe qui haranguait sa mère. Elle avait eu trop d'émotions dans la journée pour s'empêtrer dans ces sornettes : trois hommes étaient morts par balle sous ses yeux et le sang qu'elle avait vu couler de leurs blessures, tout ce rouge tonitruant de malheur, la poussait à l'inertie. Elle s'arrêta sous la véranda et écouta la diatribe déferler.

– Faut envoyer les enfants en France, Catherine. As-tu pensé à ce qui pourrait leur arriver ?

– C'est à elles de décider, répondit placidement Catherine. Elles sont majeures, maintenant. Je souhaiterais certes qu'elles soient à l'abri de ces horribles événements, en France ou ailleurs. Mais je ne peux les obliger à monter dans un avion.

– Ça, c'est fuir ses responsabilités de mère, dit Anne-Agathe. Si une de tes filles t'annonçait qu'elle allait se suicider, que ferais-tu ? Tu accepterais qu'elle commette cet acte abominable parce qu'elle est majeure ?

– Je tenterais de la persuader du contraire, dit calmement Catherine. Je lui ferais rencontrer des psychologues. Mais je ne pourrais être derrière elle tout le temps pour l'en empêcher.

— En ce qui me concerne, je la mettrais sous surveillance, persifla Anne-Agathe. Parce qu'une fois mère, on l'est pour toute la vie. On porte les enfants et les adultes qu'ils deviennent à bout de bras !

— Je reste ici, intervint Fanny en surgissant de sa chambre. J'en assume les conséquences. Je n'ai d'autre pays que celui-ci.

Refuser d'aller en France ? C'était incompréhensible. Anne-Agathe en avait rêvé toute sa vie. La France, c'était le luxe, la beauté, l'élégance, l'esprit des Lumières qui faisait des trouées parfaites sur l'obscurantisme du monde. Refuser d'aller en France, c'était cracher sur les jolis crêpes de Chine de Chanel, sur la tour Eiffel et jeter aux orties les fantômes de Versailles comme les popelines fleuries d'Ungaro...

— On ne peut pas refuser d'aller en France, s'exclama-t-elle, scandalisée.

— Je n'irai pas en France moi non plus, dit Blues en faisant irruption dans la pièce. Je ne suis pas de celles qui rêvent d'une mère patrie.

— Et qu'est-ce que vous allez rester faire ici ? s'enquit tante Anne-Agathe, d'une voix doucereuse.

— Y vivre, pardi ! s'exclama Blues. Faire du cheval, courir dans la savane, plonger dans une rivière aux eaux cristallines et cuire au soleil.

— Mais, comme toutes les jeunes filles, vous vous marierez, sourit Anne-Agathe. Ici ou en France, je ne vois pas la différence, n'est-ce pas, Catherine ?

Puis, aussi douce qu'une communiante, elle extirpa des oubliettes les cas sociaux de la communauté, des filles au départ bien sous tous rapports, que le hasard faisait tomber recta sur le bangala d'un nègre, si bien qu'elles en oubliaient le chemin de la maison parentale, les pauvres. Elles s'habillaient de pagnes et les flocflocs de leurs bijoux traditionnels leur donnaient l'allure d'un troupeau de négresses en chaleur.

— Mes filles ne sont pas comme ça, protesta Catherine.

— À ce que tu crois, dit Anne-Agathe. Mais, ma pauvre Catherine, lorsqu'on accouche d'un enfant, on s'aperçoit que le premier mot qu'il prononce n'est pas de soi.

Anne-Agathe fit encore sautiller d'autres phrases en sentences définitives, puis interpella Jean-Claude, affalé dans son fauteuil comme une grosse nouille. Et elle quitta la pièce dans un toc-toc de talons aiguilles.

Chez les Cornu, chacun poussa un soupir de soulagement.

16

Ernest Picadilli était sorti de sa peau d'étudiant et avait intégré celle du monsieur de Madame Rosa Gottenberg avec une facilité déconcertante. Il ne déclinait plus que très légèrement les problèmes de la corruption ; il ne réclamait plus que du bout des lèvres une solution finale pour les escrocs, les magouilleurs et les racistes. En dix mille mots, son idéal hésitait.

Il s'était mis d'abord à remplacer le chauffeur de Rosa. Il accompagnait Madame chez l'esthéticienne. Il lui tenait la main pendant que le coiffeur lui bigoudait les cheveux. Ensemble, ils écumaient les quatre magasins chics de Harare et il s'extasiait devant les corsets roses à balconnets orange, les ridicules chapeaux à plumes d'oiseaux : « T'es magnifique, chérie », disait-il en s'écartant pour mieux l'admirer. Et Rosa se pâmait de ces sottes flatteries.

Un jour, alors qu'ils jouaient des coudes dans la foule pour se frayer un chemin, ils virent venant en sens inverse la silhouette d'un play-boy vieillissant.

– Erwin ! s'exclama Rosa en prenant la pose.

Elle renforça sa cambrure, battit vitement ses paupières :

– Que je suis heureuse de te voir, dit-elle d'une voix détachée, pour lui signifier qu'elle vivait sur une montgolfière.

Les cheveux d'Erwin luisaient dans le soleil comme des feuilles mortes. Des taches de vieillesse parsemaient ses mains et son cou boucané. Son costume beige était froissé et taché par endroits. Les yeux de Rosa passèrent rapidement de l'ex au nouvel amant et un sourire éclaira son visage : « Je l'ai échappé belle », frissonna-t-elle en posant sa tête sur les épaules de son jeune étalon.

Erwin n'aimait pas Rosa, mais elle était sa chose. Il l'avait possédée comme un meuble, à disposition. Il tint à le faire comprendre à cette larve des ruisseaux avec laquelle elle s'affichait par quelques questions fâcheuses.

– Vous trouvez ça bien, vous, que des Blancs demandent la charité aux Noirs ? interrogea-t-il en désignant les pauvres Blancs qui, à la sortie des magasins, mendiaient leur pitance auprès des riches Noirs.

Ernest s'en fichait. Ce n'était pas son problème. Il avait d'autres soucis. Il avait chaud, les bruits des pneumatiques lorsqu'ils décollaient du pavé l'agaçaient.

– Je ne me suis pas encore penché sur le problème, monsieur Ellioth, dit-il, vaseux.

– Ces Noirs savent que c'est pas naturel de donner de l'argent à un Blanc. Pourtant, ils le font. D'après vous, pourquoi ?

– Parce qu'ils ont découvert que nous étions comme eux, dit l'ex-étudiant en fronçant ses épais sourcils dans un effort de concentration. Autrefois, ils étaient fornicateurs et corrompus. Aujourd'hui, nous le sommes tout autant.

276

– Oui, mais il y a une chose qu'ils ne savent pas, dit Erwin.

– Quoi ?

– Que je ne suis pas obligé de traiter les pauvres comme s'il s'agissait de riches et les Noirs comme s'ils étaient devenus des Blancs, vous pigez ?

– Pas totalement, dit Ernest.

– C'est normal, dit-il. C'est tout à fait dans les normes, vu votre situation, ajouta-t-il pervers.

Puis, il se fondit dans la foule sans un bonjour-bonsoir.

Ernest hocha la tête :

– Qu'est-ce qu'il a voulu dire ?

Rosa haussa ses épaules dodues :

– J'en sais rien mais, de toute façon, c'est pas important. Ce qui compte, c'est notre amour.

Alors, il fit sa putain habituelle. Il la diligenta dans ses bureaux, un complexe situé dans un immeuble aux façades jaunes. Comme d'habitude, il portait ses attachés-cases, expédiait des bonjours cordiaux aux membres du personnel puis, en retrait, écoutait les conversations de Rosa et de ses clients. Tout y regorgeait d'argent, d'intérêts fonciers, de chèques hérissés de signes rouges où défilaient des rangées de zéros. Il en avait le vertige, Ernest. Il en somnolait, la tête appuyée contre un mur. Mais, des mots comme intéressements, agios et connaissements s'insinuaient à travers les fragments moins obtus de son cerveau. Un jour alors qu'il sommeillait, il se réveilla en sursaut.

– Il y en a marre !

Il arracha le combiné téléphonique des mains de Rosa et se mêla de sa querelle financière :

– Vous faites comme le souhaite Mme Rosa Gottenberg ou je vous casse la gueule..., gronda-t-il.

Il raccrocha brutalement. Rosa le regarda et de la réprobation flotta dans l'air.

– Mais tu te rends compte de ce que tu viens de faire ? demanda Rosa en colère. Tu viens de me faire perdre mon plus gros client !

– Et alors ? demanda Ernest. T'en trouveras d'autres, des clients.

Elle s'apprêtait à l'envoyer cueillir des avocats verts, lorsque le téléphone retentit de nouveau. Elle décrocha. C'était le client qui s'excusait et acceptait les termes du contrat. Des mots comme formidable ou fabuleux, si prompts à franchir les lèvres des affairistes, cliquetèrent dans la pièce. Et Ernest n'échappa pas à cette avalanche de superlatifs lorsqu'elle raccrocha.

– C'est grâce à toi, dit-elle à Ernest en sautant à son cou. Félicitations, mon amour.

Dès lors, il devint l'homme d'affaires de Rosa. Il négociait certains contrats. Il fit en quelques semaines tant de mauvais placements que c'en devenait de la rigolade. Mais ce n'était pas grave, disait-on. On savait que, chez les Gottenberg, les hommes mouraient jeunes, que c'étaient leurs épouses qui menaient la barque. Il crèverait bien vite, le pauvre Picadilli, et Rosa aurait tout le temps nécessaire pour faire refleurir ses affaires.

Picadilli était loin de ces raisonnements, et même s'il en avait eu vent, il s'en serait foutu. Il se refaisait une santé sociale et financière. Même ses opinions politiques s'effritaient au contact des dollars et des cac 40. Il voyait bien de grandes flammes s'élever à travers la vallée, mais il avait l'impression qu'il n'y pouvait rien, que l'Afrique s'en allait conter fleurette au diable. Il allait prendre l'air au Central Hôtel. Dans cette ville bruyante, piégée par toutes sortes de personnages venus des quatre coins du monde, cet endroit lui semblait un havre de paix. Des femmes de diplomates y caquetaient et leurs parfums à prix d'or, mélangés à la chaleur, frappaient les cerveaux des hommes. Par-ci, par-là, des Blancs d'Afrique commentaient avec trois semaines de retard des événements qui s'étaient déroulés en Europe : l'usine Maclera fermait ses portes ; les relations entre l'Allemagne et la France étaient au beau fixe et bientôt l'Europe surpasserait les États-Unis ! Et ces gens-là, perdus au milieu de nulle part, se prenaient pour des faiseurs d'opinion, des papes de l'information et leur morgue dégoulinait sur les petites négresses aux culs rebondis qui tapinaient à quelques mètres, prêtes à se plier à toutes leurs exigences.

Au milieu d'eux, Ernest se sentait tout à fait à son aise. Il était lui-même surpris par sa capacité d'intégration. Il poussait sa face pour qu'on le reconnût, on levait le bras, on lui donnait des gages d'amitié éternelle : « Ça va, mon pote ? » Mais il ne comprenait pas pourquoi, lorsqu'il proposait un barbecue chez lui, on échangeait des regards obliques et on déclinait son invitation : « Je ne serai pas là samedi prochain », ou : « Mon fils a la scarlatine, je ne peux pas sortir. » Seules les prostituées se frottaient contre lui et se piquaient de confidences. Toutes avaient des baluchons de problèmes que seul le « gentil mister » pouvait solutionner. Et le « gentil mister » leur payait des tournées.

Et le « gentil mister » leur cadeautait des billets de banque. Elles le remerciaient, très doudounes.

Mais tout s'embrouilla dans son esprit lorsqu'un soir, en quittant le Central Hôtel, il fut attaqué par une bande de Noirs. On le délesta de son portefeuille et il reçut la plus belle raclée de sa vie. Il crut reconnaître parmi ses agresseurs Amanda, une des tapineuses les plus soumises à son égard. Il resta huit jours alité. Le neuvième jour, lorsqu'il émergea, il croisa le désir de revoir Zaguirané. Il s'engouffra à travers les ruelles nauséabondes de ce quartier populaire où les gens entassés les uns sur les autres dans des cases de bric et de broc attendaient encore, pleins d'espoir, le grand baptême de la consommation. Ici, les nouveau-nés exhalaient les senteurs de l'agonie ; assis sous des vérandas délabrées, des adolescents fumaient du chanvre et s'exerçaient au crime parfait ; quant aux adultes, ils traînaient la limace de la misère. Tous se cassèrent le cou pour l'admirer. On n'en revenait pas de le voir si transformé. Un homme qui battait sa femme en demeura le poing en l'air. Des joueurs de dominos claquèrent de la langue. Ernest, un peu inquiet, descendit les dédales en pente en s'efforçant de paraître détaché. Enfin, la maison de Zaguirané apparut, tassée sur elle-même, au fond d'une crevasse.

Il frappa et Zaguirané ouvrit, stupéfait.

– Qu'est-ce que tu fous là, toi ? demanda le résistant. Ta bourge t'a fichu à la porte ?

– Oh, que non !

– Ça se voit, dit Zaguirané en s'effaçant pour le laisser passer. Ça se voit, répéta-t-il, et toute la haine du monde était contenue dans ces mots.

L'intérieur ressemblait à l'extérieur, greffé d'ignobles fauteuils marron déchirés par endroits, de vieux journaux empilés çà et là. Des posters de révolutionnaires s'affrontaient sur les murs de chaux : Che Guevara défiait du sourire l'impassible Lumumba, tandis que Lénine tournait le dos à Castro. Des bouteilles d'alcool jonchaient les meubles et le lino crasseux. Ernest rassembla toute la hargne du révolutionnaire qu'il avait été pour supporter l'horrible odeur qui s'en dégageait. Zaguirané se laissa tomber sur un fauteuil et soupira :

— Alors, beau capitaliste, que puis-je pour toi ? demanda-t-il en ouvrant une bouteille de cognac, qu'il but au goulot.

— Organiser la résistance, dit Ernest sans réfléchir.

Zaguirané crut qu'il avait mal entendu et demeura hébété.

— Oui, reprit Ernest. Tu es l'homme de la situation, le seul capable de changer les choses dans ce pays. Ton peuple a besoin d'un guide pour retrouver sa dignité. Je suis prêt à t'apporter la logistique nécessaire afin que tu puisses atteindre ces objectifs.

— T'a-t-on envoyé pour me sonder ? demanda Zaguirané, sarcastique. Sache, petit, que j'étais déjà un fin politique avant que tu ne fasses ton premier rot !

— Mais qu'est-ce qui t'arrive, Zaguirané ? Je suis ton ami. Je n'ai pas l'intention de te tromper. Ce n'est pas un complot, mais une décision prise par des instances internationales qui en ont assez des malversations du Président élu démocratiquement à vie.

— Vous me faites rire, vous autres Occidentaux, s'esclaffa Zaguirané. D'abord vous choisissez parmi nous les plus

bêtes pour assujettir nos peuples et affermir votre domina-
tion sur le continent. Comme toujours, les bêtes s'avèrent
de nature bestiale. Alors, vous en faites les frais, et vous
revenez vers nous avec vos bonnes intentions pour les renverser. Sache, Ernest, que dans ce domaine j'ai donné. Va
dire à tes patrons que je décline leur offre.

– Réfléchis avant de me donner ta réponse. Tout le
monde en a assez de la violence, de cette corruption qui
mine le pays, des meurtres commis par le tyran en toute
impunité.

Et il retrouva la rhétorique, la psalmodie, l'invective et
la foi pour creuser en lui des fractures, y enfoncer des
germes de rancune, l'allaiter de haine en lui présentant un
tableau de sa propre vie sur lequel se déchiffraient honte
et humiliation : celle d'avoir été insulté, piétiné, jeté en
prison sans procès comme tous ceux qui avaient épousé
son rêve d'instaurer dans le pays un régime démocratique ;
celle de toutes ces années où, banni du régime, il fricotait
avec la misère ; celle d'avoir été plongé dans les abîmes de
l'indifférence et de l'oubli, alors qu'il était convaincu
d'avoir des capacités et des ressources insoupçonnables
pour planter dans ce pays les racines dorées de la prospérité
et de la justice.

C'en était trop. Zaguirané boitilla vers les latrines et
baissa son pantalon. Il le suivit. L'opposant lança un pied
en direction de la porte bringuebalante, en agitant ses bras
du même élan.

– Qu'en dis-tu ? demanda Ernest.

– Je peux chier tranquillement ?

– Oui, bien sûr !

– Que comptes-tu nous apporter ?

– Ce que tu voudras pour mener à bien ta mission.

– Cinquante mille dollars seraient nécessaires pour commencer.

– Va pour cinquante mille.

– Non, cent mille, dit Zaguirané.

– J'essaierai de convaincre mes chefs.

Zaguirané sortit des latrines en tirant sur sa fermeture Éclair.

– Pas de coup fourré, dit-il. Suis-je clair ?

– Rassure-toi, Zaguirané ! Tu ne seras pas un administrateur subalterne d'une quelconque puissance étrangère, mais bien le président légitime d'un pays indépendant.

Zaguirané resta quelques instants sans bouger. Son esprit virevoltait. Il se voyait élevé au faîte de la fortune et des honneurs, de la dignité et de toutes les gloires de la terre. Il se vengerait du Président élu démocratiquement à vie. Il étalerait au soleil sa luxure, son appétit bestial, ses débauches fantasques qui s'étendaient des femmes de ménage, jusqu'à leurs filles, partout où son œil vicieux débusquait une proie. Sa bouche ne cesserait pas de jeter aux oreilles les mille malversations du Président à vie, son régime corrompu, ses frasques financières qui affamaient. Il inscrirait sur les murs les noms des mille et une personnes tuées par son régime sanguinaire afin que pour l'éternité les peuples le maudissent.

– Pour commencer, dit Ernest, il faut que tu cesses de boire.

– Bien sûr ! Je suis votre homme ! Mais, d'abord, l'argent !

283

– Tu peux compter sur moi, dit-il en prenant congé.

Il ne savait où trouver les cinquante mille dollars, mais, au moins, ses amis garderaient une bonne opinion de lui. C'était si simple qu'il s'éloigna en souriant tout seul.

Et lorsque le soir tomba, que les joutes musicales des hiboux croisèrent celles des crapauds, que les mille reptations africaines montèrent des tréfonds de la brousse, Ernest rentra à la maison s'occuper des six mômes braillards de Rosa auxquels s'ajoutait Joss qu'ils avaient récupéré. Il fit le bilan de ses ressources tout en les aidant à faire leurs devoirs. Il songea, tout en les envoyant au lit, que s'il agaçait la belle, il risquait de se retrouver dans la situation précaire du passé, ce qu'il ne souhaitait pas. Il calcula cependant qu'en se tenant à carreau quelque temps, il pourrait économiser sa bourse et le salaire confortable que d'autorité la Rosa financière lui avait octroyé.

Rosa n'en pouvait plus de l'admirer et de l'aimer. Elle n'en revenait pas de le voir prendre une part physique aux souffrances de la veuve et des orphelins. Elle était si éberluée devant tant de noblesse qu'elle n'avait de cesse que de le louanger.

– T'es un si bon père, s'exclama-t-elle le même soir. Est-ce que ça te dirait un bébé, notre bébé à nous ?

Cette proposition le jeta dans un désarroi profond. Il se dégagea de son étreinte, se dandina jusqu'au bar, se servit un scotch qu'il lampa. Elle attendait sa réponse en se rongeant les ongles. Il déposa son verre, son visage exprimant mille souffrances. Quand il dit enfin : « Mais que veux-tu

284

foutre avec un enfant ? Il y a assez de souffrance sur terre, tu ne trouves pas ? », Rosa eut si mal qu'elle happa l'air telle une carpe malienne. Elle souleva ses soieries et se ventila :

— J'espère que tu vas y réfléchir quand même, mon chou.

On voyait à des milles qu'il avait mal à sa conscience. Il agita ses mains devant ses yeux comme s'il chassait un brouillard persistant, puis finit par lâcher :

— Qui sait ? Vraiment, qui peut dire de quoi demain sera fait ?

Cachée derrière la porte, Chiory épiait le couple en s'adonnant à des calculs mirobolants. Au rythme où allaient les affaires de cul de sa patronne, ce n'était plus une case coincée entre deux immeubles délabrés qu'elle s'achèterait, mais un chalet en Suisse, avec des candélabres, des rideaux en peau de léopard, des lits brodés de dragons de Chine et d'autres babioles dont elle ignorait le nom. Elle en transpirait, la bonniche, dans ses fantasmes. Ils en sortaient par tous ses pores ouverts et elle les laissait dégouliner autour d'elle, à se duper toute seule, comme un mauvais commerçant. Puis elle pensa : « Quelle pauvre conne ! » Au fond, Chiory méprisait sa patronne et son mépris était aussi profond que les puits du désert. Mépris parce qu'aucune femme Noire ne mettrait ainsi son âme à nu, à idolâtrer un homme mieux que les dieux. Elle savait, elle, que, dans le pire des cas, il fallait l'aimer un petit peu ; au mieux, ne pas l'aimer du tout, pour que, le jour où ce bangala s'envolerait pour des cuisses plus fermes, on ait encore des sentiments pour terminer son existence.

Cette nuit-là, elle se fournissait à elle-même des histoires à dormir debout, lorsque Rosa la sortit de ses rêveries.

– Mais qu'est-ce que tu fais là, toi ? souffla Rosa, furieuse. Tu nous espionnes ?

La bonniche peigna ses cheveux avec ses doigts en bégayant :

– C'est pour analyser la situation au vu d'éléments nouveaux et connaître à peu près où Monsieur veut entraîner Madame.

– Et alors ? demanda précipitamment Rosa qui grelottait jusqu'aux cheveux. Qu'en penses-tu ? Pourquoi ne veut-il pas d'enfant ?

À la voir, on eût cru que sa vie se concentrait dans la réponse de Chiory. Et la boyesse se sentit la maîtresse absolue de la situation. Elle regardait sa patronne : « Je la tiens », se dit-elle. Elle la fit lanterner. Rosa suppliait : « Réponds-moi, je t'en prie », quémandait : « Dis-moi la vérité, je suis prête à tout entendre. »

Alors Chiory se pencha jusqu'à avoir sa bouche collée contre l'oreille de Madame, puis donna à ses mots toute la puissance dont elle était capable :

– Fascination miroir, lâcha-t-elle.

– Qu'est-ce que c'est ? demanda Rosa en fronçant les sourcils.

– Comme son nom l'indique, dit Chiory, c'est un miroir qu'on accroche dans sa chambre et qui pousse Monsieur à dire oui d'accord oké à toutes les propositions de Madame.

– Ça alors ! s'exclama Rosa. Et combien coûte cette merveille ?

– Cinq cents dollars, Madame.

Rosa s'engouffra dans son bureau, sortit une liasse de billets, virevolta, et ses mains rencontrèrent celles de Chiory qui s'agitèrent de convoitise :

— Tiens, lui dit-elle, et le nez de Chiory palpita. Va, va vite me commander ce miracle.

Au moment où la bonne s'éloignait en fourguant l'argent hâtivement dans son soutien-gorge, elle lui lança :

— Sais-tu que je ne suis pas une imbécile ?

Rosa Gottenberg n'était pas une imbécile et encore moins une naïve. Elle était même devenue cynique à force d'expérimenter la cupidité humaine. Elle ne croyait nullement à l'effet miraculeux des parfums d'amour et autres substances que sa domestique lui vendait, mais à l'impact de la pensée sur les choses. Elle était convaincue qu'en lui extorquant des sous, Chiory était obligée de dégager des énergies positives dont les radiations étaient bénéfiques pour ses affaires. C'est ce qu'elle achetait. Rien d'autre.

« Quelle conne ! » songea Rosa, cette nuit-là, en se pelotonnant dans les bras de son jeune amant plongé dans un sommeil profond. Mais lorsqu'il se réveilla aux aurores, qu'il l'embrassa avec sa nouvelle passion conjugale, elle se dit qu'elle était la plus heureuse des femmes.

— Je t'aime, lui dit-elle.

Il la serra dans ses bras, plus ou moins préoccupé. Il songeait aux cinquante mille dollars qu'il avait promis à Zaguirané. Il lui embrassa les lèvres et les paupières et rumina les coups fourrés qu'il pourrait faire pour acquérir l'argent nécessaire à une belle rébellion tropicale. Il s'apprêtait à lui chuchoter quelques salaces doudouderies, mais à cet instant, au milieu des vagues qui les dodelinaient, on frappa à la porte.

– Qui est-ce ? demanda Rosa agacée.

– C'est moi, Madame, dit Chiory. Il est arrivé quelque chose de grave, Madame, venez vite !

– Comment cela ? interrogea Ernest.

– Venez, Monsieur, c'est pour vous.

Ernest bondit sur ses pieds et enfila un pyjama vert à rayures blanches. Ses cheveux en bataille planaient au-dessus de son crâne comme un champ en friche. Ses pieds nus avançaient à grands renforts de *tchactchac* sur le carrelage. Le chien de la maison prit peur et se mit à aboyer. Le jour était clair, mais frais. Des pique-mil perchés sur des arbres observaient les feuilles séchées qui se torsadaient comme des pelures d'orange rabougries. Dans les plaines, les pousses de maïs flottaient dans un léger vent. Un domestique faisait des mouvements de boxe dans la cour. Un autre mangeait des beignets huileux, avec tant de plaisir qu'on eût cru qu'il avait un cinéma au palais.

Une négresse était affalée sous la véranda et son air rentré, tel celui d'un chirurgien sortant de la salle d'opération, montrait qu'elle réfléchissait. Elle caressait machinalement son gros ventre. Mais lorsqu'elle vit la tête chiffonnée d'Ernest jaillir par l'entrebâillement de la porte, elle se leva, poussa son ventre en avant et marcha vers lui en lançant ses jambes de part et d'autre comme si elle était sur le point de mettre bas.

– Comment peux-tu me faire ça ? lui demanda-t-elle, outrée. Comment peux-tu me laisser seule en sachant que j'attends notre bébé ?

– On se connaît ? demanda l'ex-étudiant.

– Mais qu'est-ce qui te prend, mon chéri ? Je suis Soraya, ta Soraya. Chez Mama Tricita. Tu te souviens ?

– Je n'ai pas souvenir..., dit-il en tendant le menton en direction de son ventre.

Soraya claqua ses mains :

– Ça alors !

Elle éclata son chagrin d'être lâchement abandonnée. Elle savait que c'était l'occasion d'arracher quelques sous à ce couillon transi d'hésitation. Elle en devenait livide, à force. Elle étala au soleil leurs souvenirs d'alcôve. Elle lui rappela des parties triangulaires, distrayantes et jouissives. Les gens de maison souriaient en écoutant les récits de l'amour patronal dans les fracas du matin.

– Tu la connais ? demanda Rosa en s'encadrant dans son déshabillé rose transparent.

Ernest n'avait aucune certitude. Chez Mama Tricita, il avait été comme au cinéma ou dans un rêve. Les filles, des dizaines de filles, avaient participé à son débraguettage. Elles lui avaient apporté indistinctement le bleu des sens, le jaune de la jouissance et le rouge du fantasme. Il ne se souvenait pas avoir fricoté sans capote, parce qu'il ne tenait pas à attraper de saloperie. Mais si elle le disait...

– Qu'est-ce qui vous fait croire, Mademoiselle, qu'Ernest est bien le père de votre enfant ? demanda Rosa à Soraya, le ton aussi calme qu'un enquêteur.

– Qu'est-ce qui me dit que c'est pas lui ?

– Faudrait dans ce cas faire un test de paternité, dit Rosa Gottenberg.

– Quoi ? demanda Soraya en posant ses mains sur la tête.

Mais dis donc, pour qui la prenait-on ? Qu'est-ce qu'elle croyait, la richarde ? Que les négresses étaient bêtes ? Qu'elles ne connaissaient pas les hommes avec lesquels elles couchaient ? Est-ce que Rosa savait le sacrifice qu'elle consentait pour accoucher de l'enfant de ce ouistiti ? Elle perdait un voyage pour Londres où elle se serait spécialisée dans le blanchiment de la peau et le défrisage des cheveux. À combien évaluait-elle cette perte ?

Soraya parlait avec une grande intensité sentimentale. Elle pleurait, se moquait, menaçait, étouffait et pleurait de plus belle.

– Je vais porter plainte, disait Soraya. Et qui vivra verra.

Cette situation saisit Rosa Gottenberg comme une tourmente. Ses orteils la démangèrent tant ils crevaient de botter le derrière de cette négresse, mais l'époque où c'était possible était révolue. Elle se rongea les ongles : quel idiot avait inventé l'égalité entre les peuples ? Mais une étoile matinale traîna des pieds dans le ciel et Rosa eut une illumination. Elle prit Soraya par le bras, aussi aimable qu'une mère maquerelle. Elle l'entraîna loin des oreilles indiscrètes, derrière un bosquet de rosiers. Et les voilà clopines, clopines, en route pour d'infinis mensonges relationnels. Vas-y que les hommes sont tous des pourritures. Des menteurs ! Des imposteurs ! Des forniqueurs ! Elle lui parla avec mille parades du féminisme, des justes combats à mener ensemble contre ces misogynes. Elle l'enrôla dans des bobards humanistes, afin de la ramener à des prétentions moins fortes.

– Les enfants, dit-elle, appartiennent aux femmes. C'est nous qui les élevons, dans la richesse ou dans la pauvreté. Puis elle acheva sa diatribe sur la solidarité féminine :

– Tu peux compter sur moi, ma chérie. Oublie-le.

– Merci, Madame, dit Soraya.

– Rosa, ma chérie. Appelle-moi Rosa, dit Rosa.

– Oui, Rosa. Je savais que je pouvais compter sur toi.

Soraya s'éloigna en titubant presque de bonheur et Rosa, sans un mot, entraîna l'ex-étudiant dans la cuisine et ferma la porte à clef.

C'était suffisant pour ce jour-là.

17

Tout tournait dans la tête de Fanny. Ses synapses explosaient. Elle avait l'impression d'être en proie à une transcendance qui l'élevait au-dessus de la pauvre condition humaine. Son cœur ne battait plus dans sa poitrine mais sous ses pieds. Sa perception des choses atteignait la perfection. Elle se mit à éprouver de manière aiguë les sensations les plus insignifiantes. Le grésillement du fer à repasser sur les vêtements ou les hurlements d'une plante lorsqu'on la coupait. Elle traversait la forêt aux feuilles bruissantes, l'esprit canalisé vers son ergastule érotique. Il était dangereux par les temps qui courent de se promener la nuit, mais elle ne s'en préoccupait pas. Par trois fois, elle entendit des coups de feu, mais ses nerfs étaient si aiguisés qu'elle n'aurait pas reculé devant une bagarre.

Dans le quartier des domestiques, des gens groupés murmuraient dans l'obscurité. On profitait des ténèbres pour s'adonner à des débauches anonymes. Les jeunes filles se faisaient pincer les fesses et sautillaient comme des geais. « Qu'est-ce t'as ? demandait une voix dans le noir. – Je me suis fait piquer par un moustique », mentaient-elles effrontément. Elles étaient les victimes honteuses d'une société dépravée et s'en accommodaient. Pourtant, dans cet univers de débauche, elles se choquaient de voir Fanny enfiler des perles avec Nicolas. La jeune femme était devenue leurs sept plaies d'Égypte ! leurs Yankees envahisseurs ! « Qu'est-ce qu'elle a à fricoter avec lui, hein ? » Et Nicolas, ce même Nicolas à qui elles n'auraient pas montré le début de leurs cuisses quelques semaines auparavant, devenait l'objet de tous leurs fantasmes. Elles le paraient de magnifiques qualités. Elles le disaient capable de réaliser d'inimaginables prodiges. À leurs yeux, il devenait aussi attirant et aussi mystérieux que la bombe atomique, aussi subjuguant qu'un parapluie bulgare dans les mains d'un espion russe.

— Pourquoi faut-il toujours que les Blancs nous prennent ce qu'il y a de meilleur au monde ? se demandaient-elles.

— Peut-être parce que Dieu a décidé que la vraie vie, avec les inventions telluriques, les étoiles filantes qui électrisent le ciel, nous passera toujours sous le nez, suggérait Chiagara, une paysanne qui avait décidé d'être maîtresse d'école.

Elles se regroupaient au bord de la rivière là-bas, aux confins du village, et soupiraient le reste que leurs cœurs ne disaient pas.

Les garçons suivaient l'évolution de cet amour contre nature avec inquiétude. Ils jouaient aux dominos et présageaient une catastrophe. Ils savaient par ouï-dire que la passion rendait vulnérable. Ils attendaient que Nicolas tourne fou dingue. Ils s'interrogeaient sur sa santé mentale : « Alors ? Vous pensez qu'il va bien ? Qu'il a encore toute sa tête ? » Et comme ils n'avaient aucune réponse à leurs questions, ils chantonnaient : « Pour aimer une femme blanche, il faut être un Black de France. En plus, il faut se raser le crâne, porter d'incroyables imperméables beiges, dealer du haschich, se geler dans le métro. » Puis ils éclataient de rire.

Fanny était à l'aise dans cette atmosphère, loin des angoisses existentielles qui minaient sa famille et la communauté blanche. Elle s'enfonçait dans un temps où l'homme ne se posait pas de questions sur l'évolution de la médecine, la conquête de Mars ou sur les remèdes contre la mort : « Je t'aime, Nicolas », murmurait-elle.

Nicolas l'attendait devant son cabanon enfoui entre les arbres. Rien qu'à sa façon de se tenir, on voyait que le métis était en volupté. Son désir sexuel le tourmentait sans répit. Il en voyait des pimprenelles à fleurs pourpres, et parfois, en plein milieu de ses discours politiques, il perdait le fil de ses idées. Il restait quelques instants, la bouche ouverte tel un amnésique. La beauté de Fanny l'écrasait. « Qu'est-ce qu'elle peut bien me trouver ? » se demandait-il. Le seul moment où il se sentait en diapason, c'est lorsque, après l'avoir prise deux ou trois fois, elle s'endormait, ses cuisses écartées et ses cheveux en bataille. Il se sentait alors capable de la kidnapper et de l'emmener vivre sur une île.

Dès qu'il la voyait, il la serrait dans ses bras. Il n'en croyait pas sa chance. L'amour était bien là, engoncé dans un jean trop serré aux fesses et qui lui faisait des jambes de sirène.

La maison de Nicolas était faite de planches gondolées par l'humidité. On avait bouché les fentes avec de la tôle ondulée, pour rendre la pièce étanche. Trois étagères disposées en quinconce contenaient une radiocassette, une télévision, une stéréo et des annonces classées. Sur les murs, des posters de stars portées au pinacle tutoyaient Jésus. Un matelas était jeté à même le sol et, tout à côté, un ventilateur délabré ronronnait. Au milieu de leur nuit agitée, ils allumaient la télévision et s'écroulaient dans les draps moisis. Tandis que les visages changeaient sur l'écran et que les journalistes disaient n'importe quoi, ils taquinaient les étoiles sans précaution. Ils oubliaient que ces cachins-cachas étaient aussi faits pour procréer.

Puis, serrés l'un contre l'autre, avec la sueur qui les empêchait d'adhérer définitivement l'un à l'autre, ils écoutaient des chichis audiovisuels qui leur brouillaient l'esprit.

— Tu veux que je te dise quelque chose ? lui demanda-t-il ce soir-là en l'embrassant à la naissance des seins. J'ai passé mon temps à m'adapter à votre environnement pour marquer des points dans mes relations sociétales. Mais maintenant que...

— Mon amour..., soupira Fanny.

Elle se souleva sur un coude et fit flotter sur son visage sa pâleur.

— Ma réponse est oui ! ajouta-t-elle, exaltée.

— Mais je n'ai pas posé de question.

— Je lis dans tes pensées, mon chéri.

— Très bien... Dès que la révolution sera terminée, que j'aurai ma part de terre, on agrandira cette maison, on y construira une terrasse. Le matin, on écoutera les oiseaux gazouiller dans les arbres. Est-ce que ce projet t'agrée, mon amour ?

— Je n'ai jamais rien entendu d'aussi mignon, s'exclama

Fanny. Tu es si intelligent. Oh, si on savait combien tu es intelligent.

– Tu es la première personne à me dire que je suis intelligent.

– Parce que les gens sont aveugles, chéri, dit Fanny. Que peut-on attendre d'un univers où Dieu ne peut ni opérer ni guérir ? Rien du tout.

– Tu as peut-être raison.

– Et comment que j'ai raison !

Dans l'excitation de son discours, elle se mit à arpenter la pièce toute nue, ses mains croisées dans son dos. Son ombre s'agrandissait et se rétrécissait comme les vérités qu'elle cherchait à proférer.

– Notre couple donnera l'exemple d'un monde parfait, sans haine, sans race, sans autre idéologie que l'amour, dit-elle. Nous romprons le cycle de violence entre les peuples. Nous obligerons la vie et la mort à faire alliance, pour en tirer un avantage commun.

Soudain, Fanny se pétrifia comme si la source de sa vie se tarissait. Elle loucha vers sa montre et frissonna.

– Qu'est-ce qu'il y a ? demanda Nicolas en allant lui prendre la main.

– Il est plus de minuit, dit-elle d'une voix faible. J'espère que personne ne s'est aperçu de mon absence. Il faut que je rentre.

Avec lui à ses côtés, Fanny se sentit nerveuse. Elle éprouva quelques difficultés à retrouver ses vêtements.

– Peut-être faudrait-il que je parle à ton père..., dit le garçon d'écurie, l'esprit ailleurs.

– Pour quoi faire ? demanda-t-elle en frissonnant.

– Pour avoir l'autorisation de t'épouser, fit-il.

– Est-ce nécessaire ?

– Oui, rétorqua-t-il, parce qu'il souffrait de cet amour à la fois agressif et irrésistible.

– Je t'aime et cela suffit, dit Fanny.

– Pourquoi m'aimes-tu ? Sais-tu pourquoi ?

– C'est naturel, c'est tout.

– Pas tant que ça, ma chérie, protesta Nicolas. Réfléchissons ensemble : tu as aimé Caroline parce que c'était une femme et qu'après tout tu ne risquais pas grand-chose. Et tu m'aimes parce que, même si je suis un homme, il y a deux choses chez moi qui ne vont pas : je suis métis et je suis pauvre.

Les traits de Fanny se crispèrent et des pépites de larmes froissèrent ses paupières. Elle se mit à sangloter comme seules savent le faire les femmes, parce que c'est sans doute l'une d'elles qui a inventé la pluie, les fleuves et les mers. Nicolas la serra dans ses bras.

– Calme-toi, chérie.

Ce débordement de souffrance le rassurait :

– Je t'aime, mon amour. Calme-toi chérie. Pardon... Pardon...

– Comment as-tu pu penser une chose pareille de moi ? s'offusqua-t-elle.

Elle échappa à son étreinte et, au milieu d'un beau délire amoureux, fit quelques pas en direction de la sortie. Il la suivit, la prit tendrement par les épaules. Puis il tenta de la sortir des abîmes de son chagrin. Et lorsqu'il vit des couleurs revenir sur ses joues, il gémit encore, à moitié désolé :

– Pardonne-moi, mon amour...

Elle lui pardonnait. « Dans la vie, la source du bonheur est la même que celle du malheur », se dit-elle. Elle lui pardonnait, mais qu'elle ne le reprenne pas à douter d'elle.

– Allons... Je te raccompagne, chérie.

– Non, dit-elle. Je peux me débrouiller seule... À demain.

Elle s'éloigna dans la nuit qui allait en s'éclaircissant entre les reptations tropicales et les vociférations délirantes des bêtes sauvages. Mais là, au bord du village, à l'endroit où la rivière fait une courbe avant de se perdre dans les feuillages, une voix l'interpella :

– Hé toi, là-bas !

Fanny se retourna et ses yeux s'écarquillèrent dans l'obscurité. Elle tenta une retraite mais, par petits sauts légers, six filles empagnées s'approchèrent.

– On t'a pas appris ce qu'on appelait périmètre carré dans des écoles pour Blancs ? lui demanda Chiagara, méprisante.

– Pardon ?

– Je parle de délimitation de territoire, dit Chiagara. Côté fois quatre, tu connais ?

– Pardon ?

– T'aimais pas l'arithmétique quand t'étais à l'école ? redemanda Chiagara haineuse.

– Pas particulièrement, fit Fanny.

– Arrête de faire tes manières, vu ? l'attaqua frontalement Sei. Tu sais très bien ce qu'elle veut dire. Qu'est-ce que tu crois ? Que t'es meilleure que nous ? Que ton cul pue autre chose que la femelle ?

À ces mots, les filles pouffèrent. Elles retroussèrent leurs pagnes sur leurs cuisses. Fanny lorgna à gauche, à droite, puis se mit à reculer. Mais avant qu'elle ne réalise tout à fait la couleur de la catastrophe qui lui tombait dessus, ces abruties se jetèrent sur elle. Elles la frappèrent, boum ! parce qu'elle était Blanche. Boum-boum, parce qu'elle leur avait arraché Nicolas. Boum-boum-boum, parce qu'elle avait désacralisé les rapports tels qu'ils étaient établis depuis la nuit des temps. Boum-boum-boum-boum, parce que finalement elles avaient trop de frustrations et qu'il fallait bien trouver un exutoire. Fanny tentait de se protéger des coups en recouvrant sa tête de ses mains. Elles voulaient qu'elle pleure et gémisse sous leurs pieds et leurs poings. Qu'elle renonce à son assurance, à ses privilèges et à son immoralité.

Fanny supporta sans ciller la bastonnade et les insultes. Elles la frappèrent jusqu'à ce qu'elle les dégoûte :

– C'est qu'une infecte limace, dirent-elles. Elle ne sait même pas se battre.

Elles lui crachèrent dessus et s'éclipsèrent dans l'obscurité.

Fanny se leva péniblement. Elle était blessée, sans savoir où. Son corps la faisait atrocement souffrir. Du sang dégoulinait de ses vêtements. Elle s'en alla en titubant et en vomissant dans les hautes herbes qui lui arrivaient jusqu'aux genoux. Lorsqu'elle arriva à la Plantation éclairée par la pleine lune, elle s'effondra.

Elle dormit dans un abrutissement chimérique et cela dura deux jours. C'était du sommeil par à-coups. Lorsqu'elle prenait conscience, Catherine assise à ses côtés lui épongeait le front : « Ma chérie, ma pauvre chérie, gémis-

sait-elle, qui t'a fait ça ? » Nanno l'enduisait d'onguents :
« Ah, les méchants ! Les sales méchants ! » Thomas n'en
pouvait plus d'imaginer les scénarios probables qui avaient
précédé cette bastonnade. Blues, perfide, prenait la main
de son père et lançait, l'air de rien : « Il faudrait plutôt
qu'elle nous dise ce qu'elle a fait, pour mériter ça. »

Mais Fanny, reprenant connaissance définitivement,
salua les vivants en leur annonçant :

– Je me suis cognée contre un arbre.

On écarquilla les yeux c'est tout ce qu'on pouvait faire,
parce qu'on n'en était plus à une absurdité près. Il fallait
un grand événement pour s'étonner encore.

Le mariage de James et Nancy en était un, grandiose qu'on
décida de vivre avec intensité. Il pérennisait une manière de
vivre. C'était un défi lancé à ceux qui les chassaient. Un coup
de crosse sur les tempes du malheur ! Un barrage contre
l'expropriation ! Ou tout simplement, l'occasion pour certains de se dégourdir les jambes : les clubs de tennis où on
paradait avec ses boys avaient fermé leurs portes.

La veille, ils avaient astiqué leurs chaussures, avaient
lustré eux-mêmes leurs voitures, parce que les domestiques
ne couraient plus les rues. Les femmes vidaient leurs pen-
deries sur les lits. « Mais qu'est-ce que je vais bien pouvoir
mettre ? » Elles mélangeaient les rouges satan et les blancs
polaires, les jaunes cocu et les bleus électriques, décidées à
être un bouquet de joie dans un océan de tristesse.

Dans l'église, le prêtre attendait James pour sceller
l'union. Nancy souriait, épanouie telle une rose blanche

derrière ses voiles de dentelle jaunie, parce que portés depuis des générations par les mariées de sa famille. Mais, au fur et à mesure que les minutes s'égrenaient, son visage se défaisait, si bien qu'au bout d'une heure, on eût cru une crème glacée effondrée dans la chaleur. Et quand Erick Schulleur pénétra seul dans l'église, qu'il murmura quelque chose dans l'oreille du père de la mariée, que ce dernier fit craquer ses phalanges, on crut défaillir.

— Je l'avais bien dit, fit-il à l'intention de Nancy. Ce garçon ne te convenait pas. Absolument pas.

— Que se passe-t-il ? Où est James ? demanda Blues à son voisin, une bringue dont la cravate trop serrée étranglait le cou de poulet.

— Parti, lui rétorqua son voisin.

— Où ?

— *We don't know*, dit une femme en se ventilant. Sans doute est-il parti en Irlande, trouver sur cette terre glaciale l'inspiration qui lui permettra de devenir un grand écrivain.

Mais dans la vie, l'important était que les choses se fassent. On voulait un événement. Les demoiselles d'honneur vêtues d'organdi saumon partageaient cet avis. Elles se mirent à jeter des pétales de roses sur le passage de l'ex-future mariée en larmes, soutenue par son père. On s'en fichait de son chagrin, bien décidés à vivre un petit bonheur. Betsy MacCarther s'avança sur le parvis de l'église et dit :

— C'est pas grave. On va faire comme si...

— Oui, renchérit Abigaël Ellioth.

Elle s'approcha de Betsy à pas décidés et ajouta :

— Je propose qu'on se retrouve tous chez moi pour fêter...

– Quoi ? demanda une femme en martyrisant les bretelles de sa robe trop serrée. L'annulation d'un mariage ?

– On va fêter le fait d'être encore là, rétorqua Abigaël. Il suffit pour cela de récupérer les plats et les boissons chez les parents de Nancy pour les emporter chez moi.

On acquiesça. On s'engouffra dans les automobiles rutilantes, on se serra sur les sièges. On démarra et les bruits des klaxons écornèrent le jour.

– Je me demande, Seigneur, où tout cela va nous conduire ? interrogea Thomas Cornu au moment de grimper dans sa voiture.

Il se tourna vers ses filles :

– Peut-être que vous autres jeunes pourriez me rassurer là-dessus ? Où va notre raison ? Que va-t-il demeurer de notre bon sens de fermiers ?

– Qu'importe qu'on la perde maintenant ou plus tard ? sourit Fanny. Un homme est un mécanisme. Tôt ou tard, il finit par se déglinguer. Le mieux, c'est de s'amuser en attendant l'instant fatidique.

Dans la propriété des Ellioth, entre les tables dressées pour l'occasion les gens tchintchinèrent, virevoltèrent pour retrouver le lyrisme qui accompagnait les fêtes d'antan, mais c'était difficile. On voulait oublier qu'on dormait d'un œil et qu'on s'éveillait en sursaut, son flingue dans les mains, mais c'était impossible. On chuchotait qu'il y avait eu d'autres morts suspectes de Blancs, des empoisonnements en série, sans préciser ni où ni quand. Et les Noirs guettaient les Blancs par-delà la balustrade, exprimant leur désapprobation avec moult gestes : les vieillards se curaient méthodiquement les narines ; les adultes fronçaient leurs sourcils et expédiaient dans la poussière des jets de crachat ; quant aux jeunes, ils aiguisaient leurs prunelles sur la déprime ambiante.

Abigaël passait de groupe en groupe, encourager l'assemblée : « C'est la fête, mes amis. Amusons-nous. » On dansait à peine, mais on s'empiffrait de gourmandises raffinées. On puisait dans les plats, on mélangeait le salé et le sucré, les sauces épicées et les glaces. Erwin Ellioth réfutait sa peur de vieillir en courtisant une gamine à socquettes, qui en gloussait de plaisir du haut de ses vingt-huit dents. Rosa, dont c'était la première sortie officielle avec Ernest, paradait dans les bras de son amant.

C'est dans cette bizarre ambiance que Blues se trouva à grignoter une côtelette d'agneau, assise dans l'herbe à côté de Betsy MacCarther. Elle savait d'instinct que la vieille dame ne l'appréciait pas et, en prudence, cherchait le moyen de s'en éloigner, lorsque celle-ci emmancha la palabre.

– Ça va, Blues ? lui demanda la vieille dame avec un large sourire. Tu tiens le coup ?

Blues s'inquiéta de ce subit intérêt.

– J'ai pour toi beaucoup d'admiration, continua Betsy en avalant une gorgée de bière. Quand j'étais jeune, j'étais aussi belle, aussi rebelle que toi aujourd'hui. Et des gens comme nous ne sont au mieux de leur forme que face à l'adversité.

– Je ne suis pas sûre de vous ressembler, madame, dit Blues.

Cette impertinence ne découragea pas Betsy. Elle se mit

303

à se raconter comme si ses mots n'étaient destinés qu'à elle seule. Elle avait été la détecteuse des meilleures combinaisons de mariage. Sa technique infaillible, soit dit en passant, consistait à associer les contraires, les ardents avec les apathiques, les introvertis avec les extraverties, les bouillonnants avec les impassibles, veillant aux risques de consanguinité, qui peuvent jouer de vilains tours à la descendance. Ces bonheurs matrimoniaux étaient le résultat d'un dur labeur et lui avaient coûté des nuits d'insomnie à creuser, à fouiller et à disséquer la personnalité des divers membres de la communauté. Mais elle ne regrettait rien, Betsy. Ces alliances nées de son flair de détectrice avaient été une réussite si éclatante qu'on n'avait pas à déplorer un seul cas de divorce, juste quelques infidélités qui finalement ne sont qu'arrangements avec le destin.

— Et l'amour ? objecta Blues. Avez-vous pensé à l'amour ?

Elle ne parlait que d'amour, Betsy. De l'amour de la terre qui liait ces familles, encore plus fort, plus fusionnel, plus passionnel que ces attirances physiques que la jeunesse d'aujourd'hui qualifiait naïvement d'amour. Et si elle parlait de tout ça à Blues, ce n'est pas qu'elle radotait, c'est qu'elle était convaincue que lorsque tout le monde ici aurait abandonné le combat, Blues se battrait encore. Qui sait si elle n'était pas destinée à jouer un jour le même rôle que Betsy dans la communauté ? Elle était au courant de ses traficotages avec Comorès, et elle était sûre qu'on pouvait compter sur elle.

Blues allait répondre quand le souffle lui manqua. À quelques mètres, Franck faisait ton-pied-mon-pied avec une jeune femme d'une beauté à vous ferrer le cœur. Elle se déplaçait avec des fesses qui roulaient telle des boules de pétanque et la cascade blonde de ses cheveux vous bouleversait les tripes. Elle était assez loin, mais l'impact de sa silhouette apparut à Blues comme une force agressive.

– On est tous passés par là, dit Betsy en l'observant. J'ai eu moi aussi un amoureux autrefois. J'ai même fugué par deux fois pour le rejoindre... Ah, quand j'y pense !

– Vous ? demanda Blues, éberluée.

– Je n'ai pas toujours été une vieille dame, ma petite Blues.

– Pourquoi ne l'aviez-vous pas épousé ?

– Il m'a quittée. Je m'étais laissé dicter ma conduite par mon instinct. Comme toi, ma Blues ! La bonne stratégie pour attraper un homme, c'est d'agir comme un homme. Sois le chasseur, expliqua-t-elle. Un bon chasseur ne montre jamais sa peur face à un animal. Tu me suis ?

Blues acquiesça, fit ces gestes dérisoires qui donnent aux femmes l'illusion de quitter leur position mineure : elle passa ses doigts dans ses cheveux, figea un sourire de chanteuse de cabaret sur ses lèvres, et se leva. Elle ignora le bonjour que Franck lui lança et cette impolitesse détendit ses nerfs. Elle s'engouffra dans la maison, se mit à contempler les cornes de zèbre ou les défenses de rhinocéros accrochées sur les murs et qui symbolisaient la belle époque de la colonie. Elle connaissait parfaitement cette habitation. Dans ces couloirs où étaient suspendus les portraits de tous les Ellioth laissés à la merci de l'oubli, Alex et John l'avaient poursuivie ; ils y avaient joué aux Indiens en décapitant des poupées. Quelquefois aussi, assis serrés les uns contre les autres, ils s'imaginaient qu'une calamité détruisait la

Plantation. « Tu viendras vivre avec nous », disaient les garçons, pleins d'espoir. Blues protestait. Elle souhaitait elle aussi une catastrophe, mais chez les Ellioth. « Ça serait mieux si c'est vous qui veniez chez moi », disait-elle.

Soudain des mots d'une violence inouïe vinrent craquer à ses oreilles, et Blues s'arc-bouta.

– Goujat ! Saleté ! Pervers ! Assassin ! Je vais te faire la peau !

Abigaël était hors d'elle. Ses yeux sortaient de leurs orbites.

– Calme-toi, Abigaël, tentait de la supplier Erwin. Tu vas ameuter tout le monde.

– Me faire ça sous mon propre toit, hurlait Abigaël. Salaud ! Fils de chien ! Animal ! Je vais te tuer. Je vais te tuer, sale dépravé. Je vais te faire la peau comme à ta Sonia de merde !

Les convives en abandonnèrent leurs crabes farcis. Ils s'attroupèrent devant l'entrée pour se repaître de la querelle. Le désespoir d'Abigaël était si rance qu'il vous prenait les narines depuis le jardin. Elle venait de surprendre ce dénaturé en train de fricoter avec une demoiselle dans la chambre où sa propre mère était morte. Ce n'était pas une honte, ça, de se comporter ainsi ? Son chagrin jaillissait par bouffées de ses yeux. Elle ressortait les crasseuses combines d'Erwin, ses détournements d'impôts et autres malversations, qu'elle avait toujours couverts. On apprit ainsi qu'il avait assassiné son demi-frère en le laissant se noyer. Que sa capacité à la méchanceté avait poussé au suicide sa belle-mère. Que son père était mort à cause des mille tracasseries qu'il lui faisait. Tout ça pour du fric. Planqué derrière un divan de cuir, transpirant jusque dans ses chaussettes,

Erwin tentait en vain de se justifier et de la calmer. Elle se précipita dans la foule, ses mains saisirent à l'aveuglette les bras d'untetelle, s'y agrippèrent.

– Venez, je vous en prie. Suivez-moi.

Sa demande était si impérieuse que les gens s'engouffrèrent à sa suite, avides de pénétrer dans l'intimité du couple. Abigaël donna un coup de pied dans une porte.

– Regardez ces meubles dans lesquels il me cocufie, dit-elle. C'est la mémoire de ma famille qu'il souille. C'est une façon de m'arracher la peau, vous ne trouvez pas ?

Et son chagrin explosa de plus belle, comme une grenade écrasée. Si bien que Betsy MacCarther la prit dans ses bras, et lui rumina tant de belles paroles que sa colère finit par trébucher. Elle s'assit sur le lit à cocuage, essuya ses larmes et resta hébétée comme si ces ignominies dont elle avait parlé lui avaient ôté la raison.

C'est alors qu'Ernest s'avança, hésitant, se fourrageant les cheveux :

– C'est vrai que vous avez tué Sonia ? demanda-t-il d'une voix atone.

– Mais qu'allez-vous chercher par là, monsieur Picadilli ? lui rétorqua Betsy. Vous n'allez tout de même pas tenir compte des propos d'une femme dans cet état, tout de même.

– Mais elle a dit que...

– Je n'ai rien entendu, moi, dit Betsy.

Puis se tournant vers l'assistance :

– Et vous ?

On jura qu'on n'avait rien entendu de tel. Il y avait eu tant de cancans sordides dans la bouche d'Abigaël qu'ils n'avaient rien retenu de cette extravagante bouillabaisse. Même Franck Enio intervint en assurant qu'Abigaël avait seulement fait une crise de démence passagère. Que cela s'expliquait par les menaces d'expropriation dont ils étaient victimes, qu'il fallait le comprendre.

— Vous croyez vraiment que j'ai mal entendu ou qu'elle n'a dit ça que parce qu'elle est troublée par la situation politique du pays ? demanda Ernest en tracassant sa mémoire.

— Les deux phénomènes sont liés, qu'elle l'ait dit ou pas, fit Franck.

— Dans ce cas, il est peut-être temps de réagir, dit Ernest en songeant brutalement aux cinquante mille dollars qu'il avait promis à Zaguirané. On peut plus rester là les bras croisés.

— Il n'a pas tout à fait tort, intervint Betsy avec soulagement.

Elle inspira, expira et les trompettes de Jéricho sortirent par ses narines :

— On va faire une manifestation.

Un silence de plomb engloutit l'assistance. Puis des pieds s'agitèrent, consentants ou contradicteurs. Rosa Gottenberg tira Ernest par le bras. « Il faut laisser Mme Ellioth se reposer », dit-elle, parce que finalement, assassinat ou pas, manifestation ou pas, ce n'était pas leur problème. Ça ne les regardait pas. Ils en avaient bien assez des cauchemars qu'Ernest faisait toutes les nuits.

Les contradicteurs furent assez d'accord. Il y avait eu trop de turbulences émotionnelles en une seule journée. Il était plus judicieux d'aller s'enfermer chez soi et de regarder les choses de loin, par le petit bout de sa propre misère. Ils ramassèrent leurs cliques et leurs claques.

Ceux qui restèrent étaient résolus à sacrifier leur vie pour reconquérir leur terre. Certains en déliraient. Déjà, Betsy fixait la date. On aurait des pancartes et des banderoles avec des inscriptions qui arracheraient des larmes à un crocodile. On l'accoladait. On s'embrassait parce qu'on allait se défendre vaillamment. Le Président élu démocratiquement à vie ne pourrait que revenir à de bons sentiments.

– Je n'ai pas renoncé à te baiser, souffla Franck Enio qui se rapprocha de Blues à l'instant où on se quittait.

On mit les moteurs en marche et on se sépara aux carrefours avec des « Bon courage ! ».

Cette nuit-là, tante Mathilde resta dormir chez les Cornu. La grosse chaleur du jour était passée, mais la moiteur alourdissait l'air. Fanny, dont c'était l'habitude depuis un certain temps, semblait absente. Elle évitait de participer aux conversations. Elle ne s'engueulait plus avec sa sœur et avait même à son égard de gentilles attentions. On ne s'interrogeait pas sur ce changement de comportement aussi brutal qu'une crise de paludisme. L'ambiance familiale était à la tolérance. Thomas Cornu était si persuadé que ses prières instauraient des ondes d'amour dans la maison qu'il ne tarda pas à grimper dans sa chambre expulser des psaumes. L'instinct féminin poussa Catherine à le suivre pour le soutenir, malgré ses doutes.

– J'ai envie de marcher un peu, dit Blues. Tu viens, ma tante ?

Et tandis que Nanno rangeait, que Fanny faisait semblant de se perdre dans la lecture d'un journal, elles sortirent dans le jardin et entreprirent des va-vient autour de la piscine. Des lucioles clignotaient dans les feuillages et Blues livrait ses angoisses à Mathilde qui se taisait. Puis, elles s'assirent au bord de la piscine, dos à dos au milieu des chants de hiboux et des battements d'ailes de chauves-souris. Mathilde glissa sa main le long du cou de sa nièce et la douceur de cette main lui fit l'impression d'un voile protecteur.

– N'as-tu pas peur, ma tante ? lui demanda Blues.

– Peur ? Mais de quoi, ma chérie ?

– De ce qui va nous arriver. Ils en veulent à nos terres et probablement à nos vies.

– En dehors de mon existence, je ne possède rien, s'esclaffa Mathilde. Je ne fais pas envie et je ne gêne pas. Quant à ma vie...

Elle regarda ses mains tachées de son et déjà déformées par les rhumatismes.

– Je me demande qui en voudrait. Mon avenir est derrière moi.

– Mais tu as eu une vie fabuleuse ! J'ai toujours eu tellement d'admiration pour toi, s'exclama Blues. Cette capacité que tu as à vivre avec l'autre, à ne pas te laisser enfermer dans un mode de vie, à ne pas avoir de préjugés...

– Il n'y a rien d'admirable là-dedans, Blues. Je suis une paresseuse, je le revendique. Il est plus facile de ne pas avoir de préjugés que d'en avoir. On est libre sous tous les rapports, alors que les préjugés alourdissent l'âme et l'esprit. C'est fatigant.

– Puis-je te poser une question indiscrète ?

Mathilde hésita, puis acquiesça.

– Pourquoi n'as-tu jamais voulu vivre avec tes deux garçons, ma tante ?

– Le plus important pour moi, c'était d'assurer leur avenir, dans un contexte difficile pour des métis. En outre, la vie de bohème que j'ai menée n'était pas faite pour l'équilibre. Ils sont aujourd'hui le produit de leur environnement et non le produit de leurs émotions comme moi. J'aimais à être libre, vivre les expériences les plus folles. À vingt ans tout est unique, tu sais ? À cinquante, la répétition des choses les rend lassantes.

– Ils ne te manquent pas ? Quand j'aurai des enfants, j'aimerais les élever moi-même, quoi qu'il m'en coûte !

– Au début, dit-elle avec un voile de tristesse dans les yeux, ils m'en voulaient de les avoir abandonnés. Mais aujourd'hui, ils savent que c'était pour leur bien. Ils ont été ainsi protégés des mesquineries. Ils n'ont aucun complexe. Ils n'éprouvent pas le sentiment d'infériorité du Noir ou celui de la supériorité du Blanc. Tu me comprends ?

Blues hocha la tête. Mathilde continua à disserter sur les hommes, l'égoïsme, l'argent, la politique, ses voyages, ses expériences, passant d'un sujet à l'autre, sans vraiment conclure. À l'écouter, Blues pouvait presque toucher du doigt les chutes de l'Oubangui, traverser à pirogue les eaux endormies de l'Ogoué, aspirer à pleins poumons les parfums guérissants de l'aloe vera, et, par-dessus tout, traverser la grande forêt équatoriale qui, disait-on, avait des arbres si hauts qu'on n'y voyait plus le soleil.

— Je t'ennuie avec mes histoires, Blues ?

— Non ma tante. Mais Franck...

— As-tu des problèmes avec lui ?

— Non, non, dit Blues. Rien ne s'est passé entre nous. Il me désire, ça j'en suis certaine. Mais je me demande ce qu'il faut faire pour qu'il m'aime ou pour que je l'oublie. Il s'est présenté aujourd'hui avec cette fille en sachant que cela me ferait mal. Il sait qu'il a de l'emprise sur moi et utilise ce pouvoir pour me nuire. Que dois-je faire ? demanda Blues, en poussant un profond soupir.

— La réponse, tu l'as en toi, fillette, dit Mathilde. Les expériences ne se transmettent pas comme les préceptes.

— Je suis prête à le suivre, ma tante. À lui donner tout ce qu'il exigera de moi. Mais je sens qu'ensuite il fera semblant de ne pas me reconnaître dans la rue.

— Qu'en sais-tu ?

— Et d'ailleurs, qu'est-ce qui me fait croire que j'en suis amoureuse ? Qu'il ne s'agit pas simplement d'une attirance physique ?

— Allons dormir, ma chérie, dit Mathilde. Tu y réfléchiras demain. Et demain sera un autre jour.

18

Ce n'était pas pour montrer leur pouvoir d'achat aux nègres que les Blancs s'étaient donné rendez-vous à neuf heures précises, devant le Supermarket de Harare. Elle était loin, l'époque où on se croisait dans les rayonnages pour se lancer dans des commérages et des indiscrétions dignes des marchandes de poisson. Bien loin, celle où on déballait de sordides cancans entre les boîtes de sardines à l'huile, avec des mines offusquées. Autrefois, l'existence de ce supermarché avait justifié le respect que les Noirs leur témoignaient en tant que nouvelle classe aristocratique d'un pays fait de bric et de broc. Mais, aujourd'hui, ces fermiers ne s'étaient pas levés en même temps que leurs cochons pour flâner dans le temple de la consommation blanche. D'ailleurs à travers l'énorme baie vitrée, c'étaient maintenant de riches négresses qui faisaient leurs courses, donnaient des ordres à leur cohorte de domestiques, en narguant les Blancs d'un sourire bienheureux.

Betsy allait et venait dans son ensemble rose bonbon :

– Neuf heures, c'est neuf heures ! hurlait-elle de sa petite voix fluette. Mais que font-ils ?

– Calme-toi, chérie, ne cessait de lui répéter son époux. Il n'est que moins le quart !

Et les fermiers arrivaient par poignées. Certains portaient des tee-shirts à l'effigie du Président élu démocratiquement à vie, d'autres agitaient des drapeaux de sa république. Les Noirs pauvres les regardaient inquiets et s'approchaient à pas hésitants. Une jeune négresse style intellectuelle avec des lunettes épaisses et vêtue d'un jean, les apostropha :

– Vous n'avez pas honte, bande de capitalistes ? Comment osez-vous vous montrer au grand jour et vous plaindre parce qu'on vous demande de laisser une partie de vos terres aux affamés ? Quel genre d'êtres humains êtes-vous donc ?

Les Noirs applaudirent, faisant monter la tension. Certains haussèrent le ton, et des larmes jaillirent des yeux des fermiers. Les femmes prirent leurs enfants dans leurs bras et les hommes enlacèrent leurs épouses. Arthur MacCarther sortit son flingue et ses doigts tremblèrent sur la détente.

Mais Blues, Blues qui trouvait dans cette agressivité un dérivatif joyeux à ses angoisses, Blues qui ne supportait pas qu'on lui parle sur ce ton-là, Blues jaillit telle une liane pour affronter l'irascible négresse :

– Dis-moi, ma petite dame, ton jean, tu l'as acheté oui ou non ? demanda Blues.

– Je ne suis pas une voleuse que je sache, fit la négresse.

– Des enfants meurent de froid dans le monde, ma chérie !

– Je ne vois pas la relation.

– C'est parce que tu es égoïste, sinon tu comprendrais aisément qu'ils auraient besoin de ton jean !

– Mon jean ne changera rien à la misère du monde, rétorqua la négresse.

– Nos terres non plus.

La négresse intello-militante fronça les sourcils et cracha :

– T'as pas totalement raison, la White. T'as pas totalement tort, non plus. C'est une guerre entre capitalistes.

Puis se tournant vers la foule, elle s'en prit au gouvernement du Président élu démocratiquement à vie, avec ses fausses promesses, son système corrompu, ses passe-droits, ses terres étatiques vendues aux dignitaires pour le dollar symbolique, créant une panique générale. Les Noirs se mirent à quitter l'attroupement, apeurés. Les fermiers tinrent à affirmer : « Nous ne sommes pas des opposants. »

Un homme en imperméable beige surgit brusquement dans la foule. Ses cheveux laiteux flashèrent dans le soleil. Il sortit un insigne de sa poche, l'agita sous le nez de la négresse intello-militante :

– Police d'État ! Je vous arrête au nom de la sécurité de la Nation.

La militante tenta de fuir mais un autre policier embusqué la ceintura. On la menotta. On la jeta derrière un camion. Blues fit un mouvement dans sa direction. Quelqu'un la saisit par-derrière, plaqua une main sur sa bouche.

– Ça serait du suicide, lui dit Franck à l'oreille. Tu ne peux rien pour elle.

– Toi ici ? Tu n'es qu'un...

– C'est pas le moment, lui rétorqua Franck. Il n'y a pas assez de cordes dans toute l'Afrique pour me pendre, je le sais... Mais est-ce que ton mépris peut faire grève pour quelques secondes ?

– Que vont-ils lui faire ? demanda Blues.

– Dans le pire des cas, ils vont la torturer avant de la jeter en prison et l'y laisser mourir à petit feu. Au mieux, ils la tueront tout de suite.

– Il faut l'aider ! supplia Blues. Cette fille a besoin de nous.

– Toute intervention de notre part ne ferait qu'aggraver son cas. Le président déteste que quelqu'un se mette en travers de son chemin. C'est un ancien guérillero. Il est assez expéditif.

Blues n'oublierait jamais les yeux terrifiés de la fille. Elle avait entendu parler des prisons secrètes où l'on faisait endurer aux prisonniers des sévices physiques à faire fuir le diable d'horreur. Une violente bile monta au creux de son estomac. Franck l'attrapa avant qu'elle ne s'écroule tandis que Thomas se précipitait, inquiet.

– Ça ne va pas, ma chérie ?

– Non, tout va bien, dit Blues. J'ai juste eu un moment de faiblesse.

Puis elle aperçut Ernest Picadilli debout à quelques pas de là, dans un costume noir, avec à ses côtés une Rosa Gottenberg parfumée comme un harem et aussi colorée qu'un paon. Elle se dirigea d'un pas ferme vers l'ex-étudiant et lui demanda :

– Qu'est-ce que tu fous là toi ? Je croyais que t'étais avec les Noirs et que tu défendais leurs intérêts. T'es venu nous espionner ?

– Non, non, souffla Picadilli. Il faut aider l'opposition à renverser ce gouvernement. Voilà pourquoi je suis là.

Il l'entraîna à l'écart, malgré les protestations de Rosa.

Il lui expliqua qu'il avait des contacts avec des gens prêts à étriper le Président élu démocratiquement à vie, qu'il leur fallait juste cinquante mille malheureux dollars pour mettre leur projet à exécution. Il parlait et ses propos avaient la force et l'ampleur des grands rêves. Blues grattait ses mollets en l'écoutant, parce qu'elle se méfiait quelque peu du trop beau. Qu'est-ce qui lui prouvait que ce n'était pas une fricassée de bourbier dans laquelle il voulait la fourvoyer ? Avait-elle entendu parler de Zaguirané, de son héroïsme et de sa bravoure ? lui demanda mystérieusement Ernest. Il n'en dirait pas plus. Elle n'avait qu'à se renseigner.

Rosa Gottenberg qui, depuis la déclaration impromptue de la grossesse de Soraya, était devenue phobiquement rébarbative à toute femme approchant de trop près son Ernest, trouva la conversation un peu longue et s'interposa :

— Tu viens, mon amour ? demanda-t-elle. La manifestation va commencer.

Le cortège s'ébranla à coups de klaxon, créant la psychose chez les Noirs. La tension était telle que les commerçants baissèrent leurs stores. Ce n'était pas le moment de se montrer curieux, de s'attarder sur ses sautes d'humeur à l'encontre de cette communauté blanche, même si on l'épiait, la détestait et la jalousait depuis des siècles.

— Nous sommes de cette terre, ne cessait de crier Betsy au milieu du brouhaha. Ce sont nos ancêtres qui ont fait construire ces rues et ces avenues. On peut tout nous reprocher. Mais c'est depuis l'arrivée des Blancs que les routes et les maisons existent. Nous sommes ici chez nous.

— Dans ce cas, demanda à mi-voix Fanny avec son impertinence habituelle, pourquoi nous dirigeons-nous vers l'ambassade de Grande-Bretagne ?

À l'ambassade britannique, on eut l'impression d'être dans un autre pays, aux frontières insolites. Une certaine solennité s'imposa à tous devant la grille ouvragée et l'énorme drapeau flottant dans le vent. On contrôla leurs identités. On les regarda sous le nez. Puis on leur dit :
– Attendez là !
Assis, un portrait de la Reine derrière lui, l'ambassadeur Erwin Connors pianotait d'un doigt sur son bureau. C'était un vieil homme courtois, libéral, un excellent juriste, connaissant bien le droit international. Des siècles de puritanisme renfrogné lui avaient légué une prestance digne d'éloges. Et ce n'était guère par hasard qu'il aimait l'Afrique : il ne s'y passait rien qui passionnât le monde. On y paressait pendant quelques années en attendant d'être affecté à un autre poste ; on s'y invitait les uns chez les autres pour l'apéritif ; on jouait au bridge avec ses amis ; on s'y adonnait à des parties de chasse qui s'achevaient toujours par des parties de groupe, où de magnifiques métisses consentantes donnaient leurs fesses en un geste d'offrande ou de supplication. Il aimait l'Afrique parce que l'Histoire en majuscules se passait ailleurs.
Or voilà que, depuis quelques mois, ces fermiers blancs troublaient sa quiétude. Son Excellence, comme la plupart des diplomates de la région, méprisait cordialement ces fermiers qu'il qualifiait de colons. Il jalousait leur vie d'aristocrates avec boys et jardiniers sous les cocotiers, alors que

lui, simple fonctionnaire, retrouverait tôt ou tard la grisaille de l'Europe, avec ses soirées à réchauffer les surgelés et ses week-ends à repasser ses chemises à col empesé. Et puis ce bouc sanguinaire de Président élu démocratiquement à vie l'énervait. Il était resté sourd à toutes les lettres de la Couronne lui intimant l'ordre de renoncer à son projet de reforme agraire. Quelle poisse ! Dire que lui, grand représentant de sa majesté la Reine, avait couvert ses malversations électorales croyant qu'il pouvait compter sur sa fidélité ! Enfin, ce qui l'agaçait par-dessus tout, c'est qu'il avait sous-estimé les capacités intellectuelles du Président. Il avait ignoré cette manière subtile qu'avait l'adversaire d'éviter de transporter sur un terrain politique sans issue un débat technique. Il passa une main dans ses cheveux gris. On frappait à son bureau.

— Ah ! Monsieur Nielssen, dit-il en accueillant un jeune homme de haute stature, brun, assez bel homme, la trentaine environ. Asseyez-vous.

Il lui tendit un coffret de bonbons à la menthe que l'autre déclina.

— Quelle est la situation ? demanda l'ambassadeur.

— Grave. Très grave, Votre Excellence. Les manifestants seront ici dans quelques instants.

— Je n'ai aucun moyen d'intervenir dans cette histoire, dit l'ambassadeur. Ce n'est guère parce qu'on les reçoit lors des cérémonies officielles qu'ils deviennent pour autant des citoyens britanniques.

— Puis-je me permettre, Votre Excellence... Leurs ancêtres...

— Là, là, là..., coupa l'ambassadeur. Leurs ancêtres

319

n'étaient que des rebuts de la société ! Des mercenaires ! Des voyous ! Des scélérats qui ont dû fuir notre pays pour échapper à la justice ! Ce n'est guère parce que certains se sont inventé des titres de noblesse que nous devons oublier qu'ils sont des descendants de malfrats.

— Mais ils ont permis à notre pays d'étendre ses colonies.

— À leurs risques et périls, monsieur Nielssen. À leurs risques et périls.

— On les y a aidés !

— Tant que cela ne coûtait rien, bien sûr... Avec la crise, le gouvernement ne peut se permettre d'indemniser les Zimbabwéens. Comprenez-moi, monsieur Nielssen, en tant que commis de l'État, je suis totalement solidaire de mon gouvernement. De toute façon, ces fermiers ne règlent pas leurs impôts à la Couronne, que je sache. Ils n'ont qu'à se débrouiller.

Nielssen était un peu rouge. Il faisait ses premiers pas dans le monde de la diplomatie et en ignorait encore les arcanes. Les jambes croisées, il s'efforçait de garder l'aspect désinvolte qui convient à un gentleman, mais sa voix trahissait son émotion. Il toussota avant de répondre.

— On ne peut de but en blanc leur proposer de quitter ce pays. Cela choquerait le monde entier.

— Écoutez-moi, jeune homme. On ne peut se permettre non plus de se mettre le gouvernement zimbabwéen à dos. Bien sûr, qu'il conviendrait de critiquer sa position à l'égard de ces fermiers. Mais de cela, nos journalistes s'occupent déjà. Sans trop en faire, cela va de soi. Sinon, on risquerait de compromettre nos marchés en Afrique australe. Je vous charge de les recevoir.

– Moi ? Que pourrais-je objectivement leur dire, Votre Excellence ?

L'ambassadeur éclata de rire :

– Objectivement ? Qui vous parle d'objectivité, jeune homme ? En politique, seule la subjectivité permet de faire rêver la populace et de faire carrière. Allez, allez, vous trouverez bien les mots qu'ils voudront entendre.

– Bien, Votre Excellence.

Nielssen prit congé, traversa les couloirs qui le séparaient de son bureau. Son esprit était si chamboulé qu'il semblait flotter au-dessus des nuages. Il se laissa tomber dans son fauteuil, passa ses mains dans ses cheveux bouclés et ferma ses yeux. À Oxford, on lui avait appris la politique, mais aujourd'hui, il fallait la pratiquer. C'était moins reluisant et très surréaliste. Il ramassa un crayon, griffonna quelques mots et resta perplexe. C'était donc cela ? De l'inspiration et quelques mots sur un carnet ? Comme c'était étrange et frustrant !

– Ils vous attendent, monsieur, vint lui dire Mlle Dickens, sa secrétaire.

Très solennel, il descendit les degrés. Ce n'était pas le moment de se rebeller. Il s'était battu pour obtenir ses diplômes, pour avoir cette première affectation en Afrique. Il rêva quelques secondes avec l'optimisme de la jeunesse que tout cela finirait bien par s'arranger. Du haut de l'escalier, il vit les fermiers agglutinés et qui l'attendaient. Il aperçut les cheveux gominés avec raie sur le côté, les chapeaux de paille, les jupes à mi-mollet, les corsages échancrés et les robes fleuries. Son cœur se serra.

– Mesdames et messieurs, entonna-t-il. Son Excellence

321

appelée pour une affaire urgente me prie de vous recevoir à sa place.

– Parce que notre problème n'est pas urgent ? demanda Blues.

Il y eut quelques remous dans l'assistance. Des cris de colère jaillirent çà et là.

– L'illégitimité des réquisitions de vos plantations par le Zimbabwe a été à maintes reprises dénoncée par notre gouvernement qui est prêt à traîner l'affaire devant les tribunaux internationaux, dit Nielssen d'une traite.

– Combien de temps tout cela prendra-t-il, cher monsieur ? interrogea Thomas Cornu. Cinq ans ? Dix ans ? Vingt ans ? Puis-je vous signaler qu'au rythme où vont les choses, dans trois mois, lorsque nous aurons fini de compter ceux parmi nous qui ont été assassinés, ou chassés du pays, ou qui moisissent derrière les barreaux sous des prétextes fallacieux, il n'y aura plus aucun fermier blanc au Zimbabwe ?

– Nous ferons tout ce qui est en notre pouvoir pour faire respecter vos droits, rétorqua Nielssen. Et cela n'est possible qu'en protestant solennellement contre les violations multiples des conventions des droits de l'homme.

– C'est sans doute pour cela, monsieur, dit MacCarther, que le gouvernement britannique n'a pas cru bon d'honorer les accords signés entre le gouvernement zimbabwéen et l'Angleterre prévoyant l'indemnisation des fermiers blancs en cas de réforme agraire ?

– Ce texte, monsieur, fit Nielssen, comporte de nombreuses faiblesses, quant à son application.

– Les textes préoccupent toujours ceux qui ne veulent

pas les respecter, dit MacCarther. Les juristes y introduisent toujours des virgules qui peuvent les rendre inapplicables !

— Ce sont les Zimbabwéens qui..., commença Nielssen.

— On ne vous demande pas de vous justifier, monsieur, l'interrompit Blues. Nous vous demandons de faire que les expulsions abusives dont nous sommes victimes s'arrêtent.

— C'est ce que nous essayons de faire, mademoiselle..., protesta Nielssen.

— D'adopter des mesures répressives à l'encontre du gouvernement zimbabwéen s'il s'évertuait à ne pas respecter nos droits, continua Blues.

— Tout à fait d'accord.

— D'assurer la protection de nos vies et de nos biens.

— Bien sûr, mademoiselle. Sachez que vos intérêts sont les nôtres. Vous pouvez nous faire confiance

— Et si nous avions plus aidé l'opposition de ce pays à se développer, nous n'en serions pas là ! s'exclama Blues.

Ces derniers propos figèrent le jeune diplomate. Il scruta son interlocutrice. Ses yeux remontèrent de ses longues jambes nues, jusqu'au décolleté fleuri de son corsage avant de s'attarder sur la blondeur de ses cheveux. Elle était aussi éblouissante que ces filles qui roulent à bicyclette le long de la Tamise. Il en fut si ému qu'il manqua de mots.

— La Grande-Bretagne ne peut se permettre d'interférer dans les affaires intérieures d'un pays, dit-il simplement, au grand dam de Blues qui battit des pieds.

N'empêche que Nielssen cultiva les bons sentiments en serments solennels et proclamations ostentatoires. Voyant l'assistance captivée par ses mots de marchand de courants d'air, il y ajouta du sucre et saupoudra cette dégoulinade verbale de crème à la chantilly. Puis, lorsqu'il n'eut plus rien à dire, il les reconduisit très au-delà de l'antichambre en se confondant en amabilités et les regarda se congratuler, s'embrasser et se féliciter.

Il regagna son bureau et s'effondra dans son fauteuil en poussant un soupir de soulagement. Il avait glissé sa carte dans la main de Blues. « J'espère qu'elle me téléphonera », dit-il rêveur.

19

Dans le hall du Central Hôtel, de malheureux palmiers avaient été sacrifiés pour remplacer les sapins, inadaptables sous ces latitudes, et de joyeux christmas clignotaient au bout de chéchias rouges. Les fermiers s'y retrouvèrent pour se féliciter de leur démarche. Ils s'efforçaient de ne pas penser à ceux qui, contraints et forcés, avaient déjà quitté leurs terres. Ils essayaient d'oublier les vrais faux assassinats maquillés, les affaires qui périclitaient et leurs lots de familles ruinées. Ils pouvaient encore jouir de ce beau soleil des tropiques et ce jeune diplomate, ils en étaient sûrs, ferait quelque chose.

Au bar, ils commandèrent des bières et entonnèrent avec plusieurs semaines d'avance des « Merry Christmas » et des « Happy new year ». C'était si incongru que les clients de l'hôtel ne purent faire autrement que d'y joindre leurs voix. On se serait cru dans les rues de Londres pendant la Nativité. On en voyait presque des flocons de neige et des guirlandes illuminer les fenêtres de petites maisons. C'était beau, c'était fort, c'était profond.

Presque sans le vouloir, Blues serra la main de Franck.

– Viens avec moi, chuchota Franck à l'oreille de Blues.
Ils sortent à reculons puis se retrouvent au soleil. Blues
le suit comme attirée par une force irrésistible. Elle sait
qu'elle est capable avec lui de traverser les montagnes et
de plonger dans le Zambèze, jusqu'à couler dans les fonds
marins. Elle ne s'aperçoit même pas qu'ils quittent les
beaux quartiers, qu'ils s'enfoncent dans des ruelles nauséabondes bordées de maisonnettes de bois, aux toits de tôle
fixés sur d'énormes parpaings à l'intérieur desquelles des
Chinois vendent tout et n'importe quoi : des saris, des sacs,
des casseroles et objets divers entassés dans les rayonnages.
Sur l'asphalte, des négresses badigeonnées de fonds de teint,
avec faux cils et faux diamants, envoient de la voix tandis
que des hommes papillonnent autour d'elles, attentifs à les
séduire. L'odeur de coriandre, de cumin ou de friture
s'échappe des cuisines. Des marchands ambulants offrent
des poulets braisés, du poisson pimenté ou des ananas en
tranches dont les pointes jaunes, telles des crêtes, dépassent
des paniers d'osier. Rêveuse, Blues n'entend ni ne voit. Elle
reprend conscience lorsqu'elle se retrouve dans un salon
rouge superbement climatisé. Ici, les souffrances de la vie
se brisent sur d'énormes tentures. Les bruits extérieurs sont
étouffés par une moquette rouge où volettent d'étranges
oiseaux. Sur le plafond, des dragons aux langues pendues
et aux yeux exorbités semblent étonnés de voir des hommes
installés sur de gros poufs en cuir, buvant du thé, fumant
en toute quiétude. Des mulâtresses aux corps alourdis de
parfums enivrants veillent au confort physique et physio-
logique de ces messieurs. Déjà elles se précipitent sur
Franck avec leurs voix façonnées pour plaire : « Bienvenue,

monsieur Enio ». Elles les conduisent vers une banquette à l'abri des curiosités. Tout le long, des gens expédient à Franck des signes de tête discrets et cette complicité de vicieux volette de table à table.

La patronne, Mme Kado, une grosse mulâtresse au cou emberlificoté de perles, surgit de derrière une tenture.

– Fallait m'informer de ta venue, mon cher, dit-elle, théâtrale, parce que Franck fait partie de cette clientèle pas très regardante sur la dépense. Je t'aurais réservé une place de choix, mon ami.

Elle fait papillonner ses cils outrageusement maquillés :

– Où l'as-tu dénichée, celle-là ? demande-t-elle en désignant Blues du menton. Je suis prête à...

– Là, là, coupe Franck. Mademoiselle n'est pas sur le marché.

– Toute femme est potentiellement sur le marché, Franck, dit Mme Kado. Il suffit d'avoir la patience d'attendre que...

Elle n'a pas le temps d'achever sa phrase que déjà Franck entraîne Blues.

– C'est dommage pour la petite, lance Mme Kado. Elle ferait une bonne affaire, ajoute-t-elle en s'en retournant à ses occupations, dans le froufrou sensuel de ses pagnes de Hollande.

Blues n'en revient pas de se retrouver fesses calées dans cet univers étrange où Franck est comme un poisson dans l'eau.

– Merci de m'avoir invitée, dit-elle.

– J'en conclus que tu es prête, dit-il en l'embrassant.

Elle se laisse faire, émue par la pression de ses mains. Le

corps tendu à l'extrême, il la soulève par les aisselles, sans cesser de l'embrasser, l'entraîne à sa suite avant de s'effondrer sur elle dans un lit tendu de soie mauve. Leurs vêtements compriment leurs corps si bien qu'ils sont obligés de les ôter à la va-vite. Emportée par les chevaux fous du désir, Blues caresse son compagnon. Jamais elle n'aurait imaginé que muscle d'homme fût si puissant, mais s'arcboute lorsqu'elle touche le phallus dressé.

— Veux-tu arrêter ? demande-t-il, inquiet.

— Fais comme si nous étions mariés, dit-elle dans un souffle. Fais comme si j'étais ta femme. Dépêche-toi de le faire, sinon je vais me dérober.

— Ma jolie et tendre épouse, murmure-t-il. Ma femme !

Il l'embrasse si éperdument qu'ils se fondent en une créature à deux dos. Et dans ce délire physique, leurs problèmes de mortels se dissolvent. L'ambiance très sexuée des lieux, les événements éprouvants de la matinée ont suffisamment fragilisé Blues pour qu'elle recherche le réconfort n'importe où. Quand il n'y a plus rien à explorer, à transgresser, à désacraliser, elle s'endort, épuisée.

Franck s'écarte d'elle légèrement et voit des larmes au bord de ses paupières, puis des taches de sang sur le drap. « Qu'as-tu fait, double cochon ! » se dit-il, pris d'une véritable colère. Les vierges l'effrayent autant que le diable et ses cornes. « Comment ai-je fait pour ne pas m'apercevoir que cette fille... Que vais-je bien pouvoir en faire ? »

Blues gémit dans son sommeil et se blottit contre lui, déclenchant en lui une série d'émotions contradictoires. Ces dernières semaines, les agiotages, boursicotages et autres spéculations faisaient trois petits tours dans son esprit, puis tout s'embrouillait, s'entremêlait tant qu'il abandonnait ses calculs. Blues l'obsédait. Sa chevelure exubérante où le soleil allumait des éclats d'or le hantait ; sa bouche gourmande faisait danser des araignées sous ses yeux ; sa chute de reins créait dans sa cervelle un abcès purulent qui nécessitait une extraction. « T'es quand même pas amoureux, mon petit Franck ? » se demande-t-il. Sa chair est prise de minuscules tressaillements.

Blues s'étire et redescend des cimes infinies du plaisir. C'est ainsi, cela a toujours été ainsi, elle n'y peut rien. On jouit tout son saoul, mais la malheureuse réalité vous rattrape. Elle a fait tout ça et plus rien, seule sa conscience la travaille encore. Elle s'est conduite en esclave soumise, tant pis. Elle prend une profonde inspiration. Elle s'entortille dans une serviette, s'en va prendre un bain purificateur. De là où il est, Franck voit l'eau couler sur le corps de cette magnifique déesse, dont il dira plus tard que la beauté surpasse ses possibilités d'en garder le souvenir. Elle lui parle, mais ses mots lui parviennent comme un bourdonnement indéchiffrable, une musique de fond destinée à bercer ses fantasmes. Il est bien obligé de se lever, de s'approcher.

— Connais-tu un certain Zaguirané, un opposant qui s'est fait exploser la jambe par le Président ? demande Blues

— En quoi t'intéresse-t-il ?

— Je pensais que si on aidait son mouvement, il pourrait peut-être renverser le Président élu démocratiquement à vie.

— C'est dangereux, fait Franck.

– Pourtant, j'ai ouï dire que tu as aidé l'opposition par le passé.

– Nous avons échoué. L'opposition a été totalement écrasée.

– J'ai aussi entendu parler d'un Morganedetoi dans les journaux d'opposition.

– Tout ça, c'est du bla-bla, dit Franck. Le Président élu démocratiquement à vie a ficelé le système. Il va gagner les élections jusqu'à sa mort. C'est ça, la démocratie à l'africaine, petite.

– On peut les aider à renverser le gouvernement, insiste Blues

– Sais-tu combien cela coûterait ? Puis, il faudrait un leader.

– Ça se crée, un leader. M. Zaguirané ferait peut-être l'affaire. Quant à l'argent, il faudrait seulement cinquante mille dollars. On pourrait toujours demander la participation des fermiers.

– Cela ne suffirait pas, dit Franck. Sans compter que, s'ils étaient impliqués, ils ne risqueraient plus seulement de perdre leurs fermes, mais également leurs vies.

– Tu as raison. Je me débrouillerai seule.

– C'est dangereux. Ce pays est gangrené. Partout ce n'est que confusion, veulerie, délation et escroquerie. Des intellectuels de talent, des prêtres et des musiciens se prostituent auprès du pouvoir pour en obtenir quelque faveur. Qu'espères-tu ? Nous sommes dans un pays d'hommes couchés à plat ventre, offrant leurs dos à la botte de la plus ignoble des dictatures. Ils te trahiront à la première occasion.

– Veux-tu dire que Zaguirané n'est pas un véritable opposant ? Il y a pourtant laissé une jambe.

– Zaguirané était jeune à l'époque. Il avait des idées de jeune. Aujourd'hui c'est un homme confronté à la dure réalité de la vie, il ne te sera d'aucun secours. Quant à Morganedetoi, le peuple lui témoigne une confiance limitée parce que le Président fait dire partout qu'il est instrumentalisé par les puissances étrangères.

– Laisse-moi en juger par moi-même, Franck.

– Je te l'interdis !

– Qui es-tu pour m'interdire quoi que ce soit ? demande Blues, en se plantant toute mouillée devant son amant. Est-ce que le fait de m'avoir baisée te donne le droit de régenter ma vie ?

– Quel genre de femme es-tu donc ?

– Je ne sais pas, dit Blues. Mais je sais ce qui nous sépare. Tu es à l'aise malgré ce qui se passe dans ce pays et moi non. J'habite cette terre et toi, partout à la fois.

– À quoi bon te détromper ? dit Franck en s'éloignant vers la fenêtre. Aucun bonheur n'est absolu. Le mien non plus ne saurait l'être. J'ai l'ambition de grappiller des petites joies au jour le jour, mais pas celle grandiose d'entrer dans l'histoire. Je suis généreux mais pas jusqu'à l'extravagance ; compatissant mais pas au point de mettre ma vie en danger. Je ne suis pas égocentrique, mais je me veux du bien.

– Ta philosophie de la vie en vaut une autre, bonsoir.

– Je te raccompagne, dit Franck en se postant à ses côtés.

– Ça va... Je connais mon chemin.

– Les routes sont dangereuses en ce moment...

– Je suis dans mon pays, Franck Enio. Rien de mal ne saurait m'arriver.

À l'extérieur tout est obscur. La nuit africaine bat au rythme des salsas et des rumbas. Des gens se hèlent, rient et s'embrassent. Des moustiques quêtent des globules rouges et de minuscules lampes à pétrole éclairent les marchandises des mamas sur les trottoirs. Des négrillons ayant vu trop de films américains se regroupent pour constituer eux aussi des familles de meurtre. Blues tressaille, d'autant qu'un homme claudique vers elle en sens inverse. Le feutre sur sa tête cache une partie de son visage et son imperméable noir lui donne l'air d'un fantôme. Il chancelle un peu lorsqu'il arrive à son niveau.

– Je m'appelle Zaguirané, dit-il, en glissant un papier dans ses mains. Au plaisir de vous revoir, mademoiselle.

Puis, il disparaît dans la nuit.

Une ambiance d'inquiétude planait dans la maison, et Blues fut accueillie à son entrée par des réprobations. Les fermiers étaient accourus par escouades pour remonter le moral de sa famille. Catherine idéalisait son amour de mère en laissant des larmes dégouliner de ses yeux ; tante Anne-Agathe se raclait la gorge pour ne pas cracher un diable, et John et Alex échangeaient des murmures. Ils songeaient quant à eux que leurs parents avaient commis bien des bêtises et qu'eux, leurs enfants, en payaient les conséquences. Que ces milles tracasseries et angoisses étaient une manière d'expier leurs fautes par héritage. Cet optimisme tragique leur servait de foi mais ne les empêchait pas de triturer les crosses de leurs pistolets. Malgré ce qu'ils croyaient maintenant être leur indignité, ils étaient décidés à vendre chèrement leur peau. Dans ce lotissement de personnages déchus de leur statut, seule tante Mathilde continuait de répéter : « Je vous l'avais dit. Ils ne peuvent pas lui faire de mal. »

– J'ai eu envie de me promener à travers la ville, dit simplement Blues. Veuillez m'en excuser.

– Te promener ? demanda Betsy. Tu aurais dû en parler et quelqu'un t'aurait accompagnée. On ne peut plus faire confiance à ces sauvages.

– Ne les appelez pas ainsi, dit Fanny avec un agacement qui parut à tous excessif. Ce sont des humains comme nous, ils ont droit au respect.

– Ce sont des sauvages, fit Betsy péremptoire. Et je les appelle de leur véritable nom : sauvages.

Fanny haussa les épaules, avant de se précipiter aux vécés, la nausée remontant de ses tripes avec une violence à fracasser un taureau. C'était son innocence qu'elle vomissait, ses rêves mensongers où il lui apparaissait comme une réalité que tout le monde pouvait aimer tout le monde sans distinction.

– Tu aurais pu téléphoner, Blues, fit Catherine. Nous étions si inquiets, t'en rends-tu compte au moins ?

Un silence gêné s'abattit sur l'assistance. Blues regardait Thomas, cherchant sur son visage un soutien. Mais Thomas ne témoignait plus d'intérêt pour les choses quotidiennes. Même la Plantation, qui l'avait passionné pendant des décennies, l'ennuyait. Il laissait le hasard faire son travail. Son désarroi devenait physique et sautait aux yeux comme une évidence. Il maigrissait à vue d'œil. On eût dit une noix de coco cassée dont le jus s'écoulait inexorablement. Il se vidait de sa substance vitale.

— Je m'excuse, papa, dit Blues avec tendresse. Je te promets de ne plus jamais recommencer.

— Quelqu'un t'a-t-il ennuyée, ma chérie ?

— Non, papa, rassure-toi. Et puis, je sais me défendre !

— Tout est bien qui finit bien, dit Betsy. On vous laisse en famille.

— Merci d'être venus, dit Catherine émue en les raccompagnant. Merci de tout cœur.

— Tu n'as pas dîné et tu dois avoir faim, dit Mathilde en se tournant vers Blues.

Elle ignorait, Blues, que les sauteries creusent l'estomac aussi sûrement qu'un marathon. Qu'elles épuisent tant qu'il faut se ressourcer. Elle soupira de plaisir à l'idée de se sustenter. Elle voulut du sucré, du mielleux et d'autres douceurs encore, dans une continuité naturelle des gaudrioles de cet après-midi. Elle opta pour des beignets de bananes. Nanno s'empressa malgré sa fatigue, versa de la farine dans une assiette, s'en tartina le nez tant elle était heureuse d'obéir encore. Mathilde posa sa main sur ses vieilles épaules et un papillon de nuit vint se fracasser les ailes sur l'ampoule blanchâtre accrochée au plafond.

— Va te reposer, Nanno, lui proposa Mathilde. On se débrouillera.

La vieille domestique interpella Double John assis sous la véranda à fumer une pipe : « Prépare-toi. Il faut rentrer », et se dépêcha de s'éclipser parce qu'elle avait perdu tant et tant d'années dans une si grande solitude qu'elle voulait rattraper toutes les jouissances perdues, d'un seul coup.

Tandis que Nanno et Double John échangeaient leurs haleines rances de petit peuple, Blues épluchait les bananes. Mathilde mit une poêle sur le feu, y versa de l'huile.

— N'as-tu rien à m'avouer ? lui demanda-t-elle, espiègle. Quand une jeune fille rentre à une heure si tardive, les joues roses et les yeux brillants, c'est qu'elle était avec un homme.

— J'étais avec Franck Enio, dit Blues sans hésitation.

— Je m'en doutais, répliqua Mathilde. J'espère que tu te protèges, ma chérie. Une grossesse est si vite arrivée !

— J'ai aussi vu Zaguirané, le chef de l'opposition. Il pourrait nous être utile.

— Comment ?

— Mes idées ne sont pas claires pour le moment. Mais ce dont je suis convaincue, c'est qu'il faut se battre pour garder nos terres, de toutes nos forces.

— C'est un combat perdu d'avance, dit Mathilde. Nous ne pouvons pas obliger les ouvriers à procéder aux récoltes, ni contraindre le gouvernement à abandonner les réformes, d'autant qu'elles sont justes, ajouta-t-elle en posant les beignets devant Blues

— Que faire ?

— Même ton père ignore ce qu'il faut faire. Il a l'air perdu et malheureux. J'espère qu'il n'est pas souffrant.

— Et ma sœur ? Comment la trouves-tu ?

– Pâlotte. Pourquoi ? Elle m'a assuré qu'elle était en bonne santé !

Pendant quelques instants, Blues mangea en silence

– Qu'est-ce qui explique qu'une femme vomisse tous les matins ? interrogea Blues.

– Une grossesse. Tu ne veux pas dire que Fanny...

Blues hocha la tête.

– Tes parents le savent-ils ?

– Non... Ils ne semblent plus être de ce monde. Mais tu t'imagines le scandale dans la communauté ? Une fille mère ! C'est pire que d'épouser un nègre ! Père en fera une crise cardiaque '

– T'en a-t-elle parlé ? Qui en est le père ?

– Je n'en sais rien. Ma sœur et moi n'avons jamais vraiment été proches l'une de l'autre...

– Demain, j'aborderai le sujet avec elle.

20

Ernest Picadilli se réveilla ce matin-là les yeux cernés, la bouche pâteuse et son cœur piaffant dans sa poitrine. Il avait beau prendre du Valium, ce cauchemar ne le quittait pas. C'était toujours le même. Le bébé jaillissait des entrailles de sa mère, il entendait les hurlements de Soraya. Puis, une infirmière lui fourguait le nouveau-né dans les bras. Et alors qu'il contemplait son visage froissé, le nourrisson se transformait en chaton et lui griffait les joues.

– Mais c'est pas un enfant, protestait-il. Tenez, reprenez votre chaton.

– Oh, que non, monsieur Picadilli, répondait l'infirmière, l'air féroce. Ce monstre est bien votre fils.

Il ramenait à la maison le chaton qui retrouvait une forme humaine, mais ce nourrisson buvait du vin rouge au goulot.

Au fil du temps, ces cauchemars finissaient par le rendre insomniaque. Rosa ne savait plus à quel saint se vouer pour l'extraire de ces visions, d'autant qu'il en perdait ses capacités érotiques. Ils s'asseyaient dans la cuisine, buvaient des litres de café et fumaient des cigarettes. Ernest ramassait

337

des crayons et du papier. Il dessinait une cité en ruine entourée d'une forêt touffue tandis que Rosa n'en finissait pas de raconter des histoires idiotes sur des fausses alertes à la paternité. Elle en connaissait un rayon sur ces grossesses de négresses et qui menaçaient la tranquillité des gentils Blancs. Cela s'achevait toujours de la même manière : elles disparaissaient de la circulation à la naissance de leurs mômes. Savait-il pourquoi ? Tout simplement parce que ces bébés étaient aussi noirs que du charbon.

— Je suis sûre que c'est ce qui va arriver à ta Soraya, tu paries ?

Mais, ce jour-là, Ernest n'avait pas envie de parier. Cette vie pépère commençait à le gaver. Il aimait à déambuler dans les bidonvilles, s'asseoir dans le bar de Mama Tricita, boire lentement une Guiness, le cerveau enflammé par le bra-bra des putes. Il alla dans la chambre en se cognant contre les meubles. Il enfila un de ses anciens vêtements, un jean et une chemise beige. Il savait confusément que le temps d'en finir était venu. Quand Rosa le vit ainsi vêtu, elle pressentit l'inéluctable. Son lourd kimono de soie jaune tangua autour de ses chevilles.

— Qu'est-ce que tu fabriques, lui demanda Rosa. Où vas-tu ?

Il leva sur elle un regard furtif.

— Je ne peux plus continuer à vivre comme ça, dit-il.

Il frappa sa tête avec son poing fermé :

— Bon Dieu, tu te rends compte que je ne sais même plus qui je suis ?

— Moi je sais qui tu es, dit Rosa en se suspendant à son cou. Tu es l'homme que j'aime.

– Je ne vais pas continuellement fuir la réalité, Rosa, dit-il en se dégageant de son étreinte. Il faut que je l'affronte.

– Si c'est l'enfant de Soraya qui te pose problème, je m'en suis déjà occupée. Je lui ai donné même le landau dans la remise.

– Il faut que je parte, Rosa. Je n'ai pas le choix.

– On a toujours le choix, mon chou. D'ailleurs qu'est-ce que je vais bien pouvoir expliquer aux enfants ? Ils sont très attachés à toi, tu sais ? Surtout Joss. As-tu pensé à Joss ?

Il n'avait fait que ça, penser à Joss, le fils d'un autre, et de qui ? Cette question l'obnubilait depuis la mort de Sonia. Chaque soir, enfoncé dans le canapé jaune au salon, buvant son cognac l'air de rien, les origines de Joss le tourmentaient. Comment pourrait-il retrouver son père ? Il serait libéré de ce fardeau.

– Et moi qui t'ai tout donné, gémissait Rosa, les lèvres crispées.

Pendant un quart d'heure, Rosa fit le tour de leurs relations, tout en l'embrassant en pleine bouche, afin qu'il se rendît compte de l'étendue de leur passion. Il ne s'en rendit pas compte. Il desserra un à un les doigts de Rosa qui agrippaient sa chemise.

– Écoute, Rosa. Je ne suis pas un objet. Peut-être bien que je ne suis pas supposé être avec toi. Quant à être à toi, rien de plus ridicule.

Rosa se laissa glisser sur le sol et sanglota. Ernest ne supportait pas de quitter une femme en larmes. Il la souleva, la porta au lit, l'embrassa jusqu'à ce qu'elle s'endorme, jusqu'à l'instant où le soleil se leva et où il fut possible de partir.

De petits fermiers quittaient le pays, sans que leur misère émeuve les bonjour-bonsoir. Et ils partaient par groupes de sept ou huit familles. On leur avait interdit d'emporter leurs biens. Leurs voitures bringuebalaient sur ces routes africaines où la vie d'un être humain pouvait basculer dans l'horreur aussi vitement qu'un coucher de soleil. Des paysans agitaient leurs houes, puis baissaient leurs têtes. Ils savaient que ces Blancs emportaient des chapitres d'histoire de cette nation qui se disloquait.

Et Ernest allait son chemin dans un vent chargé de poussière. Ses cheveux bouclés tressautaient sur sa nuque. Sa chemise beige se gonflait tel un voilier. Ses pensées naviguaient sans cesse entre sa pseudo-maîtresse tuée par balle et la vivante. Chacune avait à sa manière gâché sa vie. Sonia avait saccagé sa naïveté en le trompant et Rosa avait sali sa jeunesse avec sa fureur érotique. Rosa lui manquerait, mais il ne pouvait pas lui faire don de sa vie. Quant à Sonia, il trouverait bien le moyen de se débarrasser de son fantôme encombrant.

Ce ne fut pas un hasard s'il se retrouva à la gare routière. Ça trafiquait en tous sens. On hissait des moutons beuglants et des poules ulcérées au sommet de véhicules aux ventres surchargés qui les faisaient pencher dangereusement. Les chauffeurs aboyaient des ordres dans un vacarme assourdissant. Des gens s'interpellaient. Des femmes pleuraient parce que le long des routes, on retrouvait ces mêmes bus, les quatre fers en l'air et les têtes de chèvres coupées. On voyait dans les fossés des voitures cassées en deux ou calcinées. Elles agitaient des mouchoirs, comme le faisaient autrefois des épouses de marins lorsque leurs maris prenaient la mer. Elles avaient conscience qu'elles pouvaient ne pas revoir leurs proches.

Ernest était tendu. Droit devant lui, le soleil tombait comme une énorme pilule cramoisie. Il regarda alentour. Il avait l'impression d'être observé, suivi peut-être, et il en eut froid au dos.

Une énorme mama avec une bassine sur la tête le bouscula et ses avocats s'écroulèrent sur le sol. Elle se baissa pour les ramasser et Ernest se pencha pour l'aider :

– *I'm so sorry!*

– Vous pouvez le regretter, monsieur le Blanc... Vous autres regrettez toujours tout le mal que vous continuez à faire et vous vous attendez à ce qu'on vous pardonne.

Elle le traita de tous les noms d'oiseaux. Certains passants riaient en l'écoutant et d'autres soulevaient des poings vengeurs.

Soudain on entendit des cris et une cavalcade : « Au voleur ! Au voleur ! » Une foule déchaînée se lança à la poursuite d'un garçon débraillé qui venait d'arracher un porte-monnaie. Il allait se faufiler entre de minuscules échoppes lorsqu'on l'attrapa : « Qu'on lui coupe la main ! » cria une voix dans l'assistance, aussitôt reprise en chœur public : « La main ! La main ! » De là où il était, Ernest entendait les supplications du jeune homme et ressentait sa terreur. Il ne vit pas la hache rouillée qui l'amputa, ni le sang gicler par vagues du moignon. Mais jamais il n'oublierait ses hurlements de douleur. Il quitta la gare routière en titubant comme un drogué, indifférent aux klaxons des taxis qui lui proposaient leurs services. Des larmes dégoulinaient de ses yeux. Il se demandait si la vie avait un sens. Il avait envie de retrouver les bras protecteurs de Rosa, de se nicher dans le doux oreiller de ses seins. Pourtant, il ne la supportait plus.

Il marcha jusqu'aux abords des bidonvilles et, lorsqu'il vit les maisons bringuebalantes, il ressentit un grand soulagement. Le soleil donnait. Les oiseaux gazouillaient. Brusquement, il eut l'impression d'avoir fait une simple promenade par un beau dimanche matin.

Il pénétra en titubant chez Mama Tricita et quelque chose de mort se ranima. Des murmures s'élevèrent des profondeurs du bar comme d'un corps unique. D'un jaillissement, Zaguirané franchit l'espace qui le séparait d'Ernest, le serra contre son cœur, son cœur qui rêvait de destituer le Président élu démocratiquement à vie et de se constituer enfin une fortune étatique.

– Félicitations, *brother*! s'exclama Zaguirané en le voyant. Soraya vient de te donner un beau petit garçon.

– C'est pas mon enfant, dit-il. C'est le fils de quelqu'un d'autre.

– Nous sommes tous des fils de quelqu'un d'autre, dit Zaguirané avec philosophie. Qu'importe, finalement ?

Ces mots fouettèrent les consommateurs et déjà on s'avançait. On félicitait le nouveau papa. On tapait sur ses épaules. On bourrait son ventre de coups de poing amicaux : « Faut boire pour fêter ça. » On but du vin de palme jusqu'à ce qu'Ernest n'eût plus que trois pièces de vingt-cinq cents au fond de sa poche. Alors seulement, on le laissa tranquille. Ernest prit place face à Zaguirané au fond du bar. L'euphorie générale avait masqué l'espace de quelques heures ses pensées ténébreuses. Mais l'ex-résistant toujours opposant s'aperçut que son ami était au plus bas.

— Quand nous avions pris les armes contre les premiers colons, c'était pas pour la fantasia, mon ami. Nous voulions un Zimbabwe libre, fier de son identité, de son histoire, de sa langue et de ses traditions. Et que voyons-nous ? Harare aussi pervertie qu'une métropole anglaise. Un peuple sans personnalité et délabré jusque dans les moindres replis de son cerveau. Des dirigeants corrompus et d'une trivialité mortelle. Ah, je te jure devant Dieu que nous allons changer tout ça.

Selon lui, tout était prêt pour désinfecter, éradiquer, brûler afin que des cendres naisse le renouveau. Ils n'attendaient que les cinquante mille dollars pour entrer en action. Est-ce qu'Ernest était sûr de ses commanditaires ? Ernest hocha la tête et laissa sa cigarette se consumer sur ses doigts sans rien ressentir. Zaguirané lui assura personnellement qu'aucun cent n'irait se perdre dans l'achat d'un terrain ou d'une voiture, comme cela avait été le cas jusqu'à présent. Et quand il en eut assez de parler tout seul, il lui demanda enfin :

— Qu'est-ce que t'as, Ernest ? Tu ne vas pas bien ?

— Penses-tu que Sonia rencontrait un autre homme ? demanda-t-il en rougissant comme un puceau.

— Mais qu'est-ce que ça peut faire, qu'elle fréquentait un autre ? C'est une sainte aujourd'hui. Elle est morte pour la cause et nous l'adulons.

– J'en déduis que tu étais au courant, sourit mélancoliquement Ernest. Je suppose que tu sais aussi que c'est la femme du type qui l'a butée.

– Mais qu'est-ce que ça peut foutre, ce qu'elle a fait et qui l'a butée ? L'essentiel c'est que c'est notre emblème aujourd'hui. Notre porte-drapeau ! Notre oriflamme ! Notre étendard révolutionnaire !

– Et la vérité historique ? demanda Ernest sarcastique. Où la mettez-vous ?

– Mais de quelle vérité parles-tu ? lui demanda Zaguirané, furieux. La vérité n'est qu'un arrangement avec l'histoire, mon ami. On la gomme, on la rature, on y ajoute ceci ou cela, jusqu'à ce que l'ensemble soit cohérent et merveilleux.

– Je vais aller dénoncer Mme Ellioth à la police, dit Ernest, en se levant si brusquement que sa chaise partit à la renverse. C'est elle qui l'a tuée parce qu'elle fricotait avec son mari.

– Que vas-tu faire ? Mais tu es fou, mon pauvre ami ! Fou à lier. Si tu le faisais, tu la tuerais de nouveau et salirais définitivement sa mémoire. Tiens, Jeanne d'Arc par exemple, est-ce que tu penses réellement qu'elle était vierge ? Que cette nana vivait au milieu de milliers de bites sans que ça la travaille ? Pourtant tout le monde fait semblant d'y croire. Une nation ne peut pas se bâtir sans héros, sans bravoure et sans gloire. Et comme il y en a pas, on les invente, c'est tout.

Dans le café, les gens avaient cassé leur cou pour suivre la conversation. Ils ne savaient quoi en penser. C'était très haut pour leur compréhension. Ernest lui-même se ron-

geait frénétiquement les ongles. Que veut-il me faire comprendre ? se demandait-il. Que me tromper comme elle l'a
fait était une plaisanterie de l'histoire ? Que jouer avec mes
sentiments n'était qu'une partie de cache-cache historique ?
Que se faire baiser par ce porc d'Erwin, c'était juste pour
pimenter la narration ? Ah ! la belle blague. Il se souvenait
de ces nuits où le sommeil lui faisait faux bond et où il
consacrait son insomnie à penser à elle tandis qu'elle
s'accouplait avec cet imbécile. Il perçut nettement que les
griefs à l'égard de la morte s'étaient tissés et entrelacés dans
son cœur, d'autant plus forts et inextricables qu'il ne se les
était jamais avoués.

– La salope ! dit-il en se levant, ivre de fatigue.

Il tituba jusqu'au bar où Mama Tricita, qui nettoyait
vigoureusement des verres, lui expédia un regard si chargé
de reproches qu'Ernest sentit ses fesses dégouliner. Elle lui
en voulait de les avoir trahies.

– T'aurais pas un coin pour dormir, Mama Tricita ? lui
demanda tout de même Ernest. J'ai si mal à la tête !

– C'est merveilleux chez Mama Tricita quand la baraque
de la bourge brûle, n'est-ce pas ? demanda Mama Tricita.

Elle eut envie de l'envoyer accrocher ses intestins sur un
arbre, mais, avec ses yeux de bonne vache, elle lui indiqua
la petite chambre sans fenêtre située derrière le bar.

Les jours suivants, Rosa Gottenberg n'eut plus goût à
rien. Même Noël ne l'intéressa pas, les autres fermiers non
plus d'ailleurs. La plupart des récoltes avaient été perdues,
faute de bras. On ne décora pas les sapins. On ne but pas

du champagne rose. On ne se défia pas à coups de bijoux et de chiffons de soie. On n'organisa pas de galas à la gloire de Notre-Seigneur Jésus-Christ, dont beaucoup d'ailleurs commençaient à mettre en doute l'existence. Rosa aussi. Elle traînaillait dans la maison, vêtue du même kimono, comme si l'odeur d'Ernest en relique la tenait en équilibre. Elle fumait des cigarettes, jetait un œil à la télévision et lorsqu'un de ses enfants osait franchir le seuil de sa chambre, ses hurlements étaient aussi puissants que l'appel des femelles hyènes à l'époque des amours : « Foutez-moi le camp ! »

Chiory ne savait comment consoler sa Madame. Elle lui préparait des plateaux à faire pâlir d'envie un chef, que Madame dédaignait. Et devant tant de beauté gaspillée, Chiory s'efforçait de trouver des raisons d'espérer :

– Un homme tombe, un autre se lève et, à bien y réfléchir, toute la vie est un enchaînement de montées et de chutes, de fins et de commencements, de morts et de résurrections. Madame trouvera bien un homme digne d'elle.

Mais ce que voulait Rosa, c'était le tourbillon de vents chauds dans son ventre. Où était-il ? Que faisait-il ? Elle s'agenouillait devant Chiory et empoignait ses mains :

– Dis-moi que ce n'est pas mon imagination qui m'a joué des tours, suppliait-elle. Dis-moi que je n'ai pas rêvé, qu'il m'aimait...

Elle avait le sentiment qu'elle allait perdre la raison si Ernest ne revenait pas. La boyesse haussait ses épaules et répétait imperturbable :

– Un homme tombe, un autre se relève...

– Tu es méchante, méchante, lui criait Rosa.

– Je veux juste que Madame sorte de sa dépendance à l'égard de l'homme, disait Chiory. Qu'est-ce que ça peut faire ? Madame en a assez connu comme ça, des hommes.

– Qu'est-ce que ça veut dire ? Que je dois rester chaste jusqu'à la mort ? Autant crever de suite !

– Il y a d'autres plaisirs que ceux procurés par l'homme, Madame, ajoutait mystérieusement la bonniche.

Puis Chiory allait s'affaler sur son lit, aussi solitaire qu'une colline et presque aussi froide, à dire que tout le monde avait quelqu'un sauf elle, qu'on lui refusait tout, même l'amitié d'un lézard.

Le soleil déclinait lorsque Rosa Gottenberg, pénétra dans Patefine. Elle n'y avait plus mis les pieds depuis vingt ans. La propriété reposait dans un immense enchevêtrement de plantes, avec une communauté de créatures sauvages en liberté, comme si le corps de son père s'en revenait les nourrir depuis la racine. C'était cocasse, d'autant que Patrick Moore avait fait preuve d'une inventivité diabolique pour les déraciner et s'enrichir vite fait. Et toutes sortes de bégonias et chèvrefeuilles, de bougainvillées et de frangipaniers grouillaient de fleurs lourdes. Un manguier avait poussé avec virulence à l'endroit même où le tracteur était tombé. Les énormes fruits que personne n'osait toucher exsudaient dans le crépuscule. En contrebas, un nègre en salopette et aux tempes grisonnantes levait ses bras au-dessus de sa tête et se déplaçait lentement comme une danseuse orientale tandis qu'un chien jaune le regardait.

Rosa ne se laissa pas prendre à ses souvenirs. Même la magnifique demeure lui parut irréelle. Elle la regarda comme un endroit qu'elle aurait vu dans un songe et dont elle aurait gardé un vague souvenir. Lorrie qui n'avait plus eu des nouvelles de ses enfants depuis longtemps – pas même une lettre – plissa les yeux en la voyant s'approcher. Elle haleta et faillit perdre l'équilibre :

– Rosa ? demanda-t-elle.

– Ou ce qu'il en reste, très chère mère, dit Rosa en s'écartant pour ne pas l'embrasser. Quant à toi, dit-elle en la détaillant, les années t'embellissent à ce que je vois.

Lorrie s'était bonifiée. Après avoir sombré des mois durant à pleurer sur son passé, elle était sortie de ses noires ruminations. Alors que Rosa s'attendait à voir une vieille bique ratatinée, elle s'était transformée en une femme épanouie, à la blonde chevelure luxuriante, aux seins gonflés, Dieu seul savait sous la poussée de quelle mystérieuse hormone. Qu'est-ce qui a pu la modifier ainsi ? se demanda Rosa. Et comme elle ne trouvait pas de réponse à ses interrogations, elle se précipita dans la maison, sans faire attention aux meubles venus d'Italie, aux faïences de France et autres bricoles dont son père avait surchargé la demeure. Elle prit le long couloir pavé de carreaux de céramique blanche. La chambre de sa mère était entrouverte. Elle resta debout quelques instants devant la porte, puis y donna un coup de pied, cognant la poignée intérieure contre le mur. Elle hésita quelques secondes avant de se résoudre à entrer dans la pièce. Puis elle fit un pas, la paume de sa main pressée contre le battant.

Ce qui se présenta à ses yeux la laissa stupéfaite. Le

couvre-lit en soie rouge, les lampes de chevet rouges et les posters gigantesques des filles du Lido renvoyaient à une sexualité louche. Dans la salle de bain attenante, elle trouva un after-shave pour homme, un rasoir électrique, ainsi que deux brosses à dents. C'est donc ça, se dit-elle.

Et par une étrange métamorphose, la pulpeuse Rosa devint une petite oie qui tremblait sur ses grosses jambes. Elle sortit en se tordant les mains.

— Veux-tu un thé ma chérie ? lui demanda Lorrie, en dépliant un faux pli sur son pantalon bleu ciel.

Elle fit non de la tête.

— J'ai préparé une excellente tarte aux fruits rouges aujourd'hui, dit Lorrie. En veux-tu ?

— C'est donc ça, hein ?

— Je ne comprends pas où tu veux en venir.

— Pourquoi te refusais-tu à papa ?

— Ce sont des questions intimes, Rosa, et comme telles je ne saurais y apporter une réponse.

— Normalement, tu aurais dû avoir une douzaine d'enfants, remarqua Rosa. Or, nous ne sommes que trois. Tu avais peur de tomber enceinte et c'est pour ça que tu ne baisais pas avec lui, n'est-ce pas ? C'est pour ça que cette nuit-là tu as fait semblant de ne pas entendre mes appels au secours, n'est-ce pas, maman ? Tu m'as sacrifiée parce que tu te sentais coupable à son égard, maman. C'est pour ça que tu n'as rien dit.

— Tais-toi, Rosa. Tu ne sais pas ce que tu dis.

— Je sais parfaitement ce que je dis. Tous tes arguments éculés sur la sexualité, « On ne doit pas consommer l'acte sexuel dans un autre but que celui de la procréation », n'étaient que du pipeau. Ça cachait tes angoisses d'être mère pour la quatrième fois. Sinon, comment expliques-tu ta mine actuelle ? Veux-tu me dire que, pareille au raisin, tu t'enrichis de ta propre vitalité et de ta propre sève ? Ça ma pauvre mère, c'est des contes pour enfant.

Soudain, une musique tremblota dans les arbres, s'amenuisa entre les feuillages et devint distincte. Quelqu'un jouait de l'harmonica et Lorrie frissonna comme si cette mélodie aspirait son âme.

– C'est lui, n'est-ce pas ? demanda Rosa en regardant le nègre en salopette bleue qui remontait la pente, suivi du chien jaune. C'est lui, ton remède n'est-ce pas ? C'est vrai qu'avec la ménopause tu ne cours plus de risques.

Lorrie baissa la tête accablée.

– À un de ces jours, très chère mère. Je suis certaine que ce type s'occupe très bien de toi.

– C'est pas de ma faute si personne ne t'aime, ma fille, dit Lorrie. Déjà, petite, t'étais méchante et arrogante.

Ces mots firent mal à Rosa. Elle remonta dans sa voiture, en regrettant amèrement d'être venue, en se demandant ce qui chez elle ne tournait pas rond. Il fallait qu'elle retrouve Ernest. Qu'il lui dise quelles ronces rongeaient son âme, quels fils barbelés empêchaient les hommes de l'aimer.

Lorsqu'elle prit le sentier qui conduisait chez Mama Tricita, la nuit était déjà sur la ville et les voitures hasardaient leurs phares sur les routes traîtresses. Au loin, des sirènes hurlaient derrière des immeubles crasseux. Rosa n'avait pas parcouru la moitié du trajet que les ruelles s'animèrent d'horreur. Des coups de feu retentirent ; des explosions se succédèrent, éclairant d'un coup les bidonvilles. Des gens passèrent en courant, le visage déformé par la terreur, des femmes hallucinées portant dans leurs bras des petits corps disloqués. Les yeux exorbités, Rosa Gottenberg les regardait fuir. « Mon Dieu, que se passe-t-il ? » dit-elle. Elle se fraya un chemin dans la foule et interrogea ceux qui s'échappaient en sens inverse : « Vous connaissez Ernest ? Avez-vous vu Ernest ? » demandait-elle. Les gens la regardaient hagards et s'enfuyaient pour sauver ce qui leur restait de peau. Le vrai pouvoir du Président élu démocratiquement à vie s'exprimait dans toute sa splendeur. Il avait décidé d'instaurer un climat d'insécurité permanente pour se maintenir. Des soldats armés tiraient dans la foule : « Terroristes ! hurlaient-ils. Il faut éliminer les terroristes ! » Soudain une flammèche éclaira violemment la nuit et Rosa vit Ernest qui titubait dans sa direction. Il se déplaçait avec lenteur : « Ernest, appela-t-elle. C'est moi ! » Quelqu'un la bouscula, elle tomba sur les genoux, mais ne sentit pas la douleur. Elle se releva, voulut se rapprocher d'Ernest. Elle allait l'atteindre quand, tout à coup, il tournoya sur lui-même comme dans un film au ralenti, les bras écartés, et s'effondra à plat ventre dans la poussière.

Elle s'arrêta net. Des gens crièrent. Des sirènes se firent entendre.

– Pas ça, Seigneur ! cria Rosa.

Plus tard, les gens dirent qu'Ernest Picadilli s'était enfui en Afrique du Sud avec une belle blonde. Qu'il y vivait dans une magnifique propriété avec moult enfants, entouré d'arbres et d'oiseaux pittoresques. D'autres prétendirent qu'une femme était descendue du ciel, l'avait pris dans ses bras et l'avait monté au paradis. Mais tout ça n'était que des on-dit.

Ce qui est certain, c'est que derrière la propriété des Gottenberg, il y a une tombe presque invisible sous les frondaisons. Dans cette tombe gît Ernest Picadilli, avec, posés sur son cœur, les feuillets d'une thèse inachevée. Si l'on devait chercher un endroit où crever, pourquoi pas en Afrique ?

21

Le Président élu démocratiquement mentait effrontément et, chez lui, le mensonge avait une force rusée qu'il
dirigeait contre n'importe qui, ironique, abondamment
motivé. C'était d'une telle imagination, que cela formait
un cadre pour toutes les interprétations possibles. C'est
ainsi qu'il raconta qu'il avait surpris Morganedetoi, son
principal adversaire, avec des caisses d'argent sur sa tête,
argent provenant du trafic de stupéfiants ! Avec tant de
conviction que Morganedetoi lui-même finit par s'asseoir
pour réfléchir à où et quand cela s'était passé.

Mais, un matin, Son Excellence considéra que ces mensonges n'étaient pas suffisants pour terrasser définitivement
ses adversaires. Il décréta qu'il lui fallait une partenaire
pour l'aider à mieux bâillonner ses ennemis. Il roula dans
l'avenue principale toutes sirènes dehors, vit une robeuse
haut-talonnée qui tapinait sur le trottoir et ses hormones
ne firent qu'un tour.

— Halte ! cria-t-il à son chauffeur.

Et même les oiseaux du ciel stoppèrent leur envol. Il fit

baisser les vitres fumées de sa voiture, tritura sa moustache et demanda à la fille :

– Comment t'appelles-tu ?

– Grâce, répondit la tapineuse de sa voix zézayante dont on disait qu'il suffisait qu'elle lançât un salut à un mec pour qu'il bandât.

– À partir de maintenant, dit Son Excellence à Grâce, tu seras ma Grâce biblique. Je sens déjà ma jeunesse grouiller dans mes jambes, rien qu'à t'entendre.

– Pourquoi moi ? demanda Grâce à Son Excellence.

À cette seconde phrase, le Président élu démocratiquement à vie se sentit capable malgré ses soixante-quinze ans, de peupler à lui seul un pays entier.

– Parce que, dit-il sans hésitation, tu as des ovaires ardents et que tu es âpre au gain.

Et sans lui laisser le temps de réfléchir à ce que cela signifiait, un garde du corps la jeta à travers ses épaules et l'emporta au palais.

L'annonce du mariage du Président élu démocratiquement à vie tétanisa le pays. On respirait en mariage du siècle, on transpirait en bonheur du couple présidentiel et les mots « couple présidentiel » étaient aussi succulents sur les lèvres qu'un gâteau de maïs ou une tarte aux bananes.

Grâce qui, entre deux voyages en Angleterre aux frais présidentiels, trouvait finalement que l'amour était bien meilleur dans de la soie et avec les clefs du coffre-fort à la taille, s'excitait de ce hasard bienheureux qui la propulsait sur les cimes du pouvoir. De temps à autre, elle saisissait la présidentielle main comme pour s'assurer qu'elle ne rêvait pas. Puis, elle jetait aux oreilles poilues de Son Excellence des mots frissonnant de mensonges aussi flamboyants qu'une salsa dans une nuit sans lendemain : « Je t'aimerai toujours, mon Président. »

Quand ces simagrées lui parurent suffisantes, elle adopta les allures présidentielles, figea un sourire de circonstance sur son visage aux pommettes plates. Elle se gratta un peu les chevilles et tenta de détecter dans la foule compacte ses futurs ennemis réels ou fantasmés. Ses narines s'ouvraient comme des ventouses lorsqu'elle en flairait un à encercueiller vivant. C'est ainsi que dans sa pauvre tête d'ex-prostituée-première dame, des majorettes qui aiguilletaient au rythme des fanfares furent classées parmi les dangers à lobotomiser. « Il est capable de leur faire des saloperies », se dit-elle. Et les miss, dans leurs minijupes plissées, ne comprirent pas pourquoi des gardes vinrent les chasser du palais, en pleine explosion de leur talent scénique. Mais il n'y eut pas qu'elles que l'ex-prostituée-première dame eut dans le pif. Quelques dirigeants d'entreprise venus leur souhaiter des joies conjugales furent jetés à la rue, sans explication. Une grappe de militaires scintillants de galons furent aussi expulsés. « Ce sont des comploteurs, mon chéri », lui expliqua-t-elle.

Ces scènes d'épuration n'échappèrent pas à la mère présidentielle. Elle ne savait comment contenir sa joie et, malgré ses rhumatismes perpétuels, elle naviguait d'un groupe à l'autre et lançait d'une voix stridente : « C'est une parfaite première dame, ma bru. Avec elle, mon fils est en sécurité. » Ce qu'elle ne savait pas, la mère présidentielle, c'est que ces hommes n'avaient commis qu'une faute : celle d'avoir couché avec Grâce, autrefois, contre monnaie sonnante et trébuchante.

Seul le petit peuple habillé de boubous à l'effigie du Président élu démocratiquement à vie, et qui savait pirouetter, échappait à cette décharge de suspicion. L'un d'eux cria qu'au contact de la main de Madame sa présidente, son cerveau était devenu brusquement si clair qu'il aurait pu résoudre n'importe quelle équation du troisième degré en dix secondes. Et Sa Grâce comprit que dorénavant, d'un claquement de ses doigts aux ongles rouges, elle pouvait jeter en prison n'importe quel innocent ; que d'un hochement de sa tête enchignonnée, elle pouvait assassiner politiquement n'importe quel notable. Elle comprit qu'elle était devenue comme son excellent époux, aussi puissant que la malchance, aussi féroce que les caprices du vent de la fortune. Et cette perspective l'excita tant qu'elle se mit à gonfler.

Dans son fauteuil tendu de velours rouge et or, le Président élu démocratiquement à vie explosait de joie et dégoulinait de fierté. Il fit un discours pour dire mille mercis aux dix mille soutiens spontanés venus réchauffer son cœur déjà bouillant d'une flamme harmonieuse. Il raconta les cent cinquante mille calomnies et les complots orchestrés par l'Occident dont il était victime. Il affirma que son bilan était globalement positif quoi qu'en pensent les Blancs. Il fit clapoter sa langue plusieurs fois et continua en ces termes :

– Parce que je suis le seul dirigeant africain à ne pas être un suppôt du grand capitalisme occidental, ils me détestent. Ils me détestent parce que je cultive en chacun d'entre nous l'amour de la patrie, l'amour au sein des familles, l'amour entre collègues et l'amour entre les classes sociales. Ils me détestent parce qu'ils veulent que je ressemble aux autres dirigeants africains qui foncent aveuglément dans ces miasmes qu'on appelle solidarité internationale. En procédant ainsi, ils tuent la solidarité. Ils tuent la convivialité. Ils tuent la relation de l'homme noir à la terre et à l'espace-temps. Ils pourrissent l'eau, la terre, l'air ! Et c'est de toute cette mort latente que je veux préserver notre si belle et forte nation.

On l'applaudit à se briser les cartilages et des hommes vinrent à tour de rôle ajouter les quatre paroles qu'il fallait pour conclure. L'un d'eux narra un épisode de la guerre de quatorze : à l'écouter son Président élu démocratiquement à vie se serait attaqué seul à trois bataillons de boches armés jusqu'aux dents et les aurait déboutés de la Normandie. On applaudit. Un autre renchérit : il avait vu le Président élu démocratiquement à vie s'élever dans le ciel, engueuler le bon Dieu en personne avant de redescendre. On applaudit. On proclama qu'il était l'incarnation du Christ, puisqu'il avait eu le courage de s'attaquer aux Blancs, chose que même ce lâche de Nelson Mandela n'avait pas osé faire. On applaudit. On décréta qu'il était à la fois le passé, le présent et l'avenir de l'Afrique, le modèle incontournable à suivre et à idolâtrer. On applaudit.

Le président se tourna vers Comorès, sourit et lui demanda d'une voix vibrante :

— Comment as-tu trouvé mon discours ?

— Parfait, mon commandant, dit Comorès, sans oser lui dire qu'il se demandait où était l'amour dans cette nation

357

qui s'enfonçait dans la fange bourbeuse de la corruption. Parfait, répéta-t-il, parce qu'il n'était qu'un militaire et qu'un militaire, c'est fait pour tuer.

– Vois-tu, mon cher Comorès, quelles que soient les difficultés de l'existence, on doit s'efforcer de chasser de nos esprits tout besoin matériel afin d'élever notre conscience au niveau le plus haut. C'est pour ça que ces colons ont beau gesticuler, rien ne peut m'atteindre.

– Je sais, mon commandant, rétorqua distraitement Comorès.

En réalité, Comorès s'en fichait. Depuis quelques semaines, le monde délirait contre ses désirs. Il désespérait de revoir Blues. Des nuits entières, il se remémorait leurs escapades pendant lesquelles il sentait que le rouge or des hibiscus, l'herbe tendre qu'ils foulaient et les espiègleries des mouettes n'étaient là que pour célébrer sa joie. « Elle est absente, Monsieur », lui lançait Nanno en le regardant droit dans le front, chaque fois que dorénavant, il la demandait. Puis s'établissait entre lui et la vieille domestique un silence hostile et critique. Il était bien obligé de faire demi-tour, de s'en aller se promener dans les cafés pour finir encalminé dans les jupons des catins.

– Les journalistes blancs ont beau m'insulter, ils savent au fond de leurs cœurs que j'ai raison, dit le Président. Quel type de Président serais-je donc si je dézimbwabwézais le pays ? Imagine-t-on un président des États-Unis décocaliser, déshamburgiser et déhotdogiser les États-Unis ? On le traiterait de fou furieux, de vendu ! N'ai-je pas raison ?

– Vous avez raison, mon commandant, fit Comorès.

– Bien... Combien d'hommes l'Amérique a-t-elle tués

pour américaniser le monde ? Cent ? Mille ? Dix mille ? Et ces satanés escrocs de journalistes l'applaudissent. Je le dis en vérité, dès que je le pourrai, je traînerai ce pays devant un tribunal zimbabwéen pour le juger pour meurtre et homicide avec préméditation politique.

– Ça ne serait que justice, mon commandant.

– Mais qu'est-ce qui t'arrive, colonel ?

Les yeux du colonel Comorès étaient remplis de larmes. Son attitude était si discordante que le Président élu démocratiquement à vie lui prit la main et lui parla comme à un enfant enchagriné :

– C'est à cause de cette petite-là... Comment s'appelle-t-elle déjà ? demanda le Président en fronçant ses sourcils.

– Blues, mon commandant. Blues Cornu. C'est pas ça, mon commandant. C'est ton bonheur qui me donne des émotions.

– J'aime mieux ça, dit le Président. Parce que les histoires de fesses peuvent ruiner la détermination d'un homme...

– Mais si mon commandant le permet, je vais m'extraire quelques heures de cette fête. J'ai quelques affaires urgentes à expédier.

– Bien sûr, mon ami, fit Son Excellence. Que ferait le pays sans des hommes consciencieux comme toi ? Mais regarde-les, Comorès. Ils sont là à me faire des salamalecs alors qu'ils rêvent de me pendre. Ils ne m'auront pas, ces fils de putes, c'est moi qui te le garantis.

– Je sais, mon commandant.

– Très bien. Tu peux disposer.

À bord de sa jeep, Comorès triture le volant machinalement, l'œil radical. Ses lèvres propulsent des sons inaudibles. À son approche, les paysans assis en bordure de la route ou péniblement tractés par des ânes se jettent dans le fossé. Avec le colonel on ne sait plus d'où vient le vent, où va l'orage, mais on sait qu'on peut se faire écraser. Il contourne les crevasses creusées par les pluies, sur cette route secondaire que le gouvernement trouve super-difficile à refaire. Il est imperméable à tout ce à quoi il est généralement sensible : ces braves qui rasent les murs pour échapper aux contrôles de police ou même ces catins qui se tortillent tels des asticots sur les talons aiguilles peuvent aller se faire trousser par le pape que le colonel ne bougerait pas un doigt. Il roule complètement à gauche, indifférent aux sueurs froides des automobilistes qui klaxonnent à tous vents. C'est qu'il n'en peut plus, le lieutenant, de cette Blues dont l'attitude entame sérieusement sa dignité. « Cher God, ne vois-tu pas combien j'ai changé ? ne cesse-t-il de dire. Je ne suis plus égoïste comme j'étais. Je n'accepte plus qu'on tue les membres de toute une famille, même si c'est des rebelles. Je me suis même rendu compte que l'amour n'est pas seulement d'introduire ma troisième jambe entre les cuisses d'une femme, mais aussi de lui faire plein de câlins avec une cargaison d'étoiles roussies dans les yeux. Alors, pourquoi me fuit-elle ? Quand je vois la manière déshonorante avec laquelle Blues me traite, je me dis, God, que cela ne sert à rien d'être bon, puisque ça ne me rend pas plus heureux. Je vais donc faire comme avant, God, si tu n'y vois pas d'inconvénient. Parce que, finalement, dans le monde entier, la fesse et la violence sont partout. Nous sommes tous devenus un grand moulin de fesses et de violence, God. Une grande soupe de fesses saupoudrée de violence, God. Alors, le cœur, je le mets où tu penses, God ! Et ne m'en veux pas. Merci pour ta compréhension. »

Le cottage n'était plus ce qu'il était. Plus un paysan ne traînait dans les environs. La fabuleuse piste qui, autrefois, reliait la ferme à la route principale, n'en finissait pas de se détériorer. Ornières et buissons teigneux lui donnaient une impression d'abandon. À telle enseigne que la paupérisation croissante de la célèbre maison coloniale attirait les boyesses d'antan. Elles commencèrent à venir passer des après-midi entiers avec Abigaël en séance de causer. Le fait qu'Erwin la trompait publiquement faisait d'elle, par tour de reins, une négresse. C'était cocasse de voir ces Noires écouter leur patronne d'hier et lui donner des conseils.

– Comment veux-tu qu'un homme échappe à l'histoire de l'Homme ? lui demandaient-elles. Ils sont tous pareils.

Ces propos faisaient hurler Abigaël :

– Comment pouvez-vous accepter d'être trahies, bafouées, humiliées par vos maris ? C'est pas de l'amour ça. J'aurais dû m'enfuir pendant qu'il était encore temps.

– C'est là ton erreur, s'exclamaient les négresses. C'est parce que tu lui as donné toute ta vie.

Puis à tour de rôle chacune racontait ses prouesses. Unetelle qui se faisait battre comme natte exhibait ses bleus en racontant que l'amour de son mari pour elle était dense, qu'il lui fallait trouver un exutoire. Telle autre qui était excisée depuis qu'elle tétait mamelle disait que ce qui comptait c'était la bagatelle et que dès que son connard d'époux lui donnait triple satisfaction en deux pénétrations, elle n'en demandait pas plus. Telle autre encore qui dallait son ventre de feuilles de manioc, tant la misère la colleserrait, affirmait que l'important c'était qu'il continuât à lui offrir du velours à la traîne et des bijoux à la brouette... Pour le reste, elle le laissait tremper sa baguette dans n'importe quel bol... et vogue la galère. Toutes concluaient que finalement, les hommes étaient des ogres, qu'ils n'étaient là que pour déchiqueter les femmes et les transformer en particules de haine.

Erwin détestait ces réunions kaléidoscopiques, où sa personnalité était bradée au marché des malparlantes. Il se réfugiait dans le cabanon à outils, les yeux dans le vague, conscient qu'il garderait définitivement le costard du mauvais mari et du père indigne. C'était d'autant plus injuste que les circonstances l'avaient rendu fidèle. Pour Rosa Gottenberg, il était devenu insignifiant ; Sonia engrossait des asticots à six pieds sous terre, et même les paysannes noires le snobaient, parce que les réformes agraires l'avaient transformé en un sans-cote, un hors-argus. Ici ou ailleurs, le sexe était une marchandise avec ses soldes. Les lèvres amères, il se demandait parfois si Abigaël se souvenait qu'elle avait incarné pour lui la femme-étoile, celle qui guidait les pas de l'aventurier qu'il était. Il n'osait pas l'interroger à ce sujet. Depuis le mariage raté de Nancy, ils ne se parlaient pas, ils se lacéraient avec des mots.

Cet après-midi-là, Abigaël était assise sous la véranda, une chanson des Beatles à portée de somnolence. Ses pieds

362

étaient posés sur un guéridon et de temps à autre, elle ramassait une bouteille de Fanta qu'elle buvait à grands spasmes de la glotte. Elle la déposait sur le carrelage, fermait les yeux, puis réexaminait pour la énième fois les faits. Elle repassait chaque détail de leur vie commune au crible de sa conscience et plus elle s'enfonçait dans le passé, plus la culpabilité d'Erwin lui semblait aussi évidente qu'une grossesse. C'est alors qu'elle vit la jeep du colonel traverser le petit pont et venir s'immobiliser à côté de la piscine cariée par le manque d'entretien. Elle n'eut pas le temps de cligner de l'œil, qu'Erwin surgit brusquement du cabanon un fusil long rifle à la main.

– Que voulez-vous ? demanda Erwin à Comorès.

Il était d'autant plus agressif qu'il se sentait souillé par le déshonneur qu'Abigaël ne cessait de répandre sur lui.

– Baissez votre arme, monsieur Ellioth, ordonna le colonel.

– Ici, c'est chez moi, vous m'entendez ? Je n'en partirai jamais. Je préfère vous tuer avant.

– Et qu'est-ce que cela changerait ? demanda Comorès. Serez-vous capable de tuer tous les militaires de ce pays ? Serez-vous capable de résister à l'assaut des paysans affamés de cette nation ? Allons, monsieur Ellioth. Soyez raisonnable. Puis j'ai un ordre d'expulsion. Vous auriez dû quitter la ferme depuis trois semaines.

– Un ordre de qui ?

– Je ne suis qu'un exécutant, monsieur Ellioth.

– Mon œil, dit Erwin. T'es la main meurtrière d'une confrérie d'incompétents qui utilisent l'assassinat et le chantage comme arguments politiques. Mais sache que ce n'est pas avec des châteaux de cartes que l'on édifie des nations. Et ce n'est pas avec des connivences mesquines que l'on s'élève au rang des nations.

— Vous n'avez rien compris, monsieur Ellioth. On ne saurait bâtir une Nation sans sacrifice.

— Et le mieux à sacrifier, ce sont les fermiers blancs, c'est ça ?

— Ça, c'est le hasard.

— Pour qui me prends-tu, hein ? Je suis peut-être blanc, couillonnable à merci, mais j'ai un cerveau, vu ? Pas comme le tien, qui à mon avis est si défectueux que tu n'arrives pas à voir que ce que tu fais est mal.

— Tu me méprises parce que je n'ai pas d'instruction, dit Comorès. Mais dis-moi, comment fait-on pour bouffer quand on a ni diplôme ni boulot ? Est-ce que tu sais ce que l'on éprouve lorsqu'on voit sa mère pleurer quand le soleil se lève parce qu'elle sait qu'elle n'a pas un beignet à offrir à ses mioches ? Est-ce que tu sais ce que cela fait de se réfugier derrière la case le soir parce que son père rentre saoul et qu'il tape sur tout ce qui bouge ? Est-ce que tu sais ce que cela fait de voir les autres enfants aller à l'école, pendant qu'on va au champ voler quelques maniocs pour nourrir ses frères ?

Les mains d'Erwin se mirent à trembler. Comorès, essoufflé, regarda le ciel anémique, puis zieuta dédaigneusement le colosse aux pieds d'argile qui agitait son canon sous son nez. Il crevait de peur Comorès, mais, à l'instar des braves de ce petit monde, il feignait de dominer la situation. Puis, sans qu'Erwin sache ce qui lui arrivait, son arme valsa. L'instant d'après, il mordait la poussière et Comorès lui passait les menottes.

– T'es dans la merde, mon vieux, lui dit-il. Tu as menacé et insulté un officier supérieur dans l'exercice de ses fonctions. Ça va chercher combien d'années de prison, d'après toi ?

– C'est pas vrai, hurla Erwin. Je ne t'ai pas menacé !

– Si c'est vrai, dit Comorès.

– Quand est-ce que tu assumeras enfin tes responsabilités ? demanda Abigaël en s'approchant.

Elle donna à sa frimousse une vigueur oubliée :

– Je suis témoin de tout, dit-elle, parce qu'elle n'avait plus de temps à perdre avec son cœur, que d'ailleurs il avait mis en charpie !

Tant pis pour le cottage ! Tant pis pour ses enfants. Elle était fin prête à prendre une tête d'épouse malheureuse à crédit pour aller lui rendre visite en prison. Elle se tourna vers Comorès :

– Que puis-je vous servir, monsieur Comorès ?

Comorès en fut abasourdi. Il se laissa conduire sous la véranda. Elle s'en alla ouvrir le frigo à moitié vide, lui offrit une bouteille de Fanta et ensemble ils regardèrent le soleil commencer sa descente aux enfers.

– On dirait que vous ne m'en voulez pas d'avoir arrêté votre mari, constata Comorès.

– Pourquoi vous en vouloir ? Vous n'avez fait que votre travail que je sache.

– Pourtant, je vous fais jeter vous et votre famille à la rue.

– J'étais déjà à la rue, s'esclaffa Abigaël. Ce qui est drôle, c'est que quand les Noirs voient les Blancs, ils s'imaginent que nous sommes heureux. Ce qu'ils ne savent pas, c'est que nous traînons tous nos baluchons de problèmes.

Puis sans qu'il l'ait sonnée, elle s'abandonna en bribes de confidences, en miettes de confessions impudiques. Elle dévoila son martyre conjugal, comme une femme dont des rafales de vent soulèvent la robe et laissent entrevoir ses dessous. Plus de vingt-cinq ans de sa vie, qu'elle avait consacrés à ce charognard. Il ne méritait même pas de crever, ce sale chien. Ce qu'il convenait de faire, c'était de le laisser pourrir là au soleil.

Tout en parlant, elle jetait quelques larmes, par-ci par-là, qui soutiraient de longs gémissements de compassion à Comorès. C'était d'autant plus étrange que lui-même traînaillait ses épouses dans la malpropreté. Mais lui, c'était un nègre, donc pardonnable d'avance par tradition séculaire. Ses aïeux n'avaient pas eu la prétention de s'immortaliser dans la pierre ou dans les écrits. Ils avaient construit des cases précaires déposées sur trois bambous, leurs œuvres disparaissaient à leur mort et leurs noms s'effritaient dans la bouche des griots tant qu'on les désoubliait. Ils avaient aimé quatre ou vingt-cinq femmes, et semé tant d'enfants que ces choses abondantes perdaient de leur valeur par leur abondance même. Lui, le colonel Comorès, aurait voulu apprendre à aimer une femme, une seule, mais celle-ci, sa Blues, l'avait dédaigné.

– En réalité, dit Comorès, le vrai problème de ce pays ne réside ni dans la redistribution des terres ni dans les injustices qui le frappent. Savez-vous là où le bât blesse ?

– Dites-moi.

– C'est dans le manque d'amour entre les gens. S'il y avait de l'amour dans le monde, il n'y aurait pas de faim et pas de guerre. Moi aussi j'ai un chagrin d'amour, vous savez ? Depuis qu'elle refuse de me voir, j'ai l'impression qu'il y a des jours qui ne sont là que pour s'en aller et des nuits qui ne sont noires que pour s'identifier à ma douleur.

– Que c'est poétique un homme fort comme vous mais qui est amoureux, mon colonel ! s'exclama Abigaël. Mais je crois quand même que l'amour ne changerait rien à l'extraordinaire ambition de l'homme qui consiste à soumettre l'autre, croyez-moi. Désir d'amour et envie de violence sont les deux grandes contradictions de l'humanité.

Ses mots explosèrent entre eux et les colléserrèrent tant que dans cette brume du soir, ils se mirent à parler de l'amour comme autrefois les grand-mères des contes aux enfants. Ils comptèrent les blessures de l'amour, ils disséquèrent ses méthodes de reconquête, ils firent vivre ses regards et ses gestes, si bien qu'à la fin, lorsque Abigaël lui demanda :

– Quand est-ce qu'on doit déménager ?

– Prenez votre temps, mon amie, dit Comorès. Prenez tout le temps qu'il vous faudra.

– Mais...

– Ne discutez pas. En outre, vous me feriez un immense honneur en acceptant de dîner ce soir avec moi.

22

Chez les Cornu aussi, les choses changeaient. On n'y flânait plus le nez en l'air, pour saluer comme il se devait la légèreté de l'air ou la beauté d'un flamboyant. On ne dressait plus de table sous les arbres pour manger le bleu du ciel et ses bouquets de nuages blancs. On s'asseyait encore sous le grand baobab par les grandes chaleurs, juste pour se remémorer des petits matins d'autrefois bercés par l'arôme du café et par le thac thac des galopades à cheval. Les jours accouraient et on se cristallisait sur ces temps passés, qui offraient au présent des regains de vie, sans autre descendance que le cristal de l'instant.

Quelquefois, assise au bord de la piscine, Blues fixait son père dont le visage était mangé par une barbe de plusieurs jours. Quelque chose en lui s'était métamorphosé. Sa peau se grisait ou se verdâtrait, selon la lumière. Une expression effarée s'était imprimée sur ses paupières et, d'une manière globale, il semblait moins imposant. Il était, comme tous les Blancs, frappé dans le portefeuille par le Président élu démocratiquement à vie. De temps à autre, à table ou assis sous la véranda, ses joues se contractaient.

On le voyait se presser la poitrine et se précipiter dans sa chambre. Était-il malade ou s'agissait-il d'un léger malaise ? se demandait Blues. Ses parents n'en parlaient pas, préférant ergoter sur les événements et attendre. Attendre quoi ? se demandait de nouveau Blues. Qu'on les jette hors de cette maison ? Qu'ils s'en aillent crever dans les caniveaux ? Blues avait horreur d'attendre.

Cela explique sans doute pourquoi, en ce début d'après-midi, elle téléphona à Nielssen et lui arracha un rendez-vous sur-le-champ. Elle monta dans le vieux quatre-quatre, seule voiture dorénavant en possession de la famille.

Ce qu'elle ignorait, c'est que Nielssen était prêt à brader la tête de sa mère pour la revoir. Il raccrocha le combiné et passa le reste de la journée dans des grands sentiments. Jusqu'alors l'idée du mariage le révulsait d'autant plus que sa mère Mary et son père Freddy avaient formé une combinaison brutale. Leur mode de communication se résumait à un ballot d'injures, de réprobations, de crachats et de coups de poing. Ils s'étaient séparés alors qu'il n'avait que huit ans. Mais avec cette Blues...

Blues prit la route en se disant que l'urgence qui la tenaillait tenait de la nouvelle année : on attendait qu'elle vous apporte de très beaux cadeaux. Et vivre sur cette terre en sécurité était la seule chose qu'elle souhaitait aux fermiers. Et c'est elle, Blues, qui leur donnerait cette aubaine.

Tandis qu'elle se faufilait entre les voitures, Thomas Cornu s'enfermait dans son bureau. Il fit ses comptes, mit de l'ordre dans ses affaires avec une sorte d'indifférence. Il rangea aussi le courrier qu'il avait laissé s'accumuler et qui formait une pyramide confuse sur le bureau. Par moments, il tombait dans des brèches d'hébétude, puis en réémergeait.

C'est alors que la silhouette de Fanny s'encadra. Elle dandina sur ses pieds comme quelqu'un qui a perdu son chemin. Puis elle s'avança vers lui avec la charge d'un chaos muet, lui demanda à brûle-pourpoint :

— Pourquoi te donnes-tu cette peine père ? Cela sert à quoi ?

Thomas Cornu s'arrêta d'écrire et regarda sa fille dans les yeux.

— Je mets un peu d'ordre parce que je vais bientôt mourir.

Puis, sans plus faire attention à elle, il se remit à écrire. Fanny l'observa, essayant de comprendre ce qu'il y avait derrière ces propos. Était-il possible de se lever et de se diriger vers la mort comme si on allait à l'église ?

— Tu vas bientôt mourir ? interrogea Fanny, interloquée.

— Oui.

— Et quand vas-tu mourir, père ? demanda-t-elle absurdement.

Thomas Cornu haussa ses épaules. Il n'en savait rien. Fanny sentit les larmes la gagner. À cet instant, elle aurait donné tout au monde pour être dans les bras de Nicolas.

— Veux-tu venir manger une glace avec moi ? lui demanda soudain Thomas d'une voix exaltée. Cela nous fera du bien, tu ne crois pas ?

L'offre était si insolite que Fanny essuya ses yeux et accepta. Il l'entraîna dans la cuisine et pendant qu'ils marchaient, elle l'observa de biais. Elle s'étonna de n'avoir pas remarqué combien il était fatigué. Elle lui saisit la main d'un air décidé :

— Je t'aime père, lui dit-elle. Et je ne crois pas que tu mourras.

— Bien sûr que non, chérie.

— J'ai une confidence à te faire, papa. Je suis enceinte.

— Ah oui ? C'est une bonne nouvelle.

— Tu n'es pas fâché ? fit Fanny éberluée. Tu ne veux pas savoir qui est le père ?

— Quelle importance, ma fille ?

Il avait mûri ces dernières semaines aussi vitement qu'un fou du volant à la sortie d'un accident. Il savait avec l'expérience qu'aucune situation n'est définitive, qu'il y a derrière chacune d'elles des énigmes à déchiffrer, qu'il faut interpréter les faits comme des données météorologiques. Combien de fois avait-il rencontré Untel qui criait qu'il ne mangeait pas de ce pain-là et qui quelques années plus tard s'exclamait : « Ah, qui l'eût cru que moi je ferais une chose pareille ? » Il dit simplement à Fanny que les temps avaient changé, que chacun avait droit de vivre sa vie comme il l'entendait, que celle-ci était assez garce pour corriger en son heure les maladresses et les erreurs commises par les hommes. Mais il conclut :

— Pourrais-tu ne pas en parler à ta mère pour l'instant ? Il faut la ménager. Puis-je compter sur toi ?

— Certainement, papa, dit Fanny euphorique.

À l'intérieur de la fumerie, des micros invisibles diffusaient une langoureuse musique européenne lorsque Blues y fit son apparition. Les putes l'entourèrent aussitôt : qui était-elle ? que voulait-elle ? Mais elle n'eut pas le temps de réagir que Mme Kado, la patronne, surgit de derrière sa tenture, secouant son éventail sur son énorme poitrail. Elle reconnut la jeune fille qu'elle avait vue avec Franck et fit un rapide calcul mental : les prostituées blanches ne couraient pas les rues, ça allait chercher dans les mille dollars la passe, la fumerie y gagnerait quatre étoiles. Elle se fit dévouée :

– On est perdue, ma fille ? Que puis-je pour toi ?

– C'est que..., bégaya Blues, saoulée par le *Shalimar* de Guerlain qui jaillit par grosses bouffées des chairs de la maquerelle. Je cherche un ami...

Blues allongea le cou ; ses grands yeux firent le tour de la salle, en quête d'un visage connu, celui de Nielssen qu'elle n'avait vu qu'une fois. Surtout, il lui fallait échapper à cette femme explosive.

– Tu cherches Franck ? interrogea la maquerelle. Mais, ma pauvre chère, notre Franck ne mange pas deux fois le même repas. Il était là hier soir, en très bonne compagnie.

La tristesse envahit Blues. Pire, elle fut vexée. Elle sentit la jalousie mijoter dans ses tripes et détesta l'image de la femme qu'elle renvoyait, sérieusement baisée et officiellement trompée. Heureusement, elle aperçut une tête familière. D'un coup de reins, elle esquiva Mme Kado et la troupe d'admirateurs qui commençait déjà à se former. Un joli blond piqua du nez dans sa tasse en la voyant approcher.

– James ! s'exclama Blues. Que fais-tu là ? Je te croyais

quelque part en Angleterre dans le froid, la pluie et la brume ! Que je suis heureuse de te voir !

Et il fut bien obligé de la regarder et de se lever.

– Blues ! quelle surprise ! Assieds-toi. Je te présente mon amie Tanya de Burberrys.

Blues de serrer la main potelée, baguée de la métisse boulotte qui fit passer en quelques secondes chacune de ses deux grosses nattes derrière ses oreilles. « Dire qu'il a abandonné Nancy pour ça ! » se dit-elle en détaillant la fille.

– Quand es-tu arrivé ? demanda Blues.

– Es-tu censé avoir voyagé, mon chéri ? demanda Tanya.

Le jeune homme rougit et dans un mouvement de la main pour organiser sa résistance, il heurta un vase croulant de roses blanches en plastique. Une des hôtesses se précipita pour ramasser les débris et redonner à l'ensemble cette harmonie qui faisait croire aux habitués de la fumerie que rien n'était si mal dans ce qui était réellement fumeux.

– J'ai juste quitté la communauté, dit James.

– Quitté la communauté ? fit Blues, stupéfaite. C'est impossible, et tu le sais.

– Disons que j'ai fui. Oui, Blues. J'en avais ma claque de tous ces schémas dans lesquels nous sommes enfermés. Aujourd'hui, je suis un homme libre ! Libre d'aimer qui je veux, de faire ce que je veux ! Après tout, tu es celle qui m'a fait prendre conscience ce qu'est la vie d'un artiste, souviens-t'en.

– Tu aurais pu faire comprendre tes désirs sans disparaî tre le jour de ton mariage, James.

373

– Ah, tu crois ça ? Et Tanya ? Comment aurait-elle été accueillie ?

– Le monde évolue, dit Blues.

– Pas le nôtre, Blues. Il se sclérose. Il se meurt. Veux-tu que je te dise comment Tanya aurait été accueillie ? À coups de pied au cul. La veille de mon mariage, je l'ai fait entrer par la fenêtre de ma chambre pour enterrer ma vie de garçon. Je l'aimais, c'est vrai, mais nombre d'entre nous ont des maîtresses pour satisfaire leurs fantasmes et des culs-bénis pour pondre des mômes, n'est-ce pas ? Fais pas cette tête-là. T'es-tu déjà demandé combien de négresses ton père avait en plus de ta mère ? Et combien de demi-frères mulâtres dont tu ignores l'existence ?

– Je ne crois pas que papa...

– Ah ! Je crains que tu ne sois déçue. Ils ont tous d'autres femmes, disséminées dans la ville. Des demi-frères, tu dois en avoir comme moi un lot. Mais l'important dans notre communauté, c'est de garder un équilibre entre dépravation et réalisme. Bref ! Durant cette fameuse nuit où Tanya et moi nous faisions réciproquement du bien, ma mère est entrée brusquement dans la chambre et a tiré les draps. Tu ne peux pas imaginer sa tête et encore moins ce qu'elle m'a dit. « Tu oses coucher avec une négresse sous mon toit. Qu'est-ce que tu veux, me tuer ? Dis-le. Dis-le tout de suite ! » J'ai tenté de lui expliquer la situation... en vain. Elle hurlait tant que mes frères, mon père et même les domestiques se sont précipités dans la chambre, découvrant Tanya nue.

– Elle m'a traitée de sale putain de négresse, dit Tanya

en se marrant silencieusement. Je ne suis pas une négresse, moi.

Et la métisse de se targuer de ses ascendances nobles, qui prenaient naissance quelque part aux bords de la Tamise : Tanya de Burberrys, c'était quand même mieux que Schulleur, un nom de roturier et boche avec ça, non ? Et elle se donnait des airs de baronne, la Tanya. Elle croisait et décroisait ses jambes, s'éventait comme une véritable lady. Son père, Edwin de Burberrys, avait rompu avec sa famille parce qu'il en avait marre de leur snobisme aristocrate. Voilà pourquoi il s'était réfugié en Afrique du Sud. Et, quoique marié solidement avec une femme blanche, il faisait des crochets au Zimbabwe pour engrosser sa maman qu'il aimait tant ! Elle était juste mal sortie, c'est-à-dire noire. Ses frères, eux, étaient aussi blonds et blancs que son James adoré. Des larmes perlaient à ses yeux et elle les essuyait furtivement. N'eût été l'amour, jamais elle, Tanya de Burberrys, ne se serait commise avec un Schulleur.

– Je t'aime aussi, mon amour, lui dit James en l'embrassant goulûment.

– Et cette sorcière m'a jetée dehors dans la nuit, fit Tanya folle de rage.

– Toute nue, ajouta James d'un air pathétique.

– C'est insensé, approuva Blues en souriant intérieurement.

Elle imaginait la petite métisse avec ses formes dodues, courant nue dans le jardin.

– C'est pourquoi je l'ai suivie, ma Tanya, s'exclama James.

– Tu n'avais pas le choix, admit Blues.

– Et toi que fais-tu ici ? demanda James à Blues. C'est pas un endroit fréquenté par les fermiers et encore moins par leurs honorables filles !

– C'est-à-dire que je...

– Quoi ? T'es aussi entrée en rébellion, c'est ça ? Je ne m'attendais pas à moins de ta part !

Ah ! ce sacré mot. Personne ne s'attendait à moins d'elle. S'il savait qu'à son inverse, elle tentait de recoller les morceaux de leur monde brisé... Qu'elle voulait, comme à la belle époque, jouer dans les foins avec ses amis d'enfance, les poursuivre dans la savane. Elle rêvait de leurs promenades à cheval à travers la forêt et de ce bonheur si particulier que leur procuraient les soirs d'Afrique, lorsque le couchant éclaboussait d'or les pierres des maisons et les planches brunes des hangars. Tout son être aspirait à retrouver cette quiétude et, pour ce faire, elle était prête à hypothéquer ce qui lui restait d'existence.

– Je t'expliquerai tout une autre fois, dit-elle soudain, en apercevant Nielssen. Il faut que je parte.

– Reste encore un peu, dit James nostalgique en prenant ses mains dans les siennes. Tu ne m'as pas donné des nouvelles de Nancy et des autres.

– Nancy est partie en Hollande avec sa famille. D'autres comme les MacCarther font la douloureuse expérience d'occuper des dépendances tandis que les nouveaux propriétaires choisis par le gouvernement habitent leur maison principale. Et une petite poignée de fermiers sont dans la même situation que ma famille, c'est-à-dire en sursis. C'est le cas aussi des Ellioth. Il faut vraiment que je m'en aille.

Elle s'éloigna d'un pas souple, se dirigea vers Nielssen

afin de marcher sur la terre ferme que promettait son influence d'homme de pouvoir. En le rejoignant, elle était persuadée de sortir du monde de ceux qui subissent pour entrer dans le champ des guerriers.

Nielssen l'accueillit essoufflé comme un homme poursuivi par un escadron de fantômes :

— Asseyez-vous, s'empressa-t-il en lui désignant un fauteuil. Que voulez-vous boire ?

— Rien merci, dit Blues.

Elle s'assit avec suffisamment de raideur pour qu'il ressente l'importance de sa mission et avec ce qu'il faut de relâchement pour qu'il perçoive le poids de sa détermination.

— J'ai besoin de votre aide.

— De mon aide ? demanda Nielssen, surpris.

Ses yeux naviguèrent du chemisier rose boutonné jusqu'au cou que portait la jeune femme à ses doigts aux ongles courts parfaitement soignés. Ce n'était pas l'image qu'il en gardait, mais il sentit qu'elle avait suffisamment de force pour le propulser dans un monde où vivre ne serait plus une odyssée avec des cyclopes et des monstres, mais une pleine jouissance.

— Oui, dit-elle dans un souffle. Le Président compte créer une alliance avec les pays arabes, excluant ainsi les Occidentaux des marchés.

— Ah oui ? demanda-t-il perplexe, tout en s'imaginant en train de croquer ses lèvres.

Même son prénom Blues était érotique. Il évoquait le roulement des tambours sur une île ensoleillée, entre rhums et danses frénétiques à vous briser les vertèbres au petit matin.

– Parfaitement, dit Blues. Nous devons aider l'opposition à renverser ce tyran, conclut-elle.

– Mais de quelle opposition parlez-vous ? Celle de Morganedetoi ? On la soutient entièrement.

– Sans doute est-ce pourquoi le peuple s'en méfie. Il estime que c'est un homme à la solde des puissances occidentales. M'est avis que son accession au pouvoir compromettrait définitivement toute chance d'instaurer la stabilité dans le pays. C'est ce qui explique sans doute pourquoi le Président a vissé le système de manière à gagner toutes les élections sans que la population bronche. Mais je ne parlais nullement de l'opposition de Morganedetoi. Il s'agit, dans le cas qui nous intéresse, de l'opposition silencieuse.

– Mais il n'y a pas d'opposition silencieuse dans le pays, ma chère amie, dit Nielssen avec un sourire.

– C'est ce que vous croyez.

– Nos services n'ont reçu aucune information là-dessus.

– Vos services, dites-vous ? demanda Blues en éclatant de rire à son tour. Mais vous n'avez aucun service, monsieur le diplomate ! Vos agents passent leur temps à boire et à s'acoquiner avec les mulâtresses. Que connaissent-ils de ce pays, je veux dire du vrai pays, en dehors des night-clubs huppés et des endroits comme celui-ci ? Connaissent-ils ses bas-fonds, ses mansardes et ses misères ? Puis-je répondre à votre place ? Non. Laissez-moi vous dire qu'il y a une opposition prête à agir pour peu qu'on lui en donne les moyens.

– Pourriez-vous me dire d'où vous tenez ces informations, mademoiselle Cornu ?

– Je ne peux pas vous donner mes sources. Mais je puis vous assurer que je suis en contact avec eux.

– Qui est votre interlocuteur ?

– Un homme d'expérience, ayant des troupes derrière lui. Tout ce qui lui manque, ce sont des moyens financiers. Et je voulais savoir si vous étiez prêt à les aider.

– Je ne peux rien sans un début de preuve de ce que vous avancez !

– C'est à prendre ou à laisser, monsieur Nielssen. Je suis certaine que des diplomates d'autres pays se montreraient plus coopératifs.

Ils restèrent quelques moments silencieux. L'idée de Blues, c'était de ne pas le forcer. Mais de l'amener à constater, de ses yeux, la sagesse de son plan. Elle voulait qu'il veuille ce qu'elle voulait, qu'il soit convaincu par sa proposition au point de la supplier de l'exécuter.

Mais soudain, Blues se pétrifia. Ses mains saisirent violemment les accoudoirs. Son cœur palpita, comme si la vie venait de lui faire un croc-en-jambe. Franck Enio apparaissait. De la baie vitrée, une lumière auréolait les traits fins de la mulâtresse qui l'accompagnait. Le cerveau de Blues s'emballa, emporté par des chevaux fous : le jaune de l'amertume s'ébroua ; le blanc du désespoir piaffa d'impatience, tandis que le cheval noir de l'orgueil crachait deux sillons de feu par ses naseaux. À combien d'autres avait-il fait l'amour depuis qu'ils s'étaient quittés ? Dix, vingt, cent ? Qu'était-elle pour lui ? Il n'avait même pas pris la peine de lui téléphoner. Avait-il pensé à elle une seule fois depuis leur séparation ? Il passa sans la voir à quelques pas d'elle, sourd à la douleur qui la broyait, aux hurlements intérieurs qu'elle poussait.

Le changement d'humeur de la jeune femme n'échappa pas à Nielssen. « Elle est amoureuse », se dit-il peiné. Ah, si seulement elle l'aimait, lui ! Il l'imaginait enfermée dans une maison isolée dont lui seul posséderait les clefs. Et cette idée lui trotta dans la tête, l'obnubila si fortement qu'il prit le risque de dévier la conversation :

— Avez-vous déjà songé au mariage, mademoiselle Cornu ?

— Au mariage ? s'insurgea Blues. Comment dans ma situation pourrais-je penser à de telles stupidités ?

— Mais l'amour existe !

— Oui, sans doute, dit Blues. Pour des désœuvrés, c'est un passe-temps agréable.

— Que feriez-vous si vous étiez obligée de quitter ce pays ? Vous voyez-vous vivant seule sans appui, sans le réconfort d'une présence aimante ?

— Me proposez-vous par hasard une aventure, monsieur Nielssen ?

— Pas une aventure, Blues. Je vous aime, dit-il en posant ses mains sur les siennes. Je vous ai aimée dès que je vous ai vue. Laissez-moi une chance de vous apprivoiser.

— Alors, aidez-moi à garder nos terres. J'ai besoin de cinquante mille dollars.

Les terres ! Les terres ! Est-ce qu'une fille digne de ce nom se battait pour un morceau de terre ? Et quelles terres ? De vastes étendues de broussailles et de poussière sous un ciel ennuyeux parce que le soleil y est éternel. Quel ennui ! Alors que Nielssen lui proposait la verdure d'Angleterre avec ses changements de saison, ses feux de cheminée et ses marrons chauds l'hiver. Quelle était donc l'exigence des femmes ! Il s'abstint cependant de lui lancer ses griefs. Il perdrait ses chances s'il l'exaspérait à ce stade de la négociation. Dans cette lumière déclinante, il fallait l'accrocher à lui par quelque chose. Allons pour la terre. Pourquoi pas ?

– Voilà que tu es ici ! s'écria Comorès sans que Blues l'eût entendu venir.

Avant que Blues ne réagisse, Nielssen s'était extirpé de son siège. Même les chats de gouttière savaient qui était Comorès. Il oublia qu'il était prêt à mettre aux pieds de la jeune fille son cœur, son âme et son sang. Sans blague ! C'était donc lui le chef de l'opposition silencieuse ? En bon sujet de Sa Majesté, il devait courir en avertir l'ambassadeur. Cinquante mille dollars. Des clopinettes au vu des gains que la chute du tyran rapporterait à son pays. Cerise sur le gâteau, il jouirait d'une ascension rapide au sein de sa hiérarchie. Autant d'atouts qui lui permettraient de jeter la belle en travers de la selle de son cheval blanc et de l'emporter au galop, malgré ses cris de protestation.

– J'étais sur le point de partir, dit Nielssen. Excusez-moi. À bientôt, Blues !

Blues osa un œil vers Franck qui leva son verre dans sa direction en souriant. Elle comprit que ce qu'ils avaient vécu n'était qu'une parenthèse, qu'il l'oubliait déjà. Elle devait se dépêcher de faire de même.

– Tu m'as tant manqué, dit Comorès en prenant la place encore chaude laissée par Nielssen. Pourquoi ne voulais-tu pas me voir ? Que t'ai-je fait de mal ma chérie ? Explique-

moi, ajouta-t-il doucereusement en lui saisissant ses mains.
Seigneur, Blues ! Comme j'ai envie de te baiser ! As-tu déjà
fait l'amour ?

– Être garce est parfois la seule issue pour une femme,
répondit-elle distraitement.

– Combien d'hommes as-tu connus ? l'interrogea-t-il
d'une voix vibrante de jalousie. Et dire que j'étais assez fou
pour songer à te proposer de m'épouser !

– De toute façon, je ne veux pas me marier, dit Blues.
Je n'ai pas la tête à de telles absurdités.

– Quelque chose te tracasse, mon amour ? demanda
Comorès, et elle sentit cette fois dans ses propos un sar-
casme qui la mit hors d'elle.

– Que veux-tu que je fasse ? explosa Blues. Que je croise
les bras pendant que toi et les tiens essuyez vos pieds sur
nous tels des paillassons ?

– Mais je vous protège ! dit Comorès. J'ai donné des
ordres précis pour la Plantation et, de mon vivant, personne
ne viendra vous importuner. Tu es blanche, certes, mais tu
fais partie de cette terre.

– Pour toi, un Blanc est un Zimbabwéen lorsqu'il
accepte d'être dépouillé de ses biens ! Un Blanc est un
Zimbabwéen lorsqu'il est aussi léger qu'un papier qu'on
peut plier et réexpédier en Hollande ! Mais je vais te dire,
moi, ce qui fait de moi une Blanche d'Afrique.

Blues se pencha jusqu'à avoir son nez presque contre
celui du colonel, avant de continuer :

– Ce qui fait de moi une Zimbabwéenne, ce sont près
de cinq mille hectares plantés en partie de bananiers,
d'arbres fruitiers, de maïs, de café. Ce qui fait de moi une

Zimbabwéenne, c'est d'être l'héritière d'importants cheptels de bœufs et de moutons. Ce qui fait de moi une Zimbabwéenne, c'est aussi de posséder une majorité d'actions dans les holdings du pays, plusieurs fabriques de produits laitiers, ainsi que des portefeuilles d'actions-obligations et un compte bancaire bien placé en Europe. Tu piges ? Sur ce, bonsoir.

23

Quand ils arrivèrent ce soir-là chez Jean-Claude Cornu, de l'extérieur ils ne virent rien, mais la porte s'ouvrit sur un fouillis. Dans l'entrée, des chaises étaient empilées les unes sur les autres ; des tapis roulés y étaient posés et, par terre, il y avait une pile de livres et de revues. Bien qu'ayant le cœur gros, Anne-Agathe était heureuse d'accueillir ce beau monde venu leur souhaiter bon voyage. Ils embarqueraient demain soir pour la France, plus précisément pour Lille, où Jean-Claude avait trouvé un petit emploi dans une fabrique de papier. Il y avait encore des rideaux à dépendre, du mobilier lourd à sortir. Ils ne pouvaient pas tout emporter. Le mieux, disait Anne-Agathe, était de les donner aux nécessiteux.

Derrière les Cornu, Rosa Gottenberg fit une entrée très remarquée, dans ses voiles noirs sur lesquels tintamarrait toute une bimbeloterie. On cassa le cou et les langues firent trois tours.

– Tu as perdu un membre de ta famille ? lui demanda Catherine, étonnée.

– Non, dit Rosa. Mais ce que j'ai perdu, ce sont les

caresses du soleil sur la peau et sa jouissance à l'ombre des arbres. C'est beaucoup, ma chérie, vraiment !

Comme elle parlait dans une langue que personne ne prit le temps de déchiffrer, on ne l'interrogea pas sur l'absence d'Ernest Picadilli. Entre les vapeurs d'alcool et la fumée des cigarettes, on murmura qu'il s'en était allé chercher d'autres veuves à plumer et à trousser.

Mais lorsque Abigaël vint à son tour comme quelqu'un qui vit dans un bon pâturage, avec un air de béatitude dans ses vêtements d'immaculée conception, on fit toutes sortes de suppositions. Quelle balustrade avait-elle enjambée pour se retrouver dans de si vertes prairies ? On en était d'autant plus suffoqué qu'Erwin, dans son costume froissé, avec son dos voûté et ses yeux pataugeurs, semblait s'enliser dans un effritement de personnalité sans fin. C'était à se demander quand il finirait par disparaître comme fumée au vent. On rangea ses mille questions dans un sac à patience et on attendit le moment propice.

On revint à la réalité et les mines se fermèrent. On se serait cru à une fin de guerre, où des malheureux étaient obligés d'être heureux, tout simplement parce qu'ils s'en étaient sortis avec une jambe en moins. Tous avaient à l'esprit l'existence minable qui attendait la famille à Lille. À la poubelle, cette vie de luxe et d'insouciance que seule l'Afrique savait offrir aux Occidentaux à prix modérés. Quinze dollars la bonne à tout faire, ramasse, pends, range ! Dix dollars le boy à laver et à repasser ! Douze dollars le jardinier ! Et ces choses qu'on appelait domestiques, ils en avaient eu par cargaisons sans que cela pesât sur le budget familial. Ça se voyait que leur absence gripperait bien des foyers. Des divorces, on le pressentait, frappaient aux portes.

Anne-Agathe vêtue d'une robe rouge à fleurs, de bottes en cuir rouge, passait de groupe en groupe, rassurer les fermiers :

– C'est par pitié pour ces pauvres Noirs que je les ai embauchés comme domestiques. Je suis capable d'entretenir ma maison moi-même. N'est-ce pas chéri ? disait-elle en se tournant vers Jean-Claude.

Puis elle brossait un tableau idyllique de ce qui les attendait en France, tout ce qui lui avait tellement manqué : un véritable hiver aux arbres défeuillés, avec de la neige dans les champs et du verglas sur les trottoirs, les ciels bas de novembre, l'odeur sucrée des aubépines au printemps. Même son fils écoutait avec fascination ce récit de froid et de pluie, cette légende du « plat pays qui est le mien » que l'éloignement rendait fabuleux. Il avait hâte de manger des frites aux moules, de déguster des crêpes aux marrons et de se laisser mouiller par l'insidieux crachin qui vivifiait le teint des filles en fleur. Puis, il y avait le Festival de Cannes avec ses stars, l'Opéra de Paris, les Champs-Élysées. Parce que, avec le TGV, Lille n'était qu'à une heure et demie de l'Arc de triomphe. Pas comme ici où l'ennui rythmait les battements des cœurs.

– Nous, on n'ira nulle part, répliqua Betsy. Nous sommes des Africains, n'en déplaise à certains. En outre, nous sommes trop vieux pour recommencer une nouvelle vie.

– Le gouvernement nous laisse occuper une des dépendances du domaine, dit Patrick MacCarther. Nos enfants sont grands. Ils sont en Angleterre. À notre âge, nous n'avons pas besoin de grand-chose.

– Et comment se passe la cohabitation avec ces singes ? demanda un homme outré.

– Ça peut aller, ça peut aller, dit Betsy, amère.

– C'est trop injuste ! cria John. Ils nous disent qu'ils ont besoin des terres pour les paysans. Jusqu'à présent seuls les proches du Président élu démocratiquement à vie ont bénéficié de ces mesures. Les paysans eux attendent toujours.

– C'est du vol organisé, renchérit Alex. C'est scandaleux !

– Oui, mais en dehors de nous, personne ne semble s'en plaindre, dit Blues.

– Quelqu'un peut-il m'expliquer pourquoi les Noirs sont si apathiques ? demanda Alex. Ces gens-là semblent tout accepter : l'esclavage, l'apartheid, la colonisation, les dictatures, et j'en passe !

– Et toi, Abigaël ? demanda Catherine. Comment se fait-il qu'ils ne soient pas encore venus vous déloger ?

Tous se turent et, bien avant qu'elle ne réponde, Abigaël reçut toutes sortes de condamnations muettes mais présentes sous la guillotine des paupières.

– Je n'en sais rien, moi, dit Abigaël en éclatant de rire pour détendre l'atmosphère. Peut-être est-ce dû aux invocations de Fouda, mon ex-vieille bonne ? Elle dit que l'esprit de ses ancêtres protège le cottage. N'est-ce pas Erwin ?

– Oui, bien sûr, hoqueta-t-il en frissonnant comme un épouvantail halluciné.

Il n'allait tout de même pas avouer que sa femme s'encanaillait dans d'étranges relations avec Comorès, leur principal tortionnaire. Que tandis qu'il était menotté et abandonné dans la cour, sa douce Abigaël était devenue une femme-requin bouffeuse de couilles. Pouvaient-ils comprendre que, parfois, la tête d'un monstre repose sur des draps en fleurs ?

— Vous avez bien de la chance, soupira Betsy. C'est pas le cas de tous, ici, malheureusement.

— Et nos morts ? pleurnicha Gaia. Si nous partons, qui va s'occuper des tombes de nos ancêtres ?

— Il y a de quoi s'inquiéter, dit Rosa Gottenberg. D'autant que les Noirs déterrent les cadavres, récupèrent leurs ossements pour leurs pratiques magiques.

— Quelle barbarie !

— Quelqu'un a-t-il été au cimetière ces derniers temps ? demanda Mathilde en faisant un clin d'œil à Blues.

Comme personne ne répondait, elle ajouta :

— Peut-être qu'à l'heure actuelle, nos tombes ont déjà été profanées.

— Ah, les salauds !

— Les cannibales !

Fanny sentit son cœur se serrer. Elle ne supportait pas de voir comment, d'un peuple gai et de peu de rigueur, on faisait des barbares. Elle sortit dans le jardin. Son teint était pâle et ses traits étrangement immobiles. Elle avait encore maigri.

— Aurais-tu des soucis ? demanda Blues en se portant à sa hauteur

— Des soucis ? demanda Fanny sans cesser d'arpenter le jardin.

Les feuilles mortes crissaient sous leurs pieds et son cœur

battait de douleur, de colère froide, de trahison et de déception.

— Puis-je t'aider ? insista Blues.

Fanny s'immobilisa, se tourna vers elle comme une
chatte encagée, puis vida la bourse de son cœur :

— M'aider, toi ? ricana Fanny. Tu m'as toujours détestée.
Et aujourd'hui, tu te proposes de m'aider... Et le pire, le
plus extraordinaire, c'est que j'ai effectivement besoin de
tes conseils. Je suis enceinte et Nicolas pense que c'est pas
le moment. Que nous devons d'abord songer à construire
notre vie, avant de fonder une famille. Il va partir, Blues.
Il veut quitter le pays.

— Je suis sûr qu'il t'aime, dit Blues pour la rassurer.

— Alors, pourquoi refuse-t-il de m'épouser ? Pourquoi
pense-t-il que nous serons plus heureux dans une belle villa
que dans un taudis ? L'amour ne s'encombre pas de telles
futilités.

— Même s'il ne te l'a pas dit, trop de souffrances séparent
nos peuples. Il faut laisser le temps au temps afin que les
événements douloureux suscitent chez chacun la réflexion
plutôt que la passion, l'interrogation plutôt que l'acquiescement, la lucidité plutôt que l'émotion. Ce n'est qu'à ce
prix qu'on rompra avec les préjugés.

— Mais il s'en fout des préjugés, mon Nicolas. Ce qui
l'éloigne de moi, c'est l'argent. Il dit qu'un homme qui
n'en a pas est moins que rien. Tu te rends compte qu'en
étant enceinte d'un Noir, je suis exclue d'office de la communauté ?

— Tu as encore le choix : tu peux te faire avorter.

389

– Je le garde. Je n'ai en ce sens aucun problème de conscience. J'assume les conséquences de mon amour.

– C'est bien, dit Blues. Un jour viendra où les hommes iront les uns au-devant des autres.

– En attendant, je dois essuyer les plâtres, fit Fanny.

– Notre tante Mathilde va t'aider. Elle pourra t'héberger loin de ces snobinards, de leurs théories et des contentieux entre les races. Il y a bien longtemps qu'elle a compris la vie.

– Tu ne diras rien à maman, malgré...

– Tout le mal que tu m'as fait ? demanda Blues. Non, rassure-toi.

Les bras de Fanny tombèrent le long de son corps. On eût dit un aigle amputé qui ne pouvait plus prendre son envol. Des larmes telles des perles de sang coulèrent sur ses joues.

– Pardonne-moi, dit Fanny en se précipitant dans les bras de sa sœur qui la serra convulsivement. J'ai si honte !

– Il n'y a pas de quoi, Fanny. Tu es ma sœur. Je t'aime. Et un jour, face aux Noirs, nous retrouverons la fierté de notre bonheur passé. Nous revendiquerons cette désinvolture. C'était un art de vivre tout simplement.

Elles restèrent enlacées et l'émotion qui les étreignait colonisait chaque souffle d'air, chaque millimètre de leur espace vital.

– Oh, oh Blues, il y a quelqu'un pour toi, dit Fanny en se dégageant de son étreinte.

Elle s'éloigna à grands pas, avant que Franck ne se pointe devant Blues, aussi incandescent de rage qu'un volcan en éruption. Sans lui donner l'occasion de charger, elle s'ébroua :

– Qu'est-ce que tu veux ?

– Te féliciter, mademoiselle Cornu. Je t'ai sous-estimée. Je suis venu reconnaître mon erreur et te demander pardon.

– Pourquoi ?

– Figure-toi que je te prenais pour une petite paysanne inexpérimentée et qui avait besoin de conseils et de protection alors que...

– ...que je suis une prostituée ? que j'ai couché avec la moitié de la ville ?

– Oh, non ! tu fais mieux que ça. Tu prépares tes pièges avec une patience de dentellière. Tu anesthésies tes victimes. Tu attends patiemment que le hasard les jette dans tes pattes, alors tu les dégustes !

– Avec moi, au moins, tu n'as pas à subir les attendrissements inopportuns des femmes après l'amour. Je t'ai épargné les mensonges et les faux-semblants. Je nous évite la scène pénible qui consisterait à te demander : comment s'est passé ton après-midi d'hier avec cette mulâtresse ?

– Tu veux parler de Dorothée ? demanda Franck surpris. Mais c'est...

– Je ne veux rien savoir, le coupa Blues sèchement. Et, s'il te plaît, laisse-moi seule.

– Tu as peur que ton colonel nous surprenne ?

Cette réflexion désarçonna Blues et il en profita pour la harceler de paroles empoisonnées. À combien estimait-elle la passe ? Payait-il cash ou par chèque ? Il se mit à fumer et à déambuler, éprouvant une joie mauvaise à l'épuiser moralement. Ce n'était pas l'idée d'avoir été cocufié qui le gênait, mais il se sentait déshonoré. Ah, si encore elle l'avait abandonné pour se jeter dans les bras d'un ingénieur ou d'un architecte, il aurait compris. Mais se repaître dans les bras de ce sanguinaire corrompu : il en était si blessé qu'il n'avait pas envie d'elle, qu'il n'y pensait même pas.

— Oui, tu es très maligne, dit-il avec mépris. Tu n'entres pas dans la vie des hommes. Tu t'y infiltres comme un serpent.

— Un jour, dit-elle d'une voix enrouée, je t'expliquerai tout.

— Oh, tu veux me dire que tu m'expliqueras tout de derrière les barreaux lorsque tu auras besoin de quelqu'un pour te défendre ? lui demanda-t-il sarcastique. Ne compte pas sur moi. Parce que tes conneries de révolution te tomberont au coin du nez. Bonne nuit !

Cette nuit-là, Blues chercha le sommeil avec une torche. Sa vie, tel un film désordonné dont les séquences se bousculaient, avec des dialogues qui ne correspondaient pas aux images, défilait sous ses yeux. Elle sentait au plus profond de ses tripes qu'elle ne voulait pas écrire une histoire d'amour stable avec Franck. C'était trop compliqué, trop de souffrances ennuageaient le ciel de leurs relations. Comment un homme qui n'avait d'autre obsession que celle de téter toutes les mamelles de la terre pouvait-il se croire sincèrement apte à rendre une femme heureuse ? Elle pleura longtemps et ses larmes traversèrent des gouffres, comblèrent des abîmes pour conjurer sa peine. Elle était certaine que ces larmes-là déminaient le futur des fermiers blancs et que la réalisation de son projet révolutionnaire méritait qu'elle sacrifiât sa vie privée.

Le cimetière de la ville est l'endroit le plus anachronique du pays. Les tombes des pauvres débordent jusque sur la chaussée, au milieu d'une végétation anarchique. Des singes viennent y jouer à la balançoire. Des chèvres y broutent tandis que des poules accompagnées de leurs rejetons gratouillent le sol de leurs pattes en quête de quelques vers. Les tombeaux sont plantés au gré des humeurs, sans le moindre alignement, comme si, une fois morte, la chair en pourrissement perdait tout intérêt. Des jeunes désœuvrés y volent les bouquets de fleurs qu'ils revendent sur les marchés. Les fossoyeurs aident les brigands à déterrer les cadavres et les cercueils ainsi que les vêtements des trépassés sont retrouvés dans les vitrines des magasins. Hommes, femmes et même enfants, en quête de puissance occulte, s'adonnent à des séances de magie sous les applaudissements du diable en personne. On y trouve pêle-mêle des crêtes de coq et des oreilles de cochon, des plumes d'oiseaux arc-en-ciel attachées selon un rituel. Des morceaux de tissu rouge sertis de cauris et, quelquefois, un fœtus calciné accroché à une croix en bois.

Plus en hauteur, protégées par des frangipaniers et des bougainvillées, les tombes des Blancs sont incontestablement les plus soignées. Des grillages en fer forgé les isolent farouchement les unes des autres. Les tombeaux sont cossus, avec des sculptures, des chapelles et des gros bouquets de fleurs, jalousement gardés par Théophile, un négrillon d'un noir d'encre, bleuté presque, avec des yeux protubérants et des lèvres énormes. Il connaît les morts par leurs noms et origines. Il connaît toutes les générations de Britanniques, de Français ou de Hollandais qui s'y dessèchent et tombent en poussière. Et eux, Blancs d'Afrique, n'ont pas lésiné sur les moyens pour montrer l'amour qu'ils portent à leurs morts : des épigraphes lyriques ornent les sépulcres.

Et lui, Théophile, veille personnellement à ce que ces tombes restent nickel chrome comme au premier jour. Il redresse les croix écroulées, balaie les allées, les débarrasse des lianes échevelées. Et une fois gorgé de bière et abruti de soleil, il titube jusqu'au cimetière des nègres, qu'il piétine sans égard, avant de s'y vider la vessie : « Pauvres cons ! Ils n'ont qu'à me payer pour m'occuper d'eux ! »

Ce matin-là, il déambule entre les allées en chantonnant : « Faut-il nous quitter sans espoir... sans espoir de retour... Faut-il nous quitter sans espoir... de nous revoir un... », lorsque les fermiers apparaissent dans son champ de vision dans un désordre tout européen. Il frotte ses yeux. Non, il ne rêve pas.

– Qui est mort ? demande-t-il en se précipitant vers eux, une pelle à la main. Je n'ai pas été averti que...

– On vient rendre visite à nos morts, dit Thomas Cornu. Il n'y a pas de mort.

Et cette minorité raidie dans ses traditions et ses préjugés pour se protéger et qui, malgré ces précautions, va disparaître dans l'indifférence générale, se disperse dans les allées fleuries. On les entend renifler devant les caveaux : « Mon pauvre chéri ! Qu'adviendra-t-il de toi lorsque je ne serai plus là ? » Certains déposent de magnifiques bouquets et se recueillent. La souffrance présente se confond aux douleurs passées, provoquant une turbulence émotionnelle si forte qu'on croit que le cimetière dégage une énergie particulière. Les morts semblent ressusciter et participer à cette cérémonie d'adieu à l'Afrique qui leur a offert tant de bonheur : bonheur de chasser dans des grandes étendues sauvages, à perte de vue ; joie de voir des gazelles s'élancer dans la savane brûlante ; plaisir de l'herbe sèche craquant sous les pieds nus ; délectation de plonger dans un ruisseau à n'importe quel moment de l'année, sans crainte d'une pneumonie et plus grande encore, cette magie de transformer leurs vies de médiocres Occidentaux en maîtres absolus d'un monde, capables de moudre les destins des autres, de les commander et de les torpiller sur plusieurs générations.

– Moi, je vais emmener mon petit Ignazzio avec moi en Italie, dit Gaia au bord de la crise de nerfs. Je ne peux pas le laisser ici tout seul.

On entend des séries de sanglots étouffés, des grondements sourds jaillissant des poitrines. Les visages paraissent avoir vieilli de vingt ans. Et les yeux sont si pleins de souffrance que même les cœurs les plus coriaces les prendraient en pitié, malgré que.

Théophile, en vrai habitué des chagrins, avec sa verve avinée, tente de leur remonter le moral.

– Ne vous tracassez pas, Théophile s'occupe de la santé de vos morts !

Puis, épuisé, il s'adosse à un manguier. Il puise des pincées de tabac dans un pochon en plastique, se roule une cigarette, sourire aux lèvres. Il est assez flatté de cet impromptu qui démontre aux vivants son importance.

Blues s'en tamponne. Elle rumine un chewing-gum en contemplant la beauté calme des bois et des villages enfouis sous les frondaisons. Elle pense déjà à ce jour lointain où tous les hommes seront frères et où chacun sera traité avec respect.

– Que fais-tu seule dans ton coin, ma petite ? lui demande Betsy en la dévisageant.

– Je réfléchis, c'est tout. Ne vous inquiétez pas.

– Si tu ne fais rien qui mette votre vie en danger, je n'ai aucune raison de m'inquiéter.

– Vous me faites confiance, n'est-ce pas, Betsy ?

– Bien sûr ! Et tu le sais.

– J'ai besoin d'argent. De beaucoup d'argent. Pouvez-vous m'en trouver ? J'ai aussi besoin d'un revolver.

– De l'argent et un revolver ? demande-t-elle incrédule. Y a-t-il quelqu'un que tu veux tuer ?

– Ne posez pas de questions. Si vous voulez m'aider, trouvez-moi ce que je vous demande.

– Ta façon de me regarder me donne la chair de poule. Où veux-tu en venir ?

– Il faut provoquer une révolution dans le pays, Betsy. J'ai déjà pris les contacts nécessaires. Il nous manque juste l'argent pour lancer l'opération.

– Mais c'est trop dangereux ! Je ne peux pas...

– Regardez la réalité en face. Partir d'ici, c'est la mort assurée pour la plupart d'entre nous. Vous le savez et je le sais, et plus vite nous l'admettrons, mieux ça vaudra pour tous. Au moins en agissant, aurons-nous une chance de nous en sortir. Qu'en dites-vous ?

— Je ne suis pas d'accord. Pas une seconde.

— S'il vous plaît, dit Blues en saisissant brusquement sa main. Aidez-moi.

— Je t'attends chez moi cet après-midi à seize heures.

24

Des jeux de soleil donnaient vie à l'ombre paisible de la journée, sans calciner l'offrande des fleurs. Les vagues de vent animaient les surfaces des fleuves sans en menacer les profondeurs. C'était une belle journée pour recommencer une nouvelle vie ailleurs, sans problème de race et de religion. L'aérodrome grouillait et crissait de ceux qui s'en allaient quêter cette paix.

Une sorte de cheftaine sans grâce ni beauté fouillait le long troupeau de nègres, de Blancs et de jaunes : « Avancez ! Avancez ! » hurlait-elle d'une voix suraiguë tout à fait surprenante pour son énorme gabarit. On l'imaginait davantage poussant des barrissements à faire s'écrouler des cocotiers. D'ailleurs, l'impudence acharnée d'Anne-Agathe, qui éventait sa poitrine embrasée par la canicule de la ménopause, l'agaçait :

– Mettez-vous sur le côté, madame, dit la cheftaine.

La cheftaine laissa passer des grosses négresses surchargées de sacs et dont les paresseux époux traînaient derrière elles en se curetant les dents. Elle fit circuler des Chinois bégayants et des métis narquois. Blues était contente de cette humiliation publique infligée à cette tante qu'elle détestait. Puis, quand cela lui parut suffisant, la cheftaine tripota méthodiquement Anne-Agathe dont les traits se déformèrent sous l'effet de l'incrédulité, puis de la fureur, enfin de la haine. Tout le monde put voir son jupon aux abords rafistolés, son soutien-gorge qui soutenait ses mamelles aplaties par les régimes. C'était la vengeance médiocre de la cheftaine au nom de tous les siens, parce que, ici comme ailleurs, l'histoire des peuples renfermait tant d'humiliation et de rancœur que, pour un début de paix entre les communautés, il eût fallu décalotter les crânes, sortir les cerveaux, les laver sous les robinets, les rincer et les essorer comme s'il s'agissait d'une serviette sale, afin de débarrasser les hommes des souvenirs du passé. Et, comme ce nettoyage était impossible, la cheftaine fit ce qu'elle avait à faire : elle lava à sa manière les humiliations des cinquante générations des Noirs morts depuis des lustres ; celle des nègres marrons pourchassés comme des bêtes à travers la jungle et quand cela lui parut suffisant, elle dit d'un ton dédaigneux :

– C'est bon. Vous pouvez partir.

Anne-Agathe s'éloigna en maugréant, pensant à la belle époque où elle n'aurait même pas accepté que cette connasse cire ses chaussures. Et ceux qui restaient ne commentèrent pas l'incident. Ils s'étaient si accoutumés aux situations les plus affreuses, aux vexations les plus infamantes, qu'ils avaient appris à les voir comme une envolée de criquets sur un champ qu'ils ressèmeront la prochaine saison.

On se dispersa.

Nanno, appuyée au bras de Double John et calfeutrée de douleur, n'arrivait pas à quitter l'aérodrome. On eût dit un boxeur sonné sur un ring. Elle tentait de réagir, mais ses membres n'avaient plus aucune coordination, ni aucun impact. Jean-Claude était parti et son monde s'écroulait. Désorientée, elle cherchait une boussole, une trace compréhensible dans l'incongruité des événements. Des larmes coulaient doucement de ses joues et elle vit passer tous les morts bien-aimés qui l'avaient abandonnée, elle, sur les rives d'une petite vie, car tout était presque fini. Elle les voyait s'extirper du néant, voleter au-dessus de sa tête. « Je savais bien qu'on pouvait compter sur toi, pour prendre soin de la famille », ricanait le père Cornu.

– C'est pas de ma faute, vous m'entendez ? hurla-t-elle soudain. C'est le bon Dieu qui décide.

– À qui parles-tu ? lui demanda Double John inquiet.

– À moi-même, rétorqua-t-elle entre ses larmes. Viens, allons.

Thomas Cornu serra ses filles dans ses bras avec toute sa tendresse et sa passion de père :

– Soyez gentilles avec votre tante, mes chéries, dit-il, parce qu'elles devaient aller passer quelques jours chez Mathilde.

Catherine aussi s'écroula en recommandations, larme à l'œil :

– Vous serez plus en sécurité là-bas, ajouta-t-elle.

Blues grimpa dans la voiture, l'esprit en ébullition. Il flottait dans l'habitacle une nostalgie silencieuse, faite de sensations moribondes, comme celle que procure l'obligation de quitter une fête lorsqu'elle bat son plein. Fanny somnolait, épuisée par sa future maternité.

– Je n'ai pas envie d'abandonner tout ça, dit Blues en montrant le paysage alentour. Je vais essayer de faire en sorte que ce qui reste de Blancs dans ce pays puisse continuer à y vivre le moins mal possible.

– Tu sais, ma petite, dit tante Mathilde, voilà des décennies que l'on prône l'égalité entre les races, le partage des richesses, afin d'améliorer la fraternité entre les peuples. Qu'ont fait les Nations unies, les pays occidentaux pour que ce rêve devienne réalité ? Rien. Oublie donc ça et occupe-toi de ta petite vie.

– Ma vie sentimentale n'a aucune importance pour le moment, ma tante.

À mots couverts, elle lui raconta ses intentions. Parce qu'à dix-huit ans, malgré sa grande force de caractère, elle avait besoin de dévoiler certains secrets, pour en alléger la charge. Tante Mathilde l'écouta et une suée de terreur l'inonda. Elle tenta de lui faire entrevoir les implications cauchemardesques de son projet. Ils la violeraient, la découperaient en morceaux, la jetteraient au fond d'un lac.

– C'est ce qui m'attend aussi si on s'aperçoit que je suis enceinte d'un Noir, dit Fanny, en sortant brusquement de son état de léthargie.

– C'est ça la vie, ma chère enfant, dit tante Mathilde. On est tout le temps en représentation et le public peut se révéler méchant.

– C'est pas une question de public, ma tante. J'ai fait une erreur... c'est tout !

– Une erreur en aimant un métis ? demanda tante
Mathilde. Mais l'amour n'est jamais une erreur, ma chérie.
C'est l'usage qu'on en fait qui le défigure. Tu verras, chez
moi, les gens sont à la mode du métissage culturel. Ils
t'aideront. Pas comme ces ringards de fermiers qui nagent
dans les eaux profondes du racisme et qu'on croirait sortis
tout droit du XVIIIe siècle.

– Arrête-toi, ma tante, cria soudain Fanny, excitée
comme une puce dans l'oreille d'un chien. Stop !

– Qu'est-ce qui se passe ? demanda tante Mathilde.

Elle pila, faisant tournoyer la voiture comme un bambou
sensible à la musique de tous les vents. Fanny bondit de
la voiture. Ses yeux étaient liquides ; les mots suffoquaient
presque sur ses lèvres « Nicolas ! Nicolas ! » Et l'autre avec
son pantalon maman-j'ai-grandi, jeta son baluchon dans
la poussière et partit dans une course affolée en sa direction.
Ils volèrent dans les airs, se contractèrent dans les bras l'un
de l'autre comme des chenilles, s'embrassèrent convulsivement jusqu'à plus souffle.

– Tu pars déjà ? lui demanda Fanny.

– Ce n'est jamais trop tôt pour aller gagner beaucoup
d'argent, dit-il. Il faut qu'on sorte de cette mélasse, tu
comprends ? Mais je reviendrai, je te le promets.

Il eut un silence transi d'angoisse et de volupté. Quelque
part à l'est, une tempête approchait. Des nuages balayaient
le soleil et donnaient une luminescence qui semblait moins
tomber sur les objets qu'émaner d'eux. Quelques secondes
passèrent pendant lesquelles les tourtereaux se contemplè-
rent béatement.

– Veux-tu qu'on descende tes bagages ? demanda

Mathilde à Fanny, non sans malice. Qu'en pensez-vous, Nicolas ? Fanny peut-elle partir avec vous ?

Et aussi vrai que l'homme a dix doigts et que toutes les religions prennent naissance au fin fond des enfers, Fanny l'aurait suivi.

– Qu'en dis-tu Nicolas ? Je viens avec toi ou pas ?

– À ta guise, dit Nicolas en dépoussiérant le sol à ses pieds avec ses sandales. À tes souhaits.

Les yeux de Fanny sondèrent son amant et les projets les plus fous se tressaient sous ses yeux. Elle n'avait pas réussi à le convaincre de rester ici, d'y vivre avec elle, mais elle espérait encore entendre de ses lèvres des mots aussi bons que les pieds de canne à sucre.

– C'est à toi de décider, Nicolas, s'enhardit-elle. Je ne veux pas être un poids pour toi.

– Tu es assez grande pour prendre tes décisions toi-même, Fanny. Je n'ai pas de situation et tu le sais...

Et ce fut tout. Les yeux de Fanny s'obscurcirent ; son visage se recroquevilla sous le morne de l'amertume. Elle haussa ses épaules, parce qu'elle ne pouvait enjamber les barrières du destin :

– Tant pis, dit-elle. J'aurai trop de chose à faire dans les prochaines semaines. S'occuper d'un bébé est un lourd fardeau.

– Blues t'aidera, dit-il. Je sais qu'elle le fera.

Le vent tourna les pages d'un livre de poche au loin et elle lui tourna le dos. Au moment de grimper dans la voiture, elle le regarda une dernière fois :

– Écris-moi de temps à autre, dit-elle. Il semble que la poste marche encore dans ce foutu pays.

Il lui promit tout ce qu'elle voulait : les couleurs des sept arcs-en-ciel et la lumière des cerfs-volants ; les foulards jaunes portés en turban et les étals du bien-manger qui donnent des grattées à la gorge du voisinage. Il ajouta, pour le principe, les plateaux de douze poudres brillantes et des myriades de teintures pour couvrir les couleurs du mauvais sort. Il s'en allait au maquis prêter sa colère aux dictatures du Congo ou du Zaïre, de la Gambie ou du Tchad. Il barouderait, l'important c'était de prendre la route des gagneurs. Il s'était battu, croyant à la justice, à l'égalité dans la répartition des terres. Mais seuls les proches du Président élu démocratiquement à vie avaient squatté les terres comme de la mauvaise herbe. Il se sentait floué, trompé, tronqué. Vivre dans ce pays où l'existence commençait à ressembler à un tapis usé lui donnait l'envie calamiteuse de poser une bombe.

– Je ne t'oublierai jamais, conclut-il.

– Quel con ! dit tante Mathilde en démarrant. Cet imbécile ignore qu'on ne demande pas à une femme son avis dans ce genre de circonstances. Ce qu'elle souhaite, c'est qu'on la conquière et qu'on l'emporte.

– Il eût fallu pour cela qu'il m'aime vraiment, murmura Fanny.

– Il t'aime profondément, mais il ne sait pas ce qu'il veut.

Tante Mathilde aimait les hommes à la folie, mais ne les tenait pas en haute estime. Elle aimait la force du mâle, l'arrogance du sexe fort et ses pathétiques prétentions.

Les paroles de regret pleuvaient des lèvres de Fanny. La

tension et la fatigue la rendaient excessivement animée. Son amour déçu, mêlé d'une culpabilité poignante, l'étreignait d'une frénésie de phrases. Blues, qui en était déjà à se fabriquer un destin à la Jeanne d'Arc, écoutait sans broncher. Le mieux dans ce genre de situation était de se focaliser sur ses propres soucis :

– Je vous rejoindrai dans quelques jours, dit Blues lorsque la voiture la déposa devant la propriété des MacCarther. Je logerai au Central Hôtel. Vous pouvez m'y contacter en cas d'urgence.

– Fais attention où tu mets tes pieds, fit Mathilde, en la regardant enfiler son sac à dos.

– Il ne s'agit que de réunions que j'aurai avec les uns et les autres, tu sais, ma tante. Ça ne tue personne.

Pour une réunion justement, celle qui se déroulait à la seconde même à l'ambassade de Grande-Bretagne semblait surréaliste. Les notables de la représentation anglaise réunis formaient ensemble une jolie barbe remplie de poils à gratter. Le visage de l'ambassadeur était congestionné. Le vice-consul David Spear était si excédé que son teint pâle en roussissait. Son costume clair était mouillé de transpiration et sa chemise impeccable collait à sa poitrine. Quant à Nielssen, l'homme par qui le scandale était arrivé, il se dessoiffait presque de ses propos, tant on le hameçonnait. Et si Blues avait imaginé un seul instant les délires diplomatiques que ses fantasmes révolutionnaires provoquaient, elle aurait dansé toutes les musiques.

– Monsieur Nielssen, commença David Spear. Nos ser

vices n'ont jamais entendu parler d'une opposition silencieuse. Ce que nous connaissons et que nous traitons avec succès dans ce pays, ce sont des cas d'hallucination de certains de nos concitoyens provoqués par l'abus de stupéfiants.

– Jamais on n'a entendu parler d'une telle chose! approuva l'ambassadeur. Et qui en outre aurait besoin de cinquante mille pauvres dollars pour mener à bien une action de cette envergure! Pour qui nous prenez-vous? Savez-vous combien coûte une seule Kalachnikov, monsieur Nielssen? Plus de trente mille dollars!

C'était si ridicule qu'ils le dévisagèrent de derrière leurs binocles et esquissèrent un sourire moqueur.

– Qui est le chef de cette opposition? continua David Spear d'un ton sarcastique. Je suis sûr que vous allez nous rétorquer que vous ne sauriez nous donner son nom afin de ne point mettre sa vie en danger. Je me trompe?

– Vous avez parfaitement raison, dit Nielssen en rougissant de plus belle.

– Avez-vous songé que nous nous ferons sonner les cloches par Londres si jamais vos allégations sont infondées?

Nielssen se tordit les mains, nerveux, attaché à la peur du ridicule. Puis après un temps il dit en bégayant, car son cœur coulait dans l'angoisse :

– Je parle très sérieusement. La situation qui se prépare est potentiellement dangereuse. Je souhaite que nous alertions Londres. Imaginez que j'aie raison : nous perdrons nos marchés en Afrique australe parce que les nouveaux dirigeants nous traiteront d'ennemis. Nous serons qualifiés d'incompétents !

Cette perspective fit l'effet d'un séisme sur l'assemblée. Son Excellence aimait bien les Noëls de Londres avec ses *Christmas Carols* jaillissant par les fenêtres entrebâillées, mais détestait ses habitants qui couraillaient en tous sens comme une fourmilière éclatée. Il adorait ses lumières et ses lampions, mais exécrait son odeur de lard frit mêlé à l'iode. Il affectionnait ses galeries d'art, mais abominait les effluves de tabac étranges et d'encens qui vous y prenaient le nez. Il se racla la gorge et embrassa son courage à bras-le-corps comme une bouée de sauvetage.

Minister of Foreign Affairs

M. Nielssen signale l'existence d'un groupe d'opposition silencieuse prête à entrer en action et qui aurait besoin d'une somme de cinquante mille dollars afin d'agir.

Cependant, les éléments en notre possession ne nous permettent pas de confirmer ces rumeurs. Par précaution, nous vous en informons et pousserons plus loin nos investigations. Nous attendons vos réactions afin de donner une suite adéquate en coordination avec Londres à cette délicate affaire.

Pour la représentation du Zimbabwe,

Son Excellence Johnson Connors.

— Êtes-vous satisfait de ce courrier Monsieur Nielssen ? demanda Son Excellence.

— Oui, bien sûr, dit Nielssen, en pensant : « Quel lâche ! »

– Dans ce cas, j'attends que vous dénichiez des éléments complémentaires pour confirmer vos assertions.

Puis, il le jeta hors de son bureau, heureux de s'être mis puérilement à l'abri comme ces voyageurs qui, sentant leur avion perdre l'équilibre, vérifient que leur ceinture de sécurité est bien bouclée.

25

La demeure des MacCarther avait perdu son éclat, comme une belle femme enlaidie par la petite vérole, le sida ou autres mochetés que la nature accouche, pour rappeler aux grands industrieux de ce petit monde qu'elle est seule maîtresse à bord. Des mauvaises herbes malparlaient sur les rosiers. Une lèpre noirâtre grignotait les murs. Une négresse enchignonnée trônait en haut des vingt-sept marches telles ces prêtresses d'autrefois chargées de conduire l'humanité vers un autre monde. Dès qu'elle vit Blues, la morgue la rendit si affronteuse qu'elle se leva, prête à brûler les fesses à cette morue blanche sur les fourneaux de Satan :

– Qui êtes-vous ? Où allez-vous ? Qui vous a envoyée ? Ne voyez-vous pas qu'il s'agit d'une propriété privée ici ?

Elle fonça cornes au vent, désireuse de piétiner Blues, ce symbole de leur asservissement d'antan, à moins que ce ne fût la mauvaise conscience éphémère des biens mal acquis qui la dérangeait. En outre quatre de ses enfants en âge bête faisaient partie des skins sans cervelle qui se répandaient dans la ville en une nuée sauvage et créaient la panique chez les colons en bastonnant les petits Blancs qu'un mauvais hasard mettait sur leurs chemins. Ils étaient intouchables, parce que fils brutaux de la nouvelle élite noire zimbabwéenne, qui réclamaient à cor et à cri les réformes agraires, pour mieux s'amollir devant les réseaux mercantiles.

Blues ne put rien faire d'autre que de donner à son visage une expression paisible :

– Je suis venue rendre visite aux MacCarther, dit Blues. Ils m'attendent.

– Ils habitent là-bas, fit la négresse en lui indiquant une des annexes où, autrefois, logeaient les boys. Ici, c'est chez nous !

– Bien, madame.

– Chéri, cria l'imposante négresse à l'intention d'un homme qui ronflait allongé sur une natte, il faudrait penser à monter un mur ici. Je n'ai nullement l'intention de passer mes journées à jouer les guides touristiques.

La baraque des MacCarther était un scandale de misère et d'injustice. Des meubles et des tableaux tremblotaient entre les murs fragiles, une cuisine catastrophique marinait entre les odeurs et la chaleur ambiante, des fleurs fraîches s'essoufflaient dans les vases. Dans cet univers bancalisé, Betsy la reçut en grande reine, enveloppée d'étoffes précieuses. Ses joues roses et des yeux brillants donnaient à voir sa joie d'être là et sa confiance en l'avenir. C'était la parade adéquate pour survivre.

– Voulez-vous un thé ? demanda-t-elle à la jeune femme.

Déjà elle s'empressait autour du réchaud, mettait l'eau à chauffer, tandis que MacCarther fumait une pipe en

ruminant. Depuis cette expulsion, il ne pouvait plus vision-
ner les films érotiques dont il raffolait.

– À quoi cela leur sert-il d'avoir pris nos demeures ?
demandait-il sans cesse. Ils n'ont même pas été capables
de mettre des rideaux aux fenêtres. Notre magnifique salon
est aujourd'hui envahi de fourmis et de mille-pattes. J'aurais préféré être mort que d'assister à une telle décrépitude.

– Calme-toi, chéri, ne cessait de dire Betsy. Ces rancœurs
risquent de te porter un coup fatal au cœur.

– Mon cœur ? Le mien est brisé pour toujours. C'est
devenu un enfer de bordel, notre maison. Quelqu'un
peut-il m'expliquer pourquoi la négrerie se croit destinée
à faire de la cacophonie et à bambocher comme des chiens ?

Il était aussi furieux qu'un coq enfermé dans un panier.
Refusa le thé que lui proposa Betsy. Marcha en titubant
comme un canard à qui on vient de trancher une aile.

– Es-tu sûre de tes intentions ? demanda Betsy à Blues
alors que celle-ci déposait sa tasse vide sur un petit guéridon.

– Oui, répondit Blues, sans l'ombre d'une hésitation.
Tôt ou tard, nous récupérerons nos biens. Dussé-je y laisser
ma vie.

Betsy sortit de son sac une liasse de billets qu'elle glissa
dans les mains de Blues.

– C'est tout ce que je possède, dit-elle. Tâche d'en faire
bon usage !

Elle l'embrassa chaleureusement... Non, mieux. Elle lui
donna l'extrême-onction à la manière d'une prêtresse vau-
dou. Elle souffla sur son visage :

– Va ! Et que le Seigneur te protège !

Blues s'éclipsa, les laissant fracassés dans leurs vies qui s'abrégeaient.

Le soleil cramait la terre rouge et l'asphalte fondait comme du chocolat jeté dans de la lave. On siestait sous des arbres et, dans les bureaux, on faisait semblant de bosser, parce que cette chaleur furibonde n'était pas faite pour les humains. Elle sculptait des crevasses dans la savane et jetait sur les dos des animaux des charges aussi puissantes que de l'eau bouillante.

Blues transpirait. Ses cheveux étaient collés à ses tempes. Tout était poisseux, tiède ou carrément brûlant. Une vieille femme vêtue de noir bravait le ciel en vendant des oranges épluchées sous un parasol. Une chatte passa, tenant entre ses crocs un petit. Un chien aboya quelque part. Blues eut peur des choses tapies derrière elle, de la présence muette des desseins cachés. Elle se mordit les lèvres et toqua à la grosse porte en bois rongée par la vermine. Un long moment passa avant qu'un jeune métis ne vînt ouvrir :

– Toi c'est qui ? lui demanda-t-il.

– Blues. J'ai rendez-vous.

– Tu seras donc la dix-septième femme de papa, dit l'enfant d'une voix canaille. Il n'a pas encore de Blanche. Sûr qu'il sera supercontent. Viens... Suis-moi.

– Qui est donc ton père ? demanda Blues, intriguée.

– Élie Bristen. Il a seize femmes et soixante-six enfants. Il dit que le métissage est le seul moyen d'instaurer la paix entre les hommes.

Blues eut un frisson de pleine lune lorsqu'elle vit la

propriété, cette barque chargée de toutes les offrandes de la vie. De minuscules bungalows aux fenêtres surchargées de bougainvillées auraient donné l'impression à un explorateur d'avoir découvert un nouveau monde. Les sentiers s'y repliaient ou disparaissaient dans la brousse. Des femmes empagnées, enrubannées, surgissaient de la pénombre. Des enfants, des dizaines d'enfants pieds nus et en caleçon rouge témoignaient de mille sangs barattés, d'un assortiment des croisements de races et de cultures. Ils étaient posés là, comme un début de renaissance sur le nombril de ce pays explosé. Ils s'activaient malgré la chaleur. Ils pilaient du mil, écrasaient ou touillaient du plantain sur d'énormes fourneaux. Et Blues plaçait ses pas dans ceux du jeune métis dans l'ébranlement de centaines d'yeux curieux qui suivaient sa progression.

– C'est ici, lui dit l'enfant en lui montrant un joli pavillon au fond d'un petit jardin. Je m'appelle Dan. Bonne chance.

Blues regarda autour d'elle et imagina l'endroit par temps de pluie ou sous une tempête. Elle essaya de se convaincre que c'était magnifique, mais la peur la désarticulait. Elle entendait le sang circuler dans son corps. Elle s'avança lentement et toqua :

– Il y a quelqu'un ? demanda-t-elle.

Et comme ses appels voletaient dans l'air sans digue pour les contenir, elle entra et faillit buter sur un gros Blanc qui sortait d'une chambre.

– Faites comme chez vous, lui dit-il, bougon.

C'était le genre de Blanc dont on voyait de manière récurrente la gueule sur les écrans des télévisions européennes, heureux d'exhiber leur africanité en utilisant des codes linguistiques qui donnent bonne conscience à l'Occident. La cinquantaine avait grignoté ses cheveux. Il portait pour tout vêtement un pagne attaché autour de ses reins boursouflés de graisse. Une myriade de perles de divers tons pendouillaient sur son thorax de roux. Il suait abondamment malgré l'énorme ventilateur qui tournoyait en sifflant. Blues ne put s'empêcher de penser à ce qui se passerait si ces gigantesques ailes d'oiseau se détachaient soudain du plafond. Elles virevolteraient follement, trancheraient des têtes et découperaient des jambes.

– Que puis-je pour vous, ma jolie dame ? demanda le roux d'une voix enrouée par le tabac.

– J'ai rendez-vous avec Zaguirané et Ernest Picadilli.

– Ainsi donc c'est vous ? dit-il en pouffant. Que c'est drôle !

– Qu'y a-t-il donc de si drôle ? interrogea Blues.

– Ce qu'il y a de drôle, c'est que votre idée est stupide, dit l'homme en faisant des grands gestes de ses bras. C'est une incongruité que de vouloir renverser le régime. Notre pays est prospère. Le Président élu démocratiquement à vie est aimé de son peuple. Ce qu'il veut faire à travers les réformes agraires, ma petite dame, c'est instaurer la justice et la paix entre les peuples.

– C'est un sanguinaire.

– Un visionnaire.

– Un escroc doublé d'un imbécile.

– Un prophète. Et je suis l'un de ses plus fervents serviteurs.

Blues sentit la terre s'ouvrir sous ses pieds et des larmes monter à ses yeux.

— Personne ne te veut du mal ici, dit Zaguirané en surgissant brusquement de derrière des rideaux. Nous prenions juste nos précautions.

— Vous voulez dire que vous m'avez mise à l'épreuve ? demanda Blues. Mais pourquoi ?

— Je suis un ancien barbouze, moi ! rétorqua Élie Bristen. Savez-vous ce que cela signifie, jolie demoiselle ? Si je tombais dans la première entourloupette, il y a longtemps que les asticots se seraient fait des grasses matinées avec ma viande.

— En deux mots, dit Zaguirané d'un ton zézéyant, nous vous avons enregistrée... Imaginez ce qu'il adviendrait de votre si jolie personne au cas où vous viendrait l'idée malencontreuse de nous trahir.

— Vous n'avez pas confiance en moi ? demanda Blues, étonnée.

— La vie est un jeu d'échecs, dit Zaguirané. Ce n'est pas le plus intelligent qui gagne, mais le plus malin. Où est l'argent ?

Elle ne s'en alla pas en faux chichis, enfonça ses mains dans son sac, et ventila les billets dans les mains de Zaguirané.

— C'est tout ? demanda Zaguirané en se statufiant. Que voulez-vous qu'on fasse avec cinq mille malheureux dollars, petite ? Le fric est le foie du quotidien, fillette. Il est le poumon de l'avenir, donc de la paix et de la justice.

— Mes commanditaires ne lâcheront rien tant qu'ils ne seront pas sûrs de vous, dit Blues péremptoire. Ce ne sont pas des enfants de chœur.

Les deux hommes échangèrent un regard complice et cette connivence rebondit dans l'air. Ils clamèrent à la manière de deux danseurs s'étant entraînés ensemble pendant de longues semaines :

– Bien sûr qu'on leur fournira des preuves de notre détermination !

Puis, ils se servirent à boire, levèrent leur verre à sa santé : « Nous verserons jusqu'à notre dernière goutte de sang pour renverser ce dictateur. » Au milieu de la phrase, la Guiness is good for you coupa les jambes à Zaguirané dont la tête dodelina. Bristen se crut obligé d'expliquer les raisons de ce sommeil anarchique.

– Il ne dort pas la nuit, dit-il. Savez-vous à quoi il passe son temps ?

– Non, dit Blues en surveillant les mouvements du ventilateur au plafond.

– Il réfléchit depuis des années au moyen de mener à bien son combat contre la tyrannie. Pas comme tous ces soi-disant opposants qui vivent tranquillement à Londres et protestent à distance. C'est comme une meute de chacals qui aboieraient derrière une muraille. Un vrai patriote doit vivre ici et endurer la même souffrance que son peuple. Qu'en pensez-vous, mademoiselle ?

– L'opposition extérieure est un appui, monsieur. Mais globalement vous avez raison.

– Et comment que j'ai raison, dit-il en roulant un joint avec dextérité.

À ses yeux rouges, ce n'était pas le premier de sa journée.

– Savez de quelle origine je suis ? demanda-t-il.

– Anglaise ?

– Non ! Hollandaise ! À dix-huit ans, j'ai fui cette société de consommation occidentale. J'ai traversé le Sahara à dos d'âne, visité le Mali à vélo, le Sénégal et la Côte-d'Ivoire en taxi-brousse. Regardez mes pieds, dit-il en agitant ses orteils écornés sous le nez de Blues. Ce sont mes scarifications rituelles. Elles témoignent des sacrifices consentis pour arriver jusqu'ici. Puis, un matin, j'ai découvert la Rhodésie avec ses plaines vallonnées, ses savanes ensoleillées, ses odeurs à la fois épicées et sucrées, j'ai senti les battements de son cœur sous mes pieds, la respiration des étoiles qui peuplaient son ciel au-dessus de ma tête et là, j'ai compris que c'était cette vie que je recherchais, que ma place était ici. Est-ce que vous pouvez comprendre ce que cela signifie ?

– Je ne suis pas encore trop bête, monsieur.

– Tant mieux ! J'aime l'humilité et c'est devenu une denrée très rare chez les jeunes, surtout les Blancs. Ils pensent que les Noirs sont des sauvages parce qu'ils sont polygames. Je peux vous garantir que c'est l'inverse : ce peuple a compris avant tous les autres que l'amour entre deux êtres pouvait être éternel, mais que l'attirance physique ne durait qu'un temps. Grâce à la polygamie, ils maintiennent en place la structure familiale nécessaire à l'épanouissement des enfants. Pas comme ces Blancs qui divorcent au moindre coup de sang ou se haïssent tant que cette haine finit par les souder l'un à l'autre. C'est plus sain, vous ne croyez pas ?

– Selon qu'on est une femme africaine ou un homme, les points de vue ne sont pas les mêmes, dit Blues.

– Pensez-vous que mes femmes sont malheureuses ?

– Je n'ai pas assez d'éléments pour en juger.

— Elles sont très heureuses, dit-il en haussant le ton. Elles sont en sécurité. Elles mangent à leur faim, se bigornent, se shampouinent et s'offrent toutes sortes de futilités branchées. Ces enfants pour la plupart ont été ramassés dans des partouzes où mes épouses plongent dans les mille et une positions du Kama-sutra. Je ne les surveille pas à condition que mes râles de jouissance n'aient pas de ratés.

— Il faut que je parte, dit-elle, parce qu'il était temps de fuir avant de mettre à exécution son désir de l'envoyer paître. Comptez sur moi pour le reste de l'argent.

26

Nielssen clopinait sous le soleil. Il ignorait par où commencer ses investigations, mais savait qu'en Afrique rien ne se cache si profondément que le vent des remue-cancans, des radio-trottoirs, des tambours à rouleau compresseur ne puisse le dénicher, l'éparpiller sans preuve jusqu'à le transformer en macaqueries qu'on écoute dans les bars, les sous-bois, les bas quartiers, les hauts quartiers, chez les bien-pensants et les marchandes du trottoir. Il s'en allait ainsi sous la chaleur donner de l'oreille aux murmures d'en bas en bas, s'asseyait à la terrasse des cafés, commandait des boissons qu'on lui servait dans des verres à la propreté aléatoire et s'essayait à des accroches empruntées aux inspecteurs Colombo ou aux capitaines Derrick : « Quelle heure est-il ? » ou « Auriez-vous une cigarette ? » avant de demander : « Comment va le pays ? »

Mais le coup des inspecteurs télévisuels, même les chiens errants le connaissaient. On lui renvoyait ses quémanderies : « T'aurais pas une pièce pour le flipper, *brother* ? »... Le diplomate enquêteur lisait sur les visages les premiers signes d'une collaboration à intérêts capitalisés. Si bien qu'à force à force il eut des indics partout, depuis des vendeurs de haschich, jusqu'aux secrétaires du troisième sous-sol, en passant par des receleurs et des fonctionnaires véreux. Une prostituée soumise au sadisme à la Comorès subtilisa même une photo du lieutenant transi aux côtés de Blues.

Ces agitations pour rien donnèrent rapidement une impression d'imminence dans les rues. L'événement s'approchait. On avançait vers lui, et la rumeur montait.

Le cocu est souvent le dernier à être informé et Blues, grande fomentatrice de la conspiration antigouvernementale, ignorait l'imminence de l'événement. Elle rencontrait Zaguirané avec l'espoir que peut-être que. Élie Bristen confirmait que. Ils ressassaient des idées. Ils se renvoyaient sans cesse la balle. Ils corrigeaient leurs plans d'attaque tandis que les oiseaux du ciel piaulaient dans les arbres. Au bout de quelques jours, ils établirent un projet rythmé, cohérent, efficace, selon Zaguirané. La rébellion irait crescendo, comme une musique. Petit à petit, le bruit de la colère monterait, la tension augmenterait et provoquerait chez le peuple des émotions de plus en plus hostiles. Quant à la fin, elle serait spectaculaire.

– Ah, si seulement nous avions l'argent ! s'exclamait Zaguirané.

– Ils nous testent, disait Blues. Ils attendent de voir ce dont nous sommes capables.

Et elle faisait son possible, la petite Blues. Elle se baladait dans les ruelles où, assises aux pas des portes, des filles empagnées faisaient faire le tour de la ville à leurs langues, donnant naissance à leur façon bananière à un féminisme éclopé. Elle marchait en faisant attention au moindre détail. Elle voulait être au cœur des choses. Quelquefois elle se sentait suivie et se reprochait immédiatement de devenir parano. Mais ce dont elle ne se doutait point, c'est qu'elle se métamorphosait inexorablement en la femme la plus crainte de la représentation anglaise. Nielssen excité jetait l'un après l'autre ses clichés sur le bureau de l'ambassadeur :

– Que dites-vous de celui-ci ? Puis de celui-là ? C'est clair, Son Excellence ! Clair comme de l'eau de roche ! acheva-t-il, en s'épongeant le front du revers de sa manche.

– C'est possible, dit l'ambassadeur. C'est possible, répétait-il parce qu'ici, tout au fond semblait possible, parce que, au Zimbabwe, les énergies étaient aussi violentes que le souffle de Dieu au commencement.

– On voit bien sur ces clichés que Mlle Blues Cornu sert de trait d'union entre les plus hauts responsables de l'opposition silencieuse, dit Nielssen. Regardez encore ces clichés : là elle est avec le colonel Comorès ; là, elle discute avec M. Zaguirané dont les opinions antigouvernementales sont connues de nos services. Il ne s'agit pas seulement d'une rencontre mais de plusieurs, qui laissent supposer que...

Et il s'éblouissait, M. Nielssen. Sa réussite tourbillonnait dans son esprit comme un kaléidoscope fourmillant de mille couleurs :

– Ça vaut le coup de prendre des risques, dit-il.

– Peut-être..., dit l'ambassadeur. Mais on n'en informera pas Londres. Pas pour l'instant.

Il prendrait les cinquante mille dollars nécessaires dans la caisse noire. On pourrait toujours justifier ce retrait par des frais de paperasserie, de réception ou d'achat de billets d'avion. L'ambassadeur marchait sous la pluie sans se mouiller.

– Passez à la comptabilité, finit-il par lâcher.

Franck avait le cul bien calé dans un des fauteuils cossus du Central Hôtel. Il distribuait ses sourires aux colons ou simples dragueurs. Mais ses pensées naviguaient, parce que si ses affaires roulaient des mécaniques, son cœur s'en allait en débandade. Quelque chose n'allait pas et n'importe quel regardeur l'aurait juré. C'était son amour pour Blues qui lui filait un mauvais coton. Il s'en remettait en question. Il ne voyait pas très bien par où il avait péché, sinon qu'il se doutait d'une minuscule erreur : il ne regardait les femmes que de l'extérieur. Il admirait leurs fesses calebassées, leurs reins à tournis, les flèches de leurs seins. Jamais il ne s'était aperçu qu'elles étaient une mer de contradictions, un univers entremêlé d'un tourbillon d'étoiles qui font route vers des galaxies tourmentées par des vents terrifiants. Jamais il n'avait vu qu'elles étaient capables de déconstruire l'homme si elles le voulaient, parce qu'elles seules connaissaient les secrets de son enfantement. Il aurait souhaité revoir Blues, lui dire qu'il fallait repartir de zéro, qu'il était prêt. Elle pourrait ficeler ses pieds, lier ses mains, lui casser tous ses mordants, il accepterait sans broncher. Il lui parla tant dans son cœur que, lorsqu'elle pénétra enfin dans l'hôtel avec tous les mondes heureux qu'elle portait en dessous de sa robe, il en désoublia ce qu'il devait lui dire. Trois litres de larmes montèrent à ses yeux. Il les refoula parce qu'un mâle ne chagrine pas en public et fit semblant de ne pas la voir.

Blues en vacilla, regardant droit devant elle comme une hallucinée. Elle eut le vertige et les visages des clients se dédoublèrent. Mais elle ne prit pas le temps de se demander le pourquoi du comment de cette explosion émotionnelle : il fallait qu'elle reste debout, afin de mener à bien son projet révolutionnaire.

Elle se dirigeait vers l'ascenseur lorsque Nielssen surgit aussi excité qu'un animateur lors de sa première prestation télévisuelle. Il portait grosses chaussures, grosses lunettes, gros attaché-case, à la manière des arnaqueurs qui suçaient les derniers globules rouges sains d'une Afrique exsangue.

– J'ai l'argent, mademoiselle Cornu, s'extasia-t-il.

– Baissez le ton, murmura-t-elle en lui donnant un coup de coude. On pourrait nous entendre.

Puis à haute et intelligible voix :

– Il n'y a pas mieux que du foie gras... Je suis heureuse que notre chère Solange ait songé à m'en expédier.

Blues appela l'ascenseur et les regards lubriques des voyeurs convergèrent vers le couple, reniflant une partie de jambes en l'air. Et Nielssen, en vrai mâle, brava le feu de leur envie, en donnant à ses déhanchements une lasciveté très orthodoxe. Il fut quelque peu déçu lorsqu'une vieille Blanche aux mains tavelées par la ménopause s'engouffra avec eux dans l'ascenseur. Le parfum qu'elle dégageait l'empêcha de profiter du bonheur de se retrouver dans un espace exigu avec Blues, cette femme qui lui faisait croire au bonheur, au progrès, à la nature. « On aura tout notre temps, tout à l'heure dans la chambre, se dit-il. Tout notre temps ! »

Mais lorsqu'ils sortirent de l'ascenseur, qu'il vit Comorès devant la porte, vêtu de sa tenue de camouflage, il débanda de la tête jusqu'à la pointe des pieds et glissa subrepticement l'enveloppe dans les mains de Blues. Il se détourna et s'éclipsa comme un éléphant sur ses grosses chaussures.

– Que veux-tu ? demanda Blues à Comorès.

Sans attendre sa réponse, elle ouvrit la porte de sa chambre et un flottement s'empara d'elle. Une table y était dressée, avec champagne, petits-fours et fleurs d'hibiscus. « Que veut-il ? s'interrogea Blues. Contempler sur mon visage le masque de la mort ? » Puis, aussi calme qu'une civilisation sans influence extérieure, elle croisa résolument ses bras sur sa poitrine, donna à ses yeux des tournures de fausse tendresse et demanda :

– Que fête-t-on ?

– Nos retrouvailles dans la vérité et la sincérité, devant les hommes et devant Dieu, dit Comorès en lui servant un verre de l'allégorique boisson.

Il y eut un silence. Elle sentait des questions s'attrouper sous le crâne de l'officier, mais qu'à cause d'une prudente réserve il ne posait pas. Il se contentait de la dévisager, visiblement heureux d'être en sa compagnie, mais attendant d'elle un signe qui lui permettrait d'adapter son comportement à ses désirs. Elle songea qu'il était temps de crever l'abcès.

– Tu n'es pas là par hasard, n'est-ce pas ?

Aussi muet qu'un oracle, il alluma la télévision et le visage de Blues passa de la stupeur à la haine puis à l'abattement. Une journaliste aux cheveux décrêpés commentait sur un ton grave l'immense incendie qui venait d'avoir lieu. On déplorait sept morts et des dizaines de blessés. Puis d'une voix banale, elle continua de lire son prompteur : M. Élie Bristen, Zimbabwéen d'origine hollandaise, ainsi que son vieil ami de toujours, Pascal Zaguirané, y avaient trouvé la mort. On ignorait encore si cet incendie était un accident ou d'origine criminelle.

– Criminelle, dit Blues. D'origine criminelle, répéta-t-elle.

Puis pointant un doigt accusateur vers Comorès :

– C'est toi ! C'est toi qui les as tués !

– Qu'avais-tu derrière ce joli front ? demanda-t-il d'une voix que la rage faisait déraper.

On n'était pas au XVIᵉ siècle où n'importe quel petit Blanc pouvait en échange de quelques pacotilles endosser le titre de vice-roi d'un pays africain de sept cent mille kilomètres carrés. Aujourd'hui, Africains et Occidentaux allaient dans les mêmes écoles. Que croyait-elle ? Qu'une petite fille blanche pouvait le manipuler lui ?

De manière inattendue, Blues éclata de rire. Comorès en fut si désarçonné qu'il éprouva quelques difficultés à remonter la montre de son autorité.

– Et ça te fait rire ? demanda-t-il incrédule. Peut-on savoir pourquoi ? Sans doute trouves-tu ridicule l'idée qu'un Noir puisse être aussi cultivé qu'un Blanc ?

– Je me moquais de mes propres prétentions, dit Blues. Qu'une gamine comme moi organise la rébellion contre un des pouvoirs les plus sanguinaires d'Afrique, tu ne trouves pas ça drôle, toi ?

– C'était surtout très dangereux, Blues, dit-il en saisissant énergiquement sa main. Très très dangereux. J'aurais voulu pour tes pieds des roses, des roses pour tes mains...

– ...au lieu de quoi tu es obligé de mettre sous mes pas et mes mains des fils barbelés, c'est ça ? demanda Blues.

Ils demeurèrent silencieux et ce qu'ils voulaient l'un et l'autre était à ce point discordant qu'ils pensèrent chacun de son côté qu'ils s'exténuaient à faire perdurer cette rencontre.

Là-haut dans le ciel, le soleil couchant jeta des reflets métalliques sur les choses. Une moto ronfla au loin. Comorès passa ses bras autour des épaules de la jeune femme et appuya son front contre le sien.

– T'es une fofolle inconsciente de la gravité de ses actes, dit-il. Mettons qu'on ne s'est jamais rencontrés. Est-ce que cela te va ?

– Je revendique mes actes, dit Blues. J'en assume la res'ponsabilité. Comprends-tu ce que cela signifie ? acheva-t-elle en attendant la charge.

– Oui. Je serai obligé de t'égorger, si tu t'obstines à persécuter Son Excellence.

Longtemps, elle entendit ses pas décroître. Alors seulement, elle s'écroula sur le lit et versa des larmes. Elle pleura Zaguirané qui s'était envolé en fumée, en même temps ses rêves de liberté et de fraternité ; elle pleura ses illusions de mettre fin à cette tyrannie qui voulait que Noirs et Blancs ne soient égaux que dans la misère. Et quand cela lui parut suffisant, elle s'ébroua, donna cent coups de peigne à ses cheveux, parce qu'il était temps de se remuer.

Elle jeta pêle-mêle ses affaires dans son sac à dos, attrapa le téléphone et la voix de sa mère lui parvint comme étouffée dans un mouchoir mouillé.

– Maman, t'es sûre que tout va bien ? s'inquiéta Blues. Qu'as-tu ?

– Tout va bien, ma chérie. Comment va ta sœur ?

– En pleine forme, maman. Elle est sortie avec ma tante. Et père ? Peux-tu me le passer ?

– Il est à la chasse, dit Catherine.

– À la chasse, à cette heure de la journée ? demanda Blues, sceptique.

Elle sentit obscurément que sa mère lui cachait quelque chose.

– Tu oublies, ma chérie, que ton père a toujours été un homme très actif. Il faut qu'il s'occupe en attendant que notre situation s'améliore.

Elles sirotèrent avec délectation un thé de « je t'aime moi aussi » pour se remonter. Les mensonges sous-jacents n'avaient aucune importance. Ils ne faisaient que construire un pont de lumière pour éblouir les mornes du quotidien.

27

Le petit village où habitait Mathilde était niché entre les collines. À distance, il avait l'air d'un fantasme aérien. Il y avait un mystère à détecter dans ses cactus ensablés, dans ses cases recroquevillées, dans ses femmes aux sandales poussiéreuses, balayant aux pas des portes. Peut-être faudrait-il poser la question aux vieillards chiquant sous des manguiers ? Mais lorsque vous demandiez à un homme combien d'enfants il avait, il vous disait avec fierté : « Sept ! » Puis vous découvriez qu'il avait quelque six filles qu'il avait oublié de comptabiliser. Les filles ne comptaient pas.

À part ça, il y avait une petite colonie de Blancs qui vivaient dans une parenthèse et bâtissaient en marge du quotidien une cité éphémère faite de fantaisies. Ils voulaient piloter l'humanité vers une amélioration du cœur de l'homme. Ils voulaient décapitaliser l'argent, les investissements à court, à moyen et long terme. Ils voulaient donner au monde la couleur de leurs songes. Pour le moment, ils passaient des heures à batailler avec le vent – aucun politique digne de ce nom ne leur prêtait l'oreille. Ils travaillaient peu, mangeaient sans exigence, fumaient des herbes qui leur donnaient l'impression de ne pas être pilés sous les bottes des grandes industries.

À part ça, ils habitaient dans des petites maisons, avec un minimum de confort et d'où jaillissaient un maximum de rires. Ces demeures bleues aux fenêtres jaunes étaient reliées les unes aux autres, comme si elles répondaient aux interrogations d'un seul esprit, d'une seule folie. Mais laquelle ? Celle des Blancs qui y habitaient ? « C'est pas des Blancs, ça ! s'exclamaient les Noirs en grelots de sarcasmes lorsqu'ils les apercevaient. Ils tètent la misère, comme mon grand-père, alors, c'est pas des Blancs ! » Leurs compagnes écrasaient les aliments dans des mortiers, parce qu'elles voulaient retrouver les époques d'antan, quand Satan n'avait pas encore amené les hommes à se détester. Et si vous passiez par là, vous voyiez ces Blanches bouboutées, empagnées et encolliées de perles.

À part ça, les journées y étaient bonnes. Très tôt à l'aube, ces hommes allaient par groupe tirer des zèbres, des biches ou des perdrix. Ils pourchassaient aussi le long des rivières des canards sauvages. Le retour de la chasse donnait lieu à des festins dans l'une ou l'autre des habitations. Quand arrivait le soir, quelques réverbères plantés à des années-lumière de distance, quelques lampes dans des huttes disséminées ajoutaient à l'irréalité des lieux. Puis soudain une musique résonnait quelque part. En émergeant au-dessus d'un versant de terrasses, on découvrait sous les arbres un grand feu de bois qui jetait des flammèches bleues dans la nuit. Poissons et gibiers rôtissaient sur les flammes. Des musiciens jouaient des airs d'enfer à faire se trémousser le

diable et ses cornes. Et ces Blancs, génétiquement décarac-
térisés, flottant dans des pantalons en pagne, dansaient
comme seuls savent les Blancs, très mal.

– Blues, quel bonheur ! s'exclama tante Mathilde en se
précipitant sur elle. Il fallait nous dire que tu arrivais. On
serait venus t'attendre si...
– Je ne voulais pas vous déranger, ma tante. Oh, mais
que tu es belle !
Belle ? Le mot était un peu fort. Avec son petit chapeau
de toile orange surpiqué de roses vertes vissé sur sa tête, sa
robe mauve à manches bouffantes d'où émergeaient ses
bras noueux, aussi fins que mous, et ses sans-confiance
jaunes, tante Mathilde ressemblait plus à une tante de
dessin animé qu'à une tante tout court. Elle se balança, ne
sachant quoi faire du compliment, et trouva une parade.
– Tu dois mourir de faim, dit-elle. Viens, viens te servir.
Il y a du poisson braisé sauce piquante, comme tu aimes.
Les ambianceurs s'arrêtèrent de festoyer pour mieux disséquer la nouvelle arrivée. Quarante paires d'yeux avec le
blanc très blanc percèrent l'obscurité et même à tâtons
perçurent chez Blues quelque chose de l'industrieuse. Pas
comme sa sœur, Fanny, et pas même comme la très cool
Mathilde. On reniflait l'air. Sa teneur avait changé. On
distinguait chez Blues l'odeur de la race de ceux qui chevauchent les bananeraies et conquièrent l'univers. « Celle-là
n'est pas de notre tribu », se dirent les Blancs. Et des com-
mentaires méprisants voletèrent au bout des lèvres :
« Qu'est-ce qu'elle vient faire ici ? », mais on les garda pour

soi, parce que, finalement, c'était la nièce de tante Mathilde, n'est-ce pas ? Alors, ils reprirent leurs déhanchements de saga africaine.

– Hello ! Blues, dit Fanny embouboutée à la mode de par ici.

Elle s'était totalement désimpérialisée, portait une myriade de petites tresses qui la faisaient ressembler... à quoi donc ?

– Je suis si heureuse de te voir.

Les deux sœurs se jetèrent dans les bras l'une de l'autre. Elles s'écartèrent, se regardèrent avec une gouttelette d'affection, puis Fanny se hasarda :

– J'ai eu si peur qu'il te soit arrivé quelque chose

– Tout s'est très mal passé comme tu le sais, fit Blues. Mais...

– Tu ne nous présentes pas, Fanny ? demanda une voix dans leur dos. T'as honte de nous ou quoi ?

– Pardon, dit Fanny. Blues, je te présente Jacques et Thierry, nos cousins !

Les deux métis formaient un étrange assemblage. En tous deux, on voyait qu'un ruissellement de nègres avait forgé le bronzé de leur peau, qu'un sifflement d'Occidentaux avait sculpté la finesse de leurs traits, qu'un songe d'éducation avait éclairci leur intelligence. Mais, à part ça, le longiligne Jacques, avec ses manières raffinées, ses sourires charmeurs tranchait comme le dos d'un coutelas avec le musculeux Thierry, aux épaules carrées et résolument terre à terre. Ils offrirent à Blues leurs paluches d'hommes d'entre deux mondes en découvrant l'infernale perfection de leurs dentitions.

– Depuis le temps que je mourais d'envie de te rencontrer, dit Jacques.

– Tu me fais penser à quelqu'un, lui dit Blues en fouillant son visage.

– C'est à papa, dit Fanny.

Tante Mathilde intervint, avec des mots précipités sur ses lèvres.

– Laissez votre cousine venir se sustenter, dit-elle en entraînant Blues.

Elle fourgua un morceau de capitaine dans une assiette en bois avec des tranches de plantain grillé.

– Mange, ma chérie, l'encouragea-t-elle. Mange.

Drôle de personnage que ce Jacques, se disait Blues en s'empiffrant sous l'œil émerveillé de l'intéressé qui lui parlait de sa vie. À vingt-trois ans, il voulait continuer ses études de droit à Oxford, puis revenir au pays ouvrir un cabinet. Il aimait les femmes, toutes les femmes, et il fut tout émoustillé lorsqu'il aperçut, à travers les flammes, un grain de beauté sur l'épaule de Blues.

– Tu es si belle ! s'exclama-t-il. Si tu n'étais pas ma cousine... je t'épouserais.

– Je ne veux pas me marier, dit Blues.

– Toutes les filles veulent se marier.

– Je ne suis pas comme les autres filles, moi ! N'est-ce pas, Fanny ? dit-elle, prenant sa sœur à témoin.

– Oh, que non ! s'exclama Fanny.

– Tu te sens quoi, Jacques ?

– Comment ça ?

– Je veux dire : est-ce que tu te sens plus blanc ou plus noir ?

– Ça dépend des circonstances, dit Jacques. Avec les Blancs, je suis noir et avec les Noirs, je suis blanc. Quelquefois, tout cela s'embrouille, je ne sais plus qui je suis. En tout cas, je me sens toujours exclu de la majorité.

– Mais c'est fabuleux ! fit Blues. Ainsi, tu peux décider d'être à la fois caillouteux et évaporé, en attente et en partance.

– C'est inconfortable quelquefois. C'eût quand même été plus simple si les hommes avaient tous la même couleur !

– Dieu se serait bien ennuyé, rétorqua Blues.

Et tandis qu'ils refaisaient gaiement la genèse du monde, le portable de tante Mathilde amorça une stridulation. Elle décrocha, s'éloigna à l'écart des roulements de tambour et revint en haletant et en se comprimant la poitrine.

– Il faut qu'on retourne à la Plantation, les enfants, dit-elle d'une voix qui semblait transformer les sons en gargouillements.

Blues avala de travers. La fourchette de Fanny resta suspendue dans l'air et les visages de leurs cousins se figèrent.

– Mais pourquoi ? demanda Blues en avalant un verre d'eau.

– Papa est mort, dit Fanny comme une banalité aussi évidente qu'un lever de soleil.

– Quoi ? interrogea Blues. Pourquoi dis-tu cela ?

– Parce qu'il m'a dit qu'il allait mourir, dit Fanny.

– Et tu n'as pas cru bon de m'en informer ? demanda Blues mains sur les hanches, aussi agitée qu'un volcan en ébullition.

Et bien avant qu'un nuage de montagne ne rencontre

un air chaud, qu'une fine pluie commence à bateler le sol, son chagrin explose. Elle gifle Fanny de toute la puissance de sa tristesse. Puis pleure. Pourquoi ? Pourquoi ne lui avoir rien dit, à elle ? Elle se sent blousée par son père, et par sa sœur qui a recueilli ses dernières confidences. Il y a en elle la blessure d'avoir perdu son père et celle non moins profonde d'une idiote jalousie.

Puis, sans mot, elle se met à courir sans savoir où elle va, à l'instinct. Et comme elle ne va nulle part, elle s'affaisse doucement sur ses genoux. Fanny la suit. Elle passe tendrement une main sur son dos.

– Il faut être courageuse, ma chérie, lui dit Fanny.

– Qu'allons-nous devenir sans papa ? hoquette Blues. Pourquoi ne m'a-t-il rien dit ?

– Pour te préserver, Blues. C'était sa manière à lui de te montrer son amour. Il ne voulait pas qu'on le voie diminué, affaibli par ce cancer qui le rongeait. Il tenait à ce qu'on garde de lui l'image rassurante et forte du maître de la Plantation.

– Tu as raison, dit Blues à travers ses larmes. Papa n'est pas une denrée périssable. Papa n'est pas un cadavre. Papa est papa.

– Viens, dit Fanny en prenant le bras de sa sœur.

Elles s'en retournent sur leurs pas, dans cette nuit qui donne l'impression que les espoirs qu'on a caressés sont ridicules. Que le destin joue au cochon pendu avec nos rêves. Toute la famille veille dans la case de tante Mathilde qui combat le racisme jusque dans le décor de sa maison : rien qui ne soit né des mains d'artisans ou d'artistes tropicaux. Seules les photos de famille posées sur une commode témoignent de ses origines lilloises, cette ville qu'elle ne connaît pas, mais dont ses parents lui avaient vanté les fines pluies et le vert des prairies. On regarde ces photos et on se souvient. Des naissances. Des anniversaires. L'enterrement des grands-parents. Des bals. Des baptêmes. On entend des rires oubliés et on en pleure.

Un vent fort s'élève, différent des vents qu'on rencontre habituellement sous les tropiques. Il parcourt l'espace, heurtant les choses et troublant la surface des eaux. C'est l'enterrement de Thomas Cornu. L'air empeste les dessous de bras et la naphtaline. Devant le corbillard embrasé de fleurs, des Noirs chapeautés de noir, costumés de noir qui l'ont connu ou pas, et même la télévision nationale. Mme Madougué parade dans un grand boubou rouge : « Que c'est triste ! Que c'est triste ! » ne cesse-t-elle de se lamenter. On ne se demande pas ce qu'elle fait là, car assister aux deuils est à la mode dans l'élite noire. Les femmes s'y affrontent à coups de Chanel ou de Dior, de Cerruti ou de Ungaro. C'est à qui est la mieux habillée. Même Son Excellence le Président élu démocratiquement à vie a expédié une lettre de condoléances à Catherine dans laquelle il vante les qualités d'un homme hors du commun. « De qui se moque-t-il ? » a demandé Catherine, en la déchirant en mille confettis.

C'est curieux tout de même cette manière de rendre hommage à un homme que l'on a accusé de tous les maux. « C'est la générosité africaine », dit tante Mathilde.

En attendant, tout devant donc, il y a Kadjërsi déguisée

435

en veuve coquelicot et entourée des siens. De gros sanglots raflent sa gorge. La poudre dont elle s'est enfarinée se détache de son visage par plaques sous la poussée des larmes et de la chaleur. De temps à autre, elle fait une galopade derrière le corbillard, montre Jacques et Thierry aux passants, et demande de prier pour ses pauvres orphelins. Puis elle revient reprendre place. Elle insulte le mort. Elle dit que c'est un lâche qui n'a même pas su faire des crocs-en-jambe à la mort et qui l'abandonne sous la guillotine de la vie. À mesure, même les sourds ont compris de quelle union proviennent les deux métis.

Jacques et Thierry clopinent, honteux d'être ce qu'ils sont, deux bâtards nés des amours cathodiques entre un fermier blanc et une Noire folle à lier. Tante Mathilde explique, justifie sans qu'on lui ait rien demandé :

– Il faut la comprendre. Thomas était jeune à l'époque et avait l'avenir devant lui. Il fallait le préserver. Je vous ai reconnus comme mes fils, mais Kadjërsi est votre véritable mère.

Derrière son voile Catherine transpire. Elle s'en fiche des explications de sa belle-sœur et ne cesse de murmurer : « Cette femme a raison. Thomas n'était qu'un lâche. » Elle est soutenue par Rosa Gottenberg :

– Courage, ma chérie. Je sais ce que c'est. Deux fois, j'ai connu ça, dit-elle évasivement sans préciser où et quand son deuxième veuvage a eu lieu.

Nanno, toute courbée à ses côtés, geint sans cesse :

– Mon fils ! Mon petit garçon. Qui va m'enterrer maintenant qu'il est mort ?

Abigaël et Betsy viennent en queue de peloton parce qu'elles ont d'autres soucis.

– Est-ce vrai ce que j'ai entendu ? lui murmure Betsy. On raconte partout que tu as chassé Erwin de la maison. C'est le père de tes enfants, pourtant !

– Et l'incarnation de toutes mes souffrances, dit Abigaël. J'ai besoin d'un peu d'air du grand large pour me ressourcer.

Et le grand large incarné en la personne du colonel Comorès suit la sirène à quelques pas, scintillant dans ses décorations militaires. Il ne pousse pas l'indécence jusqu'à verser quelques larmes. Il soupire, point final.

Le seul grand absent est l'oncle Jean-Claude. Il a prétexté de la nécessité d'un enterrement rapide sous ces chaleurs tropicales, pour la justifier : « Le temps que je prenne l'avion, mes pauvres chéries, le corps sera décomposé. » Mais la réalité est qu'il est aussi fauché qu'un champ de blé. Même en avion-poubelle, l'Afrique pauvre est une destination pour riches. Les compagnies aériennes y beurrent leurs épinards et voir les éléphants avant de crever coûte la peau des fesses.

Devant le tombeau de son père, face à cette terre qui va le broyer jusqu'à le transformer en poussière, Blues a l'impression d'être tombée dans le vide de son esprit. Elle est prostrée comme une statue et, à la voir, on croit qu'elle est sans douleur, sans désirs, sans ambition. Elle doit encore supporter les grimaces des amis de la famille avec obligation d'afficher une attitude convenue. Elle est soulagée lorsque le cortège se disperse. Elle titube, s'assied au bord du tombeau, prise de malaise. Une envie soudaine de se laisser tomber sur le cercueil la saisit. Son torse bascule. On doit se sentir bien sous la terre. Plus d'embûches à traverser, d'embuscades à éviter, de soucis à briser, de chaleur à combattre, rien que la spirale du vide qui vous emporte. Puis, sans qu'elle sache le pourquoi du comment, ses mains attrapent une motte de terre qu'elle regarde et elle pense : « Il faut qu'il pleuve. La terre est complètement desséchée. Les feuilles commencent à jaunir. C'est mauvais pour la récolte. »

Une voix la hèle. Une main se pose sur ses épaules. On l'aide à se relever. Des paroles douces comme une patate chaude l'enveloppent. Elle ferme ses yeux, se laisse entraîner par Franck Enio à travers bois. Il l'enlace et l'émiette en éclats de plaisir. Et c'est bon de sentir ces lèvres d'homme agiter ses sens en mouvements frénétiques. Tout aussi délicieux, ces mains qui inondent ses cheveux de caresses. Bon aussi cette manière pressée d'expédier leurs vêtements monter la garde parmi la lumière des fleurs. Encore plus savoureux de s'allonger dans un frotter d'herbes mortes qui mêlent leurs craquements aux gazouillements des oiseaux. Et tandis qu'à la Plantation, on sert une collation, que Catherine entre en veuvage en s'exilant dans sa chambre, que les invités caquettent sur le merveilleux passé qui ne reviendra plus, ils se vautrent dans la folle plaisance du soleil. Ils se chevauchent, passionnés par le voyage de l'oubli. La chair en ébullition, ils s'allègent des tracasseries jusqu'à se perdre dans l'extase, à l'extrême pointe bleue de l'orgasme. Puis, ils se désalliancent en poupées désarticulées, leurs corps en sueur, enlaidis par la paillasse mouillée de leurs cheveux. Franck allume une cigarette comme pour bien marquer leur retour à la banalité du réel.

– Tout est gaspillage et excès entre nous, dit Blues. Mais n'empêche que c'est bon quand on fait l'amour ensemble.

– Et si je te demande de m'épouser ?

– Quelle blague !

– Que comptes-tu faire ?

– M'occuper de la Plantation bien sûr, dit Blues.

– Je pense que vous feriez mieux de rentrer en France. C'est dangereux de vouloir à tout prix rester ici.

– Comment s'en aller en laissant derrière tous ces souvenirs ? Autant mourir !

Déjà, elle se lève, cueille ses vêtements de deuil, ordonne ses cheveux et prend le chemin de la Plantation. Là où le sentier est pentu, où l'herbe se fait rare elle s'arrête, donne du regard vers le cimetière, puis s'avance dans l'espérance de trouver dans l'avenir une niche où se blottiraient quelques enchantements.

28

Deux jours plus tard, on n'échappa pas à la séance de la lecture du testament par maître Vorace. Ce notaire gros par le corps et le portefeuille gérait les successions dans les familles blanches depuis trois générations. Ce genre d'occasion se raréfiait et maître Vorace l'orchestra en crescendo. Il accrocha son costume noir sur son énorme silhouette, fit luire son crâne chauve de brillantine, puis les fit entrer dans son labyrinthe judiciaire en claquant de la langue :

– Asseyez-vous, je vous prie, dit-il en leur montrant des fauteuils moelleux autour de la grande table noire.

Il fouilla dans ses papiers comme on fouille dans une mémoire, avec concentration. Un malaise planait dans l'air. Fanny se rongeait l'ongle de l'auriculaire ; les yeux de Blues bougeaient sur les murs peints de rose ; les mulâtres se demandaient à quoi servait leur présence en ces lieux. Seule Catherine demeurait sans bouger. « N'importe comment, se disait-elle, il y a des lois, des principes universels, qui protègent la veuve et l'orphelin. »

Mais lorsque maître Vorace lut le testament et qu'elle comprit que Thomas Cornu y avait intégré les deux pièces rapportées qu'étaient Jacques et Thierry, elle s'en alla en ruminations silencieuses, en révoltes intérieures puis devint publiquement odieuse :

— Ah ça, non ! J'ai accepté beaucoup de choses, mais de là à partager les terres... C'est une source d'inextricables problèmes, d'insolubles casse-tête. Qu'est-ce qui lui a pris ? Je conteste ce testament.

— Mère, dit Blues. Le testament est formel. Et au vu de la grande crise que traverse le pays, toute la famille doit rester unie. La question c'est : est-ce que Thierry et Jacques ont l'intention d'entrer en possession de ces terres ?

Puis elle se tourna vers les deux frères et leur demanda :

— Quels sont vos projets ?

Ils haussèrent leurs épaules.

— On ne sait pas, dit Jacques. On a des études à terminer, des expériences à vivre. Après, on verra.

— Ah, tu vois maman, dit Blues triomphante. Être paysan, ça ne se décrète pas. C'est dans le sang, dans les gènes, en quelque sorte.

— Je m'en fous de la terre, dit Fanny. Pour moi, la naissance, les titres, l'argent, les décorations n'ont aucune importance. Et ce n'est pas non plus parce qu'on est noir, pauvre, paumé et sans talent que cela donne des droits.

— Mais on n'a rien réclamé, nous, s'insurgea Thierry. Je n'accepterai pas d'être insulté comme un malpropre à cause des terres. C'est inadmissible.

— Calme-toi, lui dit doucereusement Blues. Ce que Fanny veut dire c'est que chacun de nous a des obligations, mais également des devoirs, n'est-ce pas Fanny ?

Fanny ne répondit pas. On interpréta ce silence comme

un acquiescement. Catherine tapa du pied sous la table. Ses lèvres se tordirent en un mouvement de dégoût. Pour l'instant, elle contrôlait encore les grandes saletés qui moisissaient dans le jardin de ses sentiments. Mais lorsque le notaire jeta en vrac sur la table les objets personnels de Thomas Cornu dont chacun symbolisait un moment de leur vie commune, Catherine bondit :

– Jamais ! Jamais !

Elle les saisit à pleines mains :

– Jamais !

Elle secouait sa tête. Ses yeux étaient exorbités, hallucinés presque :

– Je ne laisserai jamais quelqu'un porter ses bijoux.

Une main de fer s'abattit sur son poignet. C'était celle de Blues. Elle dit qu'on pouvait d'un commun accord donner ces babioles aux métis pour compenser l'absence de leur père à leurs côtés.

– Et qui va réparer les outrages que j'ai subis, moi ? demanda Catherine. Il m'a trompée avec leur mère, tout le temps que nous avons été mariés, et j'ai dû me taire, pour vous, mes enfants.

– C'est pas juste ! renchérit Fanny. Les terres, c'est les terres ! Les bijoux, ça rapporte tout de suite. On peut les faire expertiser pour voir combien ils coûtent pour être certain que personne n'est lésé.

– Je dis que ces objets doivent revenir à Jacques et à Thierry, point final, dit Blues d'une voix sourde, en fixant le crâne chauve du notaire.

Un paquet de silence enveloppa la pièce et obligea chacun à s'embarquer pour un voyage intérieur. On se demandait ce qui allait advenir. Le notaire profita de cette mollesse soutenue pour ranger sa paperasse et mettre fin à toute cette tension.

– Si tout le monde est d'accord..., balbutia-t-il. Je ne vois personnellement aucun inconvénient à ce que...

Puis, il félicita les malheureux héritiers et les raccompagna avec des petites rides de politesse, de minuscules encouragements, des grosses mises à disposition de son talent à leur service, jusqu'au vestibule.

– Mais qu'est-ce qui te prend de nous dépouiller de la sorte ? glissa Fanny à sa sœur sur un ton de conspiratrice.

– Il faut savoir calculer pour compter, dit Blues en souriant.

En bonne stratège, elle savait qu'en satisfaisant ses demi-frères avec des tocs m'as-tu-vu, ils lui laisseraient le champ libre pour gérer les terres. C'était un cadeau, certes, mais qui rapportait gros à ses généreuses donatrices.

– Il faut savoir perdre, pour mieux gagner, ajouta-t-elle mystérieusement à Fanny. Fais-moi confiance.

Blues se jeta dans le travail, sérieuse comme un homme d'affaires épris de perfection. Vêtue d'un bleu de travail et munie d'un coupe-coupe, elle s'enfonçait dans les bananiers. Oiseaux et autres rongeurs avaient organisé des orgies et des sarabandes dans les champs. Ils trouaient les feuilles de tabac ; ils pondaient des œufs dans les oranges et fientaient sur les mandarines. Ils piquetaient les produits de l'intérieur et labouraient l'écorce des arbres. Des lianes entortillaient certains arbres fruitiers en maîtresses possessives. Blues entreprit de couper, de désherber et ce fut un séisme qui perturba la quiétude des animaux. Des ratons laveurs s'enfuirent dans les futaies. Des singes couinèrent et disparurent dans la forêt. Les paysans sortirent de leurs cases.

– Qu'est-ce qui se passe ?

Mais lorsqu'ils virent la jeune femme, ils frappèrent leurs paumes l'une contre l'autre :

– Une Blanche qui travaille comme une vulgaire paysanne, Seigneur !

C'était un spectacle si spectaculaire que cela méritait un coup d'œil. Ils restèrent à la regarder tout en chiquant.

– C'est du cinéma. Elle n'ira pas bien loin. Depuis que la Terre est terre, les Blancs n'ont jamais eu de la force dans le corps. C'est pour ça qu'ils nous ont toujours fait travailler. On attend sa honte.

Mais lorsqu'ils la virent se tordre les pieds dans les sentiers en traînant ses régimes de bananes jusqu'au bord de la route, ils furent pris de nostalgie. Ils regrettèrent ces matins laborieux où ils s'échinaient dans les champs de Maître Cornu. C'était dur, mais au moins, ça fortifiait leurs muscles. À l'époque, ils n'étaient pas ces loques affamées qui fumaient du chanvre en attendant d'entrer en possession de la terre promise. Alors, ils ramassèrent les haches.

– J'ai pas d'argent pour vous payer, dit Blues. Arrêtez !

– C'est pas grave ! C'est pas grave !

Et c'était moins grave que cette misère dans laquelle ils croupissaient depuis les réformes agraires. Ils allaient au moins se nourrir.

Alors, ils travaillèrent, titubant, portant des charges plus lourdes qu'eux, dégoulinant de sueur, avec l'ardeur mystique des bâtisseurs de cathédrales. Des jours et des semaines, ils redonnèrent vie aux bananiers, aux manguiers et un sens à la leur : « Le moment venu, je vous récompenserai », disait Blues pour les encourager.

Et du courage ils en eurent pour aller vendre les bananes au détail sur le marché, pour ratisser le tabac et retourner la terre.

Catherine regardait sans voir sa fille revenir des champs, harassée par le travail, manger des bouts des lèvres et se jeter dans des calculs complexes dans le bureau de son père. Elle avait mis sous ses pieds ses rancœurs envers l'infidèle et s'était engouffrée dans le veuvage, comme on se laisse happer par un trou noir. Elle ne portait plus que des vêtements noirs, des lunettes noires, et des foulards noirs qu'elle nouait artistiquement dans ses cheveux. Ses joues s'étaient creusées encore. Ses cernes ratifiaient ses insomnies. Sa santé s'altérait. Sa beauté s'en allait se perdre dans les méandres d'un souvenir. On pouvait la voir assise en longueur de temps sous la véranda, une écharpe étriquée cachant ses jolies jambes. Ses yeux gonflés par les larmes se fixaient sur l'horizon comme si elle s'attendait à voir apparaître le cher disparu.

Betsy ne l'avait autant aimée qu'à ces moments-là. C'était rare de nos jours, une telle détresse. Elle lui rendait souvent visite :

— Soyez forte, ma Catherine, lui disait-elle en lui pétrissant les mains. Et si vous avez besoin de quoi que ce soit... je suis là.

Elle lui proposait un thé, un gâteau au chocolat, comme

si elle s'acquittait de la mauvaise conscience d'avoir d'abord snobé les Cornu, à moins que ce ne fût là qu'une manière de remercier le malheur d'avoir eu la bonne idée de frapper ailleurs qu'à sa porte. Même les anciennes domestiques étaient prises d'une brusque sympathie pour les Cornu. Elles s'amenaient par troupes entières renifler les effluves de l'adversité blanche, le revers de la fortune blanche et la détresse blanche. Elles proposaient leurs services au doigt et à l'œil. Elles lavaient en chantant le linge de la « pauv'e Madame », ciraient avec entrain le sol de la « pauv'e Madame » ! C'était cocasse ou humain, mais réconfortant.

Et la pauvre Madame ne réagissait pas, pas plus que lorsque naquit le petit garçon de Fanny, qu'on eut la bonne idée d'appeler Thomas du nom de son défunt grand-père. La famille échappa aux sarcasmes de cette malnaissance grâce à la mort. Blues soupçonna sa mère d'exagérer son chagrin pour les protéger. La Rhodésie était née grâce à un mensonge de Cecil Rhodes. Celui de sa mère contribuerait peut-être à sauver la Plantation.

En ce milieu d'après-midi, le soleil aiguisait sur la poussière des lames de feu qui blessaient les yeux. L'air, alourdi comme par une chaudière folle, était irrespirable. La pluie bataillait avec les étoiles pour se laisser tomber. Des ouvriers harassés avaient fini de manger quelques provisions que Nanno avait rapportées. Ils ne se reposaient pas sous les frondaisons. Ils s'y alanguissaient, s'y répandaient, s'y rassemblaient, tant ils étaient épuisés. Si bien que quand la horde des jeunes voyous se jeta sur eux, le temps qu'ils réagissent, certains avaient déjà perdu trois dents.

C'était la bande aux enfants de Madougué, ceux-là qui semaient la pagaille chez les colons. Ils frappaient les paysans parce qu'il était interdit de collaborer avec le Blanc. « Salauds ! » Leur haine dégoulinait de leurs yeux exorbités et leurs bouches lançaient des projectiles d'insultes : « Vendus ! Traîtres à la cause ! » À leurs cris, les sangliers s'enfuyaient et s'embourbaient dans les marécages. Les coups pleuvaient. Des pleurs déchiraient la quiétude. Blues hurlait : « Arrêtez ! Arrêtez, je vous en prie ! » Elle tentait de s'interposer : « C'est ma faute ! C'est moi qui les ai obligés à travailler ! » La fureur les possédait. Ils cassaient la gueule à ces négrillons infoutus de mener à bien une révolution. Ils broyaient le dos à ces Noirs, justes bons à se laisser enchaîner par les maîtres blancs. Cette colère les rendait sourds aux supplications de Blues.

Soudain, des coups de feu illuminèrent la broussaille. Les gens se statufièrent. Le temps que les combattants comprennent quel cyclone s'en venait les balayer, Franck surgit, à hue et à tue, les yeux volcaniques. Des hommes vêtus en léopard l'accompagnaient. Ils étaient tout en violence exacerbée. Ils tiraient en l'air et les oiseaux paniqués s'enfuyaient vers des cieux plus cléments. Les bras des voyous se raidirent ; leurs gourdins s'écroulèrent sur le sol ; leurs yeux roulèrent dans leurs orbites et leurs cheveux crépus se dressèrent sur leurs têtes. Ils ne ressemblaient plus à des hercules maléfiques, mais à des poupées vaudous désarticulées.

En voyant l'homme qu'elle aimait, Blues déposa sa peur sous ses pieds et se fendit d'un magnifique sourire :

— Franck ! Franck ! dit-elle en se jetant sur sa poitrine. Comment as-tu su que...

— J'ai mes sources, se vanta-t-il. Comorès a été arrêté.

À ces mots, le sourire de la jeune femme retomba net comme la nuit dans une vallée. Ses doigts se resserrèrent sur le cou de son amant :

— Tu veux dire que... Qu'ils l'ont... Qu'ils l'ont tué ? demanda-t-elle entre deux reniflements.

— Pas encore.

— Mais pourquoi ? Pourquoi l'ont-ils arrêté ? Il était si dévoué à Son Excellence !

— Tu oses me demander pourquoi ? Mais bon sang, réfléchis ! dit Franck agacé.

— C'est pas parce qu'il nous a protégés que..., murmura Blues à la fois terrifiée et flattée par cette idée. Ce n'est pas de ma faute. C'est son destin.

Ce cynisme troubla Franck et le jeta dans une colère sourde. On eut dit un poisson-pierre dérangé dans ses fonds.

— C'est aussi le destin de Nielssen qu'il soit viré de l'ambassade ? interrogea Franck sarcastique.

Blues se raidit et ses yeux se firent fuyants.

— Qu'ai-je à voir avec les nominations à l'ambassade britannique ? demanda-t-elle avec un regard plus fort que l'homme

— Pas grand-chose, je l'avoue, dit Franck. Mais je me demande bien ce qu'il a pu faire des cinquante mille dollars qu'on lui reproche d'avoir détournés. Le saurais-tu par hasard ?

– Pourquoi m'aides-tu si tu as une si piètre opinion de moi ? demanda Blues. Que fais-tu ici si je suis corrompue, perverse et immorale ?

– Je t'aime, lui dit-il, et c'était la première fois qu'il prononçait ces mots.

Blues se contenta de grogner quelque chose d'incompréhensible entre ses dents. Ç'aurait pu être n'importe quoi, mais à cet instant cela passa pour l'une des plus belles choses.

– Épouse-moi, insista Franck, et elle se sentit prise au piège.

En femme intelligente, elle éclata de rire. Et sans lui laisser le temps d'attrouper ses pensées, elle ramena la conversation sur l'arrestation de Comorès.

Il lui expliqua qu'elle avait peu à voir avec cette mise au rebut du colonel. Que Sa Grâce ex-prostituée-première dame de la Nation était malintentionnée à son égard. Peut-être pour protéger sa vertu nouvellement acquise ? Qu'elle avait jeté des amas de bave sale sur le dos du pauvre Comorès. Qu'elle avait travaillé le Président au corps, au propre comme au figuré. Qu'à la caserne, elle avait trouvé des jaloux qui l'avaient aidée à monter la conspiration, avec des fausses accusations. Certains gradés avaient même juré devant Dieu et devant qui de droit que le colonel voulait tuer le Président pour prendre sa place.

– Jusqu'où ira la folie des hommes ? demanda Blues, écœurée.

Puis se souvenant que la mauvaise nouvelle qui pouvait la faire chavirer n'était pas encore née, elle ajouta :

– Il faut retourner à la Plantation. J'ai des responsabilités envers mes hommes.

On nettoya les blessures et on les pansa. Franck aidait Blues dans cette tâche délicate où il fallait faire fi des gémissements des blessés. À la fin, la véranda ressemblait à un hall d'hôpital. Chacun exhibait ses pansements comme autant de médailles de guerre. On enfourchait la noble monture de son extraordinaire courage : « T'as vu ce que je lui ai foutu dans la gueule, hein ? » On frappait sa poitrine en victorieux vainqueur de cette volée de bois macaque.

Soucieuse d'apparaître à la hauteur de la confiance que les paysans lui témoignaient, Blues s'assit sous le baobab et se prit la tête. Elle réfléchit à ce qui pouvait leur faire plaisir, à ce que leur âme simple attendait. Elle connaissait les Noirs, leur affectivité. Elle savait qu'en construisant pour eux avec des mots des châteaux de sable fin, ils l'aimeraient. Elle savait qu'avec des pacotilles de joie, elle leur donnerait le courage de se battre à ses côtés jusqu'à ce que mort s'ensuive. Elle se leva derechef, donna à sa voix la même puissance que celle des objectifs qu'elle voulait atteindre :

– Grand dîner pour tous ce soir à la Plantation ! cria-t-elle, en frappant ses paumes l'une contre l'autre.

– Ça alors ! crièrent les nègres étonnés.

Les préparatifs s'ébranlèrent, rapides. Des femmes qui bonnichaient gratuitement en attendant des jours meilleurs rentrèrent chez elles et mirent les mains dans le manioc.

Et ça touillait ! Et ça pilait ! Et ça écrasait. D'autres étri-
paient ce qui leur restait de poulets ou de canards : « Il y
a dîner à la Plantation, ce soir ! » Et cette phrase était aussi
sucrée qu'un beignet de banane ou de maïs. Aussi succu-
lente que les tripes de chèvre à l'étouffée. Ils étaient heureux
tels des enfants, ces nègres encore plus appauvris par l'anal-
phabétisme. Jamais, ils n'avaient été invités à dîner chez
les Blancs comme leurs égaux. Et l'événement, en véritable
première, fut célébré comme telle : on sortit ses plus beaux
atours. On aéra les chemises propres restées longtemps
enfermées dans les vieilles armoires ; on lava les dessous
des chaussures élimées pour être sûr de ne pas salir la belle
demeure.

Betsy allait et venait sous la véranda en parlant toute
seule : « Quelle fille intelligente ! » lançait-elle admirative.
Elle était convaincue que si les fermiers blancs avaient eu
la présence d'esprit de procéder ainsi avec leurs boys, jamais
ils n'auraient perdu leurs biens.

Assise sous la véranda, Catherine souriait béatement à
quelques bons souvenirs : Thomas l'avait beaucoup aimée
et trompée. Elle n'écoutait pas Betsy qui, agacée, se penchait de temps en temps vers la maîtresse des lieux, afin
de l'obliger à s'intéresser à autre chose qu'à son chagrin.

— Je suis certaine que cette enfant réussira, qu'en pensez-vous, Catherine ?

— Moi, je n'en pense rien. J'observe, c'est tout !

— Mais c'est fabuleux, tout de même, de réussir là où
tant d'entre nous ont échoué !

— J'en sais rien !

— Elle sauvera tout ça, dit-elle en écartant les bras vers

les étendues vastes de la Plantation... C'est une question de temps ! Dans dix ans, les Noirs nous supplieront à genoux de revenir.

La pluie s'abattit sur la Plantation, forte et cyclonale. Le vent souffla comme pour nettoyer les douleurs et laver les mémoires. Puis aussi brusquement qu'un changement d'humeur de lunatique, il s'arrêta de pleuvoir. Les premiers invités arrivèrent avec leurs calebasses de nourriture sur leurs têtes et amenèrent avec eux des étoiles grosses comme des poings qui apparurent dans le ciel.

On installa la boustifaille. On se servit par lampées. On mangea comme des condamnés, avec grand appétit et moult clappements de langue. Les plateaux de poulets braisés sombrèrent dans les estomacs en deux mouvements. Deux hommes se disputèrent un pied de porc, le dernier qui restait, et trois femmes s'allumèrent d'hostilité pour un gâteau au mil. Des musiciens ajustèrent leurs instruments et remplacèrent ces macaqueries d'agressivité par la bonne humeur. Blues avait sorti des vieilles bouteilles de vin de France, des châteaux quelque chose, que les nègres sifflèrent avec bonheur. Elle dansait avec Franck et ce qui la peuplait aurait pu s'appeler joie si seulement ce gouvernement la laissait mener à bien la gestion de cette terre, si seulement les hommes s'apercevaient qu'on n'est pas africain parce qu'on est noir, mais que c'est une question de vibration. Et cette vibration africaine, elle la portait dans chaque cellule de son être, dans chaque globule de son sang et dans la jubilation de ses sens. C'est dans cette euphorie mitigée qu'elle s'aperçut de l'absence de sa sœur. Elle s'écarta de son cavalier avec des miasmes de sourire, des éclats d'étoiles dans les yeux.

– Je reviens de suite, dit-elle devant le regard perplexe de Franck.

Elle monta les escaliers conduisant vers les chambres, se tenant à la rampe pour combler son trop-plein de fatigue. Devant la chambre de Fanny, elle toqua à la porte. Fanny apparut dans une petite robe noire qui donnait à voir ses genoux caoutchouteux. Ses yeux gonflés de larmes déliraient de tristesse. Même le petit Thomas dans ses bras semblait s'être empêtré dans le chagrin maternel. Il geignait doucement comme un chat de gouttière.

– Qu'est-ce qui te prend ? lui demanda Blues étonnée. C'est jour de fête aujourd'hui !

– Tout le monde n'a pas ta force, Blues, dit-elle en serrant son fils dans ses bras. Et tout le monde n'a pas ta chance.

Et tout le monde n'avait pas la force de se battre comme Blues pour redonner à cette terre sa splendeur d'antan. Elle n'abandonnerait jamais le Zimbabwe avec ses arcs-en-ciel qui enjambaient les montagnes, les larmes et les rires de son ciel, les cheveux or de son maïs et ses crépuscules dont les embrasements faisaient pâlir de jalousie la plus technicolor des cartes postales.

– La chance n'existe pas ! dit Blues. Il faut la fabriquer, et c'est ce que j'essaie de faire. Viens...

– Laisse-moi le temps de faire mon deuil de papa, dit Fanny. Laisse-moi le temps d'intégrer cette nouvelle vie faite de peur, de haine et d'incertitude. Laisse-moi digérer que les histoires de couleur de la peau salissent l'ambiance et cassent la fête. Laisse-moi assimiler le fait que j'ai deux demi-frères et me faire à l'idée que demain, maman pourrait me déclarer tout de go qu'elle a trois filles cachées. Laisse-moi présager que l'homme que j'aime, que le père de mon fils est peut-être mort, qu'il ne le connaîtra jamais. Parce que Blues, tout le monde ne marche pas dans la vie une deux, une deux comme un soldat.

Blues eut un geste fataliste et fit demi-tour. Elle descendit lentement les escaliers, tourna le dos aux festivités et à l'amour. Elle glissa à genoux sous le grand baobab. Pour beaucoup, elle le savait, son combat n'avait pas de sens. Alors elle les laissa danser sur les mauvaises saisons de la vie, danser en chantant les oraisons funèbres d'une vie qui avait été, danser leur espérance, danser des morceaux d'émotions. Parce qu'on a beau s'échiner, l'existence n'est que cela : un petit pas après l'autre. Une main rassurante se posa sur ses épaules. Catherine lui sourit à travers l'obscurité.

— Un jour viendra, ma fille..., lui dit-elle simplement.

Et ensemble, elles regardèrent l'horizon, parce que, on a beau dire, la Terre tourne.

DU MÊME AUTEUR

Aux Éditions Albin Michel

LE PETIT PRINCE DE BELLEVILLE

MAMAN A UN AMANT, Grand Prix littéraire de l'Afrique noire

ASSÈZE L'AFRICAINE, Prix Tropique – Prix François-Mauriac de l'Académie française

LES HONNEURS PERDUS, Grand Prix du roman de l'Académie française

LA PETITE FILLE DU RÉVERBÈRE, Grand Prix de l'Unicef

AMOURS SAUVAGES

COMMENT CUISINER SON MARI À L'AFRICAINE

LES ARBRES EN PARLENT ENCORE

FEMME NUE, FEMME NOIRE

Chez d'autres éditeurs

C'EST LE SOLEIL QUI M'A BRÛLÉE, Stock

TU T'APPELLERAS TANGA, Stock

SEUL LE DIABLE LE SAVAIT, Le Pré-aux-Clercs

LETTRE D'UNE AFRICAINE À SES SŒURS OCCIDENTALES, Spengler

LETTRE D'UNE AFRO-FRANÇAISE À SES COMPATRIOTES, Mango

Composition IGS
Impression Bussière, juin 2005
Éditions Albin Michel
22, rue Huyghens, 75014 Paris
www.albin-michel.fr

N° d'édition : 23732. – N° d'impression : 052544/1.
Dépôt légal : mars 2005.
ISBN broché : 2-226-15835-9
ISBN luxe : 2-226-13944-3
Imprimé en France.